4/23

UNA PARA TODAS

Título original: *One For All*

1.ª edición: abril de 2023

© Del texto: Lillie Lainoff, 2022
Publicado por acuerdo con Farrar Straus and Giroux Books for Young Readers,
una división de Macmillan Publishing Group, LLC,
a través de Sandra Bruna Agencia Literaria SL.
Todos los derechos reservados.
© De las imágenes de cubierta: LiuSol/Istockphotos/Getty Images;
Prometeus/123RF; Andrey Smirnov / Shutterstock; Maryfleur / Shutterstock.
© De la traducción: Daniel Renedo, 2023
© De esta edición: Fandom Books (Grupo Anaya, S. A.), 2023
Valentín Beato, 21. 28037 Madrid
www.fandombooks.es

ISBN: 978-84-18027-85-7
Depósito legal: M-6295-2023
Impreso en España - Printed in Spain

*Reservados todos los derechos. El contenido de esta obra está protegido por la Ley,
que establece penas de prisión y/o multas, además de las correspondientes
indemnizaciones por daños y perjuicios, para quienes reprodujeren, plagiaren,
distribuyeren o comunicaren públicamente, en todo o en parte, una obra literaria,
artística o científica, o su transformación, interpretación o ejecución artística fijada
en cualquier tipo de soporte o comunicada a través de cualquier medio,
sin la preceptiva autorización.*

UNA PARA TODAS

LILLIE LAINOFF

Traducción de Daniel Renedo

FANDOM BOOKS

Para mamá:
Una vez me dijiste que yo era tu heroína.
Lo que yo no te dije, pero debería haberte dicho,
es que tú has sido, eres y siempre serás la mía.

CAPÍTULO UNO

Lupiac, Francia, 1655

Aun en la oscuridad, pudimos verlo: la puerta de casa estaba entreabierta. Una sombra cruzó el umbral, se echó al anochecer y desapareció.
—Quédate aquí —ordené.
—Tania... —susurró mi madre, pero yo ya me dirigía hacia el empedrado, teñido por la luz del crepúsculo, que llevaba hacia la entrada de casa; con los dedos me asía a la valla que *papa** me había construido cuatro años atrás, justo después de mi duodécimo cumpleaños. Era algo a lo que poder agarrarme para mantener el equilibrio cuando los mareos tomaban el control.

Pasé los dedos por los parejos y desgastados postes. Avancé lentamente. Un pasito tras otro. Una vez en la puerta, los mareos se apoderaron de mí en un embate de olas grises y negras. Presioné la cara contra la fría madera. Cuando la nube se disipó, miré desde detrás de la puerta.

La cocina estaba sumida en el caos. Había cazuelas desperdigadas por todos lados, y el estómago se me encogió cuando caí en la cuenta de que los arcones estaban salpicados de rojo. No, no era sangre, sino tomates machacados. La mesa, las encimeras, todo estaba cubierto de harina. *Papa* no había regresado aún de su viaje. *Maman* se hallaba en el portón de entrada. Y allí estaba yo, sin nada con lo que defendernos a ninguna de las dos.

—Diantres... Vuelve a mirar —las voces llegaban, breves y tajantes, de entre las sombras.

---

*Todas las palabras y expresiones que en el texto original aparecen en francés, figurarán en cursiva. (N. del T.)

No tenía tiempo para ir hasta el granero y coger mi espada del estante de armas. Un cuchillo de la cocina no me serviría de nada, a menos que fuese una batalla cuerpo a cuerpo... o que, de alguna forma, consiguiera lanzarlo, pero solo de pensarlo se me hizo un nudo en el estómago. Lo más probable era que acabase hiriéndome a mí misma. Inspeccioné el lugar; mi mirada acabó posándose sobre la chimenea. El atizador era la mejor opción. La única.

Con los dedos apretados fuertemente en torno al acero y los ojos cerrados, notando el metal en la palma, casi era capaz de fingir que se trataba de mi espada.

Seguí las voces hasta el estudio de padre. Eran dos hombres envueltos en capas: uno desvalijaba el escritorio mientras el otro vigilaba la ventana. Madre y yo habíamos cogido un atajo desde el mercado hasta casa. El intruso no podía habernos detectado; desde allí solo veía el camino principal, el que no habíamos tomado. «Por favor, *maman*, quédate donde te he dejado. Déjame que te proteja por una vez».

—¿Has oído eso?

La voz del extraño hizo que el corazón me diera un vuelco: era áspera, como si fuese la primera vez en semanas que hacía uso de ella.

—Seguramente no haya sido nada —otra voz esta vez, no tan tensa, sino oleosa y suave—. Sería aún mejor si apareciesen la esposa y su pequeña *invalide*. Podríamos destriparlas y dejar sus cadáveres para que de Batz se los encontrase al entrar. Así haríamos que se lo pensara dos veces antes de meter la nariz donde no le incumbe.

Perdí el centro de gravedad; el pie se me fue hacia delante sobre las resbaladizas tablas del suelo y produjo un chirrido. Al movimiento lo acompañó una leve inhalación.

—Vaya, vaya, ¿qué tenemos aquí? —Un hombre se alzaba en el umbral, altísimo. La segunda voz. Sus ojos estaban encendidos y fijos en el atizador—. Y si puede saberse, ¿qué pretendes hacer con eso? —Lo blandí esforzándome por imitar a mi padre (fiero, firme, imperturbable), a pesar de que las piernas me temblasen y mi campo de visión se redujese. Él sonrió maliciosamente en dirección a mí y a mis tambaleantes piernas; el pulso me estalló en la garganta—. Parece que la *invalide* tiene cierto ímpetu, *non?*

Mi mundo se llenó de tinieblas. Pero, incluso a pesar de los mareos, fui capaz de apreciar la rigidez del cuerpo del asaltante al escuchar el sonido de las ruedas de un carruaje sobre la piedra. ¿Había ido mi madre a alertar a los *marechaussées?* En otro momento, algo así me hubiese herido, habría espumado bajo mi pecho (¿por qué nunca confiaba en mí?), pero en esta ocasión, con el corazón chirriante, las piernas temblorosas y el hombre alto cubierto con la capa negra, no me importó.

Los dos hombres se convirtieron en un aluvión de pisadas y papeles. En el apuro por escapar a través de la ventana, uno de ellos volcó el candil que portaba. Me lancé a por él, pero no lo hice lo suficientemente rápido: el candil se resbaló y cayó al suelo; las llamas alcanzaron la raída alfombra y se dirigieron rápidamente hacia la pared. En la ventana, sin cristales y con los postigos abiertos, el dobladillo de una capa revoloteó y, luego, se mimetizó con la noche.

Me tambaleé a través del calor y las llamas hasta llegar a una mesilla con una jarra de agua e hice uso de las fuerzas que me quedaban para volcarlo sobre el fuego que lamía las cortinas. Las llamas se apaciguaron con un lento siseo. Tenía la garganta prácticamente cerrada a causa del humo y las lágrimas.

Los había dejado escapar.

Papa no habría permitido que eso ocurriese. Él era más fuerte, más rápido y no tenía mareos que lo acechasen.

Mi pulso no disminuía, era imposible que lo hiciera; notaba los latidos incluso en los dientes. Pasé a ver la horrenda ventana, abierta de par en par, primero duplicada y luego triplicada. Tres profundos agujeros negros me arrastraban hacia su interior; las piernas estaban a punto de cederme y las rótulas se golpearon contra las tablas del suelo con un crujido.

A continuación, vi algo sobrevolándome: la mirada preocupada de padre. Tenía que deberse a los mareos, que me distorsionaban la visión. Él no estaba aquí.

—*Papa* —traté de decir. Pero la lengua se me había pegado al paladar.

Un instante después, la oscuridad me tragó.

❦

—Despacio, *ma fille*. Te has dado un buen golpe.

Hice un gesto de molestia por la luz y me impulsé hacia arriba para apoyar la espalda contra la pared. El escritorio de padre se encontraba de lado en el suelo como un cadáver; las cortinas habían sido mutiladas hasta resultar irreconocibles, también había un reguero de cenizas, madera devorada por el fuego y papeles medio carbonizados.

Y al darme la vuelta, allí se hallaba *papa*. Rehuí su mirada, notando el sabor amargo del fracaso en la lengua.

—Estaba preocupadísimo —dijo echando un vistazo al reloj de bolsillo—. Los cinco minutos que he esperado a que despertaras se me han hecho eternos. —Luego, me observó detenidamente con el ceño fruncido—. Tania, ¿qué ha ocurrido?

—Ladrones. No he sido capaz de detenerlos. Lo he intentado, de verdad que sí, pero se ha producido un incendio y yo tenía que... Pero, *papa*, ¿cómo es que estás aquí?

—La visita acabó antes de lo que tenía previsto. Se me ocurrió que podría regresar un día antes. Para daros una sorpresa —dijo entre risas, aliviado, mientras inspeccionaba la sala, completamente patas arriba.

Las visitas de padre a pueblos aledaños no constituían una novedad. Los lugareños adinerados siempre querían abrir nuevas escuelas de esgrima, y padre era un candidato ideal como maestro espadachín. Pero no había llegado a acceder nunca; eran muchas las solicitudes que había recibido desde que se jubiló, y en ciertas ocasiones les seguía la corriente a los potenciales fundadores: impartía unas cuantas lecciones y se embolsaba algo de dinero. Pero yo lo conocía lo suficientemente bien y sabía que las monedas no eran el factor principal que lo atraía. Las visitas le brindaban una excusa para visitar a sus amigos, los camaradas de su época al servicio de la Maison du Roi (la Casa Real francesa), que ahora desempeñaban cargos importantes como *marechaussées* por toda Francia o como consejeros militares. Padre jamás lo admitiría en voz alta, pero yo era consciente de que una parte de él ansiaba regresar. No a París, la peligrosa y reluciente ciudad de plomizas entrañas y callejuelas salpicadas de sangre, sino junto a los amigos al lado de los que había arriesgado la vida y la integridad física, un día tras otro. Junto a su familia de hermanos.

De pequeña conocí a algunos de ellos. Conservaba vagos recuerdos infantiles de grandes hombres con risas estruendosas, pero ahora era como mirar a través de un pozo de agua a gente que se encontraba al otro lado: fraccionados por la luz, con rasgos distorsionados, lo que hacía que la imagen última no siempre se asemejase a la original. Y tal y como eran las cosas ahora mismo, con mis mareos, y con los amigos de padre desperdigados por toda *la France*, atareados con sus diferentes asuntos y familias y protegiendo el país, era bastante improbable que volviésemos a tener la oportunidad de vernos de nuevo.

Padre hizo que me sentara en una silla y estuvo preocupado hasta que le aseguré que me encontraba bien; bueno, él sabía a lo que me refería. A través de la bruma mental, lo observé agacharse, recorrer con los dedos los polvorientos restos de un diario cuya cubierta se había doblado a causa del calor, y el cuero se había derretido y quedado negro. Me pareció atisbar un gesto de alivio en su rostro. Su anillo de sello, de oro, con la francesa *fleur-de-lis* cruzada por dos sables, destelló entre las cenizas.

Se enderezó.

—¿Cuántos eran?

—Dos —la vergüenza se propagó por mis palabras. Había dado lo mejor de mí. Ahora bien, el mejor de mis intentos nunca era suficiente—. Debería haberme esforzado más.

—Mi queridísima y temeraria hija, ¿qué sugieres exactamente que podrías haber hecho mejor para enfrentarte a dos intrusos y asegurarte a la vez de que nuestra casa no se incendiara?

No le respondí. Aunque tampoco importó; se encontraba demasiado ocupado rebuscando entre los papeles indemnes, los destrozados cajones del escritorio y el revuelto contenido de su interior.

—¿Qué se han llevado? —pregunté.

—Nada de valor.

—¿Qué hacían aquí entonces, si no buscaban algo de valor?

Ahí, justo ahí, estaba el tic en la mandíbula, la forma en que los pliegues de los ojos se le estrechaban como el filo de una daga; era el gesto que yo había tratado de replicar antes para ocultar mi miedo.

—No cabe duda de que, cuando has entrado, andaban rebuscando para ver si daban con las joyas de tu madre.

—Pero sabían tu nombre. Han dicho... han dicho que nos matarían a *maman* y a mí para que fueses tú quien nos encontrara.

Un destello de ira se reflejó en su mirada. Pero, a continuación, me echó los brazos por encima y apretó mi mejilla contra su hombro. De esa forma, no era capaz de verle la cara.

—Estoy orgulloso de ti.

—De no haber sido por el incendio... si no hubiera estado tan mareada, los habría atrapado. Habría sido capaz de protegernos.

Se echó hacia atrás para mirarme.

—¿Cómo puedes decir...? No, ¿cómo puedes incluso... pensar una cosa así? Has demostrado tu valor. Eres una verdadera de Batz.

Deseaba preguntarle a padre de dónde creía que eran. ¿Quién, aparte de los lugareños, sabía de nosotros? ¿Quién estaba enterado de mi condición? Pero entonces se oyeron pasos y *maman* apareció en el umbral. Tenía el rostro surcado de lágrimas y la expresión dura como una piedra. Con la boca cerrada, su mirada nos recorrió de un vistazo, primero a mí y después al mobiliario destrozado, antes de posarse sobre mi padre. Cruzaron una mirada que no entendí.

—No esperaba que llegases a casa para la hora de la cena. Llevará un tiempo tener algo preparado. Ten en cuenta que debo encontrar comida que no esté pegada a las paredes.

—*Ma chère...* —trató de apaciguarla, pero ella lo calcinó al instante con la mirada.

—Por no hablar de ti —soltó dirigiéndose a mí—. ¿A quién se le ocurre salir corriendo a oscuras para jugar a hacerse el héroe? No eres más que una muchacha, Tania. ¡Y podrías haberte desmayado! En este preciso instante, podría hallarme tratando de despegarte del suelo —la boca le tembló—. Te has desmayado, ¿no es así? Ya se te empieza a ver el moretón en la frente.

Sí, yo no era más que una muchacha. Una chica enferma. Una que, llegado el momento, no podría hacer nada. Porque eso es lo que implicaba ser como yo.

—Me ocuparé de encontrar un cerrajero por la mañana —dijo finalmente padre titubeante—. No permitiré que nadie haga daño a esta familia.

—No puedes garantizarlo —replicó madre.

Papa movió la mano (la derecha, la que no se encontraba actuando de soporte por si mi mundo empezaba a dar vueltas) como si tratase de tocar a *maman*. Perocuando cerré los ojos y los volví a abrir, padre ocupaba gran parte de mi campo de visión. Y luego madre, que estaba ajetreada llevando cuencos de un lado para otro. El crujido de las sillas de madera al arrastrarlas y la risa de *papa* se fundían en una canción, una que no era tanto un recuerdo de los años pasados como un sentimiento, uno que se abría paso entre las discusiones de los últimos meses y las miradas gélidas de las que estaba segura de haberme olvidado.

¿Cómo se refiere la sociedad a alguien como yo? Frágil. Enfermiza. Débil. Esas fueron las palabras que usaron el primero, el segundo y el tercero de los doctores a los que madre me llevó a los doce años; el cielo flotaba sobre mi cabeza como una especie de lago invertido.

Todos ellos me observaron como si no fuese de este mundo. Ahora bien, quizás tuvieran razón. Sin ir más lejos, eso mismo fue lo que pensó el sacerdote cuando mi madre me llevó a la iglesia local en un intento desesperado por dar con una cura.

Los mareos no aparecieron de un día para otro. No me desperté una mañana y, en vez de saltar de la cama con brillo en la mirada y preparada para empezar el día, caí en un profundo sopor. No, fue lento, paulatino, pernicioso. Entró a hurtadillas, apenas un suave oleaje al principio. La visión un poco borrosa mientras jugaba en el mercado, un dolor que me zumbaba dentro de la cabeza. Y después vino la debilidad en las piernas al ponerme de pie.

Al principio, mi madre creyó que se trataba de una artimaña. A fin de cuentas, era una cría. Y eso mismo, fingir estar malos para no tener que hacer las tareas encomendadas, era lo que hacían los críos, ¿no?

Las jóvenes normales no necesitaban asirse a los brazos de las sillas para ponerse en pie. Las jóvenes normales no veían cómo todo a su alrededor era absorbido por charcos de tinta negra, no notaban que el corazón les gritaba contra la caja torácica, no tenían unas piernas que temblaban antes de derrumbarse. Las jóvenes corrientes no se limitaban a observar con impotencia cómo unos hombres (los mismos que previamente habían amenazado con matarlas a ella y a su madre) huían en la oscuridad. Las jóvenes corrientes no permitían a hombres como esos escapar entre las oscuras agujas de los árboles, armados con espadas afiladas, a la espera de la siguiente oportunidad de regresar para degollarlas.

Me desperté jadeando tan alto que el ruido estuvo a punto de ahogar los susurros que se colaban por entre las grietas del revestimiento de madera.

Los ladrones habían regresado.

No: eran mis padres; reconocía la cadencia de la voz de ambos. Estaban hablando sobre lo ocurrido. Lo que implicaba que estaban hablando sobre mí. Y esta era, en cierto modo, distinta a sus anteriores conversaciones al respecto. Había observado algo diferente en cómo me había mirado mi madre cuando me puse en pie en medio del arruinado estudio, en el fuego de sus ojos que acostumbraba a utilizar para ocultar el sufrimiento y el dolor. Hubo una vez que se resbaló y se golpeó con la mesa en la rodilla, lo cual hizo que la piel se le pusiera azulada, con motas; en esa ocasión, la furia le duró días en el rostro. Sin embargo, a mí nunca antes me había mirado así. Había sido como si ya no pudiese seguir culpando solo a mi cuerpo por todos los problemas que yo causaba.

Quizás realmente no sabía qué hacían las jóvenes normales y qué no. Pero ¿qué era lo que yo sabía? Sabía que bajo la mirada de mi madre me empequeñecía y me convertía en algo tan diminuto e insignificante que no estaba segura de ser capaz de reconocerme ante un espejo. Y, ay, ansiaba que ella me viese como a una persona fuerte que merecía el apoyo que le brindaba su brazo al mío. Deseaba ser un reflejo del fuego que ella cuidadosamente controlaba.

—No sé qué he hecho mal —escuché decir a mi madre.

Cuidadosa de no hacer un esfuerzo excesivo, me levanté de la cama, me mantuve quieta hasta que mi mundo se enderezó y luego me dirigí a pegar el oído contra la pared del fondo. Antaño, mi habitación había sido la biblioteca de padre. Pero eso fue antes de que yo enfermase, antes de que las escaleras dejasen de ser una opción viable para mi cuerpo, propenso a los mareos, y para mis piernas, propensas al derrumbe.

—No has hecho nada malo —la tranquilizó padre—. Tania y tú, *ma chère*, sois cuanto jamás he querido.

—Como si no fuera lo suficientemente malo que no pudiese darte un hijo varón, sino que encima te di una hija que… que está… rota.

Papa dijo algo que me resultó imposible oír.

—No quiero que la vuelvas a entrenar. Se acabó la esgrima, prométemelo. Sé que quieres inculcarle tu talento, pero no puedes pretender vivir a través de ella sin que haya consecuencias. No puedo permitir que gaste cada momento y toda su energía en algo que jamás le será de ayuda para su futuro. No necesita saber cómo protegerse, sino aprender labores. Labores femeninas. Para cuando... —dejó de hablar, pero yo sabía lo que seguía. Sabía perfectamente lo que iba a decir: «cuando se case».

—Nos las arreglaremos. No, escúchame. Lo haremos —una pausa; palabras amortiguadas por la pared. La voz de mi padre de nuevo—: Esos desgraciados han esperado a que me ausentara. Pero han subestimado mi disposición a permanecer en el hogar si mi familia expresa su preocupación. No se atreverán a intentar nada mientras siga aquí.

—¡Pero no se trata solo de eso! ¿Qué hará cuando yo ya no esté? ¿Cuándo tú ya no estés? No estás hecho a prueba de todo, y menos ahora que...

Se oyó un sonoro suspiro. También unos cuantos gimoteos y el distintivo frufrú de la tela. Retrocedí para agarrarme a uno de los postes de la cama. La cabeza se me ladeó, los pies se me empezaron a teñir de un gris violáceo, como sucedía siempre que los mareos acudían en fuertes oleadas.

Independientemente de lo que pensara mi madre, y sin importar cuánto deseaba yo que me viese a mí y no solo a mi debilidad, no me arrebataría la esgrima. Nada de lo escuchado era nuevo para mí: que una joven no necesitaba aprender cuál es la forma correcta de sujetar la empuñadura de una espada, que tampoco necesitaba conocer el ángulo en el que su brazo había de plegarse hacia el interior de su costado cuando se preparase para la embestida del ataque de su oponente. Las jóvenes no necesitaban conocer ese tipo de cosas, y menos aún las que estaban enfermas.

Hasta hoy, padre siempre había respondido sacudiendo la cabeza. Yo no era esa persona, explicaba él siempre.

«Es Tania —le gustaba decir. Eso irritaba a madre hasta el extremo—. Es Tania».

Tania, la hija que debería haber sido un varón, la hija que debería haber continuado el legado de su padre. Pero nadie querría a una muchacha enferma como esposa. Aunque se tratase de la hija de un mosquetero.

CAPÍTULO DOS

Seis meses después

—*MON DIEU!* —¿La veis apoyada contra la pared? *Comme une invalide, non?*

Alcé la barbilla con la palma apoyada en la fachada de piedra. Podía ver a las chicas a lo lejos, ataviadas con sus vestidos, como manchas de color en la calle adoquinada. Luché contra el calor que ascendía por mis mejillas, contra la ira y el creciente bochorno, y esbocé una empalagosa sonrisa.

—¡Geri! ¡Qué agradable sorpresa!

Tres o cuatro conocidas de mi infancia se separaron del grupo dejando a Marguerite y al resto atrás. Estaba familiarizada con ese tipo de chicas. Situaciones como esa las incomodaban, pero solo hasta cierto punto. No lo suficiente para intervenir.

Los ojos de Marguerite brillaron fugazmente, en sus iris se reflejó cierto dolor y cierta fragilidad. Aquel apodo había sido idea mía, en esa época en que gobernábamos sobre los campos de girasoles, cuando corríamos por las afueras de la localidad, nos trenzábamos el pelo la una a la otra y nos hacíamos tales nudos que nuestras madres se veían obligadas a cortárnoslos. Pero esa mirada se esfumó de su rostro cuando frunció los labios; un gesto aprendido de los demás lugareños. Existía una forma apropiada de examinar a la *pauvre* Tania, una forma apropiada de inclinar la cabeza y dejar que tu mirada descendiese por el espacio del puente de la nariz.

—Ya hemos discutido esto antes. Prefiero mi verdadero nombre, Marguerite. Geri es nombre de bebé. —Resopló, se alisó los pliegues de la falda, y luego, con el ceño fruncido, fingió limpiar una manchita de tierra de la tela verde. Debía de haberse comprado aquel vestido por su decimosexto cumpleaños, durante su visita a París, el viaje del que había alardeado en la plaza del pueblo. Era demasiado refinado para Lupiac.

Solíamos celebrar nuestros cumpleaños juntas; apenas distaban un par de días el uno del otro. Hubo un año en que nuestras familias nos llevaron a un lago, y ella y yo nos quedamos paradas sobre la moteada arena, con el agua a punto de lamernos las rodillas, contemplando la asombrosa inmensidad de cuanto nos rodeaba, el amplio mundo en el que crecíamos. Pero eso había llegado a su fin hacía cuatro años, cuando todo cambió. A los doce, Marguerite me abandonó, porque alguien que estaba obligada a pasar todo su tiempo a la sombra, una persona obligada a ser la sombra de su ansiosa madre... digamos que no resultaba divertida. Padre quiso hacerles una visita a los de Marguerite, decirles lo que pensaba de la traición de su hija. Pero madre insistió en que solo empeoraría las cosas. ¿Qué podía decir, o hacer, que mi cuerpo no fuese a desacreditar una vez y otra vez?

Los pensamientos se abrieron paso con mayor nitidez e intensidad. Me aferré a ellos como a hilos rotos. La figura de Marguerite se desdibujó. Apreté los dedos de los pies, un truco que había aprendido por pura casualidad que me ayudaba a combatir los mareos y a hacer que mi visión se aclarase.

—Por interesante que sea esta conversación, debo irme —dije.

Ella chasqueó la lengua.

—¿Estás ocupada? ¿Tú? —Echó un vistazo a la cesta repleta de las purpúreas flores silvestres—. Son bonitas. Qué lástima que no tengas a nadie a quien dárselas.

—Como si lo fuera a tener alguna vez —agregó una de las muchachas—. Ni siquiera habla con chicos, ni qué decir tiene que no conoce ni a uno solo dispuesto a casarse con ella.

Dolorida, tomé aire y pegué la cesta a mi cuerpo para ocultarla; el mimbre me rasguñó el vestido. No estaba sola. Tenía a *papa*. Y a *maman*.

No se me ocurrió una respuesta mordaz. Los sentimientos eran difíciles de ocultar, en especial cuando los sentía tan pegados a mi piel. A mi cuerpo y a la forma en que me fallaba. A la perspectiva de cómo sería mi vida una vez mis padres hubiesen desaparecido, una vida en la que no se aceptase quien era, una vida sin nadie a quien yo le importase, no por mis mareos ni a pesar de ellos, sino alguien a quien simplemente le importase, sin más. ¿Era una ingenua por esperar que alguien me viese tal y como era en realidad?

Marguerite sonrió con suficiencia.

—Me marcho a la prueba de vestuario. ¡Sería todo un escándalo ir con los vestidos del viaje a París de la temporada pasada!

Había un indicio de algo en la última de sus frases, como si ella misma fuera consciente de lo ridícula que sonaba. O quizás me lo hubiese imaginado porque ansiaba que así fuese.

El sol seguía brillando en lo alto cuando me tropecé con una piedra suelta en el camino que llevaba hacia casa. Conseguí asirme a la valla por poco. Hace cuatro años, la pintura blanca resaltaba frente a la hierba. Ahora, ascendían por los postes las plantas trepadoras de las que se alimentaban las orugas y la hiedra se hundía en la madera.

—*Maman?*

La puerta que daba al salón para las visitas estaba entreabierta; se podía ver una delgada grieta: de vuelta a aquella noche, el atizador en la mano escurriéndoseme por el sudor, el humo que no me dejaba respirar... No.

No estaban en la casa. Estábamos a salvo. No iban a volver.

Llamé a la puerta antes de entrar. Mi madre tenía la cabeza apoyada contra el respaldo de su silla favorita y una nota sobre el regazo. Di media vuelta para salir igual que había entrado, a hurtadillas. Pero entonces se produjo un sonido, una tos.

—¿Tania?

—Te he traído estas flores. —Observó mis brazos extendidos y la cesta llena, y luego agachó la cabeza hacia la carta. ¿Le costaba leerla? Quizás yo pudiera ayudarla, como ella me ayudaba a mí, y…—. ¿No ves bien la letra? ¿Es muy pequeña? Puedo leértela si…

Las palabras que pronunció mientras plegaba la carta en cuatro y se la guardaba en el chal, lejos de mi indiscreta mirada, fueron pocas y tensas.

—No. Está bien así.

—No es ninguna molestia —insistí.

—He dicho que está bien así, Tania.

—De acuerdo. —Mi mano planeaba cerca de una mesita, por si necesitara un soporte.

Madre se frotó la frente.

—Tu tío te manda recuerdos. Estaré bien —añadió cuando empecé a protestar—. Ponte a trabajar en el patrón de bordado nuevo, el que te mandó tu tía —no era una sugerencia.

Me retiré de la estancia. Pero no me dispuse a recuperar el diseño del patrón, que no había llegado a tocar y que había escondido dentro de un libro en mi habitación.

Jamás cambiaría mi espada por aguja e hilo.

En el granero, *papa* practicaba una intricada secuencia de juego de pies con tal fluidez en el movimiento de la mano derecha que su espada parecía ser una extensión del brazo. No había sido el mejor espadachín dentro de los mosqueteros, pero sin duda había estado cerca. Aunque existía la posibilidad de que lo hubiese dicho solo para evitar que se le subiese a la cabeza; era complicado pensar en alguien más diestro que él en la esgrima. Y la amaba por encima de todas las cosas… hasta que conoció a mi madre, la hija de un vizconde viudo que, después de dejar claro que lo suyo con *papa* no era una aventurilla, fue repudiada aun cuando era la segunda de las hijas y la mayor ya había sido casada con un hombre rico.

Puede que los mosqueteros hubiesen sido héroes. Pero, a no ser que el rey Luis XIII y posteriormente Luis XIV decidieran ser benevolentes con ellos, los pocos que entraban a formar parte de los mosqueteros sin poseer tierras ni títulos salían igual que habían entrado. No eran muchos, como padre; los hijos de nobles los superaban en número, puesto que era habitual que su admisión viniese respaldada por cierta suma de dinero. Pero padre era diestro con la hoja y eso no había dinero en el mundo que pudiese comprarlo.

Papa abandonó sus deberes como mosquetero cuando yo nací, para convertirse en una presencia constante dentro de la familia. Al menos, eso me decía cuando era pequeña y escuchaba absorta cada palabra que salía de su boca, y suplicaba al hombre que había renunciado voluntariamente a la gloria por mi madre y por mí (lo cual escapaba a mi comprensión) que me contara historias antes de irme a dormir. Ahora sé que no era como me lo pintaba: *papa* jamás hubiese renunciado a su puesto por propia voluntad. Pero ni siquiera sus camaradas habían podido protegerlo, a él, un mosquetero sin títulos, de la influencia de un vizconde. No, a *papa* lo obligaron a retirarse. Pero tenía a mi madre, que rehusó obedecer los deseos de su padre. Y juntos, *papa et maman*, me tuvieron a mí.

Si al menos yo no me hubiera convertido en el motivo de sus disputas o en el pozo al que iba a parar todo su dinero, puede que no hubiese sido un intercambio tan terrible. Romántico incluso: amar a alguien tanto que estás dispuesto a renunciar a todo por esa persona.

Ahora bien, en mi caso, yo solo había practicado esgrima con *papa*. Desconocía lo que era formar parte de una comunidad dedicada al estudio de la espada y que te la arrebatasen.

Un pisotón en el suelo me sacó de mis pensamientos. Observé a padre fluir elegantemente de la posición de punta en línea (el brazo y la espada en línea recta a la altura del pecho) a una parada bellamente ejecutada. La hoja silbó en el aire cuando realizó el bloqueo.

—Nunca seré capaz de hacer eso.

Padre se giró para mirar por encima del hombro y se apartó unos mechones de pelo gris de la cara con la mano libre.

—Sí que lo serás.

Si bien el granero albergaba a su viejo semental, el leal Beau, por dentro no era lo que cabría esperar. Las paredes estaban cubiertas de espadas de entrenamiento y equipamiento adicional; el centro de la planta, despejado y sin heno. Un maniquí hecho a partir de un costal de harina y paja sobrante estaba colocado en una esquina para practicar el toque con objetivo.

—No con un oponente que corra hacia mí con una espada —refunfuñé. *Papa* abrió la boca, pero continué hablando antes de que él pudiera hacerlo—: Corriendo no; sabes que esa no es la palabra que quería usar. Era una figura retórica. *Avanzando*, sí, eso es lo que quería decir, ya lo sabes.

Una sonrisa se abrió paso por todo su rostro y le aparecieron nuevas arrugas en el rabillo de los ojos, en las comisuras de la boca. Era en estas ocasiones cuando aparentaba ser joven y anciano al mismo tiempo, cuando yo entendía que hubiese sido capaz de desarmar incluso a mi madre, una verdadera cortesana, y conseguir que considerase a un hombre sin un impresionante título como pretendiente. Las historias de cómo la había cortejado, que a mí me deleitaban y a ella la consternaban, estaban llenas de intriga y peligros; dos amantes cuyo destino era estar juntos, pero a los que se obligaba a permanecer separados por sus distintos rangos, por la envidia…

Papa no quería fundar una familia en París. No le gustaba la ciudad: lo oscuras que eran las callejuelas, lo iluminadas que estaban las calles amplias, lo mucho que apestaban las dársenas a sudor, lo ineludibles que eran las interacciones sociales. Enumeraba cada argumento con el mismo tono petulante, pero no podía ocultar el peso del último de ellos: el recuerdo de las personas a las que había perdido. Mis padres nunca regresaron a la ciudad: durante un tiempo, fue para evitar cruzarse de forma accidental con el padre de *maman*. Pero, para cuando mi abuelo hubo fallecido y París volvió a ser un lugar seguro, los mareos ya habían empezado a consumirme. Una buena porción del dinero familiar se desperdició en visitas fallidas a doctores. Padre no era pobre, en absoluto (tenía algo de dinero heredado de sus difuntos padres, aunque más de su época como mosquetero), pero vivir en París era caro. El dinero daba más de sí en Lupiac, donde una casa de dos plantas con una buhardilla no estaba fuera del alcance de una única familia. Padre valoraba más ahorrar que gastar el dinero. Intercambiaba lecciones de esgrima por cualquier precio superior al coste de nuestros víveres. Pero, incluso con sus ahorros, tener un techo sobre la cabeza en París sería una suerte.

—¿Un vahído? —preguntó al mismo tiempo que yo regresaba al presente.

—No, solo estaba pensando.

—Ah, bueno. ¡Entonces ya es hora de ponerse a trabajar, *Mademoiselle la Mousquetaire*!

Me recogí las faldas en el fajín, ese que *papa* le había encargado al sastre, y dejé a la vista la parte inferior de los calzones que llevaba puestos bajo el vestido. A continuación, adopté la postura apropiada: pie derecho al frente con los dedos extendidos; el pie izquierdo hacia atrás e inclinado de lado. Las rodillas flexionadas lo justo, como si fuese un muelle y estuviese lista para lanzarme hacia delante en cualquier momento. El torso centrado y erguido.

Padre no me avisó antes de atacar. Eso frustraría el propósito; un adversario jamás informaba de su ataque. La hoja del arma de padre destelló cuando mi espada se desplazó para ir a su encuentro.

Los hombros los tenía echados hacia atrás, sueltos. Lo suficientemente tensos para bloquear su ataque con una parada firme y lo suficientemente relajados para adaptarme a lo inesperado. La acción preferida de padre era esperar hasta que me acercaba lo suficiente para entonces descargar la embestida antes de desviar mi espada con un golpe.

Beau soltó un resoplido disgustado desde el establo, ubicado en uno de los rincones del granero. Su larga cola se movía de un lado a otro para espantar *des mouches,* las molestas moscas, mientras comía su porción de avena. Una de ellas, redirigida, voló contra mi cara. *Dieu,* cuánto odiaba a ese animal.

Intenté la última parada que habíamos estado practicando, que me cubría el flanco izquierdo y parte del rostro. El polvo se arremolinó alrededor de mis talones cuando retrocedí para bloquear el ataque de padre, pero manteniéndolo al alcance de la mano. De inmediato, propulsé el brazo hacia delante.

Él no se esperaba una estocada tan rápida. Cuando saltó hacia atrás, se cambió la espada de la mano derecha a la izquierda. Luego efectuó un bloqueo tan sumamente limpio que mi espada rodó por el suelo del granero.

—¡No es justo! —grité indignada.

Segundos después, mientras yo buscaba el arma arrastrando el polvo con los dedos, vi que padre sostenía mi espada en alto con gesto triunfante.

—¡Ajá! ¡Desarmada!

—*Papa...*

—Ni lo intentes. Conoces las reglas, *Mademoiselle la Mousquetaire:* si dejas caer la espada durante el entrenamiento, te toca bordar media hora más de lo habitual. —De todas las formas posibles que él tenía de calmar la culpa que sentía por ir en contra de los deseos de madre, ¿tenía que elegir precisamente esa?

—Has hecho trampa —me quejé al tiempo que recuperaba la espada.

Resopló a la par que Beau.

—No todo el mundo cuenta con la decencia y el honor de un mosquetero. Pocos de tus oponentes tendrán dicho calibre, y menos aún serán los que cuenten con dicho entrenamiento; no solo como brillantes espadachines, sino también como hombres de bien.

Padre tenía una imagen distorsionada de sus camaradas. A todos y cada uno los veía como individuos honorables, incluso a los que no se habían ganado su posición, aquellos que formaban parte de los mosqueteros gracias al dinero que poseían, sus títulos o la familia de la que procedían. Eran sus amigos. Al menos, los mosqueteros de su época. Los que vinieron después...

—Ojalá yo pudiera tener algo así. Esa camaradería —murmuré, más para mí que para que lo escuchara padre.

Qué deseo tan ridículo. Un deseo ridículo para una chica enferma y ridícula como yo. Pero, por tonto que fuese, ese anhelo se desplegó en mi mente: el granero se transformó en una amplia sala repleta de espadachines. Sí, tanto la misión de proteger al rey como de proteger a Francia les unía. Risas. Choque de espadas. Una sucesión de casacas bordadas en azul destellaban en el aire. Pero juntas eran algo incluso superior que su deber. Sí, por ridículo que resultase, me las imaginaba como muchachas, como yo.

Un pour tous, tous pour un. Con ese lema era como *papa* ponía fin a todas las historias que me contaba antes de dormir cuando era pequeña. «Uno para todos y todos para uno».

Padre sonrió; una extraña expresión se abrió paso velozmente en su rostro.

—Oh, Tania. Cuánto desearía que pudieras tener lo que tuve yo. —Su mirada era soñadora, mechones de pelo se le pegaban a la cara, espada en mano, preparado para responder a una llamada a las armas que solo él podría oír.

—*Papa* —dije. Él no contestó. Se encontraba en otro lugar—. *Papa.* —Parpadeó—. ¿Alguna vez has considerado volver?

—¿Adónde?

—Con los mosqueteros.

—Ya no hay mosqueteros.

Con el ceño fruncido, abrí la boca, pero él siguió hablando:

—*Oui,* los mosqueteros de la Guardia aún existen. Siguen protegiendo la Maison du Roi. Pero los verdaderos mosqueteros, mis mosqueteros... no, eso es cosa del pasado. —Se le ensombreció la mirada—. Los de ahora son todo esplendor, pero sin honor suficiente. Muchachos a los que las botas de sus predecesores les quedan grandes y que están demasiado ocupados puliendo sus espadas. Pero eso es lo que pasa cuando aceptas más sacos de monedas de la cuenta. Luchar por el rey solía ser algo más que luchar por la monarquía. Consistía en luchar por *la France*. Luchar los unos por los otros. Mantener con vida y sanos a tus hermanos. Había veces —susurró tan débilmente que tuve que esforzarme para escucharle— que se me olvidaba que el rey existía.

Beau soltó un relincho golpeando los cascos en protesta.

—*Ah, monsieur Beau!* ¿Ya no os queda avena? —Padre se aproximó al establo manzana en mano. Le lancé una mirada al semental; él se me quedó mirando fijamente—. ¿Has hablado con tu madre hoy?

El tono de su voz hizo que me detuviese. Padre se encontraba de espaldas a mí, con la mano firme mientras Beau masticaba alegremente hasta llegar al corazón de la manzana.

—Sí, ¿por qué?

—Tenemos un invitado para la cena de esta noche. Bueno, invitados, en realidad.

—¿Invitados? —*Papa* se giró; dejó caer los hombros. Las entrañas se me retorcieron—. No puedes obligarme. No lo haré. ¡No!

❦

Yo no contaba con la complexión de Marguerite ni la del resto de las chicas del pueblo, no se me veía cómoda vestida con llamativos tejidos como los suyos. Nunca he sido voluptuosa, no de la forma adecuada. Mi cuerpo no era de los que se fundían con el espacio. Era todo curvas y músculo: un cuerpo ideal para ser espadachín.

Pero no era, sin embargo, el cuerpo ideal para una muchacha que es evaluada cual cerdo el día de mercado.

Mis padres y la otra pareja nos observaban por la ventana, sentados aún con la copa de vino de la sobremesa. Todos excepto padre, quien, tras abandonar los mosqueteros, había renunciado a ese líquido de intenso color rubí.

Los Chaumont eran amigos de mi tío, además del principal objetivo de madre en su esfuerzo por casarme. Llevaba planeando un encuentro desde que su hermano le dejase caer que el hijo del matrimonio tenía más o menos mi edad. De eso trataban las cartas de mi tío: de que los Chaumont llegarían pronto, de que esperaba que su aviso llegase a tiempo y de que era consciente de que era algo apresurado. Sí, era una imposición, pero mi madre pasaría por alto lo que fuera si en ello veía una oportunidad de asegurar mi futuro.

El aire en el jardín era denso y dulce; esperaba que fuese suficiente para cubrir el olor del sudor ansioso que se me acumulaba en los despiadados pliegues del vestido.

Jacques se quedó estancado al principio de las hileras de flores. El chico tenía unas mejillas que se ponían de color rosado cada vez que sus padres sacaban a colación lo excelente que era, una proeza que, por lo que parecía, dominaban a la perfección. Su madre era incluso capaz de llevarla a cabo incluso si la conversación versaba sobre algo que no tuviera nada que ver, como, por ejemplo, la eficiencia de las doncellas.

—Una de las doncellas de los Dowager es muy poco agraciada. Y durante la última celebración de la temporada, ¡nadie la invitó a bailar! La pobre... Pero Jacques, que es todo un caballero, le pidió que le concediese los dos siguientes bailes. Es un jovencito muy amable y considerado. Incluso así lo afirmó madame de Tréville. Ella misma se me acercó, ¿os lo imagináis? Hace cuestión de un par de meses, puso en marcha una escuela de preparación para futuras esposas; todos los nobles parisinos están intentando conseguir que incluyan a sus hijas en la lista de espera. Supuse que no sabríais de su existencia, con lo... aislados de París que os encontráis. Debía de pretender acordar un matrimonio entre una de sus señoritas y nuestro Jacques. Pero le convendría caer en la cuenta de cuán demandado está. ¡Un primogénito con unos modales tan excepcionales como los suyos!

Bajo la débil luz que lentamente se atenuaba, Jacques se giró hacia la ventana; madame Chaumont le dedicó un breve saludo. Mi madre, por su lado, lo que hizo fue llamar mi atención y, a continuación, señalar a Jacques con la cabeza.

Incómoda, cambié de posición; los pies, aunque dentro de calzado plano, estaban inestables sobre la irregular hierba.

—¿Están enterados? —le había preguntado a madre previamente, después de ser embutida en ese incómodo vestido azul celeste adornado con espirales de bordados dorados.

Los ojos se le iluminaron en el espejo al comprenderme. Sus manos se detuvieron justo cuando estaba alisándome una de las mangas.

—Saben lo que tu tío les ha contado.

—¿Que es...?

—Cuando él sugirió este encuentro, ellos preguntaron por qué no te habían visto durante la temporada. Les dijo que te privábamos de ir a París porque te encontrabas muy débil. Que estabas enferma, pero que no era nada grave.

—¿Esperas que mienta? Quieres que mienta acerca de... de...

Estiró la mano para colocarme bien uno de los pasadores del pelo, sus movimientos eran bruscos. El alfiler se me clavó en el cuero cabelludo.

—Yo he cumplido con mi parte. Ahora te toca a ti cumplir con la tuya. —Negué con la cabeza—. Tania —dijo ella, agarrándome por los hombros—, debemos encontrar a alguien. ¿Es que no lo entiendes?

Por supuesto que lo hacía. En mi cabeza, sus palabras se repetían en un bucle sin fin. Me había empujado a hablar con los jóvenes del pueblo más veces de las que era capaz de recordar. Conforme los mareos empeoraban y mis esperanzas disminuían, sus sermones mutaron y se multiplicaron. Aunque ella no llegase a articularlo, yo sabía qué pensaba de verdad; la realidad de cada tirón al ajustarme el corpiño, de cada picotazo con los alfileres. Nada importaba que ella se hubiese casado con padre por amor.

Las jóvenes enfermas no tenían pretendientes. Debían luchar por lo poco que pudieran llegar a conseguir. Una lucha muchísimo más difícil que la que requería una espada.

Por eso asentí con la cabeza en respuesta al gesto de madre y luego le sonreí con dulzura a Jacques, fingiendo colocarme las faldas, cuando en realidad buscaba a tientas el pasamanos que padre había instalado en torno al borde de la valla; la mano lo bastante abajo para pasar inadvertida. Se trataba de una valla demasiado alta para usar los postes para mantener el equilibrio, que es lo que hacía con la que se hallaba frente a la vivienda.

Si hubiera que buscar la combinación perfecta de mis padres, el jardín sería el lugar donde encontrarla: los elegantes y cuidadísimos arbustos eran el detalle favorito de madre, porque se asemejaban a los que había en le Palais du Louvre, la residencia principal del rey. Ahora bien, las explosiones de color, los intensos azules y rojos eran cosa de *papa*.

Miré a mi alrededor en busca de algo de lo que hablar.

—La cena ha sido... interesante. —¿Interesante? ¿Acababa de utilizar ese adjetivo?

—Sí. Interesante.

Las faldas de mi vestido susurraron al contacto con la hierba cuando pasamos al lado de un arbusto recortado para imitar la forma de una flor.

—¿Vos...? —dijo él.

—Siempre he creído que... —empecé yo.

—Por favor, continuad.

—A mí... a mí siempre me ha parecido, quiero decir, siempre me ha parecido raro. —Incliné la cabeza hacia el arbusto.

Él frunció el ceño.

—¿El qué?

—¿No os parece rara la idea de que un arbusto que imita a una flor pudiera llegar a ser considerado más bello que la propia flor? —En la hora previa al anochecer, con las mejillas calientes, lo miré de reojo. La menguante luz formaba en su rostro ángulos donde no los había—. ¿Qué ibais a decir?

—¿Desearíais sentaros? —preguntó. Habíamos alcanzado un banco desde el que se podían contemplar las flores.

Unos finos pelillos rizados le enmarcaban el rostro y los apagados ojos azules. No se veía pasión alguna en ellos ni un fuego aletargado. Pero tampoco crueldad. Nada que me generase rechazo. Y su cara reflejaba amabilidad, aunque quizás se debía a que yo estaba decidida a verla o incluso a pintarla de ser necesario. Se había ofrecido a bailar con una muchacha dejada de lado por todos. Aunque yo no pudiese aspirar al amor, sí podía conseguir bondad. Y la bondad, a su modo, era una forma de amor.

—¿Tengo algo en la cara?

—No —le aseguré en voz demasiado alta.

—Bien —se aclaró la garganta—. Estoy seguro de que sabéis por qué nos encontramos los dos aquí: soy mayor de edad y, en el futuro próximo, habré de buscar esposa. A mis padres los informaron de que vos os encontráis en una situación similar.

El lenguaje del que hacía uso era transaccional, pero no todos habían de ser poetas. Solo porque no usase el lenguaje del amor no implicaba que dentro de su cuerpo no existiera dicha emoción.

—Así es. —Esperé, pero él no prosiguió—. ¿Hay algún otro asunto del que queráis hablar?

—Nuestros padres se encuentran debatiendo las cuestiones. —Hizo un gesto hacia la casa—. No hay mucho más que decir.

—Oh. —Me tragué la febril sensación que intentaba abrirse paso a través de mi pecho, alcanzar mi garganta y salir.

No le importaba conocerme. Le traían sin cuidado mis gustos, mis aversiones, si había algo en mí que algún día, con el tiempo, pudiera llegar a amar.

Fue entonces, sumida en la neblina del descontento, necesitada de estar en cualquier otro sitio, cualquiera que no fuese aquel en el que me encontraba, que cometí el error. Sin pensar, parpadeando para evitar las lágrimas, me incorporé a toda prisa.

CAPÍTULO TRES

Unos pétalos negros brotaron ante mis ojos, más reconocibles que cualquier otra flor del jardín y más oscuros que el centro de un girasol.

El rostro preocupado de Jacques titubeaba frente a mí, con los dedos ligeramente posados sobre la cara interna de mi codo cuando volví a sentarme. El mundo seguía dando más y más vueltas.

—¿Va todo bien? ¿Debería pedir...?

—¡No! —lo interrumpí, y luego adopté la expresión más agradable de la que fui capaz—. No —repetí de forma más apacible—. No hay por qué preocuparse.

—¿No... no hay por qué preocuparse? —balbuceó mientras posaba la mirada sobre mí, después en la vivienda y de nuevo en mí.

Apreté los dedos de los pies. No apaciguó mucho el mareo, puesto que ya estaba sentada, pero el acto en sí era algo instintivo y familiar y alivió el miedo desenfrenado que me encogía el pecho. Inspirar por la nariz y espirar por la boca.

Cuando logré enfocar la vista, miré a Jacques. Se me daba bien conseguir que el dolor no se me reflejara en el rostro. No tenía más que apretar los dientes e hincarme las uñas en las palmas.

—Debería ir a buscar a nuestros padres —afirmó.

—Por favor, no lo hagáis; no hay nada que puedan hacer.

Me escudriñó bajo la tenue luz.

—¿A qué os referís?

Tenía lista en los labios la justificación que había de darle. Pero allí estaban sus ojos, de un azul más similar al agua de un pozo que al de un cielo despejado. Esos ojos pertenecían al joven que una vez había bailado con una muchacha solitaria, un chico con el que quizás me llegase a desposar. Un joven al que podría tratar de amar, llegado el momento.

—Hay ocasiones en las que me mareo. No es demasiado grave —añadí al ver el gesto de alarma en su rostro.

—¿Así que estáis... enferma?

—No —me apresuré a aclarar—. Estoy bien, de veras, es solo que...

—No hace falta que os expliquéis.

Me detuve.

—¿Lo... lo comprendéis? —El alivio se extendió desde las puntas de los dedos de mis pies hasta la coronilla.

—Sí, por supuesto. ¿Me permitís que os ayude a entrar en la casa?

Al tender la mano hacia el brazo extendido de él, con vacilación e indecisión, mis dedos entraron en contacto con la manga de su atuendo, de una tela de un azul oscuro, casi negro ahora que la luz del exterior había comenzado a desvanecerse. Él no titubeó.

Traté de dar con sus ojos de nuevo. Pero había demasiadas sombras, por lo que tuve que conformarme con imaginar lo que encontraría en ellos. Quizás fuera mejor así. De esa forma, podía hacer que sus ojos dijeran lo que yo quisiera.

—¡Tania! —Cuando entramos en casa, mi madre nos invitó a pasar a la sala de estar—. ¿Le has enseñado a monsieur Jacques el jardín?

—Es encantador, *madame*. —Jacques me condujo hacia un diván con estampado de rosas; las flores se entrelazaban en tonos rosáceos y verde salvia—. ¿Os encontráis bien ahora? —preguntó. Yo asentí—. Gracias de nuevo *pour la visite du jardin.* —Se giró nuevamente hacia madre—. *Madame*, ¿sería usted tan amable de indicarme dónde se hallan mis padres?

—Le he pedido a mi marido que los acompañara hasta el salón. Está en la parte delantera de la finca. —Como si viviéramos en una espaciosa mansión en vez de en una casa de pueblo. En cuanto Jacques desapareció, *maman* se pegó a mí y se dispuso a ajustar uno de los pasadores apiñados sobre mi cuero cabelludo—. ¿A qué se refería con lo de «os encontráis bien ahora»? ¿Has sufrido un vahído?

—Todo va bien.

—¿Se ha percatado? ¿Ha dicho algo? —la voz se le tiñó de una pizca de desesperación.

No sabía cómo responder, por lo que volví a decir: «Todo va bien». Inspiró hondo para calmarse.

—¿Qué ha sucedido? —La expresión de su rostro varió a medida que le relataba mi interacción con Jacques y trataba de lograr que su preocupación disminuyese; intentaba no mirar por encima del hombro por miedo a ver a los Chaumont entrando por la puerta—. Dime que no le has contado que llevas así años —añadió.

—Lo único de lo que está enterado es de que, de vez en cuando, me mareo. Ha dicho que lo comprendía.

—Ha dicho que lo comprendía —enfatizó cada una de las palabras como si se tratase de una pregunta.

—Así... es.

Madre dejó escapar una carcajada de recelo.

—¿Él... ha dicho... que... lo comprendía? Tania, ¿cómo va a poder hacer tal cosa? ¿Cómo va a entenderlo?

Las lágrimas me ardían; me agazapé en el diván.

—No había otra cosa que pudiera haber dicho o hecho. Por favor, *maman* —le imploré tratando de alcanzarla.

¿Cuándo había sido la última vez que sentimos el tacto de la otra sin que fuese para que ella sirviese de soporte a mis tambaleantes piernas? ¿Cuándo me había tocado para algo que no fuera ayudarme?

—¿Qué ocurre?

Papa, que entraba con parsimonia por la puerta, se detuvo cuando nos vio: el cuerpo de madre era una cuerda tensa y furiosa, mientras que yo únicamente deseaba correr a esconderme en el granero con las espadas. Unas cuantas lágrimas más me rodaron por las mejillas. Le decepcionaría tanto... Era una cobarde que temía plantarle cara a su desaprobación.

—¿Dónde están los Chaumont? —preguntó madre.

—El muchacho ha pedido hablar con ellos, así que los he dejado a solas. Qué estirada es la madre. —Me guiñó un ojo—. Me atrevería a decir que bastante desagradable incluso.

—¡Thomas!

—¿Qué ocurre, *ma chère?*

—Lo sabe, Thomas.

—¿Quién sabe qué?

Madre no tuvo oportunidad de responder. Cuando *papa* dejó de hablar, la puerta del salón se abrió. Era Jacques.

Asiéndome al diván, me puse en pie, busqué la forma de encontrar el equilibrio apoyada en el reposabrazos. Debía demostrarle a Jacques que era una chica normal. Convencerle de que la rojez por las lágrimas derramadas era un simple rubor, un indicador de buena salud.

—*Madame, monsieur, mademoiselle* —entonó Jacques.

—*Monsieur,* creíamos que os habíais retirado al salón con vuestros padres —dijo madre.

—Madre necesitaba de un momento para recoger sus cosas. Considera que hemos demorado demasiado nuestra partida.

—Pero es peligroso viajar de noche —razonó mi madre—. Y necesitáis descansar. Contábamos con que os quedarais al menos una, si no dos noches.

—Con el debido respeto, eso era antes de saber... —Jacques se detuvo cuando su mirada se posó en mí.

—Tened cuidado con las palabras que decidís usar a continuación, *monsieur.* —La mirada de *papa* era igual de mortecina que el filo de una espada.

Jacques alzó la barbilla.

—*Monsieur,* os aseguro que no pretendía ser descortés.

Madre tiró a padre del brazo murmurando que debían buscar a monsieur y madame Chaumont, y lo arrastró tras de sí hacia el salón. Se encontraba tan inquieta que no tuvo en cuenta que nos estaba dejando a solas sin carabina que estuviese pendiente de nosotros.

El borde del diván se me clavaba de forma dolorosa en la espalda. No me moví. No a causa de los mareos, sino porque estaba paralizada: un bloque de hielo que esperaba a que esculpieran en él un cisne.

—*Mademoiselle*, debo deciros *adieu*. —Jacques me hizo una leve y educada reverencia.

Finalmente, recuperé la voz:

—¿Cómo habéis podido fingir que no pasaba nada cuando estábamos en el jardín?

Una mezcla de diversión y desconcierto empañaron el rostro de Jaques.

—No he hecho tal cosa. Vos tenéis estos..., ¿cómo os referís a ellos? ¿Vahídos? Es la palabra que ha utilizado vuestra madre, ¿no es así? Hacen que os encontréis mal y os cueste andar... Es una desgracia. Siento que tengáis que sufrir.

—No os entiendo.

Él se rio. No se estaba burlando de mí, no estaba siendo brusco tampoco, pero las propias palabras, que sonaban como el preludio de algo horrible, hicieron que las recibiera como un bofetón.

—*Au contraire*, soy yo el que no comprende lo ocurrido. No cabe duda de que nunca podría haceros una propuesta de matrimonio.

—Pero vuestra... vuestra madre ha dicho que sois un joven amable. Bailasteis con...

—Bailar con una chica poco atractiva que no tiene pareja no es comparable a desposarse con una joven como vos. Sin duda sois capaz de entenderlo, a pesar de vuestra condición.

Seguía sin haber malicia en su mirada. Ni rechazo ni saña. Él creía a pies juntillas que no estaba haciendo nada malo. No consideraba haber dicho nada malo.

Madame Chaumont irrumpió en el salón a través de la puerta. Mi madre le pisaba los talones.

—Nos marchamos —madame Chaumont le escupió las palabras a su hijo—. Vuestro padre se ha marchado con el cochero para poner a punto el carruaje. —La mujer revisó la sala con la mirada; los ojos se le fueron encogiendo hasta parecer, a medida que se dirigían hacia la esquina en la que me hallaba, borrascosas esquirlas de vidrio—. ¿Quién os creéis que sois? ¿Formaba parte de una artimaña para… seducir a mi hijo y transmitirle vuestra tenebrosa enfermedad a su prole? Qué espantosa maniobra política. Yo misma, naturalmente, estoy versada en las intrigas y escándalos de la corte gracias a todo el tiempo que paso en París, pero vos, con vuestra actitud, habéis sobrepasado incluso a las personas de la baja *noblesse* más sedientas de poder.

—Alejaos de mi hija. —*Papa* ardía de rabia sobre el umbral de la puerta.

Madame Chaumont farfulló:

—Debo de… de haberos oído mal. ¡Ningún caballero osaría hablarle a una dama de mi rango de tal modo!

—¿Os gustaría que os repitiese lo que acabo de decir? Sería todo un placer. —*Papa* entró en la habitación.

—*Merci, madame de Batz*. Gracias por la deliciosa cena —los interrumpió Jacques—. No nos aprovecharemos durante más tiempo de su hospitalidad.

—Madame Chaumont —madre se aproximó a ella—. Ha habido un malentendido…

La mujer, más mayor, le lanzó una mirada que hizo que deseara desaparecer. No era por la ira, aunque bien era cierto que en el rabillo de los ojos le saltaban chispas de furia. Se debía al evidente e intenso desagrado que emanaba de ella. Agachó la mirada, haciendo que el arco de su nariz descendiese, para posarla sobre los pies de madre. Como si ella, por el crimen de ser mi madre, tuviese un valor inferior al de la tierra bajo las tablas del suelo. Yo creía haberme sentido pequeña bajo la mirada de madre en otras ocasiones, pero no existía nada que hubiese podido prepararme para la forma en que se giró hacia mí y me miró de arriba abajo, como si nunca antes en su vida me hubiese visto.

CAPÍTULO CUATRO

¡Chas! Cuando la espada entraba en contacto con el objetivo y lo cortaba, solía ser una liberación. Pero no había aliento o suspiro que pudiera exhalar para deshacer el nudo de mi brazo, la pétrea amplitud de mis hombros.

—Es culpa tuya. Has sido tú el que le ha llenado la cabeza de pájaros con historias. Ella nunca vivirá un romance como esos.

¡Chas! La rasgadura de la hoja contra el tejido. Contra la madera. Si entornaba los ojos, el objetivo se convertía en la cara de Jacques, un rostro honesto y deshonesto a la vez que creía no tener nada que esconder.

En el mismo instante en que me encogí, la espada repiqueteó al tocar el suelo. Una cosa era hacer uso del enfado y la ira para alimentarme durante el entrenamiento, pero emplear el rostro de un chico como objetivo, imaginar que lo hería hasta que se desplomara, era otra distinta. Hasta que él entendiera lo que había hecho.

Las voces que se oían fuera del granero dejaron de hablar. Mi respiración entrecortada llenaba el silencio.

—Aún es joven; podría...

—Es tu hija. Si dedicase más tiempo a aprender qué implica ser mujer, ¡no estaríamos metidos en este lío!

—¿Cómo has llegado a tal conclusión?

—Pues, para empezar, Tania habría sabido cómo manipular a ese bobalicón.

—Querida mía, es bastante probable que nuestra hija sea la persona menos propensa de toda Francia a manipular a otra. Es demasiado bondadosa. No utiliza su luz, su fortaleza, para herir a los demás —había algo raro en su voz, pero madre perseveró y continuó discutiendo.

Me habría echado a reír si no fuera porque sollozar era lo que más quería hacer en ese momento: ahí estaba yo, imaginándome la cara de un joven en el extremo opuesto de mi espada. Yo no era bondadosa. No lo era en absoluto; solo era una amalgama de errores.

Mi padre era demasiado bueno conmigo.

«La *invalide* tiene cierto ímpetu, *non*?». El hombre avanzó en la oscuridad. Pero, esta vez, yo tenía las manos vacías: ni atizador, ni espada. No tenía nada con lo que impedirle que me clavase un puñal en el corazón.

Era inservible. No me quedaba esperanza.

—Tania.

Me desperté de repente; el sol del amanecer bañaba la habitación con su luz. *Papa* estaba parado junto a la ventana, los cuarterones, abiertos. Todo brillaba demasiado.

—Tres. Tres días son los que han pasado desde que esos desgraciados se marchasen, y casi no has puesto un pie fuera de la habitación. Solo has estado una vez en el granero, para entrenar. No creo que te haga ningún bien holgazanear.

—No estoy holgazaneando —farfullé.

—Pues arriba. Es hora de entrenar.

—No puedo. —Hundí la cara en la almohada cuya tela estaba empapada de lágrimas o de sudor o de ambas.

—No creo que sea necesario recordarte que vas a empeorar si no practicas, sobre todo si no sales de la cama; echarás a perder tu duro trabajo. —Me giré para mirarlo. Cuanto más tiempo permaneciese en la cama, peores serían los mareos cuando al final me levantase: una realidad que mi cuerpo no me permitía olvidar. Algo de lo que *papa* se había percatado con los años—. Eres demasiado dura para estar así. ¿Dónde está mi fuerte hija?

No era fuerte; era débil y estaba cansada. Pero, aun así, me incorporé con un jadeo. Balanceando las piernas por uno de los lados de la cama, con los dedos de los pies amoratados y grisáceos, intenté ponerme en pie.

El brazo de *papa* salió disparado para detener mi caída cuando tropecé, las piernas me temblaban a la vez que trataban de mantenerme incorporada.

—Ya me has avisado de que pasaría, ¿no? Quedarse en la cama lo empeora. Puedes decirlo. Adelante —dije amargamente al mismo tiempo que él enroscaba su brazo alrededor de mi cadera.

En sus ojos se reflejaban los míos. Tragó saliva.

—No, Tania. Claro que no. —Noté una intensa punzada en el pecho.

No habían transcurrido más que un par de días desde la última vez que estuve en el granero, pero daba la sensación de que hubiese pasado una eternidad: el familiar sentimiento en el paladar, parecido al cosquilleo de la paja, el maravilloso crujido que hacía el suelo al caminar sobre él. Beau me analizó con sus oscuros ojos cuando atravesé la estancia mientras *papa* me guiaba hacia una vieja silla que había colocado dentro del granero para ocasiones como aquella.

Me sentía como en mi peor momento; a los doce, trece, catorce, cuando lo único que podía hacer era sentarme y observar a *papa* entrenar. Hubo veces que, sentada, practicaba esgrima, aprendiendo técnicas sin el juego de pies. Odiaba sentirme como me sentía ahora: impotente. Como si volviera a tener doce años.

—Tania. —*Papa* le estaba cepillando la crin a Beau con un peine de púas anchas para desenredarle los duros nudos y quitarle los persistentes abrojos—. Tenemos que hablar de lo ocurrido.

—¿No íbamos a entrenar?

Posó el cepillo en un taburete cercano.

—Necesitabas salir de esa habitación.

—Me has mentido.

Supe que iba a retirarse los mechones de pelo de la cara antes de que lo hiciese; la acción me resultaba así de conocida.

—No todas las mentiras son malas, *ma fille*. Si se tienen buenas intenciones, tienen el potencial de ayudar a la otra persona en lugar de herirla.

Hice ese gesto que mi madre no soportaba: curvé las comisuras de los labios hacia abajo. Era ella la que me había dicho que cuando fruncía el ceño era clavada a *papa*. Las señoritas no debían fruncir el ceño. Y mucho menos hacer muecas.

—Estás hablando de… él.

—Sabías lo importante que era esto —dijo *papa*. Yo alcé una ceja—. Lo importante que era para tu madre —corrigió—. Sé que él no era, no, no podía ser la primera de tus opciones como pretendiente. ¿Cómo iba a serlo, cuando su único aval era haber bailado con alguien en un baile? Pero…

—¿Crees que va de eso la cosa? *Papa*… —Reprimí las lágrimas de rabia—. *Papa* —lo intenté de nuevo—, por favor, dime que lo entiendes. No podía mentirle, no de esa forma, a la cara. Era incapaz.

—Este compromiso le habría permitido a tu madre tener la seguridad de que habrá alguien que cuide de ti. Y sé que parece una circunstancia lejana, pero, Tania, entiende que ella se preocupa por ti. Por mucho que yo desee que logres ser feliz de la forma que sea, no me gustaría que acabaras enclaustrada en un convento. Si acaso creyera que esa vida podría hacerte feliz…, pero no es lo que deseas, y no voy a tolerar que tengas que depender de la benevolencia de nuestros allegados. Y, ante todo, no permitiré que te quedes sola.

—¡No es mi culpa que los chicos me den por perdida por estar enferma!

—Tania —me interrumpió—, ya es suficiente.

Si tan solo pudiera retirarme indignada… Pero sabía qué pasaría si lo intentaba: los mareos, las manchas dentro de mi campo de visión, el mundo desplomándose bajo mis pies.

—No es que no quiera casarme —afirmé—. O que no quiera encontrar a alguien. Pero ¿cómo se supone que he de enamorarme si él ni siquiera conoce esta parte de mí? Es cierto que no es cuanto soy, pero sí es una parte.

—El matrimonio no siempre tiene que ver con el amor. Puede comenzar de esa forma, por supuesto. Y puede continuar de esa forma también. Pero es más que eso. El matrimonio es colaboración. Alguien que pueda ayudarte a convertirte en una mejor versión de ti misma, tanto cuando estéis juntos como cuando estéis separados. Una persona que sea capaz de ver tus cualidades y que las celebre. Y por mucho que odie admitir que tu madre lleva la razón en esta ocasión, el matrimonio provee cierta seguridad. —Se puso de pie con cautela, como si algo le doliese—. Y tú necesitas seguridad. En especial ahora que...

—¿Ahora que qué?

Hizo una pausa rumiando las palabras.

—No tiene importancia.

—*Papa...*

Él suspiró con expresión de resignación.

—Me temo que he dejado que crezcas creyendo que Francia es un lugar seguro e impenetrable. Todas las historias que te he contado acerca de vencer a los adversarios, de derrotar a los enemigos sin importar quiénes fueran y cuál fuese su procedencia. Pero los héroes no siempre ganan, *ma fille*. Y es muy, pero que muy duro cuando tanto los héroes como los villanos quieren, o más bien, creen querer, cosas similares. Todo hombre es un héroe para sí mismo —mientras hablaba, jugueteaba con uno de sus anillos; el metal captaba y reflejaba los fragmentos de luz. La curiosidad brotó en mí, pero la ira seguía acumulada en mis puños—. Debo partir; se ha solicitado mi presencia en otra futura escuela —confesó.

—Pero, *papa*, ¿qué pasa con...?

—Los ladrones no regresarán. Ir a por la misma *maison* más de una vez es pedir que los *marechaussées* los detengan. Además, he estado postergando trabajo importante. Seis meses es tiempo suficiente.

—¿Trabajo? ¿Cómo llamas trabajo a visitar escuelas de esgrima y seguirles la corriente a los nobles? ¡Pero si te parecen ridículos! Lo que de verdad quieres es ver a tus amigos, a tus hermanos. Sencillamente, echas de menos ser mosquetero.

No llegaba a comprenderlo. No había estado en casa la noche en que todo lo que me separaba de un hombre peligroso era el atizador de la chimenea. En un último esfuerzo, me crucé de brazos.

—Es imposible que *maman* haya accedido.

Aquello hizo que se echase a reír.

—Os parecéis más de lo que crees. He tenido una conversación similar a esta con ella hace menos de una hora —se quedó callado durante un instante, luego se inclinó para darme un beso en la frente—. Estaré en casa mañana al atardecer. No te dará tiempo ni a estar molesta. —Ensilló a Beau, pero miró por encima del hombro antes de montar—. Ten tu espada en la habitación esta noche.

—Pero *maman*...

—No tiene por qué saberlo. Me reconfortará saber que tienes al alcance de la mano los medios necesarios para protegeros a ti y a tu madre. —Juntó las riendas de Beau y ajustó la montura.

—Si tan seguro estás de que los ladrones no regresarán, ¿de quién necesitamos protegernos entonces?

Alargó el brazo para agarrarme la mano.

—Lamento informarte de que tu padre se está volviendo un viejo paranoico. No se lo tengas en cuenta, ¿de acuerdo?

Yo había fracasado en la labor de protegernos. Y, aun así, allí estaba él mirándome como si creyese en mí, en mi fortaleza. No contaba con una banda de hermanos de armas en la que confiar cuando todo era sombrío, pero tenía a *papa*. Y, a pesar de que me moría de ganas de discutir con él, de agarrar las riendas de Beau y obligarlo a quedarse, no lo hice. Porque, aunque ya no estuviese al servicio de la Maison du Roi, nosotros éramos nuestros propios mosqueteros, él y yo. Los dos. Puede que nuestra casa no fuese tan grandiosa como el palacio, pero la protegeríamos igual. Nos protegeríamos el uno al otro.

CAPÍTULO CINCO

Sobre el escritorio, la vela ardía lánguidamente, la mecha estaba a punto de desaparecer en un charco de cera derretida. Después de que *papa* partiese, me distraje con el mantenimiento de las armas, pero madre no tardó en llamarme. Salí corriendo para que no se diera cuenta de que había estado en el granero, pero, como si supiera lo que había estado haciendo, me obligó a participar en una deprimente sesión de bordado. Más tarde, dormí durante la hora de la cena. Más bien, no me habían despertado para cenar.

«Tania».

Me desperté alarmada y me incorporé en la cama.

«Tania».

Intrusos encapuchados y sonrisas maliciosas danzaban ante mí. Ahogué una respiración, extendí el brazo en busca de mi arma; padre confiaba en mí. Miré desde detrás de la jamba de la puerta antes de salir al pasillo, avancé pegada a la pared; los dedos pasaron por encima del rasgón en el papel, de la estantería...

—*Maman?* —titubeé frente a su habitación.

Estaba dormida; las sábanas la cubrían cual sudario. Solo una pequeña porción de su rostro era visible. Retrocedí notando un repentino nudo en el estómago por haberme colado en su habitación y tropecé con la alfombra. La espada estuvo a punto de caérseme, pero la aferré en el último segundo.

—Tania —murmuró mi madre y, a continuación, cambió de postura. La larga cortina de cabello oscuro le caía por los omóplatos. Había cierta ternura en su forma de pronunciar mi nombre. Seguía dormida.

«Tania».

La piel expuesta del cuello se me erizó cuando me giré para averiguar de dónde venía la voz que había dicho mi nombre en voz más baja y suave. No había sido mi madre, esta vez no. Pero el pasillo se encontraba vacío.

Un repentino ruido me sobresaltó: un ronquido de *maman*, nada más; su cuerpo regresaba de nuevo al sueño profundo. Sacudí la cabeza y me reí de mí misma, de la facilidad con la que me asustaba. De lo mucho que me acongojaba oír mi propio nombre.

Los hierbajos que alfombraban toda la avenida principal, arrastrados por los campesinos que regresaban de las tierras, por las ruedas de los carros y las desgastadas botas de los trabajadores, cedían bajo mis pies. Por primera vez en varias semanas, afortunadamente, el cielo estaba encapotado. Ir a comprar para reponer la despensa no era algo que mi madre acostumbrase a pedirme, pero habría hecho cualquier cosa con tal de salir de casa. Mi nombre, susurrado, flotó por las paredes rato después de que me hubiese quedado dormida. También escalofriantes rostros y atizadores que se hacían pedazos con un espadazo.

Aquello le demostraría a madre lo competente que yo era, que no necesitaba preocuparse por encontrarme a alguien, que podía cuidar de mí misma. En cuanto mencionó que necesitaba ciertos ingredientes para la comida, aproveché la oportunidad; era la ocasión perfecta para enmendar el desastre que había sido la visita de los Chaumont. Y más tarde iría a recibir a padre cuando llegase con Beau, como en los viejos tiempos, de forma que los tres pudiésemos caminar juntos de vuelta a casa. El enfado me duraría hasta que le viese la cara, que reflejaría mi propia alegría por su regreso. Y luego retomaríamos nuestra conversación pendiente.

Me pasé horas en la tienda serpenteando entre el tomillo y la lavanda que colgaban del techo; leyendo detenidamente los pesados sacos de lino con harina, azúcar y sal que necesitaban de dos pares de manos para levantarlos; escogiendo entre las distintas hormas de unos quesos tan cremosos que cortarlos era como dar rienda suelta a un espeso chorro de vino, y deslizando las manos sobre huevos blancos y morenos con finas cáscaras cubiertas de pintitas. Incluso cuando el tendero insistió en que «daba gusto verme de un lado para otro» y en que madre debía de estar contentísima de que «me encontrase mejor», no perdí la sonrisa con los labios apretados y quietos. Al comienzo de mi enfermedad, madre buscó ayuda entre los lugareños, cuya amabilidad se fue agotando conforme comprendían la gravedad de mi condición. Con el paso del tiempo, madre cejó en su empeño. Pero el daño ya estaba hecho: sabían de mis mareos, de mi incapacidad para ponerme de pie sin algo cercano que pudiera sostenerme de ser necesario. Ahora, siempre que tenía un buen día, la gente no tardaba en dar por hecho que me encontraba mejor. Vivir sabiendo que encontrarme bien un día no implicaba que aquello se repitiese al siguiente ya era lo suficientemente difícil. Que los demás me lo recordasen constantemente no era mucho mejor.

Aquel trayecto había sido demasiado sencillo. Debería haberme dado cuenta en cuanto salí de la tienda, rápidamente y sin el embate de los mareos. Debería haber visto el frenesí de vestidos de colores, el codo cubierto en tela naranja que se clavó en mi brazo.

—¡Oh, lo siento! *Je suis très désolée.*

Mi mundo se tambaleó. ¿Sería este el momento en el que las pesadillas de mi madre se volverían reales? ¿Aquellas que le había oído susurrarle a *papa* bien entrada la noche, aquellas en las que me abría la cabeza contra el empedrado y la sangre encharcaba la vía?

Pero, si algo había aprendido de la esgrima, era cómo caer correctamente. Aprendía a usar las palmas como soporte, a permitir que la madera, la piedra o la hierba amortiguaran el impacto, aunque doliese. Las palmas sanaban; las cabezas, sin embargo...

Sobre el adoquinado, alrededor de mi cuerpo encogido, el azúcar se derramó en arcos y tomó la forma de un abanico de blonda inacabado. Varios huevos se rompieron cuando me caí; la fibrosa yema amarilla se desplegó sobre mi falda. Sentía aguijonazos por todas partes: las rodillas, los pies, la cabeza.

—¿Se va a quedar ahí de esa guisa?

Los inquietos cuchicheos y las lacerantes risas que fingía no oír fueron en aumento. Intenté ponerme en pie. No debería haberlo hecho, pero lo hice de todas formas; solo quería estar lo más lejos posible de aquel lugar. Por primera vez, deseé que mis piernas no cedieran.

—¿Deberíamos ayudarla?

—¿No crees que has ido demasiado lejos?

—No le pasará nada.

—Pero ¿no está, ya sabéis... enferma? Podría morirse o algo.

Agarrándome al muro, me reí al tiempo que me recomponía.

—¿Veis? Os lo he dicho. Está bien —después de hablar, Marguerite dio un paso hacia atrás. ¿Había un destello en el blanco que rodeaba mis iris que la asustaba? ¿Mi furia se había desparramado y había llegado a desplegarse por mi rostro, como con le pasaba a *maman*?

Ignorando a las demás, me quedé mirando intensamente a Marguerite durante un instante. Ella no tenía ni la menor idea de lo que se sentía cuando la chica con la que habías crecido, a la que llegaste a conocer mejor que a ti misma, decidía que tu valor era inferior al de unos huevos rotos y un montón de azúcar desparramado por el suelo.

Los ojos me escocían cuando utilicé el muro como punto de apoyo y me alejé, medio andando, medio arrastrándome.

—¡Está gateando como un bebé! ¡Tania la bebé!

La ira empezaba a aumentar rápidamente detrás de mi esternón, un gruñido atravesó mi mandíbula, aunque la tuviese apretada.

Esta vez, cuando logré levantarme, permanecí de pie. El pitido en los oídos se anteponía a cualquier otro sonido. Me apoyé contra el muro. Me mantuve agarrada a la piedra hasta que las uñas se me llenaron de sangre. Pensé en *papá,* en la valla de casa, en mi hogar. En la espada que me esperaba en el granero. Lo único que tenía que hacer era llegar a casa.

El resto del día lo pasé en mi habitación, a la espera de que las sombras de las ramas se extendieran por el suelo. *Papá* sabría qué decir. Incluso aunque nos hubiésemos peleado el día anterior, encontraría la forma de ayudarme. Tenía que creer que así sería. Él entendía cómo me sentía, aunque no pudiera convencer a madre de que lo que más necesitaba era pasar más tiempo entrenando en el granero y menos preocupada por chicos que nunca se interesarían por mí.

El camino hasta la parada del carruaje era sencillo: un paso, otro paso, una mano libre con la que seguir la valla para mantener el equilibrio y, después, los árboles. Esperé allí hasta que la luz fue desapareciendo del cielo, hasta que el suelo estuvo bañado de rosas, morados y naranjas, ligeros y cálidos en contraste con el frío aire.

Cambié el peso de un pie a otro y escudriñé calle abajo.

Esperé.

Y esperé.

Apoyada en el tronco de un árbol cercano, los ojos se me cerraron, luego se me abrieron al oír el ruido de los cascos, el sonido metálico de unas ruedas transitando el camino. Un carruaje apareció. Era probable que perteneciese a uno de los ricos señores que iban a poner en marcha la nueva escuela; quizás se lo habían ofrecido a *papá* para su regreso. Pero entonces, ¿dónde estaba Beau?

El carruaje entró precipitadamente en la vía haciendo que saltaran piedras y tierra a su paso. Sonreí al verlo aproximarse y después, frunciendo el ceño por la falta de control del cochero sobre los caballos, me aparté rápidamente de su camino. Se detuvo con un chirrido. Un hombre desconocido bajó antes incluso de que el lacayo hubiera colocado las escaleras.

Tenía la cara muy, pero que muy blanca.

No era *papa*.

—Oh, querida mía —la voz del hombre era áspera; sus rasgos, luminosos en la oscuridad—. Vos debéis de ser mademoiselle de Batz.

Asentí con la cabeza, desconcertada.

—Sí.

Se acercó a mí. Me cogió una mano entre las suyas. La habría apartado, le habría dicho lo impropio que era aquello, pero estaba paralizada. Si me quedaba allí el tiempo suficiente, era posible que me convirtiese en un árbol más. Erguida. Muda.

—Querida *mademoiselle...*, lo lamento muchísimo.

CAPÍTULO SEIS

Aunque ya no sostuvieran el peso de mi cuerpo, las piernas me seguían temblando: estaba en el suelo con la espalda pegada a la pared. Era extraño. Sentarme nunca había sido un problema; ahora bien, las piernas no eran el único inconveniente, también lo eran los brazos, el pecho, las sacudidas de la cabeza, mi cuerpo al completo diciendo no, no, no.

El rostro pálido.
Las piernas colapsando.
El regreso a casa con las manos vacías.
Madre esperando a la puerta.
Su alarido.

El hombre nos explicó la naturaleza de la muerte de padre pausadamente; en realidad, se lo explicó a madre. A ojos de ellos, yo me había encerrado en mí misma bloqueando el mundo exterior.

Pero escuché en busca de pruebas que demostrasen que ese hombre se equivocaba, que estaba mintiendo. Quizás *papa* se había demorado por alguna razón. Pasaría la noche en una posada y estaría en casa por la mañana para *le déjeuner*, sonreiría con gesto cansado según se sentase a la mesa, se disculparía por no haber podido llegar a la cena.

Tenía los ojos igual de secos que la tierra compacta de los campos inutilizados durante el verano.

—¿Cómo ocurrió? —susurró madre.

Un *marechaussée* esperaba en silencio en un rincón: había rehusado tomar asiento. Su labor como oficial de la localidad era escoltar a monsieur Allard para dar la noticia antes de regresar con su destacamento. El destacamento de la región en la que habían encontrado a *papa*.

—*Madame*, no es una conversación apropiada para una señorita… —empezó a decir monsieur Allard.

—Es de mi esposo, ¡de mi esposo!, de quien estáis hablando. Seré yo quien decida qué es o no apropiado.

El oficial jugueteaba nervioso con un pañuelo con sus iniciales bordadas. Lo había extraído del bolsillo para ofrecérselo a madre, pero ella lo había rechazado. Sus lágrimas no estaban hechas para que un trozo de tela las absorbiera. Eran una fuerza en sí mismas. Su dolor y su furia albergaban poder; los míos no. Ojalá pudiese ser igual de fuerte que ella. En ese momento, yo tenía la mejilla posada en la pared mientras el hombre hablaba con una voz tan cuidadosa que quemaba.

Monsieur Allard: residente de una ciudad a la que se tardaba en llegar en torno a un día desde Burdeos. Uno de esos ricos cabezas de familia que habían invertido su dinero y su abundante tiempo libre en fundar una nueva escuela. *Papa* se iba a hospedar en la casa del más adinerado de todos ellos: un tal monsieur Verdon. *Papa* le había contado a Allard que planeaba parar en una taberna local para tomar un trago. Monsieur Allard dijo que todos dieron por hecho que monsieur Verdon lo habría acompañado, pero horas después, cuando este último seguía sin saber nada de *papa*, se apresuró hacia la residencia de Allard.

Ese fue el punto en el que monsieur Allard hizo una pausa. El *marechaussée* permanecía callado en el rincón. Monsieur Allard debía de ser un hombre acaudalado para que el oficial le permitiese ser quien relatase lo ocurrido.

Las palabras de madre se fragmentaron al salir de su boca:
—Proseguid.

Monsieur Allard sacudió la cabeza con agitación. *Maman* se puso en pie como un relámpago, y ya había cruzado la mitad de la sala antes de que el *marechaussée* intercediese con un murmurado «*madame*», la expresión oculta por su sombrero de ala ancha.

Maman miró a uno y a otro. Parecía tan pequeña... y se la veía tan expuesta...

—De veras que lo siento —se le quebró la voz—. Solo quería... —se fue apagando, retrocedió unos cuantos pasos—. ¿Por qué no vinisteis al instante?

—Debía notificarse a las autoridades locales —explicó monsieur Allard señalando al *marechaussée*—. Insistí en ser yo quien visitase a la familia y os diese a conocer la noticia. No puedo evitar sentirme responsable de lo ocurrido. Si lo hubiese acompañado a la taberna...

—¿Contáis entonces con alguna pista? ¿Algún posible sospechoso?

Los dos hombres intercambiaron una mirada.

—*Madame*, de nuestra investigación se desprende que, claramente, ha sido obra de salteadores de caminos —dijo el *marechaussée*.

—Salteadores de caminos —repitió madre—. ¿Creéis que unos salteadores de caminos podrían con mi marido? ¿Un mosquetero retirado? Una vez se batió con tres hombres él solo. ¡Con el brazo izquierdo!

—Eso es difícilmente... —trató de interrumpirla monsieur Allard.

—Así pues, ¿eso es todo? Decidís que ha sido cosa de unos salteadores de caminos, ¿y ya está?

—*Madame* —la interrumpió bruscamente el *marechaussée*—. Dar caza a los salteadores de caminos es complicado; una vez han cometido un crimen, se trasladan a otra localidad. Su subsistencia depende de que no les den caza.

—¿Dónde se encuentra? Deseo verlo.

Monsieur Allard se ruborizó ante la petición de madre.

—Con toda certeza, eso no es...

—Venís a mi casa a decirme que mi esposo ha sido asesinado, ¡mi esposo!, ¿y aun así tenéis la osadía de decirme lo que es apropiado? —¿Les habría hablado así alguna vez una mujer? Supuse que las cosas eran diferentes cuando había dolor de por medio. Parecía ser que, cuando se trataba de la muerte, los hombres perdonaban lo que fuese. *Maman* se giró para mirar al del sombrero de ala ancha—. ¿Y bien?

—Si existiera una forma distinta de contároslo... Se trata de un pesar con el que nadie debería cargar —dijo él.

—Mi esposo está muerto, ¡y sois vos quien me habláis de pesares! ¿Existe un pesar mayor acaso que el de una esposa que ha perdido a su marido? ¿Que el de una hija que pierde a su padre?

Se trataba menos de mí y más de la ira de *maman*. Eso creía yo, al menos. No obstante, era como si me hubiese cogido de la mano y proclamado que pertenecía a su estirpe, sin vacilación alguna, cuando la palabra «hija» salió de su boca, una solidaridad que no me había mostrado desde hacía años.

—Dos compañeros y yo fuimos llamados para investigar una muerte *en route* de la taberna Le Rare Loup a la residencia de un tal monsieur Verdon. Llegamos media hora después de recibir la noticia, más o menos una hora después del crimen. —Madre estaba en silencio, con los ojos clavados en la cara del hombre, las manos a los lados cerradas en puños—. Encontramos a *votre mari* cerca del punto donde la vía principal da al camino que lleva a la residencia de los Verdon. Vuestro marido no pudo ser identificado al momento. —Madre empezó a hablar, pero él siguió con el relato de los hechos—: Lo que complicó la tarea no fue que sus posesiones hubiesen sido robadas: su espada, su ropa... Los salteadores —murmuró en voz baja una plegaria o una maldición— le cortaron la barba. Le esquilaron el pelo. No lo hicieron con... cuidado.

Madre palideció. En mi mente se abrió paso, sin que la invitase, la imagen del pelo de *papa*, sanguinolento, en las manos de un asesino.

—¿Tienen los salteadores de caminos costumbre de profanar los cadáveres? —preguntó *maman*.

—No existe razón para asumir que ocurriera *post mortem*. El cuerpo no presentaba más heridas de las que se hubieran podido producir durante una pelea. —Madre no respondió. Él se arriesgó a dar un paso hacia delante—. De ahí nuestra reticencia a que veáis sus restos.

Maman iba a la deriva. Y cuando me volvió a mirar, deseé poder darle algo, pero tenía las manos vacías, el corazón embravecido, la cabeza llena de recuerdos. Su hondo suspiro me resquebrajó.

—¿Cómo esperan ustedes que le dé un entierro digno? —preguntó ella.

«¿Eso es todo? ¿Se está dando por vencida?».

Tres pares de ojos se posaron sobre mí: había expresado ese último pensamiento en voz alta.

—Tania... —comenzó madre.

—¡No! ¡No me digas que permanezca callada o que me muerda la lengua! —exigí—. ¿Cómo puedes...? ¿Cómo puedes creerles, así sin más?

—No seas insensata.

—¿Insensata? ¿Por no creer la palabra de estos hombres? Sabes que tengo razón. ¡Tú misma lo has dicho! ¡Nada de lo que han dicho (la taberna, el pasear a solas de noche), nada cuadra con la forma de ser de *papá*! ¡Además, él ni siquiera bebe! Estoy segura de que si se tratase de... de monsieur Allard —el hombre en cuestión farfulló una objeción—, ya habrían dado con el asesino. ¿Pero por qué iban a molestarse los oficiales en vengar la muerte de *papá*? Da igual que fuese un mosquetero, ¡él no ha dejado cientos de monedas para llenarles los bolsillos!

Monsieur Allard se envaró, estuvo a punto de caerse del asiento. El *marechaussée* recobró la compostura lo suficientemente rápido y parpadeó para salir del trance.

—Incluso los más devotos pueden tomarse un trago de vez en cuando.

—Discúlpate ahora mismo. —Madre se giró hacia mí, su expresión hirvió y consumió las lágrimas residuales de su rostro.

—*Madame*, vuestra hija está consternada. —El *marechaussée* se quitó el sombrero y lo sostuvo a su lado izquierdo—. No es necesario que se disculpe. Es una cría; es obvio que tenía una relación estrecha con su padre. El arrebato es comprensible.

Mi cuerpo estalló en llamas. Todo el mundo debería conocer este sentimiento; lo que se sentía al estar ardiendo, ardiendo...

—¿Cómo? ¿Cómo podríais llegar a comprender vos lo que siento en este momento?

Me resultaba imposible ser como mi madre. No podía participar en su réplica, en las preguntas coherentes que les había hecho a monsieur Allard y al *marechaussée* acerca del escenario, la motivación tras el asesinato, los sospechosos. No podía dejar que las lágrimas me salieran como los disparos de un mosquete, como hacía ella. Las lágrimas no abarcaban mi dolor. Mi ira y mi sufrimiento eran capaces de consumir ciudades enteras, ciudades atestadas de gente que conocía a mi padre únicamente como un mosquetero jubilado. No sabían que sus hermanos eran mucho más importantes para él que la notoriedad. Desconocían lo que era tener su sonrisa. Y tampoco sabían que siempre estaba ahí para agarrarme.

«Estaré en casa mañana al atardecer. No te dará tiempo ni a estar molesta».

Me lancé hacia la puerta golpeándome los hombros contra las paredes; los mareos eran de tal intensidad que, durante el tiempo que tardé en salir del salón y encaminarme por el pasillo, me vi atrapada en un estado en el que sentía que caía, que caía y caía. A lo lejos, oí a mi madre decirles a los hombres que debían irse. Ella acudiría por la mañana a recoger los restos, pero tenían que marcharse ya.

Salí disparada a través de la puerta principal. Y me adentré en la nítida noche bajo el cielo lleno de estrellas con forma de dagas, y en este nuevo y lúgubre mundo.

CAPÍTULO SIETE

Perdí un poco de tiempo. Fue breve, pero, aun así, aun así... Fue el sonido de las ruedas de un carruaje, ese espantoso ruido capaz de abrirse paso más allá de la escucha, lo que me obligó a emerger de mi interior. Aunque habían sido solo unos minutos a lo sumo, parecieron horas.

La parte de la casa en la que me encontraba estaba en tinieblas. Era la que menos ventanas tenía, la que contaba con el menor número de velas resplandeciendo dentro de una sala con los postigos cerrados.

«Tania».

La voz de *papa*. Sonaba distinta, pero era la suya. Lo notaba en mis entrañas.

—*Papa*?

De camino a la parte delantera de la casa, descansé aquí y allá apoyada en distintos árboles. Cuando quise darme cuenta, estaba en el sendero, justo al principio de la valla. Nuestra casa se encontraba desnuda bajo la noche, cada ventanita con los postigos echados y con una pequeña vela alumbrándola desde el interior; un mar de ojos que me devolvían la mirada.

«Tania. Tania. Tania».

—¡Para! —chillé. Me sujeté la cabeza con las manos. Pero la repetición de mi nombre continuó; la voz de padre se encontraba muy cerca, era como si estuviese de pie a mi lado.

Lo odiaba. Lo odiaba por haberse marchado. Por haber roto su promesa, por no haber ganado a unos simples ladrones.

Lo odiaba por no haberme dado la oportunidad de despedirme.

Me aferré a los postes de la valla y traté de astillarlos, de destrozar la desgastada madera con los dedos hasta que cediera.

—Tania, ¿dónde...? ¡Tania!

Un tirón en el brazo y, a continuación, excesivamente mareada, perdí el equilibrio y me caí hacia atrás. Las manos me hormigueaban.

—Tania.

Parpadeé. Madre lloraba.

—Yo... —se me quebró la voz. Las astillas se me clavaron en la piel, eran agujas que me bordaban en carmesí a lo largo de las palmas de las manos y las cutículas. El dedo índice de la mano izquierda estaba oscuro e hinchado. Cuando traté de doblarlo, el hueso me ardió.

Mi madre me pastoreó hasta la cocina. Iluminando torpemente con una vela, se percató del estado de mis manos. Por un instante (precioso, doloroso) la voz de *papa* regresó junto a mí. «¿Por qué habría de horrorizarte la violencia que tus manos son capaces de infligir? Eres una esgrimista. ¿Qué crees que les hicimos a nuestros enemigos? ¿Darles una palmadita en la espalda por el buen duelo y hacerlos desaparecer?».

Inspeccionó el oscuro interior de un armario. Era la primera vez que disfrutaba de la bruma de los mareos, de la niebla que me nublaba los pensamientos.

Cuando las pincitas destellaron, el metal aproximándose y alejándose de mi piel, madre se tensó. Moví la mano (aquella de la que no estaba ocupándose) para posarla sobre su tembloroso puño. Nunca la había consolado, porque desconocía cómo hacerlo.

—Lo siento. No estaba pensando.

Retiré los maltratados dedos. Ella hizo un gesto de negación con la cabeza. La sangre le manchó los nudillos.

—No pasa nada, Tania. No pasa nada.

Me refugié en mí misma hasta que llegó el momento en que las vendas me cubrieron bien las palmas, hasta que el hinchado dedo de la mano izquierda estuvo bloqueado por una tablilla.

—Hablaremos de ello por la mañana.
—*Maman*...

Pero se marchó. Me abandonó, de forma que tuve que orientarme y moverme por la cocina sola, con la mano extendida por la costumbre, aunque en ese momento no había nadie que pudiese sujetarme si llegaba a necesitarlo.

Había utilizado agua de rosas para limpiarme las manos. Dulce. Cuando por la mañana me froté los ojos, el empalagoso y dulzón olor atravesó la presión de mi cabeza.

—*Maman?* —Mi voz sonó como un graznido.

La realidad me golpeó. Madre les había dicho al *marechaussée* y a monsieur Allard que iría a recoger a padre, a recoger su cadáver. No creí que me dejaría sola. Que no me llevaría con ella. Que no querría tenerme a su lado en un momento como ese.

El pasillo, el salón, el recibidor, todo estaba tranquilo. El camino que llevaba hacia la casa, también. Pero los restos de la valla ya eran una cosa distinta: astillas de madera llamativas e irregulares. Bajo la luz del día, no resultaba complicado distinguir las manchas de sangre en los postes y en la piedra.

Incluso el granero estaba tranquilo. Un hilo que tiraba de mi caja torácica me guio hacia allí.

El vacío establo de Beau me devolvió la mirada. En vez de encaminarme hacia el final de la fila, donde se hallaban mis espadas, me dirigí al principio, hacia las de padre, hacia un arma en concreto que contaba con una empuñadura de bronce bruñido. Me vi reflejada en ella, el rostro fragmentado y borroso, pero, aun así, seguía siendo el mío.

Los primeros segundos fueron los más difíciles. La espada pesaba. Los vendajes me dificultaban el agarre. Flexioné las rodillas; moví los pies de forma que apuntasen en la dirección adecuada. Los hombros echados hacia atrás, y también el brazo. Busqué mi centro. Y a continuación avancé: el acero entró en contacto con la tela del maniquí que era mi objetivo. La espada no susurraba recuerdos, no, pero él se hallaba en los movimientos, enseñándome la forma de avanzar y retroceder de nuevo.

La mano derecha, con toda la piel en carne viva bajo los vendajes, me aullaba de dolor. Y, entonces, un movimiento tras la ventana. Una sombra en los dorados listones.

—¿Tania?

Dejé caer la espada. Unos días atrás, algo así me hubiese costado una tarde de bordado. La huella de la risa de *papa* flotaba alrededor de las vigas.

—¿Cómo se te ocurre? —susurró madre.

—Pensaba que estabas… que habías ido a…

Le cambió la expresión.

—No empieces, ni te atrevas. No sabes lo que ha sido tener que ver…

—Podrías haberme llevado contigo —afirmé.

—¿Después de lo de anoche? ¿Eres consciente de lo que podrías haberte hecho si no te hubiese encontrado? —Dejó escapar un tembloroso suspiro cuando me vio la mano—. Y ahora vas y te abres las heridas.

—No lo he hecho —repliqué—. Lo habría notado.

Madre tenía los labios muy apretados; aunque no hablara, yo sabía qué estaba pensando: ¿cómo lo hubiera notado? ¿Cómo podría notarlo, yo, que había demostrado una y otra vez no tener control sobre mi propio cuerpo?

—*Maman* —insistí—, esto me ayuda. Me hace feliz. ¿Es que no lo ves? Soy capaz de practicar esgrima incluso cuando estoy mareada: *papa* me enseñó. No soy la mejor, pero me apasiona. Y quizás entrenando más…

—Serás feliz cuando estés a salvo.

—Te refieres a cuando esté casada con alguien a quien tú elijas y que no me interese lo más mínimo —me mofé.

—Eres perfectamente consciente de que tus mareos complican las cosas.

—¡Pero eso no cambia nada!

—Lo cambia todo.

—No cambia lo que yo quiero.

Rompió el silencio antes de que yo tuviese oportunidad de hacerlo.

—Hay algo que debes ver —dijo.

Nos dirigimos hacia el salón para las visitas. La estancia que siempre fue suya, dentro de una casa que ahora le pertenecía. Hizo un gesto hacia el asiento frente a su diminuto escritorio y trasteó con una llave; tras un clic, abrió un cajón escondido bajo un saliente de madera rojiza. Carta en mano, cerró el compartimento secreto.

—Toma. Antes de salir de casa, he rebuscado entre los papeles de tu padre para poder demostrar quién era yo y que me permitiesen recoger sus… recogerlo. Es cuando he encontrado esto.

Las manos se me quedaron paralizadas al ver su caligrafía, la caligrafía de mi padre.

Para mi esposa y mi hija, a las que amo con todo mi ser: si estáis leyendo esto, quiere decir que ya no estoy con vosotras. Con suerte, no habrá necesidad de esta carta, y cuando, dentro de décadas, uno de nosotros tres la encuentre, nos reiremos de aquello que la paranoia que viene de la mano de la edad quiso traer consigo. No es que tema lo que me espera después; he mirado a la Muerte a los ojos muchas veces. Y en cada nueva ocasión, resulta dolorosamente familiar.

No tengo intención alguna de dejar este mundo por voluntad propia. Pero si mi muerte llegara a suceder, lo tengo todo dispuesto para que tú, ma femme, puedas vivir de la manera en que consideres más conveniente. La casa es tuya, de la forma en que desees. No te aferres a ella en mi nombre. Sé que, en tu corazón, ansías estar cerca de tu hermano, de tus sobrinas y sobrinos: nunca quisiste esta vida, pero yo, egoístamente, insistí en tenerla. Creía que querer a alguien implicaba hacer sacrificios por esa persona, en este caso, por mí. Pero ahora sé que cuando amas a alguien, no debes pedirle que se sacrifique por ti. Mi compensación es darte ahora una opción sin nada que te ate. Solo puedo pedirte perdón por no haberte dado lo mismo en vida, y…

Una hoja añadida cubría la siguiente parte de la carta. Traté de apartarla, pero madre me sujetó la mano.

—Esa parte es privada.

—No lo entiendo.

—La he puesto yo.

La curiosidad me atenazó la garganta, pero, al recorrer con los dedos de la mano buena el fragmento añadido de papel, pude ver la delatadora y delicada rugosidad producida por las lágrimas ya secas. Lo salté hasta llegar al párrafo que quedaba a la vista.

> *Si Tania no ha logrado encontrar su camino, me he asegurado de que tenga una plaza en la recientemente inaugurada Académie des Mariées de Madame de Tréville. Doy por sentado que la reputación de Madame de Tréville, que seguro tendrá un impacto positivo sobre el prestigio y la influencia de la escuela, es tal que no habrá razón para que se desvanezca después del momento en que escribo estas palabras. Mademoiselle la Mousquetaire, que te embarques en dicha aventura es la última de mis peticiones, y te es transmitida junto con todo el amor que puedo ser capaz de dar. Confío en que sigas mi orden y cumplas con el deber de honrar el apellido de Batz.*

¿A qué se refería con lo de «Si Tania no ha logrado encontrar su camino»? Y todo ese discurso sobre la reputación... Si había algo que a *papa* le importase más bien poco, era precisamente lo que pensaran los demás.

Madre tamborileó los dedos en el escritorio; yo también solía hacerlo, pero ella misma fue quien me dijo que era impropio de una dama. Los hombres querían esposas silenciosas, esposas silenciosas con silenciosos tics. Ni siquiera sobre nuestros rasgos negativos, sobre nuestros rasgos inconscientes, teníamos potestad.

—No fingiré conocer qué motivó a tu padre a escribir esa carta. Lo que sí sé es que estaba en su estudio, en el cajón secreto del escritorio que *le menuisier* le prestó tras el robo. ¿Recuerdas a monsieur Ballou, el mueblista bretón y padre del muchacho al que tu padre le enseñó esgrima hará cosa de unos años?

—¿Has estado en el estudio de *papa*?

Clavó en mí una mirada que aseguraba que no iba a aceptar más preguntas. Releí la carta. A la mitad, me detuve y grité con los ojos fijos.

—*Maman?* —Odiaba cómo me temblaba la voz, la forma en que el corazón me retumbaba en los oídos, detestaba como en ese preciso momento me sentía igual de mareada que si me encontrara de pie en un espacio abierto sin nadie ni nada que me sostuviera—. *Maman,* esta escuela… L'Académie des Mariées…

—La Escuela para Esposas, sí.

—Ha de ser un error. *Papa* no querría que me preparase para ser la esposa de un desconocido…, ¡que me casara con alguien lo suficientemente mayor como para ser mi padre y que o bien será un mercader que dedica todo su tiempo a dar con nuevas argucias, o un noble que lo único que hace es acudir a fiestas y gastarse el dinero en los *cabarets!*

—Qué juicio tan injusto. Hay muchos solteros que serían esposos válidos.

—¿Válidos? ¿Vá-li-dos? ¡Se trata de la persona con la que pasaré el resto de mi vida!

Los ojos le brillaron.

—No seas tan ingenua como para no ver la importancia de una unión segura.

—¿De qué me sirve la seguridad si no soporto al hombre con el que he de convivir?

Agarró la carta de encima del escritorio, donde yo la había dejado.

—Las primeras impresiones pueden variar. Puedes pensar que cierto hombre es aburrido, incluso inadecuado para ti, pero ese mismo hombre puede también ser amable y atento con tus necesidades —continuó sin ser consciente de que sus palabras me aniquilaban—: El amor puede llegar más adelante: no debes exigirlo como prerrequisito.

—¡Pero tú te casaste por amor!

Posó el papel y, a continuación, me miró con seriedad.

—Tania —suplicó con una delicadeza de la que no había hecho uso durante el resto de la conversación—, sabes bien que eres diferente.

Me apoyé sobre el escritorio para ponerme en pie.

—No lo haré.

—Es lo que quería tu padre.

—¿Cómo puedes pensar tal cosa?

—¡Por una vez, harás lo que yo digo! —estalló.

—¿Se trata esto de un castigo? Me dices que padre siempre pensó que llevabas la razón, que no puedo cuidar de mí misma. Que tengo que encontrar a alguien al que engañar para que se haga cargo de mí. —La luz centelleó en la periferia de mi visión; unas colinas grises rodaban en el horizonte—. Mientes; ¡él nunca me haría esto!

Me tiró la hoja. En ella se podía ver la familiar curvatura de la letra de padre, la floritura de su firma.

—Has tenido que pedirle a alguien que la falsifique. —La dolida risa de mi madre fue casi imperceptible por encima del palpitar de mi corazón—. ¿Eres consciente de lo que implica esto? Sabía que había alguien que iba tras él. No fueron salteadores de caminos, es imposible. —Me retrotraje al último momento con padre: me dijo que Francia no era tan segura como él había intentado que pareciese. Y también quiso que tuviese mi espada en mi habitación cuando él estuviera fuera.

La carta no era vieja. Se notaba por la tinta, que no había perdido el color, sí, pero también porque la única vez que yo había oído el nombre de madame de Tréville había sido durante la desafortunada noche de la semana pasada, de boca de madame Chaumont. La escuela era un novedoso proyecto que acababa de ser presentado al público. No vi que *papa* le prestase demasiada atención a los comentarios de madame Chaumont. ¿De qué más cosas no me había percatado?

¿Por qué escribir esa carta ahora? ¿Conocía el destino que le esperaba en esa oscura vía? ¿Tenía miedo de alguien lo suficientemente diestro para superar a un mosquetero, alguien sin orgullo ni honor? ¿Alguien que llevaría por rostro una máscara de la que su propia familia no se daría cuenta?

—Por favor, no puedo seguir como hasta ahora —dijo madre—. Tu padre sabía que me preocupaba que, si algo le ocurría, yo no fuese capaz de cuidar de ti para siempre. Así que buscó una forma de que estuvieras bien cuidada.

Extendí la mano. Ella no se apartó. Permitió que mis dedos tocasen los suyos.

—¿No deseas saber quién le hizo esto? —pregunté.

—La venganza no es para todo el mundo —tenía la voz vidriosa, y los ojos también—. Estoy cansada, Tania. Llevo mucho tiempo luchando día a día contra distintas cuestiones y personas. Y estoy cansada.

Estaba completamente perdida, y lo único que yo quería era agarrarle la mano con más fuerza, arrastrarla lejos de ese espacio desconocido y sacarla a flote. Si hubiese conocido las indicaciones, podría haberle dibujado un mapa; habría tardado un instante en hacerlo, puesto que les habría arrancado las hojas a los preciados libros de mi habitación para tener papel y hubiese escrito con mis lágrimas. Habría cuidado de ella igual que ella había cuidado de mí. Habría sido la encargada de mantenerla recta y de guiarla hasta donde necesitase llegar. Pero eso era lo que tenían los mapas: solo eran de ayuda si los cartógrafos conocían las coordenadas. Si el cartógrafo sabía el recorrido que la guiaría a través de la oscuridad.

«Confío en que sigas mi orden y cumplas con el deber de honrar el apellido de Batz».

Honor, deber. Dos cosas que, para *papa,* estaban por encima de cualquier otra. Que lo estaban para los mosqueteros.

En *l'académie* de madame de Tréville no habría lugar para una joven enferma. Quizás mi padre había puesto a la tal madame de Tréville al corriente de mi condición, o quizás no, pero lo que era seguro era que, una vez se percatase de la gravedad de mis mareos, no querría que mi nombre estuviese ligado al suyo.

Pero una plaza en su escuela me llevaría hasta París. Y París significaba mosqueteros: las únicas personas que quedaban en el mundo capaces de ayudarme. Si lograba ocultar mi condición el tiempo suficiente, la razón por la cual quería (no, necesitaba) ir a París, entonces, quizás era posible que cuando madame de Tréville me presentase a nobles importantes, yo pudiera conseguir los aliados necesarios para ser presentada ante los altos cargos de la

Maison du Roi. A ellos no les importaría que mi familia no tuviese dinero para prodigárselo: lo único que les importaría sería descubrir qué le había ocurrido realmente a su hermano caído. Eso es lo que él habría hechode darse la situación a la inversa.

Si iba a París, podría descubrir qué le había sucedido realmente a padre.

Él quería que demostrase honor y deber. Y lo haría. Incluso a pesar de que, durante todo este tiempo (enseñándome a esgrimir, diciéndome que fuese valiente), él me hubiese creído incapaz de encontrar mi propio camino, igual que madre. Incluso a pesar de que la ira y el dolor se me entremezclasen en el corazón.

—Lo... lo haré.

La sorpresa se reflejó en los ojos de madre, que se llenaron de lágrimas. Me apretó la mano una, dos veces, y selló mi futuro.

«Tania. Tania. Tania».

Fuera del salón, apreté el sofocado rostro contra la puerta cerrada e inhalé su voz.

—Te quiero, *papa* —murmuré—. Muéstrame la forma de perdonarte por esto. No puedo pasarme la vida entera odiándote. Soy incapaz.

La voz permaneció en silencio.

CAPÍTULO OCHO

Es extraño cómo un único baúl de viaje puede contener y resumir la vida de una persona.
En él iban todas las cosas que me hacían ser yo. No obstante, no parecían ir mucho conmigo. Los libros, lo primero. Un par extra de zapatos con el bordado inacabado. Cuando doblé el elegante vestido azul de encaje, lo único que vi fueron unos ojos azules. Pero no era una mirada amable, no; era altiva y orgullosa.

Mi espada, la que había conservado en mi habitación, se burlaba de mí desde la esquina. No había razón para que una dama poseyera un arma. No podía tenerse dicho objeto guardado en un armario junto a delicados vestidos de satén y corsés tortuosamente apretados. Y luego estaba el asunto del decoro. Ser mujer implicaba ser sumisa, delicada y frágil. El deber de un marido era proteger a su esposa. Que ella tuviese una espada implicaría que lo creía incapaz de llevar a cabo su deber.

Pero yo no estaba casada. Aún no.

Cuando agarré la espada, se convirtió en parte de mi brazo, como si la piel de la extremidad estuviese unida al acero. El cuerpo de la cruceta estaba compuesto por una intrincada orfebrería con la forma de hojas en espiral, tan delgadas que parecían encajes. Era más ligera que la mayoría de las armas; más adecuada para mi constitución. A pesar de la ira que, ante cualquier recuerdo de padre, me arañaba por dentro, los momentos se abrían paso en miniatura: la primera espada de práctica de madera que me regaló, mis risotadas reverberando contra las vigas, mi yo de cuatro años arrojándose a las desniveladas tablas del suelo cubiertas por el heno y los rayos del sol. Y, después, el día que sustituyó la espada de práctica por una de verdad. La forma en que sonrió, la sujetó a la luz e incluso hizo una reverencia cuando dijo: «*Mademoiselle,* vuestro sable».

Por un instante, la delatora sonrisa de padre se reflejó en la hoja. Pero luego desapareció. Estaba sola. Guardé la espada en el baúl.

—¿Tania? —Madre esperaba junto a la puerta—. ¿Te encuentras bien? —Una lenta oleada de extenuación me envolvió—. ¿Tania?

—Estaré bien.

Se me quedó mirando, no a mí propiamente, sino a través de mí.

—Deja que te ayude.

—El lacayo puede...

—No soy tan débil como para no ser capaz de mover un simple baúl. —Utilizó ambas manos aprovechando el peso de su cuerpo para el movimiento. Corrí a ayudarla. Puede que una hija y una madre rotas no hiciesen un todo, pero conseguimos moverlo.

Se puso de pie con cuidado, desplegó el cuerpo y los dedos, de un rojo intenso. Cuando se estiró, sus paletillas convulsionaron contra la tela. Era quebradiza.

Mi madre me podría haber obligado a que me quedase con ella. Podría haber hecho pedazos la carta y decidido que era más importante que una hija permaneciese con su *maman*. Pero padre quería para ella una vida en la que yo no estuviera. En la que no tuviera que preocuparse de mí. Esa era la forma en que ella... él... ambos me veían... «No, no. *Papa* te quería. *Maman* te quiere».

Y, pese a ello, una lágrima rodó, el dolor de quebrarse. Si tan solo yo fuese menos... menos de todo aquello que soy.

Habían pasado dos semanas desde la muerte de *papa*. Madre escribió a madame de Tréville el mismo día que acepté la propuesta. La respuesta había llegado hacía un día: debía estar en París en no más de dos semanas.

—Tengo algo para ti —su voz se abrió paso a través de mis pensamientos. El anillo de sello de *papa* descansaba en la palma de su mano—. Yo tengo el sello lacrado. Pero él quería que tú tuvieras el anillo. Nunca lo llevaba en sus viajes; era demasiado valioso para él.

—La carta no lo mencionaba —comenté.

—No, pero él si me lo mencionó muchas veces; es de sus días como mosquetero. Todo el asunto llegó a convertirse en una especie de broma: él me recordaba una y otra vez que quería que tú lo tuvieras, y yo le decía que no debía decir esas cosas... —la voz le flaqueó—. He pensado que quizás te gustaría llevarlo en una cadena. No sería práctico que lo llevaras puesto; te quedaría demasiado grande.

La sorpresa, cálida, me recorrió por dentro. Me giré para que pudiese colocarme la cadena. Era larga, el anillo me llegaba muy por debajo del cuello.

Se oyó un sonoro golpe: mi espada. El lacayo, que era quien había levantado el baúl para colocarlo en la estructura para el equipaje, alzó las cejas mientras yo trataba de no establecer contacto visual.

—Es verdaderamente complicado empacar zapatos de una forma adecuada, ¿no crees?

Cuando todo estuvo guardado, monté en el carruaje. Mi madre murmuró algo al cochero y le dio unas cuantas monedas adicionales. Resultaba extraño mirarla desde arriba; siempre había sido más alta que yo.

—Tania, yo... —titubeó. Pero luego suspiró—. Ve con cuidado. Echa la llave a tu puerta por la noche. Tu tío y tu tía llegarán mañana para pasar a buscarme y alejarme de casa durante unas semanas mientras decido qué hacer de aquí en adelante. Escríbeme cuando estés instalada. Y compórtate de manera ejemplar... Esta es tu oportunidad de encontrar un marido adecuado. Trata de recordarlo, por favor.

Busqué su rostro, sus oscuros iris que reflejaban los míos, el pelo oscuro que compartíamos, la forma en que su cuerpo se inclinaba hacia mí con los hombros como la cresta de una ola. No le dije que de esta oportunidad dependía mucho más que un posible matrimonio. Si salía victoriosa, garantizaría que el asesino de padre no quedase libre para volver a matar. Los mosqueteros se asegurarían de ello.

—Bueno —dijo madre, y se aclaró la garganta—, tengo que preparar mi equipaje. Y tú tienes que salir ya para no llegar tarde. Madame de Tréville te espera.

Regresó a la casa. Mientras el carruaje se alejaba, saqué la cabeza por la abertura. Ella se encontraba en la cocina, quieta. Nuestras miradas se cruzaron.

Levantó la mano. Yo levanté la mía en respuesta a su gesto.

Por fin, *la France* en toda su majestuosidad: campos ondulantes, pueblos con mercados reunidos a las afueras, campanas de iglesias que tocaban *toutes les heures*, a cada hora en punto. Flores que se desplegaban en formas extraordinarias, gente por todas partes. Escenas pastorales que daban lugar a varios municipios agrupados. Todo era nuevo, vivo, brillante.

Sí, la *pauvre* Tania, la enferma, veía al fin Francia. Y nada de ello importaba.

El espacio vacío junto a mí se abrió, una herida sin cerrar. Nunca pensé que viajaría más allá de Bretaña. ¿Qué razón tendría una joven enferma para abandonar Lupiac? ¿Para salir del sur de Francia siquiera? Aun así, solía fantasear con viajar a París con padre. Dos semanas por los caminos con él como narrador del viaje. Señalaría todas las localidades en las que en su día estuvo. Yo habría tenido la oportunidad de escuchar las historias sobre su coraje y su entereza de bocas que no fueran la suya.

—*¿Cómo he de blandir la espada cuando esté mareada?*

—*Tienes razón. Los mareos son un problema.*

No me esperaba su respuesta.

—*Qué alentador.*

—*Me has entendido mal. Es un problema,* oui. *Pero uno en el que podemos trabajar.*

—*¿Cómo?*

—*Has de ser mejor que todos los demás. Tienes que trabajar más duro, entrenar más; has de asegurarte de que tus músculos recuerdan los movimientos. Tienes que estar en sintonía con tu oponente para que puedas notar cuándo va a atacar, cuando el ambiente cambie, ver cómo su cuerpo se tensa antes de embestir. De esa forma, dará igual que estés mareada o no. Porque aunque no seas tan rápida como lo serías en otras circunstancias, aunque tengas que apoyarte en un muro, o aunque veas borroso el cuerpo de tu oponente, sabrás exactamente qué tienes que hacer en cada momento.*

Me desperté sobresaltada, me libré de golpearme la cabeza contra una de las paredes del carruaje por los pelos. El anillo rebotó en mi pecho, el metal cálido contra el esternón. Mi décimo día encerrada en una coraza de madera y pintura dorada. Por lo general, se tardaban unas dos semanas en llegar desde Lupiac hasta París, pero madre había predispuesto que cambiásemos de caballos dos veces a lo largo del viaje; un derroche que habría hecho que sus ya limitados ahorros se redujesen. Pero la temporada de actos sociales se aproximaba con celeridad, y la carta que recibimos por parte de madame de Tréville dejaba claro que sería la última *mademoiselle* en llegar, meses después que el resto. No me dio la sensación de que fuese una mujer a la que le agradase que la hicieran esperar.

—¿Mademoiselle de Batz? —el lacayo llamó al techo del carruaje—. Estamos a punto de llegar.

Fue amable por su parte el darme el aviso para que tuviese tiempo de prepararme. Probablemente pensó que me pellizcaría las mejillas y que me arreglaría el rebelde cabello. Pero la ventanilla robó mi atención. Estábamos rodeados de huertos. Arboledas con ejemplares arqueados por el peso de las naranjas (distintas a los dibujos que había visto, más aterciopeladas, en cierto sentido). El aire era meloso y denso con el zumbido de los insectos.

—Está usted seguro de que... —mis palabras murieron.

Aquel fue el momento. El momento en que entramos en París y que me quedé sin aliento. No al atisbar le Palais du Luxembourg; con su parte frontal tan inmensa y yo tan increíblemente pequeña; ni tampoco al contemplar Notre Dame, con unos arcos tan altos que daban la sensación de traspasar las nubes. Ni cuando posé por primera vez la mirada sobre le Palais du Louvre. No, fue cuando las ruedas del carruaje pisaron piedra y vi entonces todo París desplegado ante mí como un pueblo de muñequitos contra la menguante luz del día. Ese París no se parecía en nada al París de mis vagos sueños.

Era ruidoso y estaba hasta arriba de gente y el olor se me quedaba dentro de la nariz y había suciedad por todos lados y... Oh, era precioso.

El carruaje se detuvo a las puertas de la ciudad. Las ruedas restallaron al pasar por un puente levadizo. De no ser por el color turbio y olor acre de las aguas, el foso parecería sacado de un libro de cuentos. Y, a continuación, nos tragaron los muros y murallas de la ciudad. Vestigios del fuego de los mosquetes manchaban la roca interior: eran los restos de la desesperada toma de poder llevada a cabo por el Gran Condé, que tuvo como resultado su exilio y el de muchos otros nobles de Francia, tras el cual el rey había regresado triunfante. Pero la ciudad mostraba las heridas de la corta ocupación. ¿Cómo no iba a hacerlo, cuando un primo del rey, el mismo que había ayudado a la realeza a contener un levantamiento parlamentario, se había vuelto en contra de su familia?

En la húmeda oscuridad, regresé a la fría y parpadeante luz de las velas: mi padre entreteniéndome con historias sobre la Fronda, las guerras civiles que se habían apoderado de París hasta hacía dos años. Historias sobre los engaños, la cobardía, la avaricia; el apellido de Condé ardiéndonos en los labios. Mi madre solía quejarse.

Argumentaba que yo no tenía más que once años y que era demasiado pequeña para escuchar lo que sus antiguos camaradas le habían escrito en sus cartas, pero padre insistía en que era la forma perfecta de hacerme ver aquello por lo que él había luchado. Para él, Condé era un hombre de la peor calaña. Un súbdito leal en cierto momento, que había sido pervertido por una avaricia y un deseo que solo llegaría a saciar gobernando Francia aprovechándose del sistema monárquico para sus codiciosos propósitos. Condé era la antítesis de un mosquetero. Al menos, de la versión de mi padre de lo que era un mosquetero, aquellos que protegían al rey para proteger a Francia. Para evitar que los adversarios extranjeros derramasen sangre en la ciudad. Mosqueteros como *papa,* que eran conscientes de que un traspaso del poder conlleva la muerte de miles de inocentes en el proceso. Mosqueteros como él, que protegía a aquellos que necesitaban protección.

Los mosqueteros de los que me había hablado una y otra vez ya no existían.

La vista de los edificios empujó a Condé fuera de mis pensamientos. Eran pequeños al principio: viviendas de los trabajadores y puestos. Un hombre vendía avellanas tostadas, y un muchacho se inclinó hacia delante para agarrar una bolsa antes de salir por patas; el hombre, echando humo, le pisaba los talones. Después, una eclosión de tiendas y viviendas que se alzaban en dirección al cielo. Una pizca de adoquines, planchas de madera, pizarra.

Una vez abandonamos la estrecha y tortuosa calle lateral y nos incorporamos al *boulevard* principal, todo se abrió. Especialmente, al entrar en Le Marais, uno de los barrios protagonistas de las historias de mi padre. El hogar predilecto de la *noblesse.* Cada *hôtel particulier,* cada lujoso palacio de la ciudad, disfrutados bajo el resplandor de las lámparas de vela de la calle. Árboles ornamentales flanqueaban el empedrado, convertidos en las formas y criaturas más fantásticas: un grifo con las garras en dirección a los transeúntes, un fénix que se elevaba triunfante entre unas verdes llamas.

Allí había menos gente, pero más guardias, repartidos por los senderos, con los sables destellando dentro de sus vainas. Las cambiantes sombras hacían que fuese imposible saber si alguno de ellos llevaba una casaca azul de mosquetero. Cuando era pequeña, *papa* me cubrió con la suya; caía a mi alrededor como un vestido de baile. Había una mancha de sangre en el dobladillo de cuando me tropecé y me partí las palas..., pero me puse de pie de inmediato, porque eso es lo que debía hacer un mosquetero. Lo que hacía una chica cuando desconocía por completo los mareos, el agotamiento, un mundo inestable.

A través de las lágrimas, contemplé a un grupo de guardias reunidos. Uno de ellos soltó una estruendosa risotada y otro tropezó con él.

Eché la cabeza atrás para evitar que pudieran verme boquiabierta. La mayoría de ellos estaban borrachos; sin duda, no eran los mosqueteros de mi padre.

Hubieron de pasar unos minutos más antes de que las ruedas del carruaje frenasen.

—Su parada, *mademoiselle*. —El lacayo colocó el baúl en las escaleras que llevaban a la casa con un resoplido—. Debo partir. Habrá alguien que salga a recibiros, ¿verdad? —Asentí—. Estupendo. No quisiera tener que dejarla aquí sola.

Me giré escorándome.

—¿No es esta una zona segura?

—Oh, *mademoiselle,* no hay razón por la que temer. Simplemente es imprudente vagar por las calles de París sola de noche. En especial, para alguien como vos.

—No sé a qué os referís.

—¿No?

Me giré para mirar mi nuevo hogar. L'Académie des Mariées. Una casa señorial, pequeña para los estándares de Le Marais, con caminos delineados por hierba color esmeralda. Y ventanas, ventanas acristaladas, intercaladas por parejas en la primera y la segunda planta. Bueno, o eso cabía suponer: en realidad, las ventanas situadas a la altura de los ojos estaban enmarcadas por cortinas, pero las de la segunda planta tenían los postigos echados. Quizás madame de Tréville solo podía permitirse tener cristales en las ventanas de la primera planta y no quería que el resto de Le Marais lo supiera.

Sin embargo, según lo que mi madre había averiguado por las habladurías del pueblo, la *noblesse* confiaba en madame de Tréville en lo que al futuro de sus hijas respectaba. Y en base a las historias de lo que *papa* había experimentado en París durante su breve estancia en presencia de mi abuelo materno, sabía que el esnobismo de los nobles solo lo superaba su afán de ganarse el favor de la familia real. Contaba que, después de la Fronda, aquellos nobles que no habían sido exiliados tenían los nervios de punta. Temían perder sus títulos, su posición en la corte, estaban deseosos de volver a las temporadas de actos sociales de antaño; eran casi hedonistas en su necesidad de distraerse con fiestas y pretendientes y perspectivas de matrimonio.

La noche se oscureció aún más y el aire era un pañuelo húmedo y, aun así, nadie apareció. El carruaje ya se había marchado, había desaparecido en la noche que caía de forma constante.

¿Y si la dirección con la que contaba el lacayo era errónea? ¿Qué sucedería si… si el cochero me había dejado en una vivienda errónea a propósito? ¿Y si se daba el caso de que tenía un acuerdo con un asesino y me estaba presentando ante él en bandeja de plata?

Aunque cabía la posibilidad de que eso fuese preferible a madame de Tréville. Podría protegerme de un asesino con la espada.

Con una profunda inhalación, ascendí los dos pequeños escalones. Un fuerte tap, tap, tap en la puerta. Silencio. Estiré el brazo hacia un lado por costumbre. Inesperadamente, mis dedos se enroscaron alrededor de un pasamanos de hierro forjado.

Una nueva inhalación, otro golpe en la puerta.

—*Excusez-moi!* ¿Hay alguien en casa?

La calle estaba vacía, pero tranquila; aun así, no podía sacarme de encima cierta sensación: la de un par de ojos que me cosquilleaban en la nuca.

Finalmente, se oyó el distintivo sonido de pisadas. La puerta se abrió. Una luz cálida fluyó a través del marco de la puerta.

—*Bonsoir!* —Una mujer sonrió al mismo tiempo que se limpiaba las manos en las faldas.

—Buenas noches, madame de Tréville —me dirigí a ella pestañeando para hacer que los puntos de luz que nublaban mi visión desaparecieran. Con la mano sujeta a la barandilla de hierro, inicié el arriesgado descenso para hacer una reverencia.

Pero la mujer se rio, me detuvo con un gesto de la mano, con la otra extendida sobre el pecho.

—*Ça alors!* ¡Cielos, no! Yo soy Jeanne; me encargo de limpiar la casa... bueno, la planta baja —confundió el gesto que reflejaba mi rostro y prosiguió—: Sí, sí, lo sé, *maisons* tan grandes como esta suelen tener un personal a tiempo completo. Presumo que seréis la más reciente *étudiante*. ¡Qué honor el vuestro, estudiar aquí! ¡Vuestros padres han de estar muy orgullosos!

—*Merci*. Sois muy amable.

—Querida mía —dijo ella rebosante de compasión—, no tenéis por qué estar nerviosa. Madame de Tréville no se ha equivocado aún con ninguna. Las otras *mesdemoiselles* son las señoritas mejor instruidas con las que me he topado. Se las invita a cada baile, a cada *soirée*: es decir, a los realmente importantes. —Me tragué los nervios y esbocé una sonrisa—. De hecho —añadió—, las señoritas y *madame* se encuentran en uno ahora mismo. Pasad. Henri llevará vuestro baúl hasta vuestra habitación. —Dudé—. ¡Venga, adelante! No querréis pillar un resfriado estando de pie ahí fuera con este frío, ¿no? Imagináoslo, ¡caer enferma justo antes de que dé comienzo la temporada! *Mademoiselle*, ¿os encontráis bien? —me preguntó tras reírme de forma entrecortada.

La voz me falló.

—Sí. Todo está bien.

Y, tal que así, atravesé el umbral y entré hacia la cálida luz.

CAPÍTULO NUEVE

—Así está mejor —dijo Jeanne—. Parece que podríamos dar por terminado el otoño y que *l'hiver* ha llegado antes de lo esperado a nuestra bella ciudad, *non?*

Esa no era mi ciudad, no me pertenecía ni me era familiar de la forma en que sí lo era Lupiac, así que me limité a asentir.

Ella se encaminó hacia una entrada arqueada. Más allá, se curvaba un pasillo estrecho por el que se oía el eco del estruendo de ollas y cacerolas.

—Henri, ¿puedes traer el baúl? —no escuché la respuesta, pero ella sí; se rio de forma estruendosa—. Qué ridiculez. No hay razón alguna para evitar a les *mesdemoiselles*; ¡le das a Portia demasiado material con el que tomarte el pelo! Ahora —dijo girándose hacia mí—, vos, venid conmigo.

Me fue enseñando habitación por habitación hasta que finalmente paramos en una del pasillo principal.

—Madame de Tréville me pidió que preparase esta habitación en concreto —a pesar de la calidez de Jeanne y su buen recibimiento, en ese momento su voz se endureció.

—¿Es que es muy estricta? —pregunté.

Su mano permaneció firme en el pomo hasta que hice la pregunta, que fue cuando se desplazó hacia su delantal para retorcer la tela.

—Madame de Tréville es una buena mujer. Tiene sus normas, como todo el mundo. Dichas normas pueden ser algo más extrañas que la mayoría. —Sacudió la cabeza despejándose el rostro—, Pero es de esperar que una dama, una de las predilectas del cardinal Mazarino, desee los más altos estándares por parte de sus empleados. Bien... si os ocurre algo, llame a Henri. Es probable que se encuentre cerca de las cocinas; ese muchacho siempre anda tratando de rapiñar un poco más de comida. *Bonne nuit.*

Jeanne me dejó en una habitación ajena de una ciudad igualmente extraña para mí; mis ojos fueron de la ventana, cubierta con unas pesadas cortinas, hacia el canapé, precipitadamente tapado con sábanas. Estaba claro que estaba diseñado para albergar a huéspedes durante la noche.

Había estado muy preocupada ante la posibilidad de que madame de Tréville descubriera la verdad sobre mi condición..., pero si la habitación había de reflejar de alguna forma qué pensaba de mi lugar en la escuela, a esa hora del día siguiente, podría estar en la calle. ¿Y qué oportunidad tendría entonces de ganarme a los mosqueteros para mi causa? Había previsto descubrir dónde estaba la sede de los oficiales superiores para exponerles mi caso. Pero para eso necesitaría una reputación que aún no me había forjado.

Una vez en la cama, el techo tembló; el temor comenzó a acumulárseme en la garganta.

Los defectos de mi plan habían quedado expuestos con tan solo una habitación sin amueblar. No era nadie sin madame de Tréville a mi lado. No podía acercarme a un mosquetero, lucir el anillo de *papa* y esperar que el desconocido convenciese entonces a todo el mundo de que investigase el asesinato de padre. No, mi única oportunidad era concertar un encuentro con un oficial superior. Y, sin una causa, ninguno escucharía a una muchacha extraña divagar sobre la prematura muerte de su progenitor.

Padre nunca me dijo el nombre de sus hermanos de armas, se limitaba a utilizar apodos cuando contaba sus historias. Sus verdaderos nombres no eran lo importante, había dicho. Los nombres que se habían dado los unos a los otros, sin embargo, esos sí reflejaban quiénes eran en realidad. Nunca le había presionado para que me diera más información; pensaba que no había prisa. Creía que teníamos tiempo suficiente. Además, en aquella época, yo no necesitaba nombres verdaderos. Existían dentro de mi cabeza como criaturas divinas; no necesitaban de títulos o apellidos.

Antes de partir hacia París, había tratado de encontrar los registros de padre, cualquiera que incluyese los nombres y las direcciones de sus mosqueteros, pero *maman* tenía sus documentos guardados bajo llave. Y no podría decirle exactamente para qué los necesitaba.

—*Papa,* ¿en qué estabas pensando?

La gran extensión de madera bostezó en silencio, motas de luz, fracciones de las llamas de las farolas abriéndose paso a través de la noche colándose por las cortinas.

Me sobrevino el sueño, y no fue hasta que oí voces amortiguadas que, soñolientamente, fui a tientas hasta la ventana. Vestidos de brillantes colores destellaban entre las cortinas: pequeños segmentos de faldas, fragmentos de brazos, el ocasional centelleo de las joyas. Las *mesdemoiselles* de madame de Tréville, cuidadosamente escogidas una a una. Eran tres; el resto debía de estar regresando en otros carruajes.

El cristal no permitía que se oyese lo que decían. Un torrente de luces y voces, y, a continuación, un par de ojos claros clavados en mí. Me aparté. Las cortinas se cerraron.

La puerta principal se abrió. Después, se oyó cómo se descalzaban e intercambiaban *bonne nuits*. El sonido de pasos aumentó. La duda me asaltó, como si me hubiera colado en un lugar sagrado. Mi espada permanecía encerrada en el baúl... Pero no, eran chicas jóvenes centradas en encontrar marido, nada más. Los pasos subieron la escalera principal haciéndola crujir.

Todo estaba en calma.

De vuelta en la cama, con las sábanas cubriéndome hasta justo por debajo de la barbilla, recordé lo que había vislumbrado a través de los cristales; la sorpresa de ver plata y dorado sobre seda y terciopelo. Los rubíes que goteaban por los buqués de organza como si fuesen sangre.

El rostro de padre. Su cuerpo a un lado del camino sin nadie que lo levantase, nadie que lo recompusiera.

Le di la espalda a la ventana mientras apretaba las sábanas con fuerza.

❦

—¿Adónde crees que vas?

A la mañana siguiente, a mitad del pasillo, me detuve (cerrando las manos en puños agarrados a mis faldas para evitar que me temblasen) cuando vi a una chica como un año mayor que yo. No había conocido a nadie de una edad similar a la mía desde Jacques. Y antes de eso... bueno, en Lupiac todos se conocían. Desde el primero de los bebés al que le estaban saliendo los dientes hasta el último de los desdentados *arrière-arrière-grands-parents*.

La chica aguzó la vista para evaluarme. En contraste con la superficie del pasillo, era todo color: la seda coral de su suave vestido sobre su piel, de un intenso dorado.

—Eres Tania, ¿no es así? Nadie me había dicho que no hablaras.

—Sí... sí lo hago.

—¿Así que pensabas deambular por los pasillos hasta que alguien viniera a rescatarte? ¿O es que estabas fisgoneando, eh?

El calor se me empezó a acumular en las mejillas.

—Siento si he hecho algo indebido, pero...

La joven silbó.

—*Mon Dieu*, la que se le viene encima. —Sacudió la cabeza—. Haber llegado la última no me convierte automáticamente en tu comité de bienvenida —masculló.

—¿Cómo? —pregunté.

Sus ojos entornados, enmarcados por unas finas cejas, mostraban somnolencia y desinterés.

—No me digas que ni siquiera sabes qué es este lugar.

—Por supuesto que sí. L'Académie des Mariées.

En su rostro se abrió paso lentamente una sonrisita.

—Bien. Madame me ha pedido que os muestre su estudio. —Miré al pasillo, hacia las cocinas—. No tengo todo el día.

La disculpa se quedó atrapada en mi boca cuando la chica me miró como si supiera con exactitud lo que estaba planeando y estuviera dispuesta a estrangularme. Cuadré los hombros.

—Si fuerais tan amable de mostrarme el camino, no os robaré más tiempo de vuestras obligaciones.

—Muy bien, pues —dijo con un suspiro—. Por aquí.

Caminamos en silencio. Si por mí hubiese sido, la habría acribillado a preguntas. Pero su rostro malhumorado me frenó. Quería preguntarle dónde se encontraban las demás *mesdemoiselles;* los pasillos vacíos me resultaban extraños y huecos. Y, a continuación, le preguntaría si los mosqueteros le eran familiares, si había conocido a alguno durante los actos sociales, pero habló antes de que yo tuviese oportunidad de hacerlo:

—Aquí es.

—Gracias, yo...

Pero ella ya se había marchado, un destello de coral que desapareció al girar la esquina. A través de la vertiginosa bruma, vi mi brazo extenderse; mi primer golpeteo a una puerta decorada con una intrincada talla de hojas.

—Adelante.

La habitación estaba repleta de madera oscura como la corteza de los árboles durante la noche: el tono de negro que no era negro en absoluto. Tres de las paredes estaban cubiertas por completo de estanterías repletas de libros, más de los que había visto en toda mi vida; ¿podía poseer una sola persona tantos? Encuadernados en cuero y tela, del rojo, el marrón y el naranja de las cambiantes hojas de los árboles. Una mujer (di por hecho que era madame de Tréville) estaba sentada en un escritorio y su pluma recorría un papel. La pared frente a ella estaba decorada con un mapa de Francia tan amplio como la envergadura de los brazos de un hombre robusto. Junto a él, de idéntico tamaño, un mapa detallado de París, similar a los diagramas que vi, hacía ya muchos años, durante mi visita al segundo de los doctores. Las ciudades y los cuerpos no eran tan diferentes entre sí realmente. Calles frente a venas. Parques frente a órganos. El palacio real como un corazón latiente.

Las damas no tenían estudios. Había pensado que quizás a lo que la joven había querido referirse era a un salón para las visitas, un simple *lapsus linguae*. Pero aquella estancia no era tal cosa.

La mujer tosió, pero continuó con su labor mientras hablaba.

—¿Os ha comentado Portia que quería hablar con vos? —Así que ese era el nombre de la chica. El mismo que Jeanne mencionó el día anterior, la que había asustado a... ¿Henri?

—Sí, yo... —Ella tachó con fuerza algo, y yo carraspeé—. Sí, lo ha hecho. Creía que quizás debía dirigirme a las cocinas...

—No creeréis que es allí donde comemos, ¿verdad? —Untó la pluma en la tinta y regresó a los papeles.

—Bueno... no —contesté.

Alzó la vista, prestó atención a mis manos, entrelazadas sobre las faldas para evitar que fuesen en busca de la silla vacía.

—Siéntese.

No portaba uno de esos estilosos vestidos que Marguerite y las otras chicas del pueblo adulaban: el escote de su prenda gris pardo dejaba al descubierto solo una pizca de su clavícula, y su moño bajo no tenía adorno alguno, solo rizos. La espalda la tenía tan recta que no llegaba a tocar la silla. Esperaba encontrarme a una gran dama, una que se vistiera con sus mejores galas. ¿Quién si no iba a ser la comidilla de la *noblesse*? Sin embargo, su vestimenta, si bien estaba confeccionada con excelentes tejidos, era práctica tanto en el corte como en el estilo. Ni anillos ni brazaletes le adornaban ni los dedos ni las muñecas. Todo lo que conocía acerca de su carácter era su esnobismo respecto a dónde comían sus alumnas, pero, aun así, ¿no se esforzaría una mujer como ella también en portar su riqueza?

—Mis condolencias por la muerte de vuestro padre —dijo de repente.

—*Merci* —le agradecí.

Su mirada era inquisitiva. Finalmente, dijo:

—Esta situación es muy inusual: una joven que se nos une justo antes de la temporada de actos sociales, con escaso tiempo de preparación. Incluso Portia ha estado dos meses bajo mi tutela. —Posó los ojos sobre la parte de mí que el escritorio no ocultaba—. Pero vuestro padre insistió en que estabais preparada para continuar el legado familiar.

—Daré lo mejor de mí —le aseguré.

«Recuerda a *papa*. Recuerda a *maman*. Recuerda por quién lo estás haciendo». Todas mis esperanzas de averiguar la verdad sobre padre residían en madame de Tréville. Como también residía en su persona el que lograse hacerme un nombre y que tuviese éxito en L'Académie, el último deseo de padre.

—¿Y si no es suficiente? —preguntó.

—No... No creo que...

—Supongo que sois lo suficientemente guapa. No parecéis grácil, pero podemos trabajar en ello. Pero lo que no estoy dispuesta a hacer es malgastar mi tiempo con una chica que tiene dudas respecto al lugar que ocupa en el mundo. No perderé mi tiempo con una joven que no sabe qué quiere.

Detuve una respiración entrecortada que trató de escaparse, también las ardientes lágrimas que amenazaban con surcar la zona entre mis ojos y mi nariz, la cual se teñía de un rojo rosado en cuanto estaba a punto de llorar.

—Esto es lo que quiero.

—¿De veras? ¿Queréis ser la esposa de un miembro influyente y adinerado de la *noblesse*?

Doblé la lengua tratando de evitar que la palabra escapara de mi boca. Pero no había vuelta atrás. Debía descubrir la verdad.

—Sí.

Permaneció en silencio durante un buen rato. No debía de haber sido lo suficientemente efusiva. Le había fallado a padre antes incluso de tener una oportunidad de intentarlo.

Pero entonces ella habló. Y no fui capaz de creerme lo que me dijo, salvo porque los oídos me pitaban levemente, una descarga me chisporroteó desde los dedos de los pies hasta la frente, la piel de los antebrazos se me puso completamente de gallina.

—Me cuesta creerlo, *Mademoiselle la Mousquetaire*.

CAPÍTULO DIEZ

El pitido en los oídos aumentó y dio paso a un leve estruendo.

—¿Cómo me habéis llamado?

La cara de la dama no delató nada. Rescató una de las cartas de la pila de papeles. Una carta de padre.

—¿No es así cómo os llamaba?

Las lágrimas regresaron con un inesperado y repentino ánimo de venganza.

—Eso es privado —dije.

—Me temo que aquí nada es privado. No podemos permitirnos tener secretos entre nosotras.

—Por la posibilidad de un escándalo —propuse—. Queréis saber todo sobre una joven antes de aceptar tutorizarla, por si da la casualidad de que sale a luz que es una… —el único rol o actividad de mala reputación que me vino a la cabeza fue «espadachín», o «enferma», que apenas podían considerarse respuestas válidas, por lo que permanecí en silencio.

—Podríamos decir que sí.

—Desconozco qué fue lo que os escribió mi padre, o por qué, pero seré la dama ideal. No era más que un estúpido apodo. No había nada detrás —cada palabra que pronunciaba era como una espada ensartada en mi corazón.

Se puso en pie. Por su postura, se podía ver que la conversación había llegado a su fin, e hice por levantarme, ayudándome del escritorio. Sus ojos se posaron allí donde mis dedos se asían a la madera.

—Si me seguís… —Se dirigió hacia la pueta.

—Madame —logré dar con las palabras—. Si tan solo me dieseis una oportunidad de...

—Mademoiselle de Batz, si me acompañaseis, os percataríais de que es justo eso lo que estoy haciendo. —En vez de girar a la izquierda para devolverme al pasillo, dejando atrás las salas de estar decoradas con gruesas alfombras y pesados marcos dorados, lo hizo hacia la derecha, haciéndome pasar a una zona desconocida de la vivienda. Daba pasos decididos—. Os escucho pensar —mencionó madame de Tréville, aunque no se giró para mirarme—. En pos de prevenir vuestro dilema entre si preguntar o no: sí, nos dirigimos a la planta superior.

Nos aproximábamos con rapidez hacia la escalera. No era solo la cuestión de que mis mareos resultasen peligrosos sobre los escalones, también estaba el miedo omnipresente a desmayarme y desplomarme, no en el suelo, sino en un tramo de escaleras, que siempre era mayor cuando trataba de subirlas: la visión nublada, el temblor en las piernas, el mundo dando vueltas a mi alrededor. El mareo general palidecía al lado del maremoto que se precipitaba sobre mí cuando trataba de subir por unas escaleras; por eso *papa* había vaciado su adorada biblioteca, ubicada junto a la entrada, y la había convertido en un dormitorio. Y no lo hizo porque yo le fuese llorando, avergonzada; fue mientras esperaba a que *maman* y yo regresáramos a casa después de la visita al segundo de los doctores.

Una cosa era fingir ser una persona que en realidad no era, sentada en el estudio de madame de Tréville, pero en la escalera, no había nada que pudiera hacer. Dependía de mi cuerpo, ¿y cuándo había podido confiar en él, si podía saberse?

—¿Qué diablos hacéis?

Con la mano apoyada sobre el pasamanos, que era como una temblorosa serpiente, y los pies separados a la altura de los hombros, di un respingo.

—¿Subir la escalera?

—No seáis ridícula. —Abrió una puerta que me había pasado desapercibida. Dado su rango, esperé a que pasara ella primero, y lo hice durante tanto tiempo que, antes de atravesar el umbral, hizo un ruido de disgusto con la garganta.

En la estancia hacía frío. Solo había en ella una ventana; las paredes se alzaban al menos seis metros. La luz se acumulaba en una estructura frente a nosotras: una especie de polea con una franja de tela, lo suficientemente amplia para sentarse en ella, en uno de los extremos. Colgaba de un descansillo que llevaba a una ensombrecida puerta abrazada por una delgada escalera. Parecía un espacio que hubiese servido como escalera para el servicio.

—No... no comprendo.

—¿No? —su voz resonó en el vacío.

Había dicho que no había lugar para secretos. Pero no era posible que mi padre se lo hubiese contado; sabría qué ocurriría si madame de Tréville descubría que le estaba endosando a su hija enferma, engañándola para que le pusiera un refinado vestido a la muchacha, propensa a los mareos, para comprobar si eso podía camuflar la palidez grisácea de su piel antes de que se desplomara. Si conseguía ocultar cómo le colapsaban las piernas. Cómo su cuerpo, aunque fuese capaz de blandir una espada, era igual de frágil que el trozo de papel que la había llevado hasta París.

Mientras yo me encontraba perdida en mis pensamientos, madame de Tréville subió las escaleras: me di cuenta cuando ya había alcanzado el descansillo.

—¿Pretendéis quedaros ahí de pie, boquiabierta? No es nada atractivo —dijo.

Noté la aprehensión aferrada a los costados a medida que me aproximaba a la polea. Un vistazo a madame de Tréville fue el único estímulo que obtuve antes de subirme a la tela y colocarme las faldas.

—¿Y ahora?

—Trabajaremos de forma conjunta: yo tiraré de este extremo y tú tirarás del tuyo.

A pesar de sus afilados rasgos, madame de Tréville era robusta. Gracias a eso, sumado a mis tonificados brazos, fruto de años practicando esgrima, no pasó mucho tiempo antes de que empezase a elevarme en el aire. Estuve a punto de caerme del arnés cuando miré hacia abajo, el suelo se tambaleaba. Cerré los ojos. Después de todo, este método de transporte era mucho mejor que las escaleras.

Cuando abrí los ojos de nuevo, me encontraba a la altura de madame de Tréville. Enrolló su extremo de la cuerda a un gancho en la pared, y, luego, me ofreció la mano. Dudé, pero, antes de que alguna otra admonición saliese por su boca, la agarré y me lancé al descansillo. Recuperé el aliento sujeta a la pared en busca de apoyo.

—Miedo a las alturas. Interesante —mencionó al mismo tiempo que rebuscaba en sus bolsillos interiores—. Aquí está. —Sacó una llave de uno de ellos y, después, abrió la puerta.

La luz me dio de golpe. A la derecha había un pasillo, no muy diferente al de la planta inferior: suelos de moqueta, dos pares de puertas a cada lado. Una estaba entreabierta. Se oían risas en el interior: las *mesdemoiselles*.

Marguerite, las jóvenes que se alzaban sobre mí, *pauvre* Tania... No.

Nadie se estaba riendo de mí. De momento no.

Madame de Tréville entró dentro de mi campo de visión.

—En primer lugar, debemos hacer una parada aquí. —Hizo un gesto en dirección a la zona del pasillo donde este se ensanchaba a la izquierda; en vez de puertas, había grandes arcos.

Pasamos por debajo del primero de ellos y nos recibió una fría brisa de aire, como si un fantasma nos hubiera envuelto. La habitación, que no era una habitación propiamente (porque cómo iba alguien a referirse a ella como tal cuando una de las paredes estaba compuesta, prácticamente, de dos grandes arcos), tenía fácilmente la extensión de la planta baja al completo.

—No suele estar así de vacía —explicó madame de Tréville—. Pero siempre la despejamos cuando llega alguna nueva. Es la excusa perfecta para hacer limpieza. —Su dedo índice arrastró una mota de polvo que desplazó por la curvatura de uno de los arcos; se le agrió el rostro en una muestra de repugnancia.

—Tania, ¿por qué creéis que vuestro padre os mandó a este lugar?

Mi voz sonaba serena y sosegada, justo lo opuesto a cómo me encontraba. Repetí como un loro las palabras de madre:

—Vuestro prestigio es conocido por todo el país. A pesar de que L'Académie sea un nuevo proyecto, hay jóvenes que matarían por asegurarse una plaza bajo vuestra tutela.

—Pero no es vuestro caso —infirió.

—No era eso a lo que me refería…

—He llegado a una edad en la que escuchar divagaciones no solo es una pérdida de tiempo, sino que me resulta molesto y me irrita. —Cerré la mandíbula de golpe cuando se me acercó—. Decís que hay jóvenes que matarían por hallarse en vuestra posición, pero ¿por qué mataríais vos?

No había tenido ningún indicio de los mareos, ningún síntoma que hubiese podido provocar que hubiese escuchado mal lo que la mujer acababa de decir. No había nada excepto el aire fresco y el iluminado espacio abierto, y madame de Tréville en él.

—Quizás debería reformularlo. ¿Por qué lucharíais? —inquirió.

Desvié la mirada hacia los dos arcos abiertos. Una sombra recorrió el suelo. La culpa y el miedo se agitaron en mi estómago.

—No estoy segura de entender la pregunta.

—¿Necesitáis un ejemplo? Tomemos a vuestro padre como tal. Luchó por su rey, por su país. Luego, por supuesto, por sus hermanos de armas, los mosqueteros. Luchó por su familia; luchó por vos…

—Madame, debéis de equivocaros: mi padre nunca desenvainó su espada por mí. —La vez que tuvo oportunidad de hacerlo, cuando los ladrones entraron a hurtadillas en su estudio, llegó demasiado tarde. Y yo fui demasiado débil.

—Existen otras formas de luchar por alguien, *mademoiselle*, aparte de agarrar una espada —comenzó—. Todas las horas que pasó entrenando en el granero conmigo, la valla que me construyó, las veces que le dijo a madre que, aunque mi cuerpo hubiese cambiado, seguía siendo Tania...—. Os lo preguntaré de nuevo. ¿Por quién lucharíais?

La miré directamente a los ojos.

—Pues... por mi familia, por el apellido de Batz. Por mi padre. Y por vos. —Se me quebró la voz al mencionar a *papa*. Madame de Tréville no podría llegar a saber a lo que me refería en realidad: que ya estaba luchando por mi padre, a mi manera. Desentrañar la verdad era lo único que me importaba. Ni ella ni su escuela.

—Qué halagador —dijo. La risa que emitió no fue sincera.

—Madame... —empecé a hablar antes de disuadirme a mí misma de hacerlo—. ¿Qué deseáis exactamente de mí?

Se encaminó hacia el extremo opuesto de la estancia.

—Llegadas a este punto, habéis de saber que conozco vuestra condición. La polea fue idea de *mon neveu*, mi sobrino, que siempre anda trasteando y construyendo nuevos inventos. Un éxito en este caso, teniendo en cuenta que no hemos tenido que levantaros del suelo. —Me estremecí, pero ella continuó paseándose—. No me tomaría tales molestias con cualquiera. Pero vos sois la hija de de Batz. Fuimos buenos amigos en nuestra juventud. No podía darle la espalda a su única descendiente. En sus cartas me habló de una joven tan valiente que, aunque supiera que se caería cada día, perseguiría lo que deseara implacablemente. —Frunció los labios mientras me estudiaba—. Pero esa imagen no cuadra con la realidad. Lo que veo es a una joven dispuesta a conformarse con una vida que no desea y demasiado dócil para decir la verdad.

Traté de amansar mi furia interior. Hundí las uñas en la carne entre el dedo índice y el pulgar.

Dio una palmada. Me sobresalté cuando el ruido retumbó por la sala vacía.

—Empecemos, pues.

Un tañido metálico, un chirrido de acero. De repente, mi espada, la que había escondido en el baúl de viaje, se deslizaba por el suelo, y una figura se escabulló fuera de nuestra vista.

Extendí la mano antes de lo que mi vista me hubiera indicado (los mareos causaban estragos en mi sentido de la orientación) y la atrapé por un pelo.

Cometí el error de no soltar un chillido, como había de hacer una *mademoiselle*. Delaté una de mis verdades secretas, una que sin duda haría que me expulsaran de L'Académie. Pero, aunque quisiera dejar la espada, no creo que fuese capaz. Era lo único conocido en esa estancia desconocida. El acero bailó bajo la luz llena de destellos.

—No penséis en soltarla; la necesitaréis —advirtió madame de Tréville.

—¿Qué queréis de mí? —pregunté de nuevo, la ira finalmente impresa en mi voz.

—¿Que qué quiero? Quiero ver si vuestro padre estaba exagerando. —Cogió una de las espadas de un rincón hasta entonces cubierto por las sombras.

Mi padre tenía razón: un oponente jamás esperaría a ser atacado.

Esquivé su espada por instinto, acero contra acero, el chocar de las armas era un sonido más dulce que el de cualquier melodía. En vez de atacar, esperé. Observé sus movimientos tratando de identificar sus puntos flacos. Cuando no sabías nada sobre tu oponente, lo último que debías hacer era precipitarte.

—Una estratega táctica defensiva. Debería habérmelo imaginado —dijo madame de Tréville antes de volver a atacarme.

Retrocedí unos cuantos pasos rápidamente, golpeé su espada hacia un lado. Una estocada. Otra parada. Otro salto hacia atrás.

Notaba que, fuera de mi campo de visión, se encontraban varios pares de ojos que observaban mientras intercambiábamos ataques. Me ardía el brazo, pero se trataba de una sensación maravillosa; era doloroso, pero como volver a casa.

El anillo de padre se bamboleó en su cadena cuando me giré y estuve a punto de pillar a madame de Tréville por sorpresa. Algo que resultaba difícil sin llevar debajo de las faldas unos calzones: no podía recoger la tela. La hoja de mi espada brilló cuando corté una, dos veces. Mis pies ligeros como el aire. Cuando padre me enseñó el movimiento, la espada giraba a la derecha y, después, a la izquierda, dijo que era parecido a un *ballet*. Me había reído al verlo saltar de forma extraña alrededor de los establos.

Pero aquello no era suficiente para ganarse la aprobación de madame de Tréville. Eran movimientos demasiado rápidos, demasiado urgentes, demasiado desequilibrados. Unos puntos negros se disolvieron en mi visión. Lancé un juramento. Intenté deshacerme de la oscuridad parpadeando. Me aparté el dobladillo de las faldas.

Otra estocada. Otra parada. Contraparada. Fintar hacia la izquierda. Una nube negra oscurecía mi espada.

El dolor brotó cerca de mi muñeca, a unos centímetros de las finísimas cicatrices que me cruzaban las palmas. Mi espada repiqueteó en el suelo. Tropecé, y mis manos impidieron que colisionara con la pared.

Me estaba batiendo en duelo con madame de Tréville. Madame de Tréville, la directora de L'Académie des Mariées. Madame de Tréville, una reconocida miembro de la alta sociedad parisina. Madame de Tréville, la dama que estaba modelando a las jóvenes para que se convirtieran en esposas idóneas para hombres que las doblaban la edad, hombres que esperaban que sus esposas estuvieran listas para cuando quisiera que ellos se dignasen a llegar a casa, que fuesen la enjoyada envidia de otros nobles.

¿Quién era esa mujer?

Y más importante aún, ¿qué era ese lugar?

—Se ha desmayado —se oyó decir a Portia.

Incluso a través de la neblina, a la vez que mi mundo se replegaba sobre sí mismo, podía ver, o quizás simplemente sentir, que madame de Tréville asentía con la cabeza.

La presión de una compresa fría contra el cuello. La agitación de pasos, una puerta cerrándose. Abrí los ojos; me encontraba de nuevo en el estudio de madame de Tréville.

—Habéis armado un buen espectáculo. Las chicas tienen ganas de conoceros —dijo madame de Tréville—. Ya habéis conocido a Portia, pero os faltan Théa y Aria. Théa lleva aquí desde finales de primavera; Aria, desde mediados de marzo. Los siete meses desde que llegó Aria —sacudió la cabeza mientras hablaba y, entonces, chasqueó los dedos— han pasado volando.

Cuando llegué a L'Académie des Mariées, creía saber con seguridad lo que me deparaba. Pero esa seguridad se había disuelto tan fácilmente como el humo.

—En un momento me estáis interrogando y, al siguiente, alguien me tira mi espada. —Se me escapó una mueca de desagrado ante el contacto con la compresa fría—. Una espada que estaba escondida dentro de mi baúl.

—No podía contaros la verdad hasta que hubiese valorado el nivel de vuestras habilidades, o de lo contrario habría arriesgado a poner en peligro la existencia de la escuela. Si hubieses fracasado, deberíamos haber buscado otra solución para vos. —Posó las manos en el regazo—. Estoy segura de que habréis llegado ya a la conclusión de que esta no es una escuela para señoritas. Al menos, no una dedicada a preparar a mujeres jóvenes para convertirse en las esposas de lores y vizcondes. Si he de contaros todo ya, debéis jurar que guardaréis el secreto.

—Tenéis mi palabra —prometí.

¿Por qué era mi silencio tan importante? A no ser que... Me enderecé, la comprensión atravesó la neblina de mi cerebro.

Un amago de sonrisa adornó la dura boca de madame de Tréville.

—¿Empezáis a entenderlo? Entreno *mesdemoiselles,* pero no para que sean esposas dóciles y serviles. —Se levantó y acarició con los dedos el lomo de un libro encuadernado en cuero, con expresión entusiasta—. Las entreno para que se conviertan en una nueva clase de mosqueteros. Una que luche por Francia con su intelecto y su encanto tanto como con la espada.

—Espías —exhalé.

—Ese es un término demasiado simple. Bajo mi tutela, os transformaréis en una de las jóvenes más deseables que la escena social parisina haya visto, y en una de las espadachinas más diestras que se haya referido a sí misma como mosquetera. Acudiréis a fiestas, recibiréis las invitaciones más demandadas, embelesaréis a hombres para que os revelen sus secretos. Los distraeréis mientras vuestras hermanas de armas entran a hurtadillas en despachos privados y se escabullen con pruebas. Encontraréis suficiente información para mantenerlos callados. Y si no... —Se levantó las faldas para dejar a la vista unos calzones como los que *papa* me había dado hacía años. Una espada de entrenamiento en la parte izquierda de la cadera, una daga en la derecha—. No carecemos de honor. Matar a otra persona a sangre fría es despreciable. Así que os batiréis en duelo. Y, cuando lo hagáis, ganaréis. No solo contaréis con vuestra destreza, sino también con el elemento sorpresa: ¿quién sospecharía que una bella mujer pudiera ser una de las mejores espadachinas que la ciudad haya visto?

Sacudí la cabeza. Cruzó la habitación y se inclinó para que estuviéramos al mismo nivel.

—Sois una chica lista. ¿De verdad creíais que vuestro padre os mandaría a que os casarais con alguien prácticamente desconocido?

Oh, *papa*. Aunque vine a París por orden suya, como un último intento de descubrir la verdad, aún seguía habiendo cierta furia en mi interior. Mi resentimiento era la hoja dentada y desafilada de una espada. Y, a pesar de ello, durante todo este tiempo...

La voz de madame de Tréville era flexible, lenta, el susurro de un recuerdo.

—Cuando era pequeña, lo que más deseaba era ser mosquetera. Le insistía a vuestro padre para que entrenara conmigo casi a diario: debía ser sensacional para conseguir la más mínima oportunidad de ganarme un sitio. Crecimos juntos, nos enamoramos de la esgrima a la misma edad... Estoy bastante segura de que nuestros padres esperaban que nos desposáramos, a pesar de mi desinterés respecto a todo lo que tuviera que ver con el matrimonio.

Afortunadamente, antes de que tratasen de presionarme, conoció a vuestra madre; fue un escándalo, por supuesto. La disconformidad del padre de ella... De cualquier modo, la carta que me envió fue el primer contacto después de décadas, pero sus palabras hicieron que todo aflorase. Su amabilidad para con una muchachita que no era lo que la gente le decía que había de ser. —Estudió sus documentos, sumida en sus pensamientos—. Creo que podréis suponer qué aconteció después. Dio igual cuánto hubiese practicado: la sola idea de una mujer dentro de los mosqueteros ponía histéricos a los altos cargos. Ahora se me ha concedido una oportunidad, como podréis ver, de ganarme ese respeto. No de la forma que yo deseaba, claramente; ya es demasiado tarde para mí. Pero no para vos.

—No... —Esperó expectante cuando empecé a balbucear—. No me lo creo.

—¿Qué parte? ¿La de que una mujer pueda ser mosquetero? ¿La de que pueda hacer lo mismo, si no más, que sus iguales varones por su país?

No respondí, no era capaz de formular que era una combinación de todas esas cosas... porque ¿cómo podría convertirme en la criatura de la que ella hablaba? No era bella, ni astuta, no podía manipular a otros en mi propio beneficio. Los hombres no caían a los pies de las jóvenes enfermas.

—Habláis de mí como si fuera a convertirme en una especie de leyenda. En el héroe de un cuento —susurré.

—Seréis mucho más que eso. —Impetuosa, de pronto agarró el escritorio como si estuviera aplastando una garganta—. Seréis una sirena. Una gladiadora. Una belleza que atrae al mal a su vera antes de ensartarle el corazón. —Su cuerpo se destensó al enderezarse—. O quizás os resignéis a ser la esposa de un hombre del que es probable que no sepáis nada. A una vida sin esgrima.

—No hay nada malo en eso —afirmé con la voz temblorosa.

—Si es lo que queréis, quizás no. Pero eso no es lo que vos queréis, ¿me equivoco?

Lo que yo quería era entregar a la justicia al asesino de *papa;* que *maman* pudiera respirar sin que el peso de mi mundo le aprisionara el esternón; demostrarle a *papa* que yo era capaz, fuerte, una llama; demostrarle a *maman* que estaba equivocada, hacerle ver que era mucho más de lo que creía que era y de lo que me permitiría ser; quería, deseaba, ansiaba… demasiadas cosas.

Por un instante, breve y dichoso, la voz de padre se coló dentro de mí: todas sus historias sobre la fraternidad, una fraternidad divina que sería capaz de atravesar montañas y cruzar océanos por sus hermanos. Los mareos habían conllevado la ausencia de Marguerite, la falta de fe de madre, pero las historias de padre habían sido, sin embargo, una constante. Como también lo eran el deseo de una hermandad femenina, de lealtad, de honor. El deseo de algo que me fuese propio.

Las lágrimas se me acumularon en el hueco que quedaba debajo del cuello.

—No —declaré con voz ronca—. No quiero abandonar la esgrima.

—¿Cómo? —preguntó madame de Tréville. Pero no podía decirlo más alto. Un susurro de aire contra mi cálida piel—. Tania, habéis de tomar una decisión. Podéis olvidar lo que ha ocurrido. O bien…

—Podría quedarme. Entrenar con vos —finalicé.

—Sabéis aguantar a pesar de vuestros mareos. Vuestro padre estaba en lo cierto: sois una espadachina talentosa. Pero, tal y como he explicado previamente, entrenar no consistirá únicamente en esgrimir. Aprenderéis los usos y costumbres que se esperan de una señorita de clase alta: baile, nociones básicas de etiqueta; las normas según las cuales vive la nobleza. Y luego, por supuesto, el sutil arte de ganaros a los hombres. —Palidecí mientras madame de Tréville intentaba no soltar una carcajada al ver la expresión reflejada en mi rostro—. Y bien, ¿qué escogéis?

Esto es lo que *papa* había querido para mí. El peso de su ausencia volvió a abalanzarse sobre mí, me agarró por la garganta. Su voz me pitaba en los oídos diciendo mi nombre una y otra vez. El último de sus actos no fue traicionarme, sino bendecirme. Si me quedaba en la escuela, podría blandir mi espada… y, en base a lo que madame de Tréville había descrito, tendría la oportunidad de acceder a los espacios y las personas que necesitaba para desentrañar la verdad. No sería tan complicado recurrir a los mosqueteros cuando fuese una de ellos, ¿no?

Así pues, eso elegiría. Capturar al asesino de *papa*. Y era un precio que tenía que pagar. No podía permitir que quien lo había matado se fuera de rositas. Debía ser encarcelado, en prisión no volvería a hacer daño a nadie más. Jamás volvería a arrebatarle el padre a una joven.

—Esta no es una decisión que deba tomarse a la ligera, así que si necesitáis tiempo para…

—Acepto.

—Bueno, pues —dijo madame de Tréville— os doy la bienvenida a les Mousquetaires de la Lune.

CAPÍTULO ONCE

Madame de Tréville me dijo que esperara en la entrada mientras ella hablaba con las otras *mesdemoiselles* en la sala de estar. Hice lo que estaba en mi mano para mantener los hombros echados hacia atrás, la cabeza erguida. Pero mi mejilla encontró el camino para descansar contra la palma y mi codo, en una mesa auxiliar, mientras me sentaba en un taburete pegado a la pared.

Antes de marcharse, habíamos hablado sobre el régimen de entrenamiento: práctica de esgrima por la mañana, seguida de lecciones especiales para transformarme en mosquetera. A veces practicaría con las demás y a veces, sola; especialmente cuando las otras chicas tuvieran que asistir a actos sociales. Madame de Tréville insistía en que me quedaba mucho por hacer antes poder poner un pie fuera de la casa.

A pesar de que ese comentario me irritó, me quedé atónita al percatarme de cuánto sabía sobre mis mareos. Las cartas de padre debían de incluir muchos detalles. Estaba enterada de que, en el pasado, tuve que trabajar para llegar al nivel de destreza del que disfrutaba antes de enfermar, de que mi condición se hizo más llevadera cuando empecé a entrenar con ahínco de nuevo... Creía que *papa* era el único que había establecido dicha conexión, pero madame de Tréville también parecía entender que la esgrima me ayudaba. Incluso tenía planeado ampliar mi entrenamiento para aumentar al máximo mi fortaleza.

Todo había sonado muy bien hasta que recordé aquel otro ínfimo detalle. En ese momento, apenas me salieron las palabras.

—Pero si he de... seducir —dije con voz temblorosa— a dichos hombres...

—A dichos objetivos.

—Objetivos. Si he de hacer que me deseen, ¿no tendrán en cuenta lo fuerte que soy?

—No es como si fueran a veros en paños menores.

—¡No me refería a eso! A lo que me refería es que, si bailamos, ¿no se darán cuenta de...?

—¿De que vuestros brazos son más musculosos que los de la *mademoiselle* parisina media? No tenéis de qué preocuparos —dijo sonriendo—. Cuando mi labor con vos haya concluido, no será en vuestros brazos en lo que se fijen.

No me entraba en la cabeza cómo no me morí de vergüenza allí mismo en ese preciso momento.

Unas herraduras se acercaron haciendo cloc a través de la ventana. Examiné el muro que se encontraba frente a mí en la entrada. Pequeñas rosas pintadas. De un rosa suave, luego malva y, después, púrpura real.

—*Excusez-moi...* —una tos, una voz que se alzaba—. Discúlpeme, ¿*mademoiselle*?

Estuve a punto de caerme del taburete por una sacudida. Un joven aproximadamente de mi edad corrió a ayudarme. Pero, para cuando hubo llegado, ya me había incorporado y lo único que él podía hacer era enderezarse, puesto que se había agachado para ayudarme, y luego apoyarse en la mesa, que tenía un extravagante arreglo floral. El jarrón se tambaleó, incluidos los lirios blancos del interior, justo antes de que lo detuviese con el brazo, mientras que con el otro sujetaba una pila de papeles y unas cuantas plumas contra su pecho. Después de soltar un sonoro resoplido, recolocó el jarrón de nuevo en el centro de la mesa y, luego, se alejó un poco sin demasiado disimulo. Había dejado manchas de tinta en la porcelana grabada.

—Disculpadme —dije, tratando de reprimir una risa entre nerviosa y genuina—. Vos os habéis apresurado a ayudarme, realmente es mi culpa.

—Ha sido raro —admitió. Me ruboricé y aparté la vista. Cuando volví a mirar, él estaba en silencio—. Acabo de percatarme... –dijo entonces—, oh, qué mala educación la mía. Menudo desastre he armado. —Adoptó la postura apropiada para llevar a cabo una reverencia formal. Y le salió como un churro. Pero los ojos le brillaban, como si fuese perfectamente consciente de su rareza y la hubiera aceptado como una condición inmutable de su persona—. Permitidme que me presente de forma oficial. Soy monsieur Henri y estoy a vuestro servicio.

—Vuestro nombre me resulta... ¡Oh! Me preguntaba dónde encontraros. Quería daros las gracias.

—¿Darme? ¿A mí? ¿Las gracias? —enunció cada sintagma como si fuese una interrogación.

—Por transportar mi baúl —expliqué. ¿Y si no se trataba de él? ¿Y si me equivocaba de persona? ¿Y si se ofendía por ello y, en consecuencia, yo añadía un nuevo nombre a la lista de personas que pensaban que no tenía cabida en ningún lugar? Pero ¿quién si no alguien de la vivienda se presentaría por su nombre de pila?—. Fuisteis vos quien llevó el baúl de viaje hasta mi habitación, ¿no es así?

—Vos sois Tania de Batz —exhaló. La forma en que dijo mi nombre, como si perteneciera a algo, a alguien, bello...—. Ah, ¡las presentaciones! Soy aprendiz de monsieur Sanson, el cartógrafo. —Se rascó la cabeza; las puntas de los dedos le dejaron una pizca de tinta cerca del nacimiento del cabello. Un mechón azul negruzco se extendía entre unas ondas de color castaño claro—. Pero lo que quiero ser en realidad es ingeniero. No me interesa anotar dónde se encuentran los parques y palacios bonitos; quiero planificarlos, la forma en que funcionará la ciudad, organizar sus mecanismos —su expresión se fue animando a medida que hablaba. Una vez dio por terminado su parlamento, soltó una bocanada de aire—. Ha de parecer intranscendental para una persona como vos.

—¿A qué os referís? —pregunté.

—Vos realizaréis verdaderos cambios, tangibles. Os aseguro que el viejo está intentando, con la cantidad de tareas inútiles que me pide que haga, que coja la puerta y me largue.

—¿Cómo habéis... he dicho...? —susurré.

—No se os ha escapado; ¡ya estaba enterado! —insistió al ver la cara que puse—. ¡No os preocupéis! Después de todo, sería difícil lograr que su familia no se enterase de la operación. Sobre todo, porque vivo aquí.

Me quedé mirando a ese muchacho torpe y sonriente que había estado a punto de estropear todo el mobiliario del vestíbulo.

—¿Sois el hijo de madame de Tréville?

—Su sobrino.

Una puerta se cerró de un golpe. Madame de Tréville.

—Veo que habéis tenido tiempo de presentaros —señaló al mismo tiempo que avanzaba hacia nosotros. Se paró cerca de Henri, y luego frunció el ceño y utilizó un pañuelo para quitar las manchas de tinta del jarrón—. ¿No tenéis trabajo del que ocuparos? De verdad que no logro entender cómo podéis llegar a pasar tanto tiempo aquí cuando trabajáis en otro lugar. Si no lográis tener éxito, vuestra madre nos lo estará recordando hasta el final de los tiempos —puede que eso último lo hubiese dicho enfadada, pero el afecto que sentía por el chico se reflejaba en las arruguitas del rabillo de sus ojos.

—Por supuesto, *tante*.

—Tania, hay mucho por hacer. El sastre tiene previsto llegar a las tres y media. —Se giró hacia Henri, que esperaba muy cerca del hombro de madame de Tréville—. Creía haberos oído decir que teníais trabajo pendiente.

El chico se tropezó con la alfombra cuando se giró en dirección contraria.

—¡Ha sido un placer conoceros, mademoiselle de Batz! *Au revoir!*

Empecé a levantar el brazo para despedirme, pero de inmediato me di cuenta de mi insensatez y me dispuse a hacer una reverencia: un descenso muy leve para mantener los mareos a raya.

—Es agradable ver que no estáis molesta —dijo madame de Tréville.

Sin haberme enderezado del todo aún, miré por encima del hombro.

—*Excusez-moi?*

—Fue él quien extrajo la espada de vuestro equipaje —explicó—. Esperaba que estuvierais indignada.

Con el estómago en la garganta, giré sobre mis talones para ver a Henri desaparecer. El chico había revisado mis posesiones: mis libros, mis prendas…, mi ropa interior.

No salió palabra alguna por mi boca, solo balbuceos. Madame de Tréville suspiró.

—Oh, cielos, Tania, os aseguro que no le pedí que revisara vuestros objetos personales. Fue a Portia a quien le encargué que buscase vuestra espada, no a Henri. Además, aunque se lo hubiese pedido a él, la mera posibilidad lo incomodaría tanto que puede que nunca volviese a acceder a hacerme un favor. ¿Pero sabéis lo que saco de esta interacción? —dijo a la vez que señalaba mi rostro, lleno de un esplendor virulento—. Por mucho fuego que resida en vos, ¡voy a tener que dedicar como mínimo una semana entera para enseñaros a evitar que os pongáis del color de un tomate frente a un hombre!

En la habitación había un silencio sepulcral. Estaba repleta de elegantes muebles, paredes cubiertas con fastuosas y tupidas telas de color amarillo pálido, verde y azul cerúleo. Alcé la taza de té. Contemplé el rostro impasible de madame de Tréville, y luego posé la vista en la mesita. La taza repiqueteó en el platito. Con seguridad *papa* no se sentía, cuando se reunía con sus hermanos de armas, de la forma en que yo me sentía en ese momento. Puede que estuviera nervioso, pero no necesitaba preocuparse de un escote incómodo o de ser juzgado por un cuerpo que no podía controlar.

Portia, que seguía deslumbrante en su vestido color coral, olfateó su taza, se la acercó a los labios y dio un sorbito. Llevaba bajo la tutela de madame de Tréville poco más de dos meses. La joven que se encontraba junto a ella, Théa, era más menuda. Los tirabuzones le ocupaban la mitad de la cabeza. Ella llevaba tres meses en la escuela, pero seguía comportándose como si fuese una visitante, examinando la estancia con sus oscuros e inquisitivos ojos. ¿Me habían visto las demás hacer lo mismo? Cuando de tanto en tanto posaba la mirada sobre mí, sonreía. La última de las chicas, Aria, estaba encaramada a un taburete de incómoda apariencia: la espalda recta y los hombros dispuestos de forma que daba la sensación de que posaba para un retrato. Pero era más por estar alerta que por mantener una postura adecuada; era como si evaluara de forma constante aquello que la rodeaba. Si permanecía siete meses bajo la tutela de madame de Tréville, quizás llegase a transformarme en una criatura similar. ¿Sería eso lo que conllevaría atrapar al asesino de *papa*?

Esperé a que alguna de ellas sacara a colación mi desmayo. Tal vez se habían inventado un apodo para referirse a mí. Uno más que añadir a la colección: *pauvre* Tania, *invalide*... Seguí esperando a que la burla destellase en sus ojos, a que me mirasen como Marguerite, a que me dijesen que no tenía nada; a nadie. Que yo no era nada. Que no era nadie.

—Tania. Ese no es un nombre francés —dijo Portia de pronto. Me sobresalté. No parecía tratarse de una pregunta. ¿Debía responder? No sabía cómo había de actuar en dicha situación. Miré a madame de Tréville, que no habló—. Creo que proviene de Bohemia —continuó Portia a la vez que devolvía la taza a su platito.

Me aclaré la garganta.

—Es ruso —aclaré.

Mi tocaya, Tatiana, era la *grandmère* favorita de mi madre, cuyo retrato adornaba una miniatura ubicada sobre la chimenea del salón para las recepciones de nuestro hogar. Al menos, ahí era donde se encontraba antes de que se empezasen a llenar baúles y a guardar los objetos valiosos.

El silencio resultaba doloroso.

—Portia tampoco es francés, ¿no es así?

Ella alzó la vista con sorpresa. Puede incluso que con aprobación.

—Ahora, pasemos a los asuntos que tenemos que tratar: Théa, os uniréis a nosotras en la sesión con el sastre —interrumpió madame de Tréville, lo cual puso fin a las preguntas—. Vos conocéis todas esas extrañas palabras nuevas para las costuras, los hilos y demás. Portia, Aria, practicaréis la gavota. No podemos permitirnos un fiasco como el de la semana pasada. Casi podía escuchar los maliciosos comentarios de la condesa de Garmont; me tuve que contener para no cruzar el salón e ir derecha hacia sus amigos para informarlos de cómo había conseguido ese abanico que llevaba... Soy consciente de que son el último grito, pero compartir lecho con el *éventailliste* para hacerse con uno es un procedimiento innecesariamente extremo.

—¡Fue él quien me pisó a mí, no yo a él! —soltó Portia.

—Puede que así fuera, pero cuando el marqués de Limoges se niega a bailar por vuestra última intervención atroz en el salón de baile, se han de realizar ciertos cambios. La misión al completo se hubiese visto comprometida de no ser por Aria. —Sentada en el diván, Portia puso mala cara y lanzó una mirada de descontento en dirección a Aria. Esta se tensó, pero no miró a Portia a los ojos.

Théa, que se mordía el labio, dio un pequeño respingo.

—Esto... Madame —balbuceó—, ¿le habéis contado a Tania la historia de les Mousquetaires de la Lune? ¡Es tradición que vos la narréis durante la primera reunión! —sonrió orgullosa, y me percaté de que creía que estaba aliviando la tensión.

Portia gruñó con la cabeza apoyada en el reposo del asiento y los rizos aplastados contra la dorada madera.

—No podéis considerarlo una tradición si tenéis en cuenta que, hasta ahora, solo ha ocurrido tres veces. Y habéis escuchado a madame contarla cientos de veces desde entonces; ¿cómo puede no aburriros?

Aria la interrumpió para murmurar:

—Cuatro veces a lo sumo.

—Es cierto que no lo he hecho —dijo madame de Tréville.

—Oh, por favor, ¡contadla de nuevo! —pidió Théa, apagándose de inmediato cuando madame de Tréville le dirigió una mirada de reproche.

—Una versión resumida —concedió ella—. Tania, hace unos años me encontraba en una situación un tanto complicada. El resultado fue que acabé conociendo, por casualidad, al cardenal Mazarino.

Pasaron varios segundos; era imposible que hubiera acabado ya. Toda Francia sabía que Mazarino era un eminente consejero real, ¿cómo era posible que tuviera algo que ver con nosotras?

—Pero yo no... —empecé a decir.

—Habéis de saber que, durante una fiesta en la que trataba de dar con un *cabinet d'affaire,* uno de los asistentes trató de forzarme. —Boqueé horrorizada, y Portia reaccionó con un pesado suspiro—. He dicho que trató, Tania, no que lo consiguiera —prosiguió madame de Tréville—. En cuestión de segundos, se encontraba frente a la punta de mi daga. No necesitáis ser una mosquetera para portar armas durante una fiesta, ¿sabéis? De cualquier modo, Mazarino, que casualmente tenía por labor hacer sus necesidades, me hizo el servicio de amenazar al canalla con que cayera sobre él el poder de la casa real.

»Si llegaba a saberse, estaría acabada. Hubiese dado igual que el cortesano me hubiese atacado. Lo que le habría importado a la gente hubiera sido que yo, una mujer, había amenazado a otro noble, nada más y nada menos que con un arma. No contaba con marido ni ningún otro familiar varón que pudiera responder por mí. Los nobles me habían tolerado hasta ese momento porque mi madre había sido una de las favoritas de la reina Ana. Pocos eran, de hecho, los que me querían en sus fiestas; era el favor de la reina Ana lo que me otorgaba invitaciones. Para ellos, yo apenas formaba parte de la *noblesse*. Pero Mazarino era distinto. Yo le fascinaba, igual que la daga que mantenía escondida bajo mi vestido, que la historia que esta ocultaba y que el hecho de que yo hubiera aprendido a blandir una espada cuando no era más que una cría; en ese punto, teniendo en cuenta todo lo que había presenciado, hubiese resultado ridículo ocultarle la verdad. Y luego, Mazarino puso fin al problema.

—¿Mazarino lo mató? —pregunté sorprendida.

—Ese hombre podría estar vivo, muerto o borracho y desmayado en una zanja. Francamente, me da absolutamente igual. Lo único que sé es que, a pesar de no haber participado en La Fronda, fue uno de los muchos nobles exiliados de París —dijo madame de Tréville.

—Pero eso no explica cómo vos llegasteis a liderar…

—Tanto temple cuando os batís, pero ni pizca de paciencia durante una conversación —interrumpió Tréville moviendo la cabeza con desaprobación—. Hace un año, Mazarino me escribió para hacerme conocedora de una forma de servir al rey y, al mismo tiempo, de demostrar mi destreza como espadachina, de cumplir mi sueño de la infancia. Naturalmente, dicha perspectiva me intrigó. Os podéis imaginar mi sorpresa cuando me pidió que nos reuniéramos en el palacio. Son muy pocos los nobles a los que Mazarino les concede el honor de una invitación personal; la gente de Le Marais no tardó ni un día en asumir que Mazarino me tenía aprecio, de hecho, era la única a la que parecía tenérselo, y todos ellos, convenientemente, dejaron de lado su anterior ambivalencia para pasar a tratarme como si fuese un encaje recién importado de Italia.

»Pero falta lo que aconteció durante la reunión. A raíz de la Fronda, Mazarino sabía que necesitaban salvaguardias. París, la monarquía, no puede hacer frente a otro Condé. Existían rumores, ruidos de descontento entre los nobles restantes, de un complot que llevaba fraguándose más de un año. El intento de Condé de derrocar al rey quizás hubiese fracasado, pero motivó a una serie de miembros de la nobleza, sedientos de poder, a tratar de desmantelar el régimen monárquico de dicho momento y remplazarlo por otro. Por supuesto, sin pensar ni lo más mínimo en los pobres, los obreros, los inmigrantes y las mujeres de Francia, toda la gente a la que habían liquidado para lograr su revolución. Cuando se derroca a un rey, él nunca es el primero en morir. Los que luchan por asesinarlo solo tratan de conseguir más poder y llenarse los bolsillos.

»Mazarino necesitaba, necesita, hacer más averiguaciones. Todas las tentativas anteriores por cuenta de la Maison du Roi habían fracasado. Los mosqueteros, aquellos que el pueblo conoce, son enérgicos, valientes..., pero están embrutecidos. ¿Por qué a alguien se le ocurriría proveer a esos muchachos de armas de fuego? ¿Podéis imaginároslos tratando de eliminar a los posibles culpables sin delatar sus propias identidades en cuanto abrieran la boca? Y luego está la Garde du Corps, quienes sí saben comportarse; son la personificación de los buenos modales y el prestigio, pero ¿habéis visto a alguno intentar batirse en duelo?

Todas se rieron, y me pregunté si yo también debía hacerlo, pero, para cuando me hube decidido, sus risas ya habían cesado. Las otras chicas no se molestaban ya tan siquiera en observar a madame de Tréville; no, todas ellas estaban escudriñándome a mí. Preguntándose, con toda certeza, por qué se le había permitido a una muchacha enferma entrar a formar parte de su grupo. Por qué a la chica que se había desmayado ante sus ojos no la habían echado a la calle.

—Y ahí es donde entramos nosotras: les Mousquetaires de la Lune —concluyó madame de Tréville—. La Orden, para abreviar.

—Se me ocurrió a mí; resulta más fácil de decir, pero también es mucho más misterioso —intervino Théa—. ¡Hace que parezca que hemos salido de una novela!

Madame de Tréville continuó hablando sin hacerle caso:

—Entenderéis ahora por qué solo sois cuatro. Al principio, creí que tres era un número más que suficiente, pero teneros a vos, Tania, una verdadera espadachina, resultará esencial en el futuro. Ser más de cuatro llamaría demasiado la atención. Operamos con sutileza y discreción. Suelo reunirme con un anciano mosquetero, monsieur Brandon, que está enterado de los planes de Mazarino, de forma que podamos coordinarnos y asegurarnos, llegado el momento, de tener a nuestro servicio toda la fuerza de la Maison du Roi. Pero mis informes completos solo se los doy a Mazarino.

—Pero… ¿no os molesta? —pregunté.

Madame de Tréville hizo una pausa.

—¿Que si no me molesta el qué?

—Crecisteis queriendo ser mosquetera. Ellos os rechazaron vilmente. Y, ahora, vos comandáis una orden de mosqueteras, pero nadie llegará nunca a…

—Estoy en paz con eso —interrumpió ella—, con que mi contribución no sea reconocida por la historia. Y si vos hacéis vuestro trabajo como es debido, también lo estaréis. No son nuestros nombres los que quedarán por escrito, no serán parte de la historia, pero somos quienes garantizarán que dicha historia exista para llegar a ser escrita. Puede que esos hombres no conozcan nunca la verdad respecto a en quién llegó a convertirse esa muchachita, pero soy más importante para Francia de lo que lo son ellos, por mucho que no lo sepan.

Se oyó el eco de un golpe que procedía de la parte delantera de la vivienda, y madame de Tréville se puso en pie.

—Debe de ser el sastre.

Cuando cerró la puerta, la sala al completo inhaló de forma simultánea, contuvieron la respiración hasta que se oyó cómo sus pasos se alejaban por el pasillo. Y entonces…

—¡Me alegro muchísimo de que estés aquí! —exclamó Théa dando un brinco hacia mí. Me echó los brazos alrededor de los hombros, sus tirabuzones me taparon la cara.

Permanecí en el sitio, quieta y erguida, dándole vueltas a la historia de madame de Tréville, hasta que Aria habló:

—Théa —dijo de forma gentil—, ya hemos hablado sobre esto. ¿Recuerdas?

Théa se retiró.

—*Oh, je suis désolée. Pardonnez-moi, je vous en prie!*

Mi reacción a su efusiva disculpa y su petición de perdón fue pestañear rápidamente, y, a continuación, me aclaré la garganta.

—Es muy amable por vuestra parte, pero simplemente me encontraba sorprendida. Nada más.

Su redondeado rostro se suavizó.

—*Dieu merci!* —Me dio un suave apretón antes de sentarse a mi lado—. Estaba tan entusiasmada...

—Estábamos —terció Portia.

—Así es, estábamos muy emocionadas. Llevamos semanas sin apenas dormir; desde que madame de Tréville nos avisó de tu llegada. Solo estamos nosotras tres en la casa, sin contarla a ella. Ni a Henri, por supuesto, ni a Jeanne, que viene cada cierto tiempo; pero no hay ninguna otra joven de nuestra edad con la que podamos hablar, es decir, hablar sin andar preocupadas de que se nos escape nuestro secreto. ¿Crees que podrás enseñarme la parada que usaste con madame? —Théa pasó rápidamente de un tema a otro, los ojos le brillaban. No reflejaban desprecio ni desdén. Ninguna de las reacciones a las que estaba costumbrada. No, en su cara había algo distinto..., algo que llevaba sin ver desde que *papa* salió del granero semanas atrás—. Deberíais haberos visto. *Tu étais incroyable!* Increíble, verdaderamente increíble.

—Tendrías que habernos visto —dijo Portia—. Tuve que recoger mi mandíbula del suelo y, al mismo tiempo, evitar que esta de aquí se pusiera a aplaudir.

—¡No estaba aplaudiendo! —insistió Théa—. De acuerdo, quizás vitoreé un poco, pero no demasiado; no quería distraeros. Aunque madame de Tréville diría que debemos saber batirnos incluso aunque haya distracciones. Es como eso que dice siempre, ¡el mundo a nuestro alrededor no va a pararse porque nosotras estemos luchando por nuestra vida!

—Olvida nuestra sequedad de antes —dijo Portia cuando Théa hizo una pausa para respirar—. En especial la mía. Darle la bienvenida a alguien nuevo al redil es... más complicado de lo que creía. No eres en absoluto como nos imaginábamos. —No, no podían haber esperado que la que apareciese fuese una chica que prácticamente era incapaz de mantenerse en pie—. Teníamos entendido que eras una buena espadachina, pero no esperábamos que tanto. —Sacudió la cabeza—. Y Dios sabe que necesitamos buenas espadachinas; si nosotras fracasamos, la operación al completo lo hará también. Si no estamos preparadas y dejamos que otro levantamiento prospere..., asesinarán al rey. Y lo que es peor: Mazarino y los mosqueteros nunca permitirán que las mujeres se unan a sus filas.

—¡Portia! —exclamó Théa.

—¿Qué? Como si me importara lo que le ocurra a un adolescente cuyos zapatos cuestan más que todo mi vestuario. La realeza, la *noblesse* de mayor rango, son todos iguales. Nosotras somos las que hacemos que las cosas cambien. Estamos sentando las bases para las generaciones futuras, para que las mujeres puedan demostrar que son dignas del título de mosqueteras.

Me recorrió un escalofrío. Podía formar parte de algo más importante que yo misma... o ser su ruina.

—Así pues, Tania —dijo Théa mirando a Portia con suspicacia—, ¡seguro que te ha sorprendido cuando madame de Tréville te ha revelado la verdad! ¿O ya lo sabías? Cinco de mis hermanos mayores forman parte de la milicia, y madame de Tréville es pariente lejana, y cuando llegó el momento, me seleccionó para L'Académie. O sea, para la Orden. Lo hizo porque el apellido de mi familia me daría acceso a las fiestas, pero también porque sabía que he crecido rodeada de mis hermanos y de espadas, ¡y que soy dura! Acompañaba a mis hermanos durante las lecciones de esgrima; mi padre nunca fue capaz de echarme. Lo que no quería hacer en absoluto era ayudar a madre a manejar la propiedad; soy consciente de que es un privilegio, pero resulta tan tedioso...

—Théa —murmuró Aria al mismo tiempo que yo trataba de que no se me escapara ninguna lágrima. Al mencionar a su padre, las lecciones, la pena se había desbordado dentro de mí, caliente y dolorosa. Llevaba horas intentando con todas mis fuerzas que no saliera a flote.

—¿Qué he hecho? —imploró Théa—. ¡No quería hacerla llorar!

—No todo el mundo tiene una familia como la tuya —dijo Portia—. Haces que parezca simple el que os quisieran lo suficiente para dejaros hacer lo que quisieras. Mi padre se alegra de que me haya ido. No le importa cuántas lenguas antiguas domine ni lo habilidosa que soy con la pintura. Siempre quiso un hijo varón. Y ahora, él y su nueva esposa pueden celebrar que ya no formo parte de su vida y comenzar a tener descendencia, profanando cada superficie de la vivienda en el proceso. Además, cree que, para cuando acabe la temporada, ¡habrá conseguido casarme y pasarle el muerto a otra familia! Y no me hagas hablar de Aria… —Portia enmudeció cuando Aria se movió.

Théa, a la que el labio le temblaba, se volvió para mirarme.

—¿Es por lo que dice Portia? ¿Estás molesta porque…? —continuó hablando, pero no la escuché.

«Tania. Tania. Tania».

La voz de *papa*. El corazón latiéndome; una llamada a las armas. *Papa* a un lado del camino. *Papa* sin nadie que lo salvara.

Madame de Tréville abrió la puerta, con un hombre bajito, que tenía un bigote de gran tamaño, pegado a sus talones. Estaban en mitad de una conversación, pero ella se detuvo; la silueta de madame de Tréville se impuso sobre el marco de la puerta.

—*Excusez-moi* —espantó al sastre y cerró la puerta—. ¿Ocurre algo?

—Estábamos hablando de nuestras familias, madame —explicó Théa.

Madame de Tréville lanzó un largo suspiro y se giró para mirarme a la cara.

—No me pareció apropiado contarles nada.

—¿Sobre qué? —el tono de Théa era verdaderamente insistente, demasiado curioso, pero madame de Tréville no la reprendió. Quizás estaba preocupada por cómo, en ese momento, yo recorría con los dedos la cadena de la que colgaba el anillo de sello de mi padre, para evitar de esa forma abrazarme a mí misma.

—Es vuestra historia —dijo madame de Tréville—. No iba a robaros eso.

Una historia que me había visto obligada a considerar como propia. Y una historia que en absoluto quería.

—Mi padre... ha muerto —el dolor se apoderó de mí. Era la primera vez que lo decía en voz alta.

—¿Muerto? —preguntó Portia.

Una ola de ira irracional se apoderó de mí. No era culpa suya. Ella no lo había matado, ni le había quitado la barba, el pelo, todo lo que lo hacía reconocible a ojos de su esposa. De su hija.

—Lo que Portia ha querido decir —intervino Aria— es que sentimos vuestra pérdida. No podemos imaginarnos lo que debéis de estar pasando.

En los labios tenía la réplica: «No, no podéis». Pero en los grises ojos de Aria no había rastro de amenaza ni de lástima. No estaban vacíos de expresión, pero tampoco llenos.

—Podemos hablar de esto en otro momento. —Madame de Tréville extendió la mano hacia el pomo—. Estoy segura de que podéis mantener la compostura —me dijo.

Quería gritar, perseguirla para obligarla a que me dijera lo que sabía en realidad. Ansiaba demasiadas cosas. Traté de tragarme el sentimiento, pero este únicamente me llenó la boca del estómago.

Se asemejaba a las historias que padre me contaba acerca de la vida en la corte, rodeado de nobles, fiestas, apuestas y vicio. Todo era un juego. Y madame de Tréville tenía el control de cada uno de nuestros movimientos. ¿Cómo había de conciliar a la dama que exigía deferencia y lanzaba comentarios hirientes con la mujer que le había pedido a su sobrino que diseñara una polea por pura fe de que él sabría hacerlo, porque creía que serviría para algo, que *yo* merecía la pena?

Incluso a pesar de que yo fuese un peón controlado por una fuerza ajena, debía ser fuerte. *Papa* querría que lo fuese.

Además, todavía me quedaban ases bajo la manga.

CAPÍTULO DOCE

—El rojo os quedará precioso, en especial por el color oscuro de vuestro pelo y ojos. —Sentada en el asiento de mi nueva habitación en la planta superior, Théa osciló las piernas hacia delante y hacia atrás. La habitación era tres veces más grande que la de mi casa, y, con las lujosas cortinas de color borgoña y el revestimiento de madera oscura, el tocador tallado y los cálidos tapices, también mucho más imponente. A la altura de los alféizares de las ventanas, con los postigos cerrados, había colocados candelabros de plata bruñida.

Théa estaba más callada cuando Portia y Aria no estaban presentes. Era la más joven del trío (cuarteto, ahora). No había cumplido los dieciséis aún, y se esforzaba mucho en encajar, en impresionar a las otras.

Estaba aún más callada ahora, trabajando con el sastre. De forma inconsciente, apretaba las cejas mientras hablaba sobre líneas de costura; de ser cuidadosos para asegurarse de que quedara espacio para los calzones de esgrima sin revelar nada; la suficiente elasticidad en las mangas para esgrimir una espada y el número suficiente de ribetes y adornos, colocados de forma meticulosa, para ocultar los musculosos brazos.

Respecto al corpiño no había mucho que se pudiera hacer: estuve a punto de echarme a llorar solo con la mención de un corsé, a pesar de que Théa trató de consolarme entre murmullos diciéndome que en realidad no eran tan horribles y que modificaría el mío para que tuviese más libertad a la hora de respirar y moverme. El que se pudiera respirar con él puesto era algo que parecía ir en contra de su objetivo, pero no iba a ser yo quien se quejara.

Con los mareos, necesitaba de todo el aire adicional posible. Detrás del espejo, que estaba cubierto por metros de tafetán y encaje, madame de Tréville hablaba con el sastre sobre los precios. Vestir a tres damas para la temporada de actos sociales era caro; vestir a cuatro, exorbitante. A pesar de que Mazarino proveía a madame de Tréville de una amplia financiación para gastos inesperados, esta parecía dispuesta a mantenerse dentro del presupuesto inicial.

Después de la sesión con el sastre, tras pedirnos que nos retirásemos, le pedí a Théa que me mostrase el camino hasta mi habitación, la chica tomó el lugar de madame de Tréville en la polea. Según ascendía, me fue revelando información, desplegándola como si fueran los pétalos de una flor que solo brotase de noche. Bella, pero extrañísima. Así, según parecía, era como había de ser nuestra existencia como Mousquetaires de la Lune.

Madame de Tréville ejercía de mentora de unas cuantas jóvenes más de la *noblesse,* pero no vivían con nosotras ni conocían la verdad sobre nuestra misión. De esa forma, aunque pasara menos de una hora a la semana con ellas, formándolas en etiqueta y baile, se aseguraba invitaciones a las fiestas, pues sus padres, miembros de la corte, anunciaban a los cuatro vientos que eran patrocinadores de la mismísima madame de Tréville. Así, la reputación de madame continuaba floreciendo, lo cual se traducía en un aumento de oportunidades para nosotras; algo importante, ya que no todos nuestros apellidos iban ligados a la fortuna y el prestigio. Concretamente, el mío. Las demás sí eran miembros de la *noblesse*. Ostentaban un rango familiar lo suficientemente alto para prosperar, y lo suficientemente bajo para no llamar la atención mientras llevábamos a cabo nuestra labor.

—¿Es raro —le pregunté— dejarse cortejar por pretendientes a los cuales nunca se aceptará?

Théa se encogió de hombros. Chillé cuando su gesto hizo que cayera medio metro antes de encontrarme a mí misma con los dedos, temblorosos, atados a la cuerda.

—Oh, Tania, ¡perdón! —gritó—. ¡Todavía no me he acostumbrado a esto! —Tuve el corazón atrapado en la garganta hasta que alcancé el descansillo—. La verdad es que nunca lo había visto así —dijo Théa, como si no hubiera estado a punto de matarme dejándome caer—. Supongo que, cuando seamos lo suficientemente mayores y ya no podamos servir de mucho dentro de nuestros roles actuales, podremos elegir entre los pretendientes que nos queden, si así lo deseamos. Quizás incluso podamos seguir ayudando a madame de Tréville y a la Orden.

El rostro preocupado de madre me pasó por la cabeza; ella sermoneándome una vez más sobre que necesitaba procurarme un marido antes de que fuese demasiado tarde. Cuando yo ya no le resultase de utilidad a la Orden, ya fuese en cuestión de un día o dentro de décadas, ¿qué sería de mí?

—Además —prosiguió Théa mientras entrábamos en el salón—, madame de Tréville prefiere que permanezcamos inalcanzables. Habla como si quisiera que los hombres no solo nos deseen, sino que también nos teman. Aunque es distinto para cada una de nosotras: cada una tenemos nuestros puntos fuertes y nuestros puntos débiles. Aria es distante, y sus objetivos hacen lo que sea necesario para ganarse la más mínima señal de su favor. Suele tener éxito con los que son demasiado locuaces: como no saben parar de parlotear, ¡siempre llega el momento en que se les escapa algo que no deberían haber dicho! También es una excelente espía; sería capaz de oír el ruido de un alfiler cayendo al suelo en un cruce atestado de gente. Lleva entrenando con madame de Tréville desde marzo, y a veces me da la sensación de que nunca conseguiré llegar a su nivel. Quiero ser igual de útil que ella —mencionó Théa de pasada, acentuando el comentario con un suspiro—. Y luego está Portia, que puede encandilar a cualquiera. *Un vrai caméléon!* Aunque suele llamar la atención, por lo que no acostumbra a tener que ocuparse de las tareas que requieren colarse en sitios, mezclarse entre la gente. Bueno, puede que en realidad no sea un camaleón, porque a un camaleón se le daría bastante bien eso de esconderse a plena vista...

—¿Y vos? —pregunté.

Théa pestañeó y sacudió la cabeza.

—¿Yo? Yo soy la mema, supongo. La frívola. Suelo acabar con aquellos a los que le gustan las mujeres mucho más jóvenes, si entendéis a lo que me refiero. Señores mayores —añadió en un susurro.

—¡Eso es horrible!

—Sé cuidar de mí misma —replicó, con puro fuego bajo los rizos de su tupida cabellera—. Puede que sea pequeña y joven, pero sé arreglármelas sola. Sé qué ve la gente cuando me mira, pero, haciendo lo que hago, tengo la oportunidad de demostrarles a diario que se equivocan. —Con el ceño fruncido, abrí la boca de nuevo. Su forma de hablar era... Pero me cortó antes de que pudiera decir nada, con un giro de la llave de madame de Tréville y una sonrisa—. Si alguna vez bailas con el vizconde de Comborn, échale un vistazo a su mano izquierda.

Me sobrevino una ola de mareos. Théa esperó pacientemente mientras yo descansaba apoyada en la pared.

—Théa, ¿por qué no has...?

—¿Hecho más preguntas sobre tu condición? Asumí que, si querías hablar más de ello, lo harías. Y no has vuelto a sacar el tema. ¡Así que yo tampoco! Madame de Tréville nos habló de los aspectos básicos, que te mareas y te pones mala. De normal, haría más preguntas. No sé si lo has notado, pero soy una persona curiosa por naturaleza..., aunque lo último que deseo es hacer que te sientas incómoda durante el primer día. Ay, tendrías que haber visto a Henri tratando de explicarnos la polea, ¡con todas las preguntas de Aria y las tomaduras de pelo de Portia! El pobrecillo lleva aterrorizado desde que Portia llegó a la escuela. Aria y yo estábamos en una sala distinta, con nuestras lecciones, y ella creyó que él era un intruso, ¡así que lo derribó y lo inmovilizó sobre la alfombra hasta que madame de Tréville llegó para el refrigerio! Por lo que parece, primero Portia intentó seducirlo, pero no funcionó como esperaba, así que, eso, lo placó. Pero Henri es muy agradable; me escucha, ¿sabes? O al menos me deja que le hable y no se queja mientras tanto, cosa que rara vez sucede con el resto de la gente, incluso cuando dicen que me están escuchando. Lo cual resulta extraño, porque, ¿por qué le dirías a alguien que le estás escuchando si no es verdad? ¡No es como si yo fuera un objetivo al que impresionar!

Negué con la cabeza.

—Un segundo, ¿has dicho algo sobre la mano izquierda de un vizconde?

—El dedo índice de esa mano... ¡Bueno! Lo que le queda de él —con esas palabras, abrió la puerta de mi habitación.

¿Y si un hombre más poderoso tratase de propasarse con ella? Una persona a la que tuviera que matar para evitar que el infierno cayera sobre la Orden. Madame de Tréville tenía a Mazarino para protegerla. De haber motivos, extendería dicho favor a nosotras también, ¿no? Éramos su última línea de defensa para el rey...

—Ojalá me tocase un hombre apuesto y galante, para variar. Un soldado, quizás... aunque, ¿qué pintaría un soldado en la fiesta de un noble? —sin dejar de hablar, Théa señaló mi baúl y el cuarto en general y, después, se dejó caer en una butaca—. Aunque lo que en realidad me pregunto es qué tipo de noble te asignará madame a ti.

El rostro de Jacques revoloteó ante mis ojos cerrados, ese rostro que ocultaba una lengua mordaz, un corazón con púas.

Con la intención de evitar responder, me dispuse a deshacer el baúl. Pero, cuando revolví en su interior y agarré mi capa, noté algo raro: pesaba menos de lo habitual. Y cuando la luz se posó sobre ella, me quedé boquiabierta. Lana de un azul pálido forrada con tela plateada que pretendía imitar la seda; diminutas *fleurs-de-lis,* bordadas en hilo dorado, adornaban el dobladillo. Era como la casaca de *papa*. Por eso no la encontré en su vestidor: *maman* debía de haberla cogido para usarla como referencia. La apreté contra mi pecho.

Théa se inclinó para ver mejor.

—Oh, ¡qué preciosidad!

Quizás *maman* me considerase una persona débil, enferma y rota, y una capa no iba a enmendarlo, pero era un comienzo.

Los albores de una ofrenda de paz. Una que estaba entretejida con los recuerdos de padre, cosida con los hilos de sus historias.

Quizás pudiera lograr que me considerase capaz. Algún día.

—Tania... llevo un rato queriendo decirte, tratando de decirte, lo mucho que lamento lo que le ocurrió a tu padre. Y disculparme por haberte incomodado —las palabras de Théa me sacaron de mis pensamientos. La joven se mordía el labio inferior con los dientes—. Lo que ha dicho antes Portia es cierto, lo de que la infancia y la adolescencia no es la misma para todas. Entiendo que soy una afortunada.

—Sé que no lo has dicho con maldad —afirmé. Los rizos cubrían parte de la cara de Théa—. Y gracias. —tragué saliva e intenté no agradecerle algo que quizás ella ni siquiera me hubiese concedido. Tirada en el suelo, huevos rotos, el rostro sonriente de Marguerite alzándose imponente... Pestañeé—. Por lo que habéis dicho sobre mi padre, pero también en general. Gracias por la acogida.

Ese fue el día en que, por primera vez, sentí un atisbo de esperanza de que quizás hubiese gente, aparte de mis padres, que se preocupase por mí y por mis sentimientos; no amigas, no podía permitirme pensar eso, pero sí personas que entendían que podía ser fuerte, y, al mismo tiempo, necesitar ayuda.

Théa sonrió.

—¡Me alegro de que estés aquí! A Portia también le alegra, y Aria no habla mucho, pero sé que también está contenta. Madame de Tréville no se equivocaba.

Con los dedos enroscados alrededor de uno de los postes de la cama, incliné la cabeza.

—¿Respecto a qué?

—Dijo que eras un riesgo que valía la pena correr. Que tener a otra hábil espadachina en la Orden era lo que necesitábamos.

—Pero no me conocéis —declaré.

Quería preguntarle demasiadas cosas, pero estaba cansada. Su presencia me rechinaba en la piel. No había forma de explicárselo, que agradecía su acogida, su amabilidad, la forma en que apoyaba a alguien a quien acababa de conocer, pero que, a la vez, cuando la extenuación llegaba a su punto álgido, el mero acto de escuchar resultaba doloroso.

Théa agarró el poste de la cama que se encontraba a mi izquierda, se balanceó de forma que su brazo quedara extendido y sus ojos, cerca de los míos.

—Desde que habéis llegado, da la sensación de que todo es... como debe ser. Como si la última de las piezas hubiese encajado en su lugar. Además, siempre he preferido el cuatro al tres.

Lo que tenía ahora era lo que mi padre quería para sí mismo, lo que había querido que yo también tuviese. El legado que deseaba. Y si, además, me permitía esgrimir mi espada, formar parte de algo importante..., entonces, quizás no todo tuviera que girar únicamente alrededor de la figura de padre. Cabía la posibilidad de que todo aquello no fuera solo su deseo para mí, sino también el mío.

—Sí —dije, aunque las palabras no me pertenecían al cien por cien. Seguían quebrándose por la falta de certeza y seguridad.

Saber que, en un momento de mareo, todos los cordiales sentimientos por su parte podían desaparecer... Sí, me habían visto desmayarme, pero no habían presenciado lo mucho que me costaba ponerme en pie cada mañana; que no había vez que no tuviera que hacer uso de las paredes para mantener el equilibrio; que mis piernas podían fallar sin previo aviso. No me querrían, no podrían quererme, si supieran cómo los mareos nunca cesaban, no por completo. Yo no podía aspirar a lo que *papa* había llegado a tener: la lealtad recíproca y fiera de sus mosqueteros. Su camaradería. El rostro de Marguerite se abrió pasó a través de mi visión y tragué saliva. La hermandad no era algo al alcance de una joven como yo.

—Sí —repetí—. Juntas al fin.

Las siguientes semanas transcurrieron en un frenesí de lecciones, lo cual no me dejó mucho tiempo para preguntarle a madame de Tréville sobre mi padre; además, no estaba preparada aún para interrogarla. Necesitaba demostrarle que no se había equivocado al aceptarme en la escuela. Una vez supiera que yo era de fiar, seguro que no le parecía inadecuado responderme unas cuantas preguntas ni tampoco ponerme en contacto con un mosquetero veterano. Quizás incluso existía la posibilidad de que alguno viniese a entrevistarse con madame para hablar sobre las pruebas que había recolectado Mazarino. Pero, aun así, me seguía resultando difícil centrarme en aprender nuevos juegos de pies (ya fueran para un duelo o para un baile popular) cuando la amiga de la infancia de mi padre se encontraba a medio centímetro de mí.

Los entrenamientos de esgrima se realizaban siempre por la mañana, los de otras aptitudes, por la tarde. Alcé las piernas, con piedras atadas alrededor de los tobillos, hasta que mis músculos chillaron. Practiqué el dominio del acero contra un objetivo hasta notar como si el brazo pudiera llegar a desprendérseme. E, incluso llegados a tal punto, madame de Tréville me ordenó que cambiase de ejercicio y me pusiera con los de fortalecimiento, que no requerían que hiciese uso de los brazos.

Las lecciones que estaba recibiendo no eran como las de padre, durante las que me enseñaba pacientemente cómo sujetar el sable, con el pulgar orientado en la misma dirección que la hoja, apretando firmemente la empuñadura: la flecha de una brújula apuntando hacia el norte. Un espacio entre la punta de mi pulgar y el guardamano. Mis dedos enrollados alrededor del lado, un puño suelto listo para dar un golpe, girado noventa grados en el sentido de las agujas del reloj. No, no eran como las lecciones de padre, en las que el castigo por fracasar era la vergüenza de no estar a la altura de las expectativas y tener que dedicarle tiempo extra a la aguja y el hilo.

Lo que había en juego era distinto. Ya no bastaba con quedar bien a ojos de *papa* y de Beau; ahora, debía mantenerme al nivel de Portia, Aria y Théa, había de ejecutar mis movimientos con la vista de halcón de madame de Tréville sobre la nuca. Y una vez decidiese que estaba preparada, estaría en juego algo mucho más importarte: las vidas de la realeza y el destino de nuestro país.

Tenía que demostrar que era válida. No solo válida, sino también merecedora de que me prestase su ayuda para dar con el asesino de mi padre.

Los primeros días no me permitía batirme. Pero estaba acostumbrada a observar; ¿cómo no iba a estarlo después de la cantidad de días que me había pasado demasiado mareada para mantenerme en pie, viendo a padre hacer una finta perfecta? Una estocada en la que ambos pies se despegan del suelo, donde te lanzas a la acción. Era lo más cerca que cualquiera de nosotros llegaría a estar de volar. Padre dejó de practicarla cuando se dio cuenta de que yo nunca sería capaz siquiera de intentarlo.

Sí, estaba habituada a observar, a esperar. Aunque eso no quería decir que fuese fácil.

Cuando al fin llegó la hora de blandir la espada, madame de Tréville se mostró brutalmente estricta conmigo. Seguía tensando los hombros cuando hacía las paradas, malgastando más energía de la necesaria. Continuaba costándome bloquear ataques rápidos fuera de la línea: mi oponente estocaría casi de inmediato mientras yo estuviera reorientándome, y todo se volvería gris y escarlata mientras avanzase velozmente hacia mí.

Un día, después de varios entrenamientos, dejé caer la espada con lágrimas de frustración y dolor acumulándoseme en los ojos.

—¡Pero si no soy zurda! ¿Por qué necesito practicar los juegos de pies en el otro lado?

Madame de Tréville me escudriñó desde donde estaba trabajando los ataques prolongados con Portia. Aunque había llegado solo un par de meses antes que yo, y a pesar de que era la que menos experiencia tenía con la espada, si la veías practicar, costaba creerlo. En los primeros segundos de un duelo, resultaba aterradora (imponente, expandiendo su cuerpo al máximo); lo aprendías enseguida tras un par de duelos contra ella. Pero, entonces, tenía un momento de vacilación y, ante un contraataque rápido, se quedaba expuesta. Y eso era cuanto su oponente necesitaba.

—No quiero escuchar más excusas —me dijo madame de Tréville.

Una llama de ira se me encendió en el pecho.

—¿A qué os referís con excusas?

—Os avisé de que sería más exigente de lo que nadie lo había sido antes con vos. No toleraré gimoteos o quejas, y mucho menos la vagancia.

La última palabra me cortó como el tajo de una espada.

—No soy vaga.

Su mirada brilló.

—¿Cómo decís?

Contuve el impulso de retirar lo que había dicho, encerrarme en mí misma. En su lugar, tragué saliva y me enderecé.

—No soy vaga.

El descontento era visible en su cara.

—No os he pedido vuestra opinión.

Una parte de mí no podía creerse que estuviera contraatacando, no cuando la aprobación de madame de Tréville estaba en riesgo, pero la ira llevaba semanas latiéndome en el pecho.

—Me pondré caros vestidos, entrenaré hasta que los pies me sangren y en las manos me salgan callos sobre callos, permaneceré sentada y atenta durante cada lección sobre etiqueta, supervivencia, espionaje, seducción; lo soportaré todo. Pero no permitiré que se me llame vaga, porque no lo soy —estaba jadeando como si acabara de batirme—. ¿Y bien? —pregunté por último.

Desde detrás de madame de Tréville, Portia me dedicó un asentimiento de aprobación.

Nuestra mentora se pasó la lengua por los dientes. Se frotó el puente de la nariz. Por un momento, creí que había ido demasiado lejos. Pero entonces...

—No tengo por qué responderos —dijo—, recordad eso. Pero después de todo ese histrionismo... —Frunció la nariz—.

Si para vos es importante, de acuerdo. Miraos en el espejo. —Hizo un gesto hacia el altísimo objeto, que tenía ruedas para que pudiéramos desplazarlo adonde quiera que trabajásemos para comprobar nuestra postura; Aria lo utilizaba bastante, aunque no es que lo necesitase. Esgrimía de la misma forma que corre el agua por un canal: suavemente, con tal gracilidad que sus movimientos parecían sencillos, aunque en realidad estaban siendo constante y perfectamente calculados.

Haciendo un esfuerzo para no enfurruñarme, frente al espejo, busqué mi centro y bajé hacia mi posición *en garde*.

—Permaneced de pie.

Con las cejas arqueadas, extendí las piernas, mantuve la mano derecha preparada por si necesitaba agarrarme a algo para mantener el equilibrio. Madame de Tréville se aproximó con su espada. Portia observaba desde el extremo derecho de la habitación, y sacudió la cabeza cuando nuestras miradas se cruzaron.

—¿Os estáis mirando a vos? —dijo madame cerca de mí.

Daba unos pasos tan silenciosos que costaba oírla acercarse o alejarse.

—*Oui, madame.* —Durante años, al margen de lo que yo misma vieran en el espejo, supe que eso no era lo que veían los demás. Mientras que a mí me devolvía la mirada una joven de cabello oscuro, ojos oscuros y figura curvilínea, ellos veían a una muchacha enferma. Propensa a desmayarse. Extraña. Pero todas las personas que me conocieran de ahora en adelante desconocerían mi historia, verían la imagen que ahora me devolvía el espejo: más alta de lo que creía. El pelo se me encrespaba a la altura de la nuca, y el rubor, de un fuerte rojo, se extendía desde lo alto de mis mejillas hasta las orejas.

Madame de Tréville me golpeó la pierna con el canto de su roma espada de práctica; el plano metal estuvo a punto de provocarme un moratón.

—Estáis cargando más vuestra pierna derecha que la izquierda. ¿No veis cómo se desplaza vuestro peso? Si vuestro lado derecho trabaja de más, seréis proclive a las lesiones.

Me mordí la lengua. Hice lo que dijo. Y después de una hora entera de práctica siguiendo su consejo, la pierna izquierda me ardía. Solo quería desplomarme en la cama, pero por la tarde también había clases. Así pues, me cambié, y, luego, cojeé hasta la cocina en busca de una manzana y, con suerte, un poco de queso. No podría digerir mucho más. Para cuando hube acabado, me dolía todo: el palpitante espacio entre los pulgares y los índices, la renqueante cadera, la dolorida carne bajo las costillas, el arqueado empeine de los pies, incluso los dientes.

Henri entró y fue directo hacia una mesilla, agarró dos panecillos y le dio un mordisco a uno de ellos con gusto. El otro fue a parar a su cartera. Se giró al escucharme toser, con torpeza, y adquirió un tono escarlata que no le había visto antes. Se atragantó con el pan tras intentar zampárselo de golpe.

—¡Mademoiselle de Batz! Perdonadme, no os había visto.

Casi todos los días, Henri entraba y salía de la mansión: para entregar alguna que otra carta, para hacerle recados a madame de Tréville... Con el tiempo que le ocupaba su formación, resultaba difícil creer que le quedara alguna hora para dormir. Yo sabía que tenía una habitación en la primera planta. Madame de Tréville había mencionado algo sobre el decoro y el hecho de que hubiese cuatro *mesdemoiselles* en la vivienda. Pero Henri era uno de los miembros menos intimidantes.

—*Monsieur* —respondí. Referirme a él como monsieur de Tréville resultaba demasiado extraño—, vuestra tía ha ido a hablar con Aria; está en...

—Oh, ¡he venido a veros a vos!

Aunque intenté evitarlo, el calor coloreó mi rostro. Por un momento, el dolor menguó.

—¿A mí? ¿Y eso?

Henri metió la mano en su bolsa. El interior era un caos: el segundo de los panecillos, ahora aplastado, la protuberancia de distintas plumas, trocitos de carbón, un compás, libros de filosofía, que en una ocasión anterior me había dicho que utilizaba para practicar inglés, escritos por Thomas Hobbes, Francis Bacon...

Se detuvo, con un rollo de papel en la mano y una sonrisa tímida en el rostro.

—Los diseñadores locales siempre le mandan a Sanson sus trabajos con la esperanza de que les hable bien a otros artesanos de la ciudad, o incluso para que los acoja como aprendices. Acumula los esfuerzos de todos ellos en una pila a la que nunca se digna a meterle mano, porque no le interesa lo más mínimo echarle un ojo al duro trabajo de todas esas personas —enfatizó en tono de burla—, pero mirad lo que he encontrado.

Desenrosqué el rollo. Tardé un poco en reconocer el patrón de las calles, la forma en que el bosque unía las costuras del pueblo, los campos que se expandían y hundían a lo largo del papel. Los límites estaban decorados con flora regional. Recorrí el contorno de un vivo girasol. Lupiac. Mi hogar.

No lloraría delante de él. No podía hacerlo. Me lo repetí a mí misma, incluso cuando los ojos me empezaron a escocer.

—Es maravilloso. Pero no puedo aceptarlo. No me pertenece.

—Pero debéis aceptarlo —dijo—. Mi tía me contó lo lejos que estáis de casa. Por eso, nosotros tenemos el deber de traeros vuestro hogar aquí. Como he dicho, Sanson ni siquiera lo quiere.

Las lágrimas difuminaron su rostro nervioso. Un instante después, una mano insistió en que aceptase el pañuelo que me ofrecía. ¿Estaba condenada a llorar delante de cada joven que conociese?

—Me encuentro bien, gracias, no lo necesito.

—Todos necesitamos llorar un poco de vez en cuando. —Sus ojos permanecieron fijos en las palmas de mis manos, en las finas cicatrices, antes de regresar como un resorte a mi rostro. Las cicatrices eran leves, sin relieve, imperceptibles para cualquiera que no fuese yo. Al menos, eso creía. Confiaba en que así fuera—. Bueno, es lo que yo pienso. —Inspiró de nuevo y cuadró los hombros—. Por favor, coged el pañuelo. —Noté cierta calidez en el pecho y lo acepté—. Oh, ¡qué maravilla!

Pestañeé.

—¿Qué es una maravilla?

Henri se frotó la nuca tímidamente. Finalmente, dijo:

—Vuestra sonrisa. Una sonrisa de verdad... o eso me parece. Habéis sonreído muy poco desde vuestra llegada. Y algo me dice que esas pocas sonrisas que vi no eran sinceras.

Esa noche, me dormí con el mapa apoyado en la almohada junto a mí.

Durante las lecciones de por la tarde, era más complicado ocultar las lágrimas. No podías justificar tener los ojos llorosos mientras aprendías los pasos del *bourrée* o cada cuánto tiempo hacer contacto visual con un hombre (demasiado resultaba desalentador; demasiado poco, inmaduro... La mejor opción (que yo no controlaba aún) era el término medio: una coqueta danza que se moviera entre el interés y la indiferencia. Habíamos de crear para nuestros objetivos la ilusión de que nuestra atención podía desvanecerse en cualquier momento, que debían esforzarse para lograr conservar nuestra mirada).

—Oh, *mademoiselle* —Théa puso la voz grave hasta alcanzar proporciones cómicas, los brazos en jarras—. No os había visto nunca. Vuestros ojos son del color de los árboles... Ay, no —añadió saliéndose del papel—, los árboles son verdes y marrones. ¿Puedo volver a empezar?

—*Monsieur* —me reí, aunque fue más una risilla que cualquier otra cosa—, ¡sois tan generoso con vuestros cumplidos!

—¡No! ¡No! ¡Todo mal! —gritó madame de Tréville.

La luz del atardecer bañaba el salón. En el exterior, unos niños se encorrían pisando los charcos de la lluvia de la noche anterior, pegando gritos mientras los cocheros los sorteaban maldiciéndolos. Tras dos semanas en París, estaba empezando a entender los sonidos de la ciudad, aunque todavía no me eran del todo familiares.

Con las mejillas encendidas, me así a la silla mientras madame de Tréville resumía los errores que había cometido: el tono de voz demasiado agudo, demasiado pánfila, demasiado de todo.

—No me hace falta otra Théa, ni tampoco otra Portia, ni otra Aria. Prefiero que vuestra inocencia y nerviosismo asomen a que parezcáis deshonesta. Os estamos bruñendo para hacer aflorar una versión más cautivadora de vos misma. No se trata de que os convirtáis en otra. ¿Lo entendéis?

Traté de responder, pero con el martilleo en la cabeza y el calor que me ascendía por las mejillas tuve que sentarme. Pareció que madame de Tréville iba a suspirar, pero se contuvo.

—¿Qué os parece si os muestro un ejemplo? Portia, Aria...
—Movió la muñeca.

Théa se sentó a mi lado y mientras ellas ocupaban nuestro lugar: Portia, con un vestido bordado con un bello diseño de hojas y flores, y Aria, espectacular, vestida de azul celeste. La segunda era la más calmada de toda la vivienda. No por falta de nervios, sino por decisión propia: tenía la sensación de que ella siempre estaba observando, esperando. Comprendía el porqué de la dedicación de Portia y Théa a la Orden, pero Aria seguía siendo un misterio.

—*Mademoiselle* —dijo. Avanzó hasta colocarse a menos de medio metro de Portia. Tomó su mano, colocada con delicadeza, e hizo una reverencia, con los labios a escasos centímetros del dorso de la mano de la chica. Aria elevó la mirada—. *Mademoiselle* —repitió—, vuestros ojos son del más bello tono de marrón que he visto jamás. Más que bellos. Son exquisitos.

El meñique de Portia tembló.

—Yo... Yo...

Aria esperó sin desviar la mirada.

—¿Ve-veis, Tania? —tartamudeó Portia—. *Esa* es la forma de hacer que alguien se sienta como la única persona que hay en la sala.

—Sí, pero por desgracia —las cortó madame de Tréville—, ¡no podemos dejar que Tania se trabe! ¿Sonrojarse ligeramente? ¡Sí! ¿Aletear las pestañas de forma coqueta? ¡Sí! ¿Tartamudear? ¡No!

Escaldada, volví a fijarme en Théa.

Portia miró hacia Aria.

—Tenéis un pelín de...

—¿Eh?

—Vuestro colorete. Está corrido.

—¿Cómo?

Portia hizo uso de su pulgar para limpiar el solitario borrón del colorete. Al sentir el tacto de Portia, Aria se puso rígida.

—¿Ninguna os lo vais a tomar en serio? —exclamó madame de Tréville—. No podemos perder el tiempo que no tenemos arreglándoos el maquillaje las unas a las otras. —Resopló de camino a la puerta—. Voy a tomarme una taza de té. Para cuando regrese, ¡habéis de estar preparadas para trabajar! —Cerró la puerta tras de sí; no fue tan fuerte como un portazo, pero sí lo suficiente para hacer que los goznes chirriasen.

Por un momento, todo estuvo en silencio.

Théa soltó una risita y luego se apretó la boca. Pero no bastó, no era capaz de contener la risa, y en cuestión de segundos, las otras tres estábamos riéndonos también. Fui la última en unirme, pero, cuando lo hice, me reí tan fuerte que acabaron doliéndome los costados. Un músculo en desuso, dolorido. Uno que me había olvidado de ejercitar durante demasiado tiempo.

Había días, como aquel, en la cocina, en los que Henri se dejaba caer para saludar con un bonjour antes de que madame de Tréville lo echase de la sala, murmurando que no estaba sentando un buen precedente; si pensábamos que nuestros objetivos, todos esos chicos jóvenes y hombres, eran como Henri, con su expresión sincera y fácil de interpretar, estaríamos dando por hecho que eran más fáciles de pisotear que la alfombra de uno de los pasillos.

—Es un muchacho amable, no me malinterpretéis —nos dijo madame de Tréville—, pero no cuenta con la capacidad necesaria para imitar la sutileza y la picaresca de los hombres de los que hablamos. —Portia resolló, pero no habló.

—¿Y nosotras... sí contamos con ella? —pregunté.

Me había esforzado en no replicar. No con lo que estaba en juego. Pero en cuanto empecé a hablar, madame de Tréville negó con la cabeza, sencilla y escueta comparada con las nuestras, llenas de rizos que se habían ido desinflando a lo largo de la tarde. Apoyó la pila de tarjetas con los nombres de la *noblesse* escritos en la parte delantera, la información personal estaba por detrás. Era indispensable que conociésemos el nombre de cada noble, y todos sus secretos, antes incluso de que mantuviéramos una conversación con ellos.

—No; aún no. Pero acabaréis contando con ella. Cuando seáis capaces de predecir qué os dirán, entonces será cuando controlaréis la partida. Incluso aunque ellos no se enteren.

Cuadré los hombros. Pensé en mi padre. En como solía referirse a mí como *Mademoiselle la Mousquetaire* con toda la confianza del mundo. Él creía que yo era capaz de esto.

Al final de mi tercera semana en París, cuando madame de Tréville me dijo que había demostrado ser capaz de bailar y comportarme a un nivel básico, me sentí entusiasmada. Pero entonces pasamos a la siguiente fase, que hizo que deseara hacerme una pelotita y desvanecerme en la alfombra bajo mis pies: cómo enredar a un hombre. Podíamos hacer uso, para ello, de nuestras palabras, acompañadas de breves caricias, de susurros al oído y de peligrosas inclinaciones sobre los tableros de las mesas; nada que la sociedad parisina pudiese considerar inapropiado, por supuesto. Habíamos de mantener nuestra reputación, hacer que los hombres nos desearan, a nosotras, las intocables.

Tenía que ser la que flirtease, la que estuviera lista para lanzar las indirectas y generar la intriga: en definitiva, llevar la voz cantante en todo lo relativo a hablar o tocar a hombres, como me había comentado Portia.

—Tania, ¿qué vamos a hacer contigo? —había preguntado.

Daba igual lo que hubiese querido decir, yo me preparé para la caída. Para recibir el golpe del codo de Marguerite, la quemazón en las palmas al contacto con la piedra. Para las miradas que siempre recibía la *pauvre* Tania. Para lo rápido que la amistad se disolvía en cuanto las piernas me cedían.

Pero entonces Aria miró a Portia. Y Théa me dio un codazo y me preguntó si, al día siguiente, podía ayudarla con el *attaque composée*. Minutos después, cuando llegó la hora de cambiar de materia, Portia se desplazó a mi lado y me dio un ligero apretón en el brazo.

Estaban siendo simpáticas solo porque creían que debían serlo. No cabía duda de que una orden de mosqueteras que no se llevaran bien se desmoronaría en medio de una misión peligrosa. Eso era lo que me decía a mí misma cada vez que repetía las imágenes de lo acontecido durante los días pasados en mi cabeza. No las transformé en algo que no eran. Estaba donde estaba por *papa*.

Al día siguiente, lo de siempre. Instruí a Théa, que, tras un par de horas, recibió una ronda de aplausos de todas cuando demostró su mejorado ataque. Dejó caer las manos por detrás de la cadera, tímida y sonrojada, y soltó un chillido cuando la espada que tenía en la mano, de la cual se había olvidado, le melló los calzones.

Por la tarde, Henri nos trajo comida que había sobrado de la reunión matutina de Sanson con Mazarino: conservas de sabor dulce y fuerte, del color del atardecer, y una bebida oscura tan amarga que Portia le reprochó:

—¿Es este mi castigo por placarte? ¿En serio crees que puedes entrar tan campantemente con este repugnante líquido y engañarme para que me lo beba?

Henri retrocedió un paso alejándose de la mala cara de la joven.

—Yo...

—Portia, ¡déjalo tranquilo! Le vas a asustar, ¡y no nos volverá a traer de esto! —Théa hizo un gesto hacia su taza—. ¡Es una maravilla! ¡Nunca había probado nada igual! —Continuó dando sorbos a la bebida, moviéndose en la silla, parloteando y riéndose, riéndose y parloteando hasta que Aria le quitó la taza y tiró los restos, de un color entre marrón y negro, al orinal más cercano.

—*Monsieur* —lo llamé cuando hizo amago de marcharse.

Théa estaba tan furiosa como era capaz de estarlo, es decir, ligeramente, le replicaba a Aria mientras ella observaba cómo Portia buscaba los polvos que nos pasábamos por los dientes con el dedo.

Se detuvo de forma tan repentina que estuve a punto de chocarme con él, y, a continuación, pasó a disculparse.

—Lo siento, no debería haberme girado tan rápido, es solo que os he escuchado decir mi nombre y no quería que pensarais que no os estaba prestando atención, porque en absoluto es esa mi…

—*Monsieur* —lo corté, sorprendida por mi osadía—, las otras están… zanjando cierto asunto, pero sé que desean que yo os de las gracias en su nombre. Por vuestra consideración.

Cerca, Théa aulló:

—¡Pero no es justo! ¡Todavía me quedaba! Y me siento llena de energía, como si pudiera hacer cualquier cosa: ¡Aria, batíos en duelo conmigo! ¡Ahora mismo!

Aria resopló abanicándose.

—No.

Mientras, la tensión abandonó el cuerpo de Henri.

—Ha sido un placer.

—Gracias —dije.

—Pero vos ya…

—Ha parecido que solo os estaba dando las gracias de parte de las chicas. Y quería que supierais que yo también estoy agradecida. Así pues: gracias.

Cuando Henri sonreía resultaba imposible no imitarlo.

Y de esa forma, transcurrieron los días, las semanas. Practicando la esgrima, el coqueteo, el arte de arreglarse y acicalarse; mientras que adoraba la primera de esas tareas, había aprendido hacía tiempo a odiar todas las demás.

Aria era esquiva por naturaleza, con una destreza que parecía que llevara entrenando toda la vida para nuestra misión, igual de veloz para mover la espada que el abanico. Théa era toda parloteo y amabilidad, y Portia, toda fiereza y pasión.

Y yo. Tania, la enferma, la de los mareos. Tania, la que no pertenecía en realidad al lugar en el que me encontraba, no como ellas. Pero, al mismo tiempo, también era la voz de mi madre a mis espaldas; la de padre, al frente; las de las chicas, a mi alrededor, mientras trataba de transformar el cisne de hielo que yo era en uno de acero macizo.

—¡Toma! —exclamó Théa posándome una pila de volantes sobre los brazos. Entradas ya en la quinta semana, empezaba a adaptarme por fin al ritmo de nuestra rutina. Encontraba cierto alivio en la uniformidad, en despertarme y, pese a los mareos y a la extenuación, saber cómo iba a desarrollarse el resto del día, hora por hora, ejercicio tras ejercicio, clase tras clase—. Madame de Tréville me ha pedido que prepare esta falda para que practiques los bailes con ella puesta; es lo suficientemente ligera para que te la remetas para esgrimir, pero algo más pesada que las faldas de los vestidos que usamos a diario.

—¡Pero si me tuvo bailando toda la semana pasada!

—Bueno, tenías que aprenderte la coreografía primero. ¡Ahora estás preparada para dar el siguiente paso!

Recorrí el costado de la falda con un dedo: puntadas prietas, regulares, sin arrugas alrededor de las costuras.

—¿Has hecho todo esto hoy?

—He tenido algo de tiempo antes de la práctica de esgrima y he acabado durante el descanso. Es bastante sencilla, pero no deja de ser para practicar, así que no le hacían falta adornos —explicó.

—Es increíble. Deberías cosernos tú los vestidos.

—No digas tonterías: puedo trabajar con materiales más baratos, pero no cuento con el conocimiento de bordado necesario para crear un atuendo de verdad. ¡Mejor me quedo con los retazos de tela y ya!

—Quizás puedas dedicarte a la sastrería —me miró con extrañeza mientras añadía—: ya sabes, cuando todo esto acabe.

La cara le resplandeció con un tono rosado.

—¿De verdad lo crees? No hay muchas chicas sastras, ¿sabes? Y creo que, si fueran mujeres las que diseñaran los vestidos, serían mucho más cómodos. Y bonitos también. No de la forma en la que los hombres creen que algo es bonito, supongo, sino a nuestra manera. Estoy diciendo tonterías, ¿verdad?

—No, por supuesto que no...

Pero para entonces Théa ya estaba hablando de nuevo:

—Date prisa, por favor, y pruébatela, o de lo contrario llegaré con retraso a la sesión de la tarde.

—¿Dices que tengo que llevarlo puesto en la clase? ¿Y tú? —pregunté.

—Estarás sola hoy. Las demás vamos a ensayar una nueva danza cortesana; al parecer, está muy de moda en Italia.

Según entré en una estrecha habitación del pasillo principal, Théa gritó a través de la puerta:

—¡Póntela por encima del vestido!

La falda pesaba más de lo habitual, pero los soportes eran lo suficientemente sencillos. No dieron problemas hasta que traté de volver a pasar por la puerta para salir.

—¿Cómo se supone que voy a llegar a cualquier lado? —suspiré cuando los costados de la falda chocaron con el marco de la puerta, no había forma de pasar a través de ella.

—Ponte de lado. No, así no..., ¡más bien como si te deslizaras!

Salí violentamente de la sala y, si no me hubiesen cogido, hubiese aterrizado en el suelo.

—¡Gracias!

Miré hacia arriba, esperando ver a Théa.

—De nada. ¡Ha sido muy digno para ser vuestro primer intento! —Me ruboricé cuando Henri retiró la mano de mi codo, como si acabara de acordarse de que estaba allí posada. Los mareos empezaban a intuirse en los extremos de mi visión—. ¿Os encontráis bien? —preguntó. Por un momento, su cara cambió.

Sus ojos, de un marrón dorado, se transformaron en un implacable azul. Un grito ahogado, un tropiezo—. No os encontráis bien —dijo—. ¿Algo va mal?

—Sí, pero eso no significa que ella necesite que la ayudes —dijo Théa. Noté calor en el cuerpo.

—Pero si no se encuentra bien…

—Henri, ¡ya sabes lo mucho que odio discutir! —Théa dio un pisotón—. ¡En especial cuando claramente soy yo quien tiene la razón, y no tú! —su voz se suavizó cuando se giró hacia mí—. ¿Nos lo dirás si la necesitas? Nuestra ayuda, digo.

Dudé y, después, asentí. Incorporándome, apreté los dedos de los pies y cerré los ojos durante unos segundos antes de volver a abrirlos. El pasillo estaba muy tranquilo.

—Creo que estaré bien. Mientras haya alguien cerca…

—Perfecto, entonces, ¡aquí está Henri! ¡Os veo durante el refrigerio!

Théa se marchó saltando, con una sonrisa que no entendí. Quería indagar más, pero desapareció en cuestión de segundos. Aunque no sin antes guiñarme un ojo.

—Es de lo que no hay, ¿no creéis? —dijo Henri con una sonrisilla.

Sentí una punzada en el corazón al oír el tono de su voz, aunque no había razón para ello. Simplemente asentí con la cabeza, incapaz de hablar.

Lo había tuteado y llamado Henri. Y él se lo había permitido. Como si la hubiera oído decir su nombre cientos de veces.

CAPÍTULO TRECE

Caminamos en silencio; en mi cabeza se repetían las palabras de Henri. Cuando todo hubiera acabado, cuando hubiéramos cumplido nuestro deber, quizás él podría cortejar a Théa. Y eso me haría feliz. La más amable de nosotras cuatro, con el chico más considerado del mundo. ¿Había acaso una pareja más perfecta que esa?

Henri se detuvo repentinamente.

—Siento si os he ofendido de alguna forma. No quería insinuar que necesitarais ayuda, yo solo…

—*Monsieur* —me apresuré a decir—, estabais preocupado por mí, lo entiendo. Aprecio el gesto, de veras.

Recorrí las facciones de su rostro.

Él se sonrojó y murmuró en asentimiento.

—Creo que *ma tante* está esperando.

Abrió la puerta que daba al salón de baile improvisado. Debía de haber servido de salón para las visitas en el pasado, pero ahora lo único que quedaba en él eran unos escasos muebles y una amplia y despejada extensión de suelo de madera. En una de las esquinas había un clavecín.

—¿Cómo sabíais que...?

Pero madame de Tréville nos estaba instando a que entrásemos.

—No recuerdo haberos instruido en la holgazanería —dijo—. ¿Cómo encontráis la falda?

—*Un grand plaisir*. Es una delicia. Me siento como una princesa.

Henri resopló, y trató a continuación de disimularlo con una tos.

—Este no es el momento para hacer uso de vuestro efervescente ingenio —dijo madame de Tréville—. Venga, empecemos.

Unos zapatos rozaron las tablas del suelo, un extraño raspar de pies hacia un lado y otro.

—*Tante*, odio interrumpiros, pero ¿habíais requerido mi presencia? Para algo de la lección de hoy, ¿es posible? —preguntó Henri.

Los ojos de madame se iluminaron al comprender.

—¡No os encondáis tras el marco de la puerta! —Él se estrujó las manos, manchadas de tinta, a medida que se aproximaba a su tía; después de que ella le clavase la mirada, él relajó los brazos de inmediato y los dejó caer. Madame de Tréville hizo un gesto de cabeza hacia donde me encontraba—. Tania ha progresado con rapidez, pero no estoy convencida de que sea capaz de mantener la compostura alrededor de nadie que no seamos las chicas o yo. Vos tendréis que servir.

—¿Yo? —Henri se quedó de piedra—. Pero... pero...

Madame de Tréville suspiró con hastío.

—¿También ponéis en duda a Sanson cada vez que os pide algo? ¿No lo encuentra molesto?

Las puntas de las orejas de Henri, de un rojo intenso, le sobresalían a través del pelo.

Madame de Tréville hojeó la partitura con un brusco y descontrolado ímpetu. Se había enojado con Aria por la mañana por haber fallado una parada, había hecho que Portia apretara los dientes de tal forma que pude oír el ruido que hizo su mandíbula. Théa se había librado, probablemente porque estaba cosiendo mi falda. Algo había sucedido... y algo iba a suceder. No estaba segura de cómo había evadido su ira hasta esa tarde. Con un movimiento brusco, me pregunté si conseguiría llegar a la ventana antes de que se me escapara el contenido de mi estómago.

—Repasaremos unos cuantos movimientos básicos —ladró madame de Tréville—. Ignoraremos las partes que requieren más de dos personas; quiero ver cómo maneja Tania una interacción individual.

Después de retirarse al banco del clavecín, madame de Tréville tocó las primeras notas de un minueto. El instrumento estaba orientado para que ella pudiera vernos por encima de la partitura.

Henri se acercó unos pasos a mí. Lo observé, parpadeé. Imité sus temblorosos pasos. El pulso se me estaba acelerando; lo notaba en las muñecas.

Cuando la música alcanzó el punto adecuado, nos hicimos sendas reverencias y luego entramos al *demi-coupé*. Recordé todas las lecciones recibidas, el entrenamiento, los momentos en el salón esculpiendo mi encanto, practicando las formas de atraer a los hombres... Aleteé las pestañas mientras nos aproximamos el uno al otro antes de girar en círculo, con las palmas de nuestras manos derechas pegadas.

—¿Tenéis algo en el ojo? —preguntó Henri.

—No, yo...

—¡Sonreíd, Tania! ¡No debéis dejar de sonreír! No, tanto no... ¡Enseñad menos los dientes! ¡No sois un caballo encabritado!

Cuando las notas variaron, dando paso a las de una alemanda, agarré sus manos con las mías.

—Lo siento —dije, sin dejar de sonreír, al mismo tiempo que daba una vuelta bajo el alzado brazo de Henri. No estaba contando los compases en voz baja, por supuesto que no.

—¿Por qué razón?

Eché un vistazo por encima del hombro, pero madame de Tréville no prestaba atención a nuestra conversación, solo a nuestros pasos. Además, se suponía que debíamos mantener las apariencias durante los bailes, y una conversación susurrada brindaba la oportunidad perfecta para consolidar el interés de un objetivo. Era algo que Portia hacía con soltura con su voz suave como la seda. En la mente del que era su objetivo, ella hablaba por y para él. Mis intentos durante las lecciones de madame de Tréville resultaron dolorosos incluso para mis propios oídos. Sin embargo, Henri no me asustaba.

—Lo que ha dicho sobre... a ver, lleva todo el día nerviosa. No debería tomarla con vos, pero, aun así... No lo decía en serio, aunque eso tampoco la justifica. A mí también me frustra a veces. Tratar de demostrar mi valía mientras lidio con sus críticas es difícil.

Me detuve justo para ver como Henri abría mucho los ojos. Era la primera vez que los observaba de cerca. Eran del color de las hojas otoñales justo antes de volverse marrones y frágiles, con una pizca de dorado.

Relajó los hombros. No era un bailarín precisamente grácil, pero sí tenía más práctica que yo. No reflejaba inseguridad con respecto a la colocación de los pies, ni tampoco dudaba a la hora de dirigir el baile y llevarme por la estancia. Debía de ser el efecto que crecer formando parte de la *noblesse* parisina tenía sobre un varón. Pero aquella soltura resultaba extraña, como si hasta entonces hubiera estado fingiendo su torpe nerviosismo y su verdadero ser fuera una persona completamente distinta a la que conocía.

—Yo también me siento de ese modo..., pero, después, parte de mí se pregunta si en realidad lleva razón. —Henri parecía tan alicaído que estuve a punto de dejar de bailar, olvidándome de esas ideas sobre que él no era como yo había pensado—. Quizás cuente con talento, es algo que me gusta creer, pero, sin ir más lejos, la única razón por la que en realidad tuve acceso a mi formación fue porque otra persona se encargó de que así fuese. En realidad, yo no me he ganado esta oportunidad.

Papa asegurándose de que agarrase la espada de la forma adecuada. Cloqueando cerca de mi tambaleante embiste. Cubriéndome con su casaca, mirándome chillar y correr por la estancia.

—No la malgastéis, en ese caso —aseveré.

—¿Cómo?

—Contáis con la oportunidad de hacer algo grande. No la malgastéis. Demostradles que sois merecedor de ella. Demostrádselo a ella. Puede que no sea el trabajo que deseáis en realidad, pero un mapa puede cambiar el mundo. Como con el mapa de Lupiac que me disteis: la mayoría de la gente opina que es un pueblo sin importancia, sin valor. Se trata de la primera reproducción que he visto de él. Ha de haber otros lugares como Lupiac.

Ignorados por su tamaño, por su gente o por su escasa riqueza. Y vos contáis con el poder de enseñar a las personas a pensar más allá de sí mismas. De ver más allá.

Al momento, fui muy consciente de que su mano agarraba la mía, hombro con hombro, él mirándome desde mi izquierda. Sus ojos marrones y dorados posados sobre mi rostro. Jeanne debía de haber encendido un fuego en una de las chimeneas antes de que entrásemos; yo debía de haber estado demasiado ocupada intentando demostrarle mi valía a madame de Tréville y no me había dado cuenta hasta entonces. La mano de Henri se soltó de la mía; las puntas de los dedos, manchadas de tinta, me rasparon la palma.

—Gracias por el baile —masculló. No se alejó.

Madame de Tréville tosió fuerte, y yo me sobresalté.

—Supongo que con eso valdrá.

Me giré para mirarla a los ojos.

—¿Lo decís de verdad? ¿Sinceramente? —mi voz se llenó de entusiasmo.

No creía que madame de Tréville fuese capaz de estar orgullosa. Era petulancia lo que veía en su rostro, sin duda; había logrado moldear a la joven inalterable en una curva perfecta.

—Habéis demostrado estar preparada para este fin de semana.

—¿Este fin de semana?

—Habrá un pequeño baile, uno de los últimos antes de que la temporada dé comienzo en *le palais*. Los nobles restantes están regresando a la ciudad después de pasar el verano en el campo, al igual que lo están haciendo otros, por primera vez en dos años, desde que la Fronda acabó. Y después están todos a los que el rey ha indultado después de la Fronda, que también regresan. Todos son potenciales incorporaciones a la causa enemiga. Hasta que estéis lista para tener vuestro propio objetivo, acompañaréis a las chicas para aprender de ellas. Prestad especial atención a la forma en que obtienen la información que necesitan de sus objetivos. Podría suponer la diferencia entre el éxito y... bueno.

No era necesario que lo dijese. El fracaso no era una opción. No para una Mousquetaire de la Lune. Se me encogió el estómago, pero, aun así, asentí, dándole tiempo a mi cerebro para asimilarlo todo.

Quizás *papa* estaba en lo cierto. Quizás sí fuese capaz de llevar a cabo aquella tarea. Me había dicho a mí misma que lo lograría por él, les demostraría a los mosqueteros que era digna, digna de que me ayudaran a vengar su muerte. Pero decirlo era una cosa, y creerlo, otra bien distinta. Y era posible que no lo creyera, aún no, pero necesitaba tener fe en mí misma. No con una espada en la mano y la mandíbula apretada. La fe que él había tenido en mí me había llevado hasta donde me encontraba, y me llevaría hasta donde hiciera falta.

—No os decepcionaré, *madame*.

—Tenéis más de vuestro padre dentro de vos de lo que me pareció en primera instancia.

Cuando mi madre decía algo similar lo utilizaba como un insulto, como un reproche. Pero, en voz de madame de Tréville, era el mayor de los cumplidos. Pegado al esternón, notaba caliente el anillo de sello de *papa*. Me giré para despedirme de Henri, pero él ya salía apresuradamente por la puerta dedicándome un rápido gesto con la mano antes de desaparecer.

—Ahora da comienzo la verdadera labor —afirmó madame de Tréville.

Escuché a medias la lista de tareas que debía completar antes del fin de semana. Cuando salimos de la estancia, mis ojos aterrizaron en la pared más lejana. Lo único que había en la chimenea eran cenizas frías y manchas de humo de la noche anterior.

Si las semanas hasta ese momento habían sido un torbellino, los días previos al baile fueron una tormenta estival con su aullido constante de truenos y relámpagos. Hubo arreglos de última hora en el corsé, en los calzones, en el cinto que llevaría por debajo del vestido para la espada y la daga. La actual moda de las faldas sobredimensionadas era una auténtica bendición: nadie notaría que, bajo varias capas de seda, delicado encaje y perlas bordadas, ocultaba mis armas. La mañana del baile, tenía la mente hasta los topes, a punto de estallar, repleta de los nombres de los principales agentes de la *noblesse*, de bailes y de formas de lograr tener a un hombre a tus pies.

—*Mon Dieu!* —exclamó Portia cuando entré en el comedor—. ¡Parece que llevases semanas sin dormir!

Aria y Théa levantaron la vista del desayuno. La sangre me hirvió en las venas. Esa mañana, había hecho todo lo posible por ignorar en el reflejo de la ventana los círculos púrpuras bajo mis párpados; notaba cierta presión ahí. Le di vueltas a la comida en el plato. Entre las puntas de los dedos, pan recién horneado desmenuzado. La noche anterior, envuelta en las mantas, había trazado con el dedo el contorno de Lupiac en el mapa y delineado el camino que padre tomó con Beau hasta salir del pueblo, saliéndome del trazado, saliéndome del pergamino y de todo hasta que su trayecto se desvaneció. Daba igual que estuviera a punto de ser iniciada en las obligaciones de una mosquetera; una mosquetera había de anteponer al rey sobre todas las cosas, pero yo renunciaría a un centenar de reyes con tal de tener a *papa* a mi lado. No por el padre que me hizo creer que me había traicionado, sino por el que se refería a mí como su hija con orgullo y sin ápice alguno de vergüenza.

—¿Tania? —preguntó Théa con cautela—. Preguntar si te encuentras bien parece un poco absurdo, pero no sé de qué otra forma formularlo…

Las palabras «estoy bien» se deshicieron en mi paladar, tenían el sabor de las cenizas y la quemazón. Los labios me temblaron; me los mordí con más y más fuerza hasta que solo pude notar el sabor a hierro.

—No era mi intención… Lo de las ojeras. Puedo taparlas. Confía en mí —dijo Portia—. No es difícil, solo hay que aplicar un poco más de maquillaje.

Hubo un momento de silencio tenso. Théa, incómoda, se removió.

—¡Mi primer baile en París fue un absoluto desastre! —soltó abruptamente. Se puso de un rojo ardiente cuando se giraron para mirarla—. *C'est vrai!* Es... es cierto —tartamudeó—. Me tropecé. Pero no me caí, porque Aria estaba bailando cerca y me ayudó a mantener el equilibrio antes de que nadie, a excepción de mi acompañante, se percatase. Y luego monté toda una escena durante una conversación con un duque visitante... Estaba tan nerviosa que casi me echo a llorar..., pero Portia vio que estaba pasándolo mal e intervino para ayudarme —a Théa le brillaron los ojos; se le quebró la voz, pero continuó—: Somos mosqueteras, hermanas de armas. No dejamos que ninguna de nosotras se caiga, nunca lo haremos.

—Así es —dijo Portia después de aclararse la garganta, parpadeando con rapidez—, es decir, lo ha dicho de una forma muy florida y sensiblera, pero no se equivoca. ¿Algo que quieras añadir? —Se giró para mirar a Aria.

Ella me examinó con su típica expresión imperturbable.

—El de este fin de semana es un acontecimiento anual. No es el más importante de la temporada. Harás tu debut, pero la familia real no estará presente. Ni tampoco asistirá ninguno de los nobles de mayor rango. Madame de Tréville no te pediría que asistieras si no creyese que estás preparada.

—Gracias —dije—. Es solo que... no quiero decepcionar a nadie. ¿Qué pasará si me mareo y alguien se percata, o si me desmayo, o si...?

—La ignorancia de tu pueblo natal te ha deformado por completo la percepción de tus propias habilidades —dijo Portia.

—¿Cómo sabes lo que ellos...?

—No hace falta ser una genio para adivinar cómo te trataron. Sé de buena mano lo que es creerse incapaz de estar a la altura de las expectativas de los demás..., creerse una inútil. De verdad. Pero, francamente, ¿a quién le importa todo eso? Esta noche asistirás al baile. Serás un recurso de la Orden. Una heroína anónima para tu país. Te hemos visto esgrimir, Tania, hemos entrenado contigo. Sabemos de lo que eres capaz.

Bajo su mirada, tragué saliva y después exhalé profundamente e imaginé los alados nervios escapar de mi cuerpo. Las chicas creían en mí. No me dejarían caer.

—Muy bien, está resuelto —dijo Portia para acabar, transformando su seria expresión en una amplia sonrisa—. Bueno. Hay un baile para el que hemos de prepararnos.

Los preparativos ocuparon el día entero. Nos pasamos horas frente a espejos y vestidores, sosteniéndonos mutuamente joyas sobre el cuello y colocándonos docenas de broches en el pelo. Portia difuminó mis ojeras: supuso casi media hora de girar la cabeza en extraños ángulos mientras ella punteaba pintura y después, polvos. A continuación, me mostró cómo hincar los dientes en un limón dulce para enrojecerme los labios, cómo extraer el ácido y cómo guardarlo en los bolsillos interiores para tenerlo a mano durante el baile.

—Tienes que estar de broma —dije.

Portia se había encogido de hombros.

—Si es lo suficientemente bueno para la reina de Suecia, también lo es para ti. —Alcé las cejas—. Bueno, ¿quién sabe si funciona o no? Pero es tan adicta a usarlo que, hace un par de veranos, trajo a Francia todo su alijo. Supongo que vale la pena probar. En el peor de los casos, durante la velada tendrás los labios más sonrosados y mejor aliento.

Cuando escapé por un instante de las garras de Portia, divisé a Henri. Pero, a pesar de que grité su nombre, él desapareció con su cabello castaño dorado perdiéndose dentro de la cocina antes de que la puerta trasera se cerrase. Mi mente voló al recuerdo de nuestro baile, a las familiares manchas de tinta en su piel, la calidez de su palma…

Me puse el primero de mis nuevos vestidos: era de seda color zafiro y se ceñía en la parte de la cadera antes de caer hacia el suelo. Era un alivio mirarme en el espejo y ver que una parte de mí misma me devolvía la mirada: mi pelo, recogido, era como el de mi madre, y el toque final consistía en una pieza con cristales incrustados y unos tirabuzones que me enmarcaban la cara. La sonrisa de mi padre. La caída del corpiño no era tan atrevida como la del de Portia, pero, aun así, dejaba al descubierto más piel de la que estaba acostumbrada a mostrar. Ahora, no era tan bajo como para no poder llevar puesto el anillo de sello, que reposaba, a salvo, colgando de su larga cadena por debajo del escote.

—Perfecto —proclamó Théa. Incluso Aria asintió para mostrar su aprobación.

Traté de no pensar demasiado en lo que me esperaba al final del viaje en carruaje: un baile lleno de personas a las que necesitaba impresionar, encandilar, si quería permanecer en París y tener la oportunidad de destapar lo ocurrido a *papa*.

—Madame de Tréville, agradecería algunas indicaciones para la noche de hoy, para saber qué necesitáis de mí y poder prepararme... —comencé mientras llegamos al vestíbulo de la entrada para reunirnos con nuestra mentora.

Me miró y parpadeó.

—Oh, es cierto. Ha pasado un tiempo desde la última vez que una nueva *mademoiselle* se nos uniera. Esperad a que estemos todas dentro del carruaje, y ya hablaremos durante el camino. Prefiero asignar las tareas en el carruaje. De esa forma, puedo centrarme en vuestro entrenamiento y vosotras no me molestáis durante el resto de la semana con preguntas acerca de los próximos actos —aclaró clavando la mirada sobre mí—. Pero como os he dicho con anterioridad, acompañaréis a las chicas durante vuestras primeras incursiones. En esta ocasión, iréis junto a Aria.

Estaba tan nerviosa que no tuve el valor de preguntar nada más hasta que estuvimos cerca de nuestro destino: el *hôtel particulier* del primogénito de un noble en Le Marais; técnicamente, él también era noble, simplemente, la Orden no lo conocía tanto. Un nuevo participante de la inminente temporada de actos sociales.

—Señoritas, alegrad esas caras. ¡La mirada en alto y el pecho hacia afuera!

Las sombras se reflejaban en el rostro de madame de Tréville. El interior del carruaje iba abarrotado con nosotras y nuestros vestidos, faldas de encaje y de miriñaque arrugadas por ir todas apretadas, ni siquiera nuestros pies eran visibles.

—Esto es muy emocionante —trinó Théa con su redondeada cara pegada a la ventanilla del carruaje—. Habitualmente, el marqués de Toucy celebra la fiesta en su residencia de la ciudad, ¡pero este año es su hijo! Imagináoslo: una nueva generación, ¡a cargo de la temporada!

Aria hizo una mueca mientras me lanzaba una mirada.

—El hijo del marqués es tristemente conocido por su amor a la bebida —murmuró—. Además, no se le puede incluir entre los *messieurs* y *mesdemoiselles* de París, en realidad, puesto que se encuentra bien entrado en la edad adulta.

—¿Cómo? —preguntó Théa.

—Veamos —dijo madame de Tréville llamando nuestra atención—, las tareas de cada una: Théa, sois responsable de mantener ocupado al anfitrión mientras Portia se gana el cariño del hijo del conde de Monluc. El conde de Monluc ha sido visto en el puerto, en la margen derecha del Sena, tres veces ya en lo que va de semana. No existen motivos para su repentino interés en el funcionamiento de los intercambios comerciales, y menos aún para que hable con los estibadores y los tripulantes. Aunque es probable que él no sea el cerebro tras la operación de contrabando, es sin duda un punto de partida. La temporada pasada apenas podía permitirse alquilar una residencia en París, ¿y ahora, de repente, cuenta con los medios para adquirir su propio *hôtel particulier*? ¿En una de las calles más ricas de Le Marais? Eso sin mencionar que un misterioso visitante ha estado acudiendo a su casa. Mis contactos solo han sido capaces de determinar que se trataba de la misma persona en base a su vestimenta; es probable que se trate de un comerciante, pero no han sido capaces de descubrir su identidad.

Las demás asintieron, pero mi mente no dejaba de dar vueltas.

—Creía que estábamos tratando de destapar un complot para derrocar al rey —dije.

—El contrabando nunca tiene que ver solo con el dinero; es una cuestión de poder —me respondió madame de Tréville—. En el presente caso, está involucrado una especie de cuasi mercado negro que está desviando mercancías extrajeras cada vez más populares en ciertos hogares de la *noblesse*.

¿Qué razón tendrían los nobles para...? Un momento...

—¿Los están sobornando a cambio de su lealtad?

—En parte se trata de eso, sí. Pero tenemos razones para creer que dichos artículos no son lo único que están trayendo. Armas, Tania —añadió al notar mi confusión—. Solo se necesita un arma para matar a un rey. Pero son necesarias más para abastecer a todos los nobles elegidos, de forma que puedan estar preparados ante el primer indicio de vacío de poder.

Con la boca seca, posé la cabeza en el acolchado mientras Aria terminaba la explicación:

—La familia real no puede arrestar ni exiliar a los nobles sospechosos sin pruebas. Eso provocaría otra Fronda. O algo peor.

Recordé lo que había dicho madame de Tréville sobre lo poco que le importaban a la *noblesse* las vidas de los trabajadores parisinos. Miré a Aria y supe que a eso se refería con su «algo peor»: no a que por las alcantarillas de París corriese sangre azul, sino a que también se derramase la carmesí.

La aprobación revoloteó por el rostro de madame de Tréville.

—Buen resumen. Aunque añadiría que resulta que el rey es un adolescente sediento de emociones fuertes cuyo mayor deseo es dar fiestas suntuosas con muchos asistentes. Algo que no es fácil si la mitad de tu corte está exiliada por una guerra civil anterior y la otra está encerrada porque tú mismo crees que quieren asesinarte. No me miréis de esa forma —añadió mientras, dentro del carruaje, la conversación se acallaba—. La clave del asunto es que nuestro rey no es mayor que vosotras. Habéis de sacaros de la cabeza la idea de que no puede errar en su pensamiento. Es nuestra labor reconocerlo. O nos arriesgamos a que lo asesinen —enfatizaba las distintas oraciones dándose golpes secos con el abanico de encaje en la palma—. Pero nos estamos adelantando a los acontecimientos. Nuestra misión para esta noche es recopilar información y enseñarle a Tania qué ha de esperar de los futuros encargos. Aria, vos sois una de las favoritas del marqués. Quiero que descubráis por qué le ha cedido las riendas de esta celebración a su hijo. Adorando como adora ser el centro de atención, ¿por qué renunciaría a ello? ¿Qué anda haciendo? O más bien, ¿para qué lo han obligado a hacerse a un lado, para poder dedicarse a qué? Se está fraguando algo...

—¿Cree que tiene algo que ver con el contrabando? —le susurré a Aria cuando nuestra tutora desvió su atención hacia Théa.

—Quizás. Pero es información valiosa —me explicó Aria. Alcé las cejas—. Necesitamos conocer todos los secretos de la ciudad para protegerla como es debido. Si al marqués se le ocurre alguna vez tratar de actuar en nuestra contra, le recordaremos lo que sabemos sobre él para que mantenga la boca cerrada. Madame de Tréville confía en Mazarino. Pero, si a una de nosotras se nos acusa en público, a él le resultaría más fácil fingir no conocernos, entregarnos a los guardias y reconstruir una nueva Orden desde cero. Hemos de esforzarnos para salvar al rey y, al mismo tiempo, protegernos también a nosotras mismas.

El carruaje se detuvo, las voces y la música entraron por las ventanas de ambos lados.

—Tania, como os dije en el vestíbulo, seréis la sombra de Aria —me dijo madame de Tréville—. A los objetivos de Théa y Portia no les agradaría que ellas tuvieran a una *mademoiselle* colgada de sus faldas. Y no puedo permitirme que el objetivo de Portia, el hijo del conde, pierda el interés en ella; puede que cuente con la información que necesitamos sobre la red de contrabando.

—No creo que eso vaya a suceder. Cuando lo conocí iba cubierta de volantes hasta el cuello, y la cosa ha progresado hasta llegar a esto —dijo Portia mirándose el pecho—. Si mi escote desciende más, acudiré a los bailes con la parte superior al descubierto. Cabe la posibilidad de que el pobrecillo se desplome en el acto.

Farfullé algo, pero rápidamente opté por toser en lugar de seguir hablando cuando vi la mirada de desaprobación de madame de Tréville.

—Portia —la regañó.

—Sí, sí, obtendré el nombre del tipo que ha estado visitando a su padre por las tardes mientras él se pasa las noches con los ojos pegados a mis pechos —suspiró Portia—. Pero que quede constancia de que para la próxima quiero que sea a mí a la que se le asigne la vigilancia diurna. Quiero espiar al comerciante misterioso, no al aburrido hijo de su contacto.

Madame de Tréville salió del carruaje. Lo mismo hicieron, una por una, las demás chicas hasta que solo quedé yo. Los mareos ya eran lo suficientemente desasosegantes de por sí, pero, combinados con los nervios, se convertían en una bestia completamente distinta. Una que aún no había aprendido a dominar.

—Tania, ¿venís? —dijo una de las chicas, no estaba segura de cuál. Todas estaban esperándome fuera, a la puerta del carruaje.

Respiré hondo y apreté los dedos de los pies. A continuación, descendí por las escaleras, miré hacia arriba y, en lugar de quedarme con la boca abierta, oculté la impresión con una sonrisa que proclamaba que aquel era mi sitio.

CAPÍTULO CATORCE

Los empleados se encontraban dispuestos a intervalos cerca de la entrada para guiar a los invitados, que iban ataviados con fastuosos vestidos y chaquetas de satén bordadas. Los faroles bañaban de luz el empedrado, y se superponían de forma que el camino que dirigía hacia la mansión quedaba completamente iluminado. Nos acompañaron hasta la fachada de *l'hôtel particulier* y, al momento, nos vimos rodeadas por los colores y sonidos, las conversaciones, la música, el ruido de las ruedas de los carruajes; todos los elementos componían un revoltijo auditivo que me resultaba imposible disgregar.

—Madame de Tréville, es un placer veros —se escuchó decir a uno de los asistentes, que, a base de halagos, consiguió abrirse paso entre el alboroto. Madame de Tréville le hizo una reverencia.

La acompañante del susodicho dejó posada su mano, adornada con lentejuelas, sobre la cara interior del codo del hombre. La vestimenta de ambos era ostentosa y aparatosa a la vez: pesado terciopelo rociado con diamantes, plumas de un azul violáceo que brotaban de los puños de la chaqueta de él y de las enormes faldas de ella, pasamanería dorada y plateada.

—Barón du Bellay, el placer es mío —aseveró madame de Tréville.

—Vuestro rebaño prospera, *madame. Je vous félicite.*

—Cuán amable sois —contestó—. Agradezco vuestra felicitación.

—Creo ver una cara nueva. Habéis de presentarme a la susodicha.

Me llevó un instante entender a lo que se refería, y tuve que obligarme a no esconderme detrás de Théa para alejarme de la lascivia que se reflejó en el rostro del hombre. Un mal comienzo para mi primera velada.

Madame de Tréville se encargó de desviar la atención de él.

—Permitidme, baronesa, que os diga lo exquisito que me parece vuestro broche. ¿Se trata de un regalo por el nacimiento de vuestro hijo?

Asintió solemne, con los labios arrugados en un gesto de desaprobación.

—*Oui. Il est notre héritier, après tout.*

La mención a su heredero pareció hacer volver a la realidad al barón, que se abrió camino a través del libidinoso vagar de sus ojos.

¿Estaban aquellas personas dispuestas a sacrificar la vida de otras con tal de añadir una joya más a su colección o hacerse con una nueva parcela de tierra? ¿Para añadir otra una pluma a sus ya emplumados sombreros? La Orden tenía el convencimiento de que no habría un cambio en el poder sin sangre de por medio. Incluso yo, a pesar del poco tiempo que llevaba en París, estaba empezando a entender que lo más probable era que los nobles trataran de delegar dicha responsabilidad en cualquiera. En especial, los nobles menos poderosos. Aquella era una de las muchas cosas que había aprendido durante mis lecciones en L'Académie.

—Aprisa, señoritas, antes de que nos vuelvan a abordar —dijo madame de Tréville entre dientes, antes de hacerle un gesto a uno de los empleados que nos hizo una seña para que siguiéramos hacia delante—. Y Tania —añadió—: no dejéis que vuestros pensamientos se os reflejen en la cara. Os delataríais. Eso sin mencionar las arrugas que os saldrán, por supuesto.

Una vez dentro, Portia y Théa se separaron, encaminándose hacia direcciones opuestas, y desaparecieron en el gran salón de baile, con sus amplias bóvedas, sus molduras doradas y los cientos de personas que socializaban y bailaban bajo las inmensas y brillantes candelabros de cristal y oro del techo. A lo largo de las paredes, se hallaban más empleados ofreciendo bebidas y aperitivos. La velada no era una cena, por lo que no habría un momento en que se sentasen a comer, y el único entretenimiento eran los músicos, que tocaban el clavecín y varios instrumentos de viento y cuerda. El acto no era tan ostentoso como otros que se celebraban al aire libre, como por ejemplo los espectáculos pirotécnicos que tanto le gustaban al rey, o los bailes de máscaras, durante los que no se sabía quién era amigo y quién enemigo. Al menos, eso es lo que me habían contado las chicas. Pero, en aquel momento, la fiesta continuaba siendo una ola que rompía sobre mis tobillos; estaba la colisión de la música y las voces de los presentes, sus risas, el tintineo de las copas, el ruido sordo de los zapatos al deslizarse por el suelo de mármol.

Mis pulmones estaban constreñidos, encerrados bajo costillas, estructura ósea y seda. ¿Podía llegar a encajar yo en aquel lugar? Entre el caos, ¿cómo me abriría paso? La última vez que me había sentido así de impotente fue cuando... cuando monsieur Allard llegó en aquel carruaje sin *papa*. Miento, fue antes, en Lupiac, durante aquella noche sin estrellas en la que los dos hombres tenían la esperanza de hacer de *maman* y de mí dos sangrientos regalos para *papa*.

De pronto, alguien me agarró el codo. Aria.

—Respira —me susurró—. La primera vez siempre es la peor. Con tanto exceso... Pero debes insensibilizarte, de lo contrario, ellos ganan. Recuerda por qué estás aquí. No es por ellos, nunca lo es. Respira.

Por el rabillo del ojo, vi como Théa saludaba al hijo del marqués, que parecía haberse entregado a la bebida hasta el punto de haber olvidado todo decoro; lo que más le interesaba en aquel momento era que Théa no contaba con supervisión alguna.

—¡Madame de Tréville! —un caballero de edad avanzada gesticuló desde un asiento pegado a una de las paredes, situado a su vez en una plataforma elevada que constaba de una mesa y unas cuantas sillas vacías. Era el marqués. Su hijo debía de haber hecho que se sentara en dicho lugar con la esperanza de que no estorbase. El hombre aplaudió cuando vio a Aria—. *Et ma belle!* Pero cómo habéis florecido. *Une vraie fleur!*

—Gracias por la invitación, señor marqués. —Madame de Tréville hizo una reverencia, y Aria y yo hicimos lo mismo.

—Oh, por favor, no hay necesidad —jadeó el marqués.

Enderecé las piernas; Aria me ayudó, agarrándome cuidadosamente del antebrazo con la mano. Cualquiera que lo viese pensaría que se trataba de un gesto amistoso. En realidad, era la primera vez que Aria me tocaba. Nunca la había visto dejarse abrazar por Théa, y tampoco se parecía en nada a Portia, que con sus diestras manos me arreglaba el pelo y me desataba las piedras de los tobillos cuando me encontraba demasiado dolorida para alzar la cabeza. Y, con todo y con eso, Aria había sido la primera en darse cuenta de que necesitaba ayuda, y había actuado sin que se la pidiese.

—La lista de invitados no es competencia mía —prosiguió el marqués—. Los jóvenes no quieren que los viejos como yo nos divirtamos. ¡No quieren que planeemos fiestas y organicemos festejos! Pe-pero… —balbuceó, como si acabara de percatarse de lo que implicaban sus palabras— si vuestros nombres no hubieran estado en la lista, ¡habría desheredado a Bertrand!

Una deslumbrante sonrisa cruzó el rostro de madame de Tréville. Era la de un depredador que hubiera estado afilándose los dientes, dispuesto a alimentarse del tuétano de la élite parisina: sus secretos.

—Vuestra amabilidad no conoce límites, marqués. Permitidme que os presente a mademoiselle Tania.

Él sonrió sin prestarme demasiada atención, los ojos se le iban continuamente a Aria.

—*Bienvenue, ma fille.* ¿Se trata de una nueva incorporación a las señoritas de madame de Tréville?

Sintiéndome a la deriva, miré a Aria. No sabía si había de responder o si, por el contrario, solo habíamos de hablar una vez madame de Tréville se hubiese alejado. Pero mi mentora se me adelantó.

—Ha sido una magnífica nueva incorporación a nuestro hogar.

Al mismo tiempo, Aria me murmuró al oído:

—Recuerda lo que te he dicho. Sabes lo que tienes que hacer. E incluso aunque no lo sepas, yo me encargaré de llenar los huecos.

El marqués se centró entonces en mí, mostrando alegría.

—¿Conque una residente de la *maison* de Tréville? Habéis de ser una muchacha verdaderamente especial, *mademoiselle*. Es un honor reservado a las jóvenes más formidables, ¡mientras que al resto no les queda otra que morirse de la envidia!

—Disculpadme —dijo madame de Tréville—. Debo hablar unos minutos con madame Buteau. Señoritas, ¿atenderéis al marqués en mi ausencia?

El marqués sonrió. Si no recordaba mal, Théa me había mencionado a un hombre al que le faltaba un dedo. Así pues, eché un rápido vistazo a sus manos. Tenía los dedos intactos.

—*Ma belle,* ha pasado demasiado tiempo desde la última vez —le dijo a Aria, y dio una palmadita en el asiento a su lado—. Venid conmigo.

Aria se colocó primero las faldas y, después, se sentó. Seguí su ejemplo. El sitio proporcionaba una perspectiva completa del amplio salón: era perfecto, puesto que podía observar a Aria, aprender de ella, y, al mismo tiempo, empaparme de cuanto había a mi alrededor. Y, en caso de ver a Portia o Théa trastabillar, si fuera necesario, quizá podría intentar echarles una mano, de igual manera que ellas habían prometido ayudarme a mí.

—Menos mal que el verano ya ha llegado a su fin —comentó Aria—. Comprendo, por supuesto, por qué todo el mundo se va de la ciudad. ¿Quién, teniendo oportunidad de marcharse, optaría por quedarse y deshacerse en el calor estival? Pero la situación deja a una deseosa de compañía —suspiró, con la atención puesta en el marqués antes de desviar la vista hacia los asistentes que bailaban en la pista. De repente, hablaba como si fuera una persona completamente distinta.

—No podría estar más de acuerdo —coincidió el marqués.

Mientras ellos dos continuaban hablando, giré el cuello para observar la sala y posé la vista sobre Théa. El hijo del marqués *n'avait d'yeux que pour elle,* solo tenía ojos para ella, para gran consternación de dos nobles de alto rango que estaban tratando de conseguir hablar con él. Analicé cómo ladeaba la cabeza, cuánto mostraba la dentadura al reírse, y lo almacené todo en el compartimento de mi memoria donde guardaba las normas y enseñanzas de madame de Tréville.

Pero era Portia la que contaba con la tarea más importante de todas. ¿Su objetivo? Pues ni más ni menos que un joven noble cuyo padre, a pesar de ser un completo esnob que rara vez se dignaba a hablar con una persona que, a diferencia de él, desempeñase una profesión de verdad, recientemente había entablado amistad con un mercader desconocido. Me costó más dar con ella: se encontraba en el centro de la muchedumbre, con la mano pegada a la de su objetivo; su vestido era una turbulenta cascada formada por la gélida agua de un río. Aunque esa noche el resto tuviésemos éxito en nuestras distintas misiones, el que lográsemos conseguir o no la información indispensable dependía de Portia. Resultaba aterrador, pero daba la sensación de que no solo tenía la situación bajo control, sino que el ser el elemento clave de la misión la volvía aún más efectiva; su dureza mutaba en algo peligroso y poderoso que hacía que su objetivo fuese a ella cual polilla hacia la luz.

—¿Y estáis disfrutando de París?

Me sobresalté al escuchar la pregunta del marqués.

—*Pardonnez-moi?*

Sonrió de forma amistosa.

—¿Os gusta la ciudad? *Ma belle* dice que os habéis adaptado bien, ¡como si llevarais toda la vida viviendo en ella, vaya!

Era obvio que Aria había exagerado, pero aun así me ruboricé.

—Es maravillosa… hay tantas cosas que ver y hacer…

—No debéis malgastar vuestras fuerzas, no cuando la temporada está tan próxima. Después de juntarse uno con las masas en eventos como este, los actos en la corte son, en comparación, una delicia —aseveró al tiempo que escudriñaba la sala—. Mucho más refinados. Mi hijo insistió en invitar a personas de la baja *noblesse* hoy. E incluso a varios trabajadores. Aunque no a todos sus amigos; hay algunos que son demasiado radicales para mi gusto.

Según lo que yo había oído acerca de las correrías del rey, los actos de palacio eran de todo menos conservadores. No obstante, Aria desplegó una radiante sonrisa.

—¿Conque radicales?

—Sí... sí —contestó el marqués, incapaz de apartar la vista de ella—. Ya le dije a mi hijo, a Bertrand, ¡que en mi casa no entraba nadie de esa calaña! Mi emblema no será puesto en duda por las diatribas de escolares adolescentes que creen a pies juntillas que la *noblesse* es una plaga para la sociedad.

—No estoy de acuerdo con tales ideas —señaló Aria, posando sus ojos sobre los míos un instante.

—Pues por supuesto que no, *ma belle*. De igual forma que mi hijo tampoco lo está, en realidad... El verdadero problema son esos rufianes, esos extraños. Algunos son estudiantes, y, *ma belle*, ¡no os hacéis una idea de los libros tan horribles que leen y de los filósofos acerca de los que hablan! —bajó la voz y profirió en un susurro tenso—: Incluso he escuchado a uno de ellos hacer alusión a la... democracia. —Un escalofrío recorrió al marqués.

—Espero no encontrarme nunca con tales criaturas —aseveró Aria.

—Es muy poco probable que tal cosa llegue a suceder. ¿Cómo vais vos, un espécimen femenino tan exquisito, a juntaros con unos individuos que se encuentran tan por debajo de vuestro rango? *Non*, no hay nada que temer.

—¿Estáis seguro? —insistió sutilmente, haciendo flotar su mano a escasos centímetros de la de él—. Si son tan descarados y atrevidos como decís, puede que lleguen a disfrazarse. A hacerse pasar por alguien que no son.

—Pues sí, ¡son justo el tipo de personas ladinas capaces de hacer tal cosa!

—Debo admitir —objetó Aria— que siempre me ha impresionado vuestra capacidad para calar a la gente. —Al marqués se le hinchó el pecho—. Si hubieseis sido vos el que hubiese estado al cargo de la lista de invitados —continuó—, no cabe duda de que no estarían aquí.

—Bien es cierto que cuento con muchos más años de experiencia que Bertrand. Pero él quiere tomar decisiones por sí mismo. Ahora, si los rumores que he escuchado respecto a esos rufianes son ciertos, tendré que intervenir. Por su bien. ¿Mantendréis esta información en secreto? No soportaría que alguien ajeno llegase a interpretar que el que mi hijo tenga tales amistades es un indicio de que se está cuestionando sus... lealtades.

¿Su lealtad al rey o su lealtad a los nobles que querían que el rey fuese derrocado?

—Faltaría más. Sois un buen padre —dijo Aria con más dulzura.

—Pero inútil en lo referido a razonar con la juventud —dijo él, dándole palmaditas en la mano a Aria—. No me refiero a vos, por supuesto, sino a los demás jóvenes de vuestra generación. Creen que, apartados, estaremos felices. —Se puso de pie y estiró el cuello—. Hablando de cosas más alegres, ¿os gustaría bailar, *ma belle*? —Se giró hacia mí—. Perdonadme por privaros de su compañía.

—*Monsieur*, no me atrevería ni a soñar con interponerme en vuestra danza.

Aria me miró. Puede que hubiese exagerado un poco...

—Sea como fuere, hemos de encontraros un compañero de baile. —Chocó las palmas, y yo di un respingo—. Ah, ¡Richard! Richard, venid aquí.

Un hombre de unos cuarenta años se acercó a nosotros, el descontento era perceptible en su expresión. El marqués había interrumpido la conversación que este mantenía con una dama ataviada con volantes de seda rosas y dientes cual perlas.

—¿*Oui*, marqués?

—Debéis bailar con esta joven y adorable dama. —Me miró con expectación—. Monsieur Richard es amigo de mi hijo. Uno de los pocos decentes que tiene. Aunque supongo que mi opinión está basada en que lo conozco desde hace mucho. Cuando erais un chavalín, y no *un richard!* —el marqués resolló tras reírse de su propio juego de palabras; su cara parecía un tomate arrugado.

—Oh, marqués, no es necesario... —me apresuré a decir al mismo tiempo que la expresión del hombre empezaba a ensombrecerse y me ofrecía su mano.

El rostro de Aria no reflejaba ninguna de mis preocupaciones, su expresión era indescifrable.

Devolví mi atención a la tenebrosa mirada del hombre, a su renuente mano extendida; mi determinación aumentó. Si se corría la voz de que había rechazado bailar durante mi primera pieza, me ganaría la etiqueta de mocosa insolente. Y llamaría la atención, que era justo lo contrario de lo que buscaba la Orden.

Hice una reverencia y sonreí, notando el peso del espadín en el lado izquierdo de la cadera y la daga en el derecho.

—Será un honor, *monsieur* —mis palabras apenas se oyeron.

Me llevó hasta donde bailaban las diferentes parejas, organizadas en líneas paralelas, listas para el minueto. Portia se encontraba cerca de mi codo; el azul glacial de su vestido era inconfundible.

«No dejaremos que te caigas».

Mi cuerpo respondió de forma instintiva a la música. La sentía en las entrañas y notaba la reverberación dentro del pecho. Un paso hacia delante y uno hacia atrás. Mi palma permaneció pegada a la de él mientras volvíamos a dar un paso hacia delante y, a continuación, giré sobre mí misma.

Los bailarines se entremezclaron formando una acuarela de tonos brillantes y pastel, de cabellos rizados cual nubes en movimiento. En las mujeres destacaban el vibrante colorete y los diferentes y llamativos colores de sus labios: rosas, púrpuras y rojos. Desconocía el nombre de dichos colores, y, además, no tenían nada que ver con las naturales tonalidades de las flores del jardín de *maman*. Ojalá hubiese podido verme en aquel momento, prosperando de una forma que ella nunca creyó posible.

Estaba rodeada de gente que no sabía cuál era mi historia. Que no conocían mi cara, mi cuerpo. Y a pesar de que los mareos danzaban en los extremos de mi visión, a pesar de que tenía los dedos de los pies apretados dentro de los zapatos, me deslizaba por la suave superficie de una marea. Era un combate, solo que sin espadas. Uno que estaba dispuesta a ganar.

La noche pasó en un santiamén; fue un torbellino de enaguas y risas motivadas por la embriaguez.

Todo resultaba excesivo: lo que una oía, lo que veía; el mundo era una sombría poza dorada.

Después de mi baile con monsieur Richard, regresé junto a Aria, pero solo tuve tiempo de descansar unos instantes antes de que otro hombre, un chico joven en aquella ocasión, me pidiese bailar. Cuando el baile llegó a su fin, los mareos ya no se arrastraban con lentitud hacia mí, sino que me acechaban.

—Hay mucha gente, ¿no creéis? —El muchacho tiró de su chaqueta con bordados. Parecía costarle respirar. Las ventanas estaban cerradas para evitar el frío, una sala *pleine à craquer,* abarrotada de gente. Mi abanico no servía de mucho, puesto que lo único que hacía era mover el sofocante aire de un lado a otro.

—*Pardonnez-moi* —me excusé, esbozando una sonrisa falsa; era incapaz de mostrar la que había estado practicando frente al espejo.

Tras atravesar la aglomeración de invitados, logré llegar hasta la pared más próxima. A pesar de que estaba apretando los dedos de los pies, a pesar de las bocanadas de aire que daba, unas manchas de color gris oscuro surgieron en cada esquina del salón. Théa me había dicho que estarían ahí cuando lo necesitase. Mis hermanas de armas. Pero el mareo iba en aumento: sentí una especie de torrente en los oídos, y el corazón se me fue acelerando. A pesar de eso, las busqué con la mirada. Odiaba con toda mi alma la forma en que mi cuerpo nos estaba traicionando tanto a mí como a la misión que nos había sido encomendada. Detestaba que ninguna de las chicas estuviese cerca para echarme una mano, pero, quieta en el sitio, tampoco dejé de buscarlas... Odiaba lo que estaba sintiendo hasta la saciedad y, por si fuera poco, los mareos no dejaban de aumentar.

Me habían abandonado. Como lo hizo Marguerite.

Me iba a desmayar. La pesadilla de *maman* se iba a hacer realidad: me abriría la cabeza contra el suelo, solo que mi sangre, en vez de encharcar el empedrado del pueblo, se derramaría por un entarimado parisino.

—Tania —dijo alguien a mi oído. La voz me guiaba a través de la oscuridad—. Tania, ¿me oyes?

El torrente, el estruendo, la falta de aire.

—¿Théa? —La imagen de su rostro no era del todo nítida—. ¿Dónde estamos? —trastabillé. Las palabras me pitaban en los oídos como si hubiesen salido de la boca de otra persona. Unas espirales grises brotaron cual claveles.

—La forma más rápida de salir es por la entrada del servicio. —Cuando tensé el cuerpo, preparándome para levantarme de lo que parecía ser un banco, ella protestó—: No, espera aquí, te traeré algo de beber; incluso mejor, ¡se lo pediré a Portia!

Me habían cogido. No habían dejado que me cayese. Y, aun así...

—¿Théa? —dije. Se encontraba de pie junto a la puerta y titubeó—. ¿Vais a contárselo a madame de Tréville?

—Ya te dije que no dejaríamos que te cayeses, Tania.

Me apreté los ojos; las lágrimas hacían que me escocieran.

Un ruido. Pasos. Miré hacia arriba para ver a Portia a través de la ventana, con una copa en la mano. Estaba completamente quieta, con los ojos muy abiertos.

—¿*Mademoiselle*? ¿Os encontráis bien?

Se me encogió el corazón, pues alguien me había visto... mareada. Enferma. Costaba diferenciar sus rasgos en la penumbra. Se trataba de un muchacho, o de un hombre, aunque por su voz no daba la sensación de pertenecer a una persona de mucha edad. Miré a Portia aterrorizada. Ella sacudió la cabeza y, a continuación, la giró en dirección al extraño.

—Siento haberos sorprendido... Si os encontráis más cómoda, puedo permanecer aquí, sin moverme —dijo él. Un haz de luz proveniente de uno de los faroles iluminó parte de su rostro: un ojo color avellana, un trozo de una ceja, el principio de una nariz prominente. Hice por colocarlos en mi mente; mi estómago era un manojo de nervios—. Os he visto antes dentro; parecíais encontraros realmente mal. Quería asegurarme de que estabais bien. De que tuvierais a alguien que os prestara su ayuda.

Maldita Portia... No me encontraba preparada para afrontar una situación como aquella.

—Muchas gracias por vuestra amabilidad, *monsieur*, pero he de regresar...

—El salón de baile es un horno. —Observó mi expresión—. Podría buscar a una *mademoiselle* que os haga compañía. Ahora bien, me marcharé, si eso es lo que preferís.

—Oh, no, por favor, ¡no se trata de eso! No pretendía... Es decir, no quiero que penséis que... —me apresuré a volver al papel que había de interpretar. La amabilidad del desconocido me había desarmado.

Sus labios esbozaron una sonrisa ante mis balbuceos.

—No soy como esos engreídos que presuponen lo que una *mademoiselle* está sintiendo en un determinado momento. Ni tampoco soy de dar por perdida a una persona que, de la forma que sea, está pasando por un mal momento.

No mostraba ningún signo de repulsión o indiferencia. Pero claro, él desconocía la verdad, simplemente me había visto al borde del desmayo dentro del salón, pero la forma en que hablaba sobre la aceptación hizo que el pecho me estallara de la emoción.

—*Monsieur* —me decidí a decir, con un tono tal dulce que me sorprendí a mí misma—, vuestra presencia es cualquier cosa menos una molestia.

Cuando clavó su mirada en mi rostro, la sonrisa que le dediqué fue prácticamente la de una *mousquetaire*. Casi.

—¡Aquí estáis! —gritó Portia, entrando por la puerta como si acabara de llegar—. Os he buscado por todas partes.

Si el hombre se percató de la fuerza de Portia, de cómo me levantó, agarrándome por el brazo con el suyo, optó por no decir nada al respecto.

—Me retiraré ahora que estáis acompañada. —Hizo una reverencia y, guardando las distancias como había hecho en todo momento, regresó dentro.

Esperé hasta que la puerta se cerró.

—Portia, ¿qué acaba de ocurrir?

—Una prueba de fuego. No has estado mal. Claramente, los nervios te han jugado una mala pasada al principio, pero podemos trabajar en ello.

—Pero ¿quién era…?

—No tengo ni la menor idea. Ahora bien, lo que te aseguro es que no ha sido cosa mía. Pero ha cumplido con su cometido, ¿no? —se rio de la expresión que reflejaba mi rostro—. Estaba embelesado. Tengo entendido que la primera vez que un hombre muestra interés por ti es como una inyección de confianza en una misma. Y si hay una cosa que necesitas urgentemente, mi querida Tania, es precisamente eso.

⚜

Para cuando Aria y yo nos alejamos del marqués, quien había suplicado que nos quedásemos un poco más (o que lo hiciera Aria, más bien), mis mejillas mostraban un rubor rosado. Después de que Portia me hubiese acompañado de vuelta adonde se encontraban Aria y el marqués, me pasé el resto de la noche sentada, con Aria tapándome para que la mayoría de los curiosos y los posibles compañeros de baile no pudieran verme mientras esperaba a que las manchas negras que me obstaculizaban la visión se aclarasen.

—Rápido —gruñó Aria—, movámonos antes de que trate de convencerme para que mire mientras se juega el dinero en la otra sala con más nobles igual de manirrotos que él.

Inclinando la cabeza, hice un gesto para que me siguiera y pudiéramos salir a tomar el aire al abrigo de la noche. Permanecimos junto a una antorcha de un tamaño considerable; los faroles estaban dispuestos en el camino que llevaba hacia la mansión, mientras que las antorchas servían para iluminar y calentar. Nos encontrábamos lo suficientemente alejadas de los empleados y de los guardias; hablando en voz baja, no tendrían por qué oírnos.

—¿Te has enterado de algo? —le pregunté.

Ella asintió bruscamente.

—Lo hablaremos más tarde.

Iluminado por el fuego, su perfil se veía pálido. Las sombras parpadeaban sobre las aristas de sus pómulos.

—Antes, he... —intenté averiguar si Portia o Théa le habían mencionado lo ocurrido. Pero cuando la miré a la cara, no me salieron las palabras; tenía la mirada gélida.

—¿Que si has estado bien? —preguntó ella, completando erróneamente mis balbuceos, pero no la corregí. Su expresión ganó cierta calidez—. No ha estado mal. Podría decirse que incluso se te ha dado bien. Es solo que me molesta cómo habla de ellos... de los estudiantes. Es tan despectivo...

—Pero yo creía que eso era con lo que estábamos tratando de acabar. Con la gente que trata de atacar la base de nuestra...

—Existe una diferencia notable entre aquellos que desean derrocar la actual monarquía para cambiarla por otra, por más de lo mismo, y los esperanzados hombres y mujeres jóvenes que no quieren causar ningún tipo de daño, sino que simplemente desearían que sus compatriotas tuviesen lo suficiente para alimentar a sus familias y para poner un techo sobre sus cabezas, en vez de morirse de hambre mientras la realeza se atiborra. Les gustaría que no les negasen la opción de tener voz en las decisiones importantes y que no los excluyeran solo porque la sangre que corre por sus venas no es azul. Los rumores de los que nos ha hablado no nos sirven absolutamente de nada.

Me tensé al percibir la malicia en su voz.

—¿Pero tu familia no pertenece también a la *noblesse*? ¿Estás tratando de decir que eres una opositora a la corona?

—Baja la voz. Conseguirás que nos maten a ambas —dijo Aria entre dientes. Hizo que nos dirigiésemos a un sitio más tranquilo, cerca de donde habíamos quedado con Théa y Portia, y, entonces, prosiguió—: En mi opinión, ese tipo de etiquetas limitan a las personas a un único propósito, de ahí que trate de ver las cosas de una forma menos obtusa.

—Entonces lo que quieres es que el país sea de todos, pero te da igual cuál sea la forma de gobierno.

Un destello de sorpresa le cruzó el rostro.

—Puede. Ahora, lo más inteligente por tu parte sería que escondieras esa lucidez con la que cuentas. En nuestro oficio, la que es lista oculta su inteligencia. No se espera de nosotras, las mujeres, que entendamos de tales cosas. Por eso mismo la Orden es tan eficaz. Nadie ve venir a una Mousquetaire de la Lune hasta que ya es demasiado tarde. En la palma de nuestra mano tenemos su reputación, su corazón, su vida… a punta de espada —Aria hizo una pausa, su mirada se desvió hacia las puertas abiertas—. Ahí está el carruaje. Y las demás —añadió.

Me giré a la vez que ella, echando un vistazo a la multitud. Pero me detuve cuando noté unos ojos clavados en mí. Cuando nuestras miradas se cruzaron por encima de la llama de la antorcha, él sonrió, con una delicadeza similar a la del terciopelo. Iluminado por la parpadeante luz, el color marrón avellana de sus iris emanaba calidez.

—Tania, ¿vienes?

Me giré bruscamente hacia la voz de Théa. Ella esperaba subida a los peldaños del carruaje, mientras que las demás ya habían entrado.

—Un segundo —dije, y eché un último vistazo rápido a la multitud.

Pero él ya se había ido.

CAPÍTULO QUINCE

—Portia, recuérdame qué te dijo tu objetivo —susurró Aria.

Me pegué a la pared. Dos días después del baile, mi visión granulosa comenzaba a aclararse y mi cuerpo aflojaba los nudos en los que se había contorsionado.

—Lo he repetido ya un centenar de veces... —se quejó Portia, en voz demasiado alta, encontrándonos como nos encontrábamos cerca de la verja de la residencia parisina del conde de Monluc.

Las tres estábamos pegadas a un muro de piedra, y Aria se asomaba a la esquina cada cierto tiempo por si aparecía nuestro objetivo. La vacía calle lateral había estado repleta de gente, se trataba de una localización adecuada para las entregas de comida y flores, pero al atardecer, el único ruido provenía de la calle principal a la que esta estaba conectada.

—Portia... —le rogó Aria.

Portia miró al suelo y, después, dirigió la vista hacia un punto situado por encima de los hombros de la joven.

—El visitante del conde es el hermano pequeño de monsieur Verdon, quien, en vez de prestar servicio militar, se metió en los negocios, razón por la que toda su familia lo dio por perdido, a excepción de su hermano. *Quelle horreur*, ciertamente.

Aunque yo no le había mencionado a madame de Tréville lo que me había ocurrido aquella noche (puesto que me hubiera arriesgado a perder su apoyo), las chicas estaban preocupadas por mí. Aria se me había quedado mirando largo rato, con detenimiento, mientras Portia relataba las circunstancias de mi encuentro casual.

No era una mirada dolida porque no se lo hubiera contado, sino más bien analítica. Como si estuviera estudiándome.

Las chicas me habían demostrado que me aceptaban, pero el miedo seguía atravesándome a su antojo; todos los años que me había pasado fingiendo estar bien me habían abierto una herida permanente en la piel.

Aria se apartó un mechón de pelo justo cuando Portia acabó de hablar:

—Qué interesante que hayas decidido omitir todo lo que dijo acerca del dinero...

Portia bufó.

—No es relevante para la misión que nos ocupa el que parlotease acerca del crecimiento de sus arcas y que, para realizar una comparativa que lo ilustrase, hiciese uso de ciertos eufemismos que no repetiré dado que ensuciarían los puros oídos de Tania; si hiciese tal cosa, la pobre iluminaría el callejón entero con su rubor. Pero ya sabes que el chaval, con tal de ganarse mi cariño, hubiera sido capaz de contarme que tenía la llave de la cámara real.

—En tal caso —Aria echó la cabeza hacia atrás—, supongo que es una suerte que no seas fácil de conquistar.

—¿Eso qué se supone que...?

Aria la cortó con un siseo.

—Acaba de llegar.

—¿Estás segura? —pregunté. Alcancé a ver el dobladillo de una capa en movimiento, aunque no me dio tiempo a distinguir quién era su portador.

—Los sirvientes entran por la puerta lateral. Además, esa no es la barbilla de Verdon sénior. Tiene que ser su hermano —comentó Aria—. Antes de que lo preguntes, Portia, sí, ha sido cuanto he podido ver. Y sí, sigo poseyendo la siempre útil capacidad de recordar las caras que ya he visto antes.

A mi lado, Portia frunció el ceño. Me masajeé las sienes. Desde que escuché el apellido Verdon, un recuerdo se había aferrado a mi subconsciente, acompañado de cierta sensación de intranquilidad.

Por emocionante que fuese formar parte de una misión que, en aquella ocasión, no implicaba tener que seducir a algún objetivo, los minutos que estuvimos esperando se alargaron hasta parecer horas, cada segundo pasó con cuentagotas. Con el sol en su cénit, el calor me golpeaba perezosamente en la nuca y en los antebrazos. Puede que París se encontrase en la cúspide del invierno, pero aguantar el sol invernal bajo una capa de lana no era tarea fácil.

—Tania, cúbreme —me pidió Portia, y yo me giré, echando mano de la espada que llevaba escondida, y observé cómo se subía las faldas. Chillé y me cubrí los ojos—. Oh, *pardonnez-moi*, ¿podríais vos señalarme la dirección de esos *cabinets d'affaires* tan bien ubicados que solo vos parecéis conocer?

Refunfuñando y con la mano apoyada en la pared para mantener el equilibrio, me coloqué de pie delante de Portia para servir de impedimento visual entre los curiosos parisinos y ella, que se disponía a orinar.

—Opino que esta experiencia nos servirá para estrechar lazos, ¿tú no? —dijo Portia cuando hubo acabado.

Aria nos hizo un gesto con la mano.

—Se marcha. —Cuando el camino estuvo despejado, Aria dio un paso hacia atrás, acompañado de un suspiro—. Ahora, Tania.

Ahuequé las manos alrededor de mi boca y emití uno de los silbidos que me había enseñado mi padre de pequeña. Un instante después, Théa emergió de lo alto de la casa unifamiliar situada enfrente de la residencia del conde, donde hasta ese momento había permanecido tumbada. El tejado chirrió bajo sus pies a medida que avanzaba por él, descendió por un enrejado puramente decorativo y, a continuación, corrió presurosa para cruzar la calle, esquivando por los pelos un carruaje que se encontraba en marcha.

Reunidas las cuatro, nos alejamos de la calle principal, aparentando dar un simple paseo. Evitamos respirar los gases que desprendían la basura y el estiércol.

—El hermano de Verdon llevaba unos papeles en los pliegues de la capa; me he dado cuenta cuando ha entrado, porque, al pasar por la cancela, la tela de la capa los dejaba entrever por debajo —explicó Théa—. Pero no me ha parecido que siguieran ahí cuando él ha salido.

Se me tensaron los hombros cuando escuché el traqueteo de las ruedas de un carruaje, pero solo era madame de Tréville.

—*Mesdemoiselles!* —pregonó por la ventanilla, tan alto como para que cualquier viandante la oyera—. He decidido unirme a vosotras; dirijámonos juntas hacia la Place Royale. Hace un día perfecto para ver la estatua de Luis XII; Tania, estáis de suerte.

Subimos en fila al carruaje. La falsa sonrisa de madame de Tréville desapareció de su rostro igual de rápido que había aparecido, y dio paso a una expresión ceñuda según le contábamos lo que habíamos descubierto. Mientras escuchaba, me tendió un paño húmedo y frío que cogió de un cuenco a sus pies. Me lo puse alrededor del cuello, suspirando de alivio.

—… Tiene la edad precisa para tratarse del hermano de Verdon. No le he visto bien la cara, tampoco ha hecho falta —concluyó Aria.

Portia continuó con la narración allí donde Aria la había dejado.

—El hermano de Verdon vive en Marsella, a varias semanas de París. Eso implica que, si ha estado visitando la casa del conde cada dos o tres días, ha de estar hospedándose en algún lugar cercano. Zarpó del puerto de Marsella en un momento en que debería haber estado cerrando tratos con los comerciantes antes de la llegada de las tormentas invernales. ¿Y ahora resulta que también está haciendo entrega de ciertos papeles?

Madame de Tréville se quedó mirando una de las paredes del carruaje.

—Al conde debe de habérselo presentado Verdon sénior, aunque si tenemos en cuenta que el pequeño, pese a ser la oveja negra de la familia, es el que amasa una mayor fortuna, no es descabellado pensar que todos estén en el ajo. Es lo que tendría más sentido, pero no contamos aún con las suficientes pruebas. Por el momento —su voz se fue acallando a medida que sus ojos se iban posando en cada una de nosotras, en mí se pararon algo más que en el resto, como si fuese capaz de ver mis mareos. Por último, miró a través de la ventanilla—. Podemos tratar de averiguar dónde se hospeda... pero sería como tratar de encontrar una aguja en el pajar que es París. Eso sin mencionar la de tiempo que nos llevaría, tiempo que podríamos invertir en investigar las distintas ubicaciones de los sospechosos.

Théa, que iba medio dormida, se desplomó hacia un lado. Su cabeza cayó sobre el hombro de Portia, que se la quedó mirando y puso los ojos en blanco. Sin embargo, me vi obligada a ocultar una sonrisa al ver que no hacía nada por despertarla.

El carruaje ralentizó la velocidad para pasar por encima de un surco en la carretera. Entonces, vislumbré un arco en la penumbra. Un amplio agujero se abría entre dos desvencijadas construcciones. A través de él se extendía un camino por una empinada colina que se perdía a lo lejos.

—¿Hacia dónde lleva ese camino?

—Esa —dijo madame de Tréville, con la nariz hacia arriba como si acabara de oler algo repugnante— es La Cour des Miracles. —Agaché la cabeza para echar un vistazo por la ventana, pero su mano me obligó a recuperar la posición anterior—. Es inapropiado que una dama se quede embobada —resolló.

Aria, siempre atenta, se dio unos golpecitos en la falda: una señal para que esperásemos. Cuando madame de Tréville estuvo lo suficientemente distraída instruyendo a Portia sobre cómo moverse menos durante las cenas formales, Aria se inclinó, fingiendo que se le había caído un pañuelo.

—La corte de los milagros no es lo que cabría imaginar —murmuró, deslizando los ojos hacia arriba para encontrarse con los míos—. Está habitada casi al completo por mendigos, pedigüeños que después de días en la calle vuelven a casa, y todas sus dolencias se esfuman milagrosamente: la ceguera, las piernas que no funcionan como deberían... *Les malingreux, les piètres, les francs mitoux*. Distintos apelativos, misma calaña.

Me dolió el pecho al recordar a los primeros doctores a los que *maman* me había llevado, los que dijeron que estaba fingiendo, que en realidad no estaba enferma.

—Pero no cabe duda de que no todos mienten. ¿Por qué se habría de condenar a un grupo por unas pocas personas?

La habitual expresión impávida de Aria se llenó de desconcierto.

—No lo entiendes, ¿verdad?

—¿El qué?

—La *noblesse*. Odian a los mendigos, igual que odian todo lo que les recuerde que el mundo no es un lugar perfecto y precioso. Detestan cualquier cosa que los obligue a reflexionar sobre su moral. Los mendigos son el blanco perfecto al que culpar de todos y cada uno de los problemas sociales. Incluso madame de Tréville, a pesar de que trabajamos para protegerlos de las secuelas potenciales del asesinato del rey, los ridiculiza. Sean sus dolencias reales o no, a ellos les da igual. Piénsalo. Lo más probable es que los nobles culpen a los moradores de la corte de la muerte del rey. Los usurpadores solo tendrán que proclamar que han resuelto el crímen; señalarán a los mendigos y, después, tomarán los poderes como forma de promulgar la justicia. A nadie le importa lo que le ocurra a la gente de corte. Los nobles tienen potestad para cortarle el cuello a un mendigo por tan solo robar una rodaja de pan —la pasión que había en su discurso, junto con el brillo de sus ojos, despertaron mi interés.

—¿Cómo sabes tanto sobre ese lugar, y del comportamiento de los caballeros y las damas?

—Haces demasiadas preguntas.

—¿Pero no es para eso para lo que nos entrena madame de Tréville? ¿Para averiguar las respuestas? —repliqué.

Sonrió de forma que los labios estuvieron a punto de desaparecer.

—Estaba preocupada cuando llegaste, porque no veía rastro alguno de ferocidad en ti. Todo te daba vergüenza, pero... no eres una criatura sumisa, por lo que veo. Estás deseando saber las respuestas a preguntas que ni tan siquiera conoces aún.

»No me disculparé por haber emitido un juicio erróneo. No iba desencaminada siendo escéptica. Cualquier amenaza para el secretismo de nuestra labor es una amenaza dirigida a mí misma. Además, las disculpas no sirven de nada. Una solo puede demostrar sus intenciones por medio de sus actos. —Me estudió durante unos segundos más y, después, dejó escapar un suspiro—. Como gesto de buena voluntad, te diré que la razón por la que sé todo esto es por experiencia propia —se enderezó en el asiento, dando por concluida la conversación, a pesar de que yo no había tenido oportunidad de participar.

Poco después, otra duda salió por mi boca.

—Pero...

Los grises iris de Aria eran piedra y acero.

—Si creces en La Cour des Miracles, no lo haces sin llegar a entender lo mucho que se te odia.

Aquello no tenía sentido. Madame de Tréville hacía uso de los apellidos de las chicas y sus títulos familiares en su beneficio. Una *mademoiselle* misteriosa dentro de L'Académie cebaba la curiosidad de los nobles; si hubiese más de una, atraería más atención de la debida. Aria no podía pertenecer a La Cour des Miracles. Ella pertenecía a la nobleza. No podía ser de otra forma.

Bajo la brillante luz de las puertas del invierno, observé el rostro de Aria. Aria, para quien madame de Tréville siempre tenía algún tipo de alabanza; Aria, que jamás dudaba... Pero ¿quién había sido aquella muchacha antes de L'Académie?

Cuando entramos en nuestra calle, agotadas y muertas de hambre, el carruaje se tambaleó a unos sesenta metros de la vivienda. Di un tumbo y estuve a punto de ir al suelo, pero Portia, rápida como una bala, me rodeó con el brazo para evitarlo. Théa se fue hacia delante y se despertó con un resoplido.

—¿Qué diablos...? —dijo madame de Tréville. Sacó la cabeza por la ventana, estirando el cuello. Al instante siguiente, se quedó de piedra.

—Madame...

—Esperad aquí —nuestra mentora interrumpió a Théa con una mirada capaz de fulminar a cualquiera, se remangó las faldas y salió al frío exterior.

—¿De qué creéis que se puede tratar? —Théa se estrujó las manos.

Aria se asomó por la ventana del carruaje igual que lo había hecho madame de Tréville.

—Hay caballos amarrados —murmuró—. No pondría la mano en el fuego, pero parece que tienen el sello de los mosqueteros...

No esperé a oír el resto. Salí corriendo del carruaje, con Portia detrás de mí, pisándome los talones. Nos apresuramos a descender por la puerta abierta. Estuvimos a punto de caernos al suelo cuando vimos a nuestra mentora y a un hombre ataviado con casaca y botas altas. Por un momento, breve y glorioso, creí que era él. Que era *papa*. Que había venido para deleitarse con lo lejos que yo había llegado. Para decirme que estaba orgulloso de su *Mademoiselle la Mousquetaire*.

Pero entonces, la luz de la vela lo iluminó: su perfil, su pelo negro, su ceño fruncido; ninguno de sus rasgos coincidía con los de padre. Las palabras que compartieron fueron rápidas, apresuradas. Probablemente se tratase de uno de los oficiales que madame de Tréville había mencionado el primer día en el salón para las visitas.

Para cuando sus ojos se dirigieron hacia nosotras, las dos estábamos listas para hacer lo que tocaba: con la mirada gacha, preparada para una modesta reverencia y la respiración algo acelerada, Portia pidió disculpas, sin retirar en ningún momento su mano de mi codo.

—*Excusez-nous,* no pretendíamos interrumpiros.

El hombre sacudió la cabeza en un gesto de negación y sus rizos se movieron bajo su sombrero emplumado.

—No os preocupéis. Estaba a punto de partir. —Hizo una rápida reverencia y se apartó, al tiempo que Théa y Aria se unían a nosotras, sonrojadas y curiosas.

—*Madame*. —Inclinó la cabeza frente a nuestra mentora—. *Souvenez-vous, le temps presse. Notre roi est bouleversé et*....

—*Dites-lui que c'est sous contrôle*.

No hubo tiempo de preguntarse por qué quedaba poco tiempo, por qué el rey tenía miedo, por qué madame creía que todo estaba bajo control; el hombre estaba a punto de irse, y yo no podía permitirlo. No podía dejar que un mosquetero junto al que quizá mi padre hubiese protegido el país en el pasado se fuese así, sin más. Un hombre que podía ayudarme a averiguar qué había ocurrido en realidad.

—*Monsieur!* —grité. Se giró sobre sus lustradas botas—. *J'aimerais prendre un peu de votre temps*. Solo será un instante, os lo aseguro.

—Señoritas, dejadnos a solas —ordenó madame de Tréville.

Para entonces, Aria ya había entrado al vestíbulo; Théa se encontraba junto al marco de la puerta. Portia resopló frustrada y, a continuación, tiró de Théa para entrar al vestíbulo y cerrar tras ella.

—*Cette fille...?* —le preguntó el hombre a madame—. ¿Esta muchacha es...? ¿Es la hija de de Batz? —Madame de Tréville asintió, pero no lo interrumpió. Él se quitó el sombrero y se agachó como si yo fuese una niña pequeña, por lo que me forcé a esgrimir una sonrisa receptiva, preparada para que empezase a hablar sobre *papa*; deseé que mis ojos se mantuvieran secos como la estepa—. Lamentamos la muerte de vuestro padre —declaró. El tiempo transcurrió de forma incómoda hasta que se puso en pie con un quejido—. Mi cuerpo es ya el de un anciano. ¡Debería haber estirado las piernas cuando tuve oportunidad!

Recordé la risa de *papa* como un tortazo; sus bromas sobre cómo le dolían las rodillas, que eran sus insignias de honor. Pestañeé y vi que el hombre se alejaba.

—*Monsieur!* Su muerte, la muerte de mi padre, fue sospechosa. Fue distinta a como la pintaron los *maréchaussées*.

Madame de Tréville se puso rígida y por sus labios salió un leve suspiro de enojo.

De camino a la cabeza del hombre, el sombrero se detuvo en el aire; agarraban el ala unos dedos llenos de cicatrices. No se trataba de unos dedos despellejados por haber destrozado una valla. Él se había ganado aquellas cicatrices. Eso era lo que hacían los mosqueteros: ganarse las heridas.

—No conocía a vuestro padre tanto como hubiese deseado; cuando él partió hacia Lupiac, hacía muy poco que yo había entrado en los mosqueteros. Pero de lo que sí tenía constancia, por lo que había visto y por lo que me habían contado, es de que era la encarnación de un verdadero mosquetero. Honor, deber, sacrificio. Entregamos nuestras vidas, que pasan a estar al servicio del país. Y nuestro rey, *mademoiselle*, se encuentra en peligro. No podemos permitirnos llamar la atención... No contamos con los recursos para investigar la muerte de todos los mosqueteros jubilados.

—Mi padre hizo cuanto estuvo en su mano para proteger al rey, ¿es esta la forma en que se lo recompensáis? El rey siempre estará en peligro —repliqué, y el peso de lo que acababa de decir hizo que me quedase prácticamente sin aliento.

A mi lado, madame de Tréville se enfureció.

Por un instante, me pregunté si el mosquetero me insultaría. Pero en lugar de eso, lo que hizo fue colocarse el sombrero sobre los rizos, ensombreciendo las duras líneas de su perfil.

—Precisamente, *mademoiselle*, el rey siempre será nuestra prioridad. —Miró a madame de Tréville—. Puede que convenga recordarles a estas muchachas quién es la persona por la que luchan.

Tanto mi respiración como el latido de mi corazón se me agolparon en los oídos.

—Os aseguro —empezó a decir madame de Tréville con los dientes apretados— que tengo a mis mosqueteras bajo control. Es más, me disponía a escribir al cardenal Mazarino en este preciso momento para informarle acerca de sus descubrimientos.

—Abrí la boca para hablar, ansiosa por seguir defendiendo mi causa. Pero la mano de madame de Tréville se posó en mi hombro, fuerte, mientras decía—: *Au revoir, monsieur.*

Cuando se oyó el ruido de la puerta frontal al cerrarse, me obligó a volverme para que la mirase. Estaba que echaba humo.

—¡Muchacha estúpida! ¿Es que acaso te has olvidado de todo lo que te he enseñado? ¿Has olvidado cuál es tu propósito?

—Os dije desde el principio que quería luchar por mi padre; ¡no era consciente de que luchar por el rey implicaba tener que dejar de luchar por él!

—¿¡Pero es que no lo entiendes, Tania!? ¿Eres incapaz de comprenderlo? —El rostro de madame de Tréville estaba surcado por una emoción inusitada—. Si lucháis por el rey, también estaréis luchando por vuestro padre.

Cabeceé, varios mechones de pelo se me pegaron a la cara por las lágrimas.

—Necesito hablar con otro oficial. Con uno que conociese a *papa*, uno que sepa cómo era, que sepa...

—¿Que sepa qué, Tania? ¿Qué sabéis vos que no sepan ellos?

Los ladrones cubiertos con las capas, el escritorio de *papa* en el suelo, el establo de Beau vacío. *Papa* tirado a un lado del camino, su cuerpo usado cual pergamino... *papa, papa, papa.*

—He de intentarlo.

—Supongamos que llegáis hasta allí. ¿Qué os hace pensar que os tomarán en serio? Exceptuando a monsieur Brandon, quien no se toma a la ligera que se le falte al respeto, ninguno de les Mousquetaires du Roi saben de nuestra existencia. ¡Además, resulta que Brandon es el más comprensivo! Si se lo dijerais, haríais peligrar los planes que Mazarino tiene para nosotras. Y ni siquiera os creerían; recuerda, los conozco muy bien. Sé lo que opinan de mujeres jóvenes y decididas. No permitiré que echéis por tierra todo por lo que hemos trabajado. —Con pinchazos en la cabeza y el estómago revuelto, me agarré al borde de la mesa para mantener el equilibrio. El rostro de madame de Tréville irradiaba calor—. Creedme cuando os digo que lo mejor que podéis hacer es ayudar a encontrar a los traidores. Y más en este preciso momento.

Mi mente se tensó por los mareos y la neblina.

—¿Y más en este preciso momento?

—Vayamos al salón para las visitas; no quiero tener que contarlo dos veces. —Madame de Tréville abrió la puerta, y se vio obligada a retroceder cuando Théa y Portia se cayeron hacia delante—. Veo que estáis practicando el espionaje para el próximo baile.

Con la piel de gallina, me mentalicé para las preguntas que venían a continuación. Pero Théa me agarró de un brazo y Portia del otro, y permanecimos así hasta que nos sentamos, a la espera de noticias.

Madame de Tréville se hundió en la silla más próxima a la chimenea.

—Ha ocurrido un… incidente.

Sacó una carta de uno de sus bolsillos interiores; el mosquetero debía de habérsela entregado cuando llegamos. El sello de lacre destacaba sobre el papel de color crema. Era el del rey.

Tenía el pecho colmado de rabia y dolor, pero en él seguía quedando espacio también para la culpa. Me sentía mal por mi impulsividad. Por haber sido incapaz de entender la gravedad de la situación en la que nos habíamos metido. ¿Cómo de malo tenía que ser para que conllevase un mensaje del mismísimo rey?

—¿Un incidente? —preguntó Portia.

—Sus sirvientes no sabían qué hacer y llamaron a los guardias. Nuestro rey tenía curiosidad por ver a qué se debía el alboroto que se oía en su antecámara, por lo que no dudó en entrar antes de que alguien tuviese la lucidez de cerrar la dichosa puerta. Lo último que necesitábamos, que el rey crea que sus aposentos no son seguros…

—Madame, ¿qué ocurrió? —preguntó Aria.

—Alguien había derramado sangre sobre una de las coronas ceremoniales. Y también había escrito un mensaje en el espejo con ella: «*Votre règne se terminera pendant la nuit la plus longue. Vive La Fronde*».

«Vuestro reinado llegará a su fin durante la más larga de las noches. Larga vida a la Fronda».

—¿Con sangre? —Théa pronunció las palabras con reticencia, los dientes le rechinaban—. No creeréis realmente que alguien ha...

—*Non*, debieron conseguirla *à la boucherie*.

La mención de la carnicería tranquilizó a Théa, pero no hizo falta más que un vistazo a la expresión escéptica reflejada en el rostro de Aria para percatarse de que nuestra mentora solo pretendía eso, apaciguarla. Evitar que las imágenes del metal y las piedras preciosas manchados de espesa sangre invadieran su mente. Me clavé las uñas en las palmas.

—Está claro que se trata de una amenaza —prosiguió madame de Tréville—, por lo que simboliza la corona; eso sin mencionar que *l'artiste* tenía acceso a los aposentos privados del rey.

—¿Creéis que alguien de dentro del palacio está involucrado? —preguntó Aria.

—No podemos saberlo con seguridad, aunque todo empleado que contase con los medios para cometer dicho acto ha sido despedido. La guardia personal del rey evaluará y aprobará a los nuevos sirvientes.

Volvía a ocurrir, justo como me lo había explicado Aria: los trabajadores parisinos sufrían las consecuencias de la codicia de la *noblesse*. Era bastante probable que alguien hubiese sido asesinado para transmitir el mensaje, la vida de un inocente segada en favor de las de ellos.

Si hubiésemos dado ya con los cómplices, esa persona inocente seguiría viva. Traté de convencerme a mí misma de que no había tenido tiempo de hacer que las cosas cambiaran realmente, aún no. Pero eso no disminuyó la asfixiante culpa que sentía.

—¿Qué razón existe para que adviertan de la fecha? ¿Qué es lo que ganan revelando parte de su plan? —preguntó Théa.

—Quieren asustarlo para que cancele las festividades, las celebraciones y sus apariciones públicas. Si cede, los nobles se molestarán, y también los mercaderes... En definitiva, contrariará a los parisinos. El suelo bajo sus pies ya es lo suficientemente inestable. Hay quienes piensan que derrocha demasiado; otros, que no gasta el suficiente dinero. Algunos nobles hubiesen preferido que el resultado de la Fronda hubiese sido otro muy distinto —dijo madame de Tréville—. Nuestro trabajo sigue siendo destapar la verdad; eso no ha cambiado. Pero la indecisión y la espera sí que han quedado atrás: el momento para llevar a cabo misiones menos peligrosas es cosa del pasado, ahora contamos con una fecha límite. No es ninguna casualidad que hayan elegido el solsticio de invierno. Su alzamiento contará con la ventaja añadida de la penumbra, y tendrá lugar justo en medio *des fêtes de Noël*. ¿Os hacéis una idea del caos en el que sumirían no solo a París, sino a toda Francia, si no solo asesinan al rey, sino que además lo hacen en unas fechas tan señaladas?

Portia parecía horrorizada.

—*Mon Dieu...*, ¿no es ese el día del Festival de Invierno? Las orillas del Seine estarán hasta arriba de gente. ¿Pensáis que intentarán llevar a cabo algo allí? O después, durante el baile en el palacio.

Théa se estremeció. Portia miró a Aria. Y yo permanecí sentada, con la vista fija en el sello de lacre dorado, incapaz de evitar que se convirtiera en una corona de oro sangrienta que reposaba en lo alto de la cabeza de padre, con unos pequeños mechones grises asomando en su cabellera castaña.

La velada íntima en el jardín fue muy distinta al baile de la semana anterior. O por lo menos esa fue mi sensación; resultaba complicado determinarlo en mi papel de vigía. Mi puesto en la ventana me permitía ver tanto la entrada a la oficina, situada a unos pasos de donde me encontraba, como de le Jardin des Tuileries, cuya vegetación florecía a lo largo del Seine. Los vestidos de los asistentes a la fiesta de día no eran más que simples puntos de color pastel que se dispersaban por la zona norte de los jardines.

—¿Lo has encontrado? —preguntó Portia desde la puerta de la oficina.

El objetivo de esa mañana era el socio del pequeño de los Verdon. Tal y como había pronosticado madame de Tréville, no teníamos tiempo de averiguar dónde se hospedaba Verdon, pero sí estaba a nuestro alcance localizar a su socio comercial. La oficina que este tenía en París contaba con una buena iluminación y era espaciosa, y aquel día, a diferencia de otros, no estaba repleta de animados mercaderes y vendedores, mientras que él andaba riendo, parloteando o haciendo lo que quisiera que uno hacía cuando, con toda probabilidad, trataba de convencer a los nobles para que traicionasen al rey. Y aunque en aquel momento no pudiera ver a Théa, sabía lo que hacía: atraer al hombre, para obstaculizar su subterfugio y proveernos de tiempo para que llevásemos a cabo nuestra labor.

—Aria —resopló Portia—, odio repetir las cosas...

—Lo tengo. —Aria hojeó un libro—. Son registros de los dos últimos años. Cabe la posibilidad de que tenga que buscar registros anteriores para compararlos...

—¡Agachaos! —susurré. Me asomé por encima del alfeizar mientras Portia y Aria me obedecían. Tras ver de cerca al hombre que serpenteaba entre los carruajes, suspiré—. No era él, solo un hombre con el mismo mal gusto para los sombreros.

—En otro momento estaría enfadada contigo por el susto que me has dado innecesariamente —dijo Portia, sacudiéndose las faldas plisadas—, pero creo que es la primera cosa graciosa que te he oído decir, así que te lo pasaré por alto esta vez. Pero, durante la próxima vigilancia, ya no serás una primeriza, así pues, que esto sirva como aviso.

Aria se aclaró la garganta mientras garateaba en una hoja en blanco con un pedazo de carbón.

—¿Os habéis olvidado de que he encontrado lo que estábamos buscando?

—Adelante, pues —dijo Portia.

—Pues ahora os toca esperar a que lo haya copiado...

A Portia le brillaron los ojos.

—Te juro, Aria, que a veces haces que me den ganas de...

—Y... acabé. —Aria se guardó la copia en la capa—. En los libros se refleja que habido un repentino gran aumento de *livres* durante los dos últimos meses —nos explicó mientras nos apresuramos a colocar todo tal y como nos lo habíamos encontrado—. Por no hablar del cambio en las importaciones que hubo a principios de año: chocolate, naranjas de Sevilla... y después aparecen algunas abreviaturas que podemos descifrar más tarde. Sospechoso, *non?* Una serie de lujos que los nobles estarían encantados de poseer. Ideales para los sobornos.

Salir a escondidas por la puerta de atrás fue pan comido. Théa tenía un alijo de ropas raídas con las que experimentaba de cara a misiones como aquella; las tres estábamos cubiertas de lana de un marrón sucio. Y si alguien llegaba a sospechar que no éramos realmente sirvientas, podríamos echar mano de nuestras espadas. Pero yo confiaba en que la cosa no tuviese que llegar hasta ese punto.

Ya en el exterior, escondimos las capas tras unos toneles vacíos. Portia se recolocó el vestido de gala bajo su verdadera capa.

—Creía que me asfixiaba. Dichosa suerte la de Théa.

Nos habíamos andado con mucho cuidado. No habíamos dejado ni un solo libro fuera de su sitio. Puede que yo fuese nueva, pero tenía a Portia y Aria a mi lado; no dejarían que nada saliese mal. Aun así, para evitar cualquier sospecha, cruzamos el Seine y nos metimos en la fiesta por los jardines, cuidándonos de que cada una saludara a un puñado de nobles.

Théa debía permanecer junto al objetivo. Habíamos conseguido las copias que necesitábamos, sí, pero si ella lograba sacarle algo más, quizá pudiésemos ponerle fin al asunto, proteger a los trabajadores de palacio que habían sido sustituidos, a los ridiculizados habitantes de La Cour des Miracles, antes incluso de que los nobles tuviesen la oportunidad de manchar las calles de sangre. Me acordé de Aria diciéndome que los nobles inculparían a los miembros de La Cour del asesinato del rey. Personas acusadas de usar sus enfermedades, su condición, como máscaras de quita y pon.

Portia, que permanecía pegada a mi cadera por si el calor de haber llevado dos capas hacía que regresaran mis mareos, lideraba el grupo. Ahora, también estaba pendiente de los pasos de Aria, quien en aquel instante se unió a un escandaloso grupo de muchachos.

Había por ahí parisinos a quienes se les reprochaba que mentían acerca de sus enfermedades, y sin embargo allí estaba yo, teniendo que escuchar a un noble parlotear sobre la última adquisición de su galería de retratos mientras hacía frente no solo a los mareos, sino también a los demás síntomas. ¿Por qué era yo, y no otra, quien se encontraba masticando un hojaldre tan delicado que prácticamente flotaba sobre mi lengua? ¿Había en La Cour otras jóvenes como yo muriéndose de hambre?

—Te lo juro —empezó a decir Portia, con la sonrisa milagrosamente intacta, cuando el tipo al fin se marchó—, si hubiera tenido que aguantar un solo minuto más escuchando ese sermón sobre lo importante que es el arte, *mon Dieu*, le habría cortado la lengua. ¿Es que acaso no se da cuenta de que no es mi tutor? Su explicación del sentido que tiene el uso del degradado de color para Nicolas Poussin ha sido una chapuza. ¡Y lo peor de todo es que nos ha retrasado! Espero que sea uno de los implicados; así al menos existiría la posibilidad de verlo encogido de miedo ante el filo de mi espada.

Volvimos junto a Aria, que se entretenía cerca de la ribera. Los parasoles de encaje oscilaban arriba y abajo como pájaros multicolores que se desplazaran por el aire. Las risas flotaban por encima de los setos de un oscuro esmeralda y de los árboles ornamentales distribuidos de manera que formasen diminutos bosquecillos.

—¿Théa no debería haber regresado ya? —le pregunté a Portia en voz baja—. ¿No era ese el plan?

Portia no se burló de mí; sus ojos reflejaban mi misma inquietud.

—Aria, ¿dónde está Théa?

Aria se tensó.

—Se ha ido con su objetivo después de que él dijese que os había visto a las dos en el laberinto de setos. Andaba dándole vueltas a dónde podíais estar, y...

—*Merde*. —Portia salió disparada hacia el laberinto, volando de un arbusto solitario a otro para no ser vista.

—Ve con ella —me sugirió Aria—. Esperaré a madame de Tréville y le contaré lo que ocurre.

Si algo iba mal, y no mal del estilo de pisar a alguien accidentalmente durante el minueto, ni tampoco de que se te escapase una risa cuando un objetivo demostraba ser un bobo engreído, ¿cómo iba a ayudar yo? ¿Desmayándome para desviar la atención? Pero...

—¡Ve! —repitió Aria—. Théa tiene a Portia para que la ayude. ¿Pero quién ayudará a Portia? Y si... —la voz de Aria se quebró.

Me apresuré a ir detrás de Portia. Me detuve de vez en cuando para apoyarme en los árboles, en los arbustos, esperando a que mi visión se aclarase antes de seguir.

El laberinto era más alto que yo: se componía de verdes arbustos sólidos como la piedra. No veía a Portia, pero sí oía el ruido de unos zapatos pisando el barro, de ramas que se enganchaban en la seda. Di con ella acurrucada contra un muro interior, con los sentidos de la vista y el oído en alerta.

—¿Qué ocurre?

Unas manos golpearon el pecho de alguien. Una voz rasgó el aire, una voz que el pánico distorsionaba hasta resultar casi irreconocible. Casi.

—Espera aquí —susurró Portia—. No dejes que nadie se acerque.

Después de decir eso, se precipitó hacia delante, saliendo de detrás del arbusto.

—¡Quítale las manos de encima!

Théa nos necesitaba. Eso implicaba no salir corriendo detrás de Portia, por mucho que lo deseara. No hacerlo era la forma en que podía ser de ayuda.

Se oyeron una serie de palabras indistinguibles en un tono conciliador. Un aluvión de voces, un grito.

Me asomé desde detrás del arbusto, me tapé la boca con la mano. La daga de Portia se encontraba sobre la garganta de un hombre: el socio de Verdon, el objetivo de Théa; aunque estuviese oscuro, sabía que se trataba de él. Los dientes de Portia quedaron al descubierto al proferir un gruñido. Théa estaba escondida en la penumbra. Echándome hacia atrás, me apoyé en el follaje, tratando de amansar mis desbocados latidos.

Cuando Théa y Portia salieron de entre los arbustos, no nos detuvimos, sino que nos apresuramos a salir del laberinto; corrimos entre los árboles para evitar ser vistas hasta que dimos con Aria, que condujo a Théa hasta la orilla del Seine.

El tipo no nos había seguido.

Portia profirió un ruido de desaprobación cuando me acerqué a Théa. Busqué el contorno de mi espada bajo el vestido. La familiaridad del tacto era como un bálsamo ante el miedo y la agitación, y también frente al sonido de la voz de Théa, que en aquel momento no se parecía en nada a la suya.

—Has usado tu daga… —dije.

—No me entregará a las autoridades, si eso es lo que te preocupa. Ningún caballero admitiría que una dama lo ha superado; piensa lo que diría la *noblesse* respecto a su fortaleza y su honor. Además —dijo Portia, recolocándose uno de los pendientes de cristal—, ¿quién le iba a creer?

—Pero ¿qué es lo que ocurre cuando alguien no teme la ruina social?

Portia se lo pensó, colocándose una mano sobre el ceño para protegerse del sol. Sus ojos se desplazaron hacia las acurrucadas figuras de Théa y Aria, y su expresión se suavizó.

—He ahí la razón por la que las armas son siempre el último recurso.

—¿Entonces no te has batido en duelo nunca?

—No he dicho eso. Un mes o así antes de que tú llegaras, dimos alcance a un sospechoso de asesinato; creíamos que era posible que estuviera asociado con los contrabandistas. En realidad no lo estaba, cosa que por entonces no sabíamos. Se trataba simplemente de un hombre que disfrutaba de lo que se siente al hacer que un corazón deje de latir. Aria y yo lo acorralamos a las afueras de una fiesta y fingimos estar interesadas en... ya te imaginas el qué —se calló y, a continuación, se volvió a centrar—. Resultó fácil atraerle hasta un callejón apartado —resolló según lo dijo, pero los ojos le brillaban; había algo distinto en ellos—. Confesó haber asesinado a dos de los sirvientes predilectos del rey, puesto que tenía la certeza de que, en cuestión de unos instantes, me daría muerte a mí también. Lo dejé desangrándose, destrozado e inconsciente.

—¿Lo... mataste?

—Les Mousquetaires du Roi se ocuparon de ello. Hicieron de su ejecución un espectáculo; es la forma que tienen de disuadir a la gente de la perfidia. —Me contempló con atención—. Pero sí, si hubiera necesitado matarle, lo habría hecho.

—Lo dices como si fuera fácil.

—Pero es que lo es, es muy sencillo —insistió—. No sacrificaré mi vida para no mancharme las manos. Cuando te dije que quería dejar un legado, lo decía de verdad. Quiero mejorar las cosas, tanto para nosotras como para todas las Mousquetaires de la Lune que nos sucedan. No permitiré que nadie piense que soy débil, que soy incapaz de hacer lo que es necesario porque soy una mujer. Formar parte de la Orden conlleva tanto demostrar que las mujeres son igual de capaces que los hombres como proteger a nuestras hermanas.

»No te preocupes, Tania. Como ya he dicho, se trata del último del último recurso.

—¡Señoritas! —nos giramos hacia la voz de madame de Tréville. Ella nos hizo un gesto con la mano para que nos acercáramos al carruaje. Aria y Théa se encontraban ya dentro—. ¡Aprisa!

Théa se había hecho un ovillo en el rincón. Madame de Tréville se retorció las manos sobre el regazo, las copias de los libros del estudio estaban aplastadas en el banco, entre ellas.

—¿Os habéis encargado del asunto? —preguntó Portia.

—Él no iba a dar su brazo a torcer.

El resto del trayecto lo pasamos en silencio.

Madame de Tréville no esperó a que saliésemos del carruaje, sino que se apresuró a hacerlo ella primero. Descendimos por los peldaños y, para cuando entramos por la puerta principal, cuanto vimos fue el dobladillo de sus faldas desapareciendo en el interior de su estudio.

—Se dispone a encargarse de la reagrupación —me explicó Aria—. Ha de asegurarse de que contamos con la información necesaria para pasar a la siguiente fase de la investigación, de forma que no necesitemos interactuar con él en actos futuros.

Ya en mi habitación, con cierta sensación de alivio, me descalcé. Mis zapatos estaban acolchados para que me resultaran más cómodos y también para facilitarme la tarea de batirme con ellos puestos, ahora bien, eso no cambiaba el hecho de que los chapines no estaban diseñados para perseguir a agresores.

Cuando salí al pasillo, Portia y Aria estaban discutiendo junto a la puerta de Théa. Los ojos de Portia, afilados como dagas, resplandecían.

Aria dejó de hablar en cuanto me vio, a pesar de que aún estaba a medio camino; Portia no se dio cuenta de que me aproximaba hasta que estuve a algo menos de un metro. No apartó la vista de la de Aria.

—Théa quiere hablar contigo.

Golpeé en la puerta con los nudillos antes de entrar, los pies en carne viva, pestañeando para tratar de deshacerme de los mareos. Esperé un poco y giré el pomo.

Théa se encontraba sentada en la cama, parecía diminuta. Tenía los ojos hinchados. Reprimí las lágrimas; era su dolor y no el mío, y no me apropiaría de él por mucho que en aquel momento notase como si me hubieran abierto el pecho.

—Debes de pensar que soy una mentirosa. Una debilucha. Mucho hablar de que soy capaz de cuidar de mí misma, y a la hora de la verdad... —Théa se sorbió los mocos.

—¿De eso querías hablar conmigo? —Me acerqué a ella para sentarme a su lado. El cubrecama, de un azul claro, se arrugó bajo nuestro peso—. Théa, eres lo opuesto a una persona débil. Ahora estás sufriendo, pero eso no tiene relación alguna con que seas más o menos fuerte.

—El caso es que... no tendría que haber picado. He sido una tonta creyéndole. Me ha dicho que te había visto y que quería ayudarme a encontraros a Portia y a ti. —Se limpió la nariz antes de arrugar el pañuelo—. Lo del vizconde de Comborn no era mentira. Le corté parte del dedo. Es un recuerdo que viene y va, ¿sabes? A veces creo que lo he superado; pasan semanas sin que piense en ello ni una sola vez. Pero, sin embargo, en otras ocasiones..., por ejemplo, cuando tengo a alguien detrás y no puedo ver quién me está tocando, es como si me paralizase. Vuelvo a aquel momento. A aquel recuerdo concreto. Da igual el tiempo que haya pasado. Todos los demás siguen adelante, el tiempo no se detiene, pero yo sigo paralizada. —Cuando hice un ademán de retirarme, para dejarle espacio, ella sacudió la cabeza con vehemencia—. Esto me ayuda: poder experimentar esta intimidad con amigas como vosotras y que sea por voluntad propia. —Una serie de recuerdos se agolparon en bucle en mi cabeza: Théa rebosante de felicidad a mi llegada. La apacible reprimenda de Aria respecto al espacio personal. La preocupación de Théa, que daba la sensación de rayar en el dolor—. La Orden era mi mejor oportunidad para demostrar que lo he superado, pero no lo he hecho, y quizá nunca llegue a hacerlo, y puede que tenga que aceptarlo, pero, ahora, os tengo a todas vosotras, y eso es algo maravilloso, ¿no crees?

Le sonreí y traté, a la vez, de no echarme a llorar.

—Sí, lo es.

Théa asintió, mordiéndose el labio.

—Ocurrió antes de que llegase a París, antes de que... yo... —comenzó a titubear.

—No hace falta que me lo cuentes.

—No es que no confíe en ti, sino que... —Exhaló con fuerza—. Gracias. —Me dio un fuerte abrazo y se apartó cuando yo ya no sentía los brazos—. Creo que... No, corrijo, sé que me gustaría estar sola ahora.

Me detuve junto a la puerta.

—Théa —dije—, creo firmemente lo que he dicho antes... lo de que no eres débil. De hecho, eres una de las personas más fuertes que conozco.

Una vez fuera de la habitación, me apoyé contra la puerta cerrada, notando en la lengua el sabor amargo de la culpa y la frustración.

¿Cómo podía decirle a mi amiga que creyera en su fortaleza cuando yo no creía en la mía?

CAPÍTULO DIECISÉIS

La luz del crepúsculo se coló en la segunda planta a través de los cuarterones siempre cerrados de las ventanas. La moqueta de mi dormitorio estaba inundada de papeles: los espantosos borradores de mis cartas, todas ellas dirigidas a *maman*. Ella me había escrito solo una vez, un par de semanas después de mi llegada a París, para informarme de que había llegado a casa de mi tío sana y salva. Contesté a su carta para que supiera que yo también me había instalado ya. Exceptuando eso, no habíamos intercambiado más misivas. No es que no quisiera escribirle, sino que lo que no quería era desear hacerlo. Tenía muchas cosas que contarle, y a la vez no había nada que le pudiera revelar: no debía enterarse de los secretos de la Orden. Pero yo sentía una necesidad tan leve y delicada que no me percaté de ella hasta que esta trepó por mi garganta. Necesitaba que supiera que, allí donde me hallaba, estaba demostrando mi valía. Incluso a pesar de los tropiezos y los retrocesos. Que fuera consciente de lo mucho que me había esforzado, de que podía moldearme a mí misma hasta convertirme en alguien con la fortaleza suficiente para formar parte de las Mousquetaires de la Lune, para dar con el asesino de *papa*. De que no estaba rota. De que, día tras día, me convertía en un acero más y más resistente.

Unos salados lagrimones emborronaron la frase a la que llevaba dándole vueltas una hora. No encontraba la forma de darle las gracias por la capa.

Descalza, salí sin hacer ruido al pasillo en busca de una jarra de agua. Por lo general siempre había una de repuesto guardada en...

Me detuve. Alguien estaba entrando a hurtadillas en la sala de los entrenamientos.

—¿Henri? —su nombre de pila se me escapó sin poder evitarlo. En mi mente vi el momento en que, dentro de la estancia vacía, su mano agarró la mía. El color ascendió por mis mejillas.

—¡Mademoiselle de Batz! Disculpadme. No pretendía asustaros.

—La culpa es mía. No esperaba veros aquí a estas horas... ¿Va todo bien?

—*Tante* me ha mandado a por unas notas que se ha olvidado en la sala de entrenamiento. Se me han caído algunas —añadió, y se rascó la nuca.

Lo había visto avergonzado antes: cuando le di las gracias por que nos hubiese traído dulces, cuando me dio el mapa de Lupiac. Pero en aquella ocasión lo estaba de una forma distinta a las anteriores, parecía nervioso por algo.

—¿Necesitáis ayuda para recogerlas? Ha de ser complicado sin una vela o...

—¡No! —Me estremecí. Incluso bajo la tenue luz, se podía ver que tenía las mejillas arreboladas—. No... no pretendía decirlo tan bruscamente —tartamudeó—. Ya las he recogido, ¿veis? —Levantó unas cuantas justo antes de guardárselas dentro de la chaqueta—. Será mejor que me vaya... mi tía ha insistido en que las necesitaba.

—¡Esperad! Yo...

Pero él ya se había dado la vuelta, camino de la escalera. El dolor afloró en mi pecho. Puede que estuviera molesto: quizá consideraba un insulto que hubiese usado su nombre de pila.

Hasta que no estuve de vuelta en la cama, mirando el dosel, no me acordé de que madame de Tréville se había marchado hacía horas para ver a monsieur Brandon.

❦

Transcurrieron dos semanas (dos semanas de fiestas, de risas en jardines y salones de baile, de espiar conversaciones susurradas...

e incluso tuvo lugar un intento, especialmente vergonzoso por mi parte, de distraer a un caballero mientras Portia coqueteaba con su ayuda de cámara para sonsacarle los secretos de su señor) hasta que madame de Tréville anunció que ya tenía un objetivo que asignarme.

Pasamos toda la semana preparándonos para el primer baile en el palacio. Cuando ya solo quedaban dos días, llegó la hora de ensayar las peculiaridades de los bailes de moda. Portia se burló de la forma en que las damas de la realeza sujetaban los abanicos; de que si estos se movían de cierto modo, dependiendo de si se hacía con la mano izquierda o con la derecha, podía significar que se estaba coqueteando con la otra persona, rechazándola o advirtiendo a un amante de que había alguien que los observaba. Théa y yo nos reímos al verla agitar el instrumento como si tratara de aplastar un bicho.

—*Mourez les mouches! Mourez!* —Aria se cubrió la sonrisa con el abanico. Théa echó a correr, chillando, cuando Portia se abalanzó hacia ella, agitando el abanico en el aire—. ¡No! ¡El abanico no! —Théa se tropezó con el borde de la alfombra y cayó sobre uno de los muchos cojines que había en la estancia.

—Ejem. —Madame de Tréville estaba de pie en la puerta—. Voy a fingir que os he visto practicando los cambios de *tempo* como os pedí que hicierais.

Solo le dio tiempo a enunciar unas cuantas frases de su explicación antes de que, sin poder resistirme, la interrumpiera:

—¿Creéis que estoy preparada? —le pregunté asombrada. Después de enfrentarme a monsieur Brandon, pensaba que nunca me asignaría un objetivo. Permanecería apartada, la cuarta *mousquetaire*. Esperando, observando y apoyando a las demás.

—En algún momento habíais de adentraros en el *inferno*. Ser la sombra de las demás es útil, pero no existe práctica o entrenamiento que pueda prepararte por completo para todas tus obligaciones como mosquetera. Dicho eso, creo que estáis preparada... y, lo que es más importante, sois necesaria para esta tarea.

—¿Me necesitáis? —Me resultaba imposible ocultar mi alegría.

Madame de Tréville me evaluó fríamente.

—Eres una desconocida. A diferencia de las otras, no llevas meses asistiendo a bailes y fiestas. Si te presentamos a unos pocos, hacemos que el interés por conoceros aumente, le añade misterio a vuestra persona. Y precisamente eso es lo que necesitamos para llamar la atención de Étienne Verdon. El hijo de Verdon sénior —añadió.

—¡Qué afortunada! —exclamó Théa—. El primer objetivo que se os asigna, ¡y ni siquiera es tan mayor como para ser vuestro padre!

—No caigáis en el error de asumir que su juventud lo hace menos peligroso —la reprendió madame de Tréville—. Es por esto mismo por lo que prefiero esperar a informaros acerca de vuestros objetivos; empezáis a chismorrear, y, de repente, ¡adiós a la concentración!

—¿Creéis que está involucrado en la red como su tío? ¿Puede que incluso como su padre? —pregunté.

—No cuenta con la influencia suficiente para que los miembros más ricos de la *noblesse* lo traten como algo más que una simple fuente de información. Pero vos habéis de ganaros su simpatía. Si no conseguimos desentrañar el plan por medio de su tío, necesitaremos otra forma de tener controlada a la familia. Y perseguir a Verdon sénior resulta demasiado complicado; pasa muy poco tiempo en París, y no podemos perder un mes entero yendo y viniendo a su hacienda. Eso por no mencionar que su esposa está enferma. Lleva semanas sin aceptar visitas sociales. Ahora bien, su hijo sigue participando de la vida social; y esa es precisamente la forma en que nos acercaremos a él. ¿Recordáis los papeles que copió Aria?

—Pero, *madame,* ya los hemos analizado. Los productos traídos de España y el aumento de capital deben estar relacionados con que el hermano de Verdon se haya trasladado a París. A algún sitio cercano a París. O a... donde quiera que se encuentre y desde donde tiene fácil acceso a la ciudad —dijo Portia desde el diván sobre el que se había dejado caer.

—Hemos esperado a tener más información para investigar las abreviaturas... y ahora la tenemos. —Todas nos quedamos estupefactas. Incluso Théa bajó el abanico—. No os hagáis muchas ilusiones —nos advirtió madame de Tréville—, es más bien una suposición. —Puso en alto un diario encuadernado en cuero con el sello de les Mousquetaires du Roi—. Esta es la enciclopedia de armas extraoficial de los mosqueteros; una de las últimas incorporaciones a los mosqueteros previa a la Fronda era un escriba. Ha conservado un registro oficial, que tiene como base las cartas que los mosqueteros han recibido de nuestros efectivos que se hallan en otros países, de todas las armas con las que *la France* se ha topado. Mazarino me lo ha prestado. En una situación normal, no perdería de vista un tesoro como este, ahora bien, las circunstancias en las que nos encontramos exigían una excepción... —dejó de hablar para examinar los trocitos de papel que había entre las páginas—. Todas las abreviaturas apuntan a que se trata... ahora bien, tened presente que no es algo garantizado..., de tipos de armas.

Aria sacudió la cabeza.

—Si las están trayendo de contrabando a París y distribuyéndolas entre los nobles junto con el resto de las mercancías y sobornos monetarios... imaginad un París lleno de nobles con alijos de armas extranjeras. Estarán preparados para tomar el control del vacío de poder que quede tras el asesinato del rey.

Madame de Tréville asintió.

—No me arriesgaré a que volváis a esa oficina. No después de lo que aconteció... —sus ojos viraron hacia Théa y, a continuación, sacudió la cabeza y prosiguió—: Desconocemos desde dónde operan los hermanos Verdon, si es que acaso están trabajando conjuntamente. Y esa es la razón por la cual...

—Por la que Étienne Verdon es mi objetivo —me tragué los nervios que bullían dentro de mí—. ¿Qué más necesito saber? ¿Qué queréis que haga?

—¿Sabéis? —intervino Théa desde su asiento—. Creo haber escuchado a algunas damas de la corte susurrar su nombre.

La fingida risa de madame de Tréville hizo que se me erizase la piel.

—No me sorprendería. Tiene amigos dentro de numerosos círculos, en especial entre los estudiantes universitarios locales. Pero no es un descarriado y apuesto colegial que cree que la filosofía es la respuesta a los apuros que sufre la gente pobre y a la que se priva de sus derechos. Según mis fuentes, es un chico listo, audaz incluso, pero se regodea demasiado en sus capacidades. Usad su exceso de confianza en su contra. Me he encargado de ir preparando el terreno durante los últimos eventos, casi siempre que veía que él o sus amigos andaban por las inmediaciones. No le digáis vuestro apellido. Disfrutará de jugar al ratón y el gato con vos.

—¿Y creéis que seré de su agrado? —Los chicos nunca habían mostrado interés por mí. Ahora bien, ya no era aquella muchacha.

Portia se llevó la mano a la boca, pero no consiguió contener la risa que se le escapó.

—Oh, no solo le gustaréis... os deseará.

Un mes atrás, habría soltado un chillido. En aquel momento, sin embargo, únicamente permití que mi reacción se reflejara en mis ojos, que se abrieron más de lo que ya lo estaban; el estómago se me encogió por el miedo. Théa me sonrió para darme ánimos, y los nervios disminuyeron.

—Suficiente —dijo madame de Tréville—. El joven del que hablamos no es un gandul mujeriego que aceche a las jóvenes bellas. No obstante, sí es cautivador, y también, según tengo entendido, impredecible. —Dio otro paso hacia mí. Me vi obligada a estirar el cuello, podía sentir su insistencia brotar de ella en oleadas, y cuando se inclinó para agarrarme por los hombros, no aparté la vista—. Tania —me dijo—, no podéis dejar que se os escurra entre los dedos.

Después del ensayo, me detuve en uno de los pasillos cuando avisté una figura familiar; ahora, su presencia resultaba extraña y parecía fuera de lugar rodeado del delicado papel de pared rosado.

—¡Henri!

Quedaban unas horas para el baile, y me encontraba yendo de un lado para otro de la planta baja con la intención de pasar el menor tiempo posible encorsetada.

Hasta aquel momento, no había tenido ocasión de pedirle disculpas a Henri. No había conseguido hablar con él, a pesar de vivir bajo el mismo techo. Y, por mucho que doliera, no podía evitar pensar que me había evitado deliberadamente, y que era por mi culpa.

Levantó la cabeza, portaba una considerable pila de papeles bajo el brazo.

—Mademoiselle de Batz —dijo. Su conocida y controlada expresión hizo que me tensase. Pero cuando se dispuso a hacer una reverencia, los papeles salieron volando y se mantuvieron en el aire una milésima de segundo antes de desperdigarse. Me apresuré a recoger los que habían caído sobre las mesitas y algunas de las sillas, los que no habían ido a parar a la alfombra (intentar hacerme con esos suponía arriesgarme a que me diesen los mareos y me impidieran ir al baile).

El caso es que no se trataba de diagramas, sino de bocetos. Había uno, a medio dibujar, de un pájaro a punto de echar a volar. También otro en el que se veía el sol muy pegado al Seine, aunque era difícil saber si se trataba del amanecer o del atardecer; todo él estaba hecho con tinta negra. Pero se veía la distintiva semiesfera que desaparecía en la oscilante orilla del río. Eran muchas las veces que había visto el Seine y, pese a ello, nunca me pareció tan precioso como en aquel momento.

—¡No tenía ni idea de que dibujarais así de bien! —el asombro se antepuso a la disculpa que pretendía pronunciar.

El rubor se abrió paso hasta sus orejas. El cabello se le había aclarado en el último mes; debía de haber pasado bastante tiempo fuera, lejos de la casa.

—No son nada del otro mundo… ni siquiera debería haberlos guardado junto al resto de los papeles. El caso es que aprovecho a dibujar siempre que hay un descanso entre las labores o si estoy tomando notas durante una reunión en la no sucede nada interesante. Por mucha genialidad que posea Sanson, sus compañeros y él pierden una cantidad sorprendente de tiempo debatiendo acerca de los valores estéticos. —Recogió los papeles y los devolvió al montón—. Ninguno parece poseer una visión más amplia de la realidad o entender cómo afecta su trabajo a quienes no cuentan con sus mismos medios. Es igual que lo que vos me dijisteis: un mapa puede cambiar la perspectiva que una persona tiene de un lugar. Pueblos pequeños enteros, pueblos más grandes, ciudades... cualquiera de ellos puede ser borrado de la percepción pública si se dejan de lado. —Se movía de forma brusca, presa de la frustración. De la rabia.

Extendí el resto de los dibujos. A pesar de que nuestros dedos apenas se rozaron, él apartó la mano como si hubiera recibido una descarga.

—Son muy buenos. De verdad.

Henri se me quedó mirando por un momento.

—Gracias, mademoiselle de Batz. —Una capa cayó sobre nosotros, un manto de seriedad.

—Somos amigos, ¿me equivoco? —traté de que mi voz sonara alegre—. ¿Por qué os comportáis conmigo de una manera tan formal?

La voz de madame de Tréville resonó desde el final de la escalera.

—¡Tania! ¿Dónde estáis?

—No tiene por costumbre dar esos gritos. —Henri fue incapaz de que no se le escapara una risa nerviosa, lo cual hizo que, feliz de que parte de la tensión se hubiese reducido, sonriera.

—Es que me toca liderar la misión de esta noche. Será la primera vez. Ojalá se percatase de que yo ya estoy lo suficientemente nerviosa. —Quizá eso le hiciera reír, una risa sincera, para variar.

Sin embargo, pareció preocuparse.

—Tened cuidado hoy. El palacio es precioso, pero... las cosas preciosas suelen ser también las más peligrosas.

—¿Habéis estado en el palacio? —le pregunté.

Se removió, incómodo.

—Sí, Sanson me ha enviado en algunas ocasiones. Supongo que desde un punto de vista estético es un edificio agradable, sin embargo, el uso que se le da… —Sacudió la cabeza—. Simplemente tened cuidado —repitió.

Traté de entender por qué había hablado de una forma tan extraña y tan poco habitual en él. ¿Estaba realmente tan preocupado porque mi misión saliese bien? Aunque hubiese hablado del palacio, que lo había hecho, no es como si este fuera un ser vivo; no podía agarrarme y tragarme.

No era más que un simple edificio. Piedra y mármol.

—Bueno, ¿qué tal me queda? —pregunté tímidamente.

Las tres estaban calladas. Me llevé la mano al corpiño escotado, pero el simple gesto causó todo un alboroto.

—¡Ni se te ocurra moverte el escote! —aulló Portia.

Théa me apartó las manos de la tela escarlata mientras yo seguía rumiando mis miedos. A fracasar. A, una vez más, ser la joven a la que se la obliga a ponerse un vestido; una cría que juega a disfrazarse y que ha de observar cómo el chico se aleja de ella. A continuación, me persuadieron para que me colocara frente al espejo.

No fue como cuando me puse aquel vestido azul la noche de mi primer baile en París. Quizás se tratase de que este vestido era distinto, o quizás la que había cambiado era yo… No estaba segura. Pero la persona que me devolvía la mirada desde el espejo no era la misma.

Aquella joven estaba resplandeciente. Arrebatadora, incluso. Sus clavículas se fundían con la seda roja que se le ceñía a las curvas. De las orejas le colgaban unas piedras preciosas incandescentes. Su falda, que era toda ella una gran llama, se reflejaba en el cristal. Era al mismo tiempo la gladiadora y la sirena a las que madame de Tréville había hecho alusión a su llegada.

Era una mosquetera.

—Creo que no hemos de preocuparnos por tu objetivo. Será incapaz de apartar los ojos de ti. Aunque... —continuó diciendo Portia, dándose golpecitos en el labio inferior con el dedo—: si se le cae la baba sobre tu vestido, madame de Tréville lo asesinará con sus propias manos. No podemos permitir que ese corpiño se llene de babas.

La cara se me puso del color del vestido. Ah, esa Tania sí que era yo; ese rubor era algo conocido a lo que aferrarme.

El palacio, maravilloso y aterrador a la vez, era todo un sueño. Una serie de arcos y columnas de mármol, que se extendían hasta muy pero que muy lejos, conducían hasta un jardín, un espacio cerrado al que solo la más alta *noblesse* tenía acceso. Dejamos a los caballos en un amplio amarradero, puesto que no queríamos arriesgarnos a arruinarnos el calzado y los dobladillos, y al cruzar la entrada designada, inclinamos la cabeza una vez tras otra para saludar al abundante número de guardias y trabajadores.

El salón de baile (uno de muchos) daba paso a un pórtico, y las puertas acristaladas permitían ver que una fiesta acababa comenzar. La enorme cantidad de asistentes resultaba abrumadora en sí misma. Sus peinados, sus vestidos y chaquetas, la luz que se reflejaba en cada cristal. Las risas tintineaban a la vez que las copas. Era igual que el primer baile al que había acudido, solo que todo era diez veces más grande y ostentoso. Y si se tenía en cuenta el número de guardias presentes, el riesgo de morir también era diez veces mayor. Incluso los propios asistentes parecían más elegantes, con un estilo más marcado: los labios de las damas aportaban a sus rostros el color que aportaría una grave herida; de sus muñecas y cuellos colgaban joyas de oro y plata. El ambiente estaba cargado por el olor de los perfumes, del sudor y, en especial, del protagonista de la fiesta: el alcohol.

El barullo de la estancia se fue reduciendo a susurros cuando uno de los empleados se aclaró la garganta y anunció:

—Permitan que les presente a Su Alteza Real, Luis XIV, *par la grâce de Dieu, Roi de France et de Navarre*.

Théa trató de ponerse de puntillas, pero madame de Tréville le tiró de la manga para impedírselo. Todos los presentes tenían los ojos clavados en el rey. No prestaron prácticamente atención a las presentaciones del resto de los miembros de la familia real. No era ni un año mayor que yo, y, aun así... Costaba creer que toda aquella majestuosidad, ostentación y ceremoniosidad perteneciesen a un muchacho. Incluso aunque, en vez de llevar sus mejores galas, fuera vestido con ropa de granjero, nadie lo confundiría con un *roturier*, un plebeyo. No con su complexión menuda y su oscura y rizada cabellera cayéndole por los hombros.

Aquel era el chico al que habíamos jurado proteger con nuestras vidas. Tenía el rostro pálido por los polvos y la falta de luz solar. ¿Cuándo había salido del palacio por última vez? ¿Y cuándo fue la última que vio las calles de París?, ¿la última vez que visitó La Cour des Miracles?

Apreté los puños. Su vida corría peligro. Un rey no se paseaba por París, no tenía tiempo para investigar las condiciones de los trabajadores o el nocivo estado del Seine, no cuando el magnicidio se podía palpar en cada conversación y palabra. Ahora, si la situación fuese otra, si él se encontrase a salvo, ¿se preocuparía más de todas esas cosas? ¿Se preocuparía por su gente? No era más que un muchacho con una corona.

Me acordé de la noche del primer baile, de lo mucho que Aria insistió en que nada de lo que hacíamos tenía que ver con «ellos». Quizá tampoco tuviera nada que ver con el rey. No, en realidad nunca se había tratado de él, al menos no del todo. Porque para *papa*... para mí, significaba mucho más. Los mosqueteros significan la hermandad, femenina y masculina. Estaba luchando por las jóvenes como yo, a las que se les decía que no eran válidas y que mentían respecto a sus dolencias, pero que no tenían vestidos bonitos ni espadas con las que defenderse.

El baile se reanudó. Los cortesanos no le prestaban demasiada atención al rey, pero los invitados lo observaban con reverencia desde todas partes. Se retiró a un rincón apartado junto a sus hermanos y varias personas más. Un catador esperaba a su lado, y solo se retiró una vez se hubo servido un poco de vino tinto. Cuando el sirviente asintió, el rey se aseguró de que su copa estuviese bien llena y, a continuación, dijo unas cuantas palabras que provocaron que los integrantes del grupo se echaran a reír de forma estridente.

Nosotras cuatro estábamos apiñadas en la zona de baile. A Théa la arrastró un tipo balbuceante que consiguió pedirle que bailara con él de puro milagro. Él casi ni se percató de que los ojos de la chica permanecían clavados sobre el rey. Portia estaba en mitad de un soliloquio, contemplando los retratos reales, cuando los dedos de madame de Tréville me apretaron el codo.

—Ha llegado. —Apartó la mano—. Anda, pero si es ¡la duchesse de Piney! ¡Qué belleza de vestido! Debo procurarme el nombre de la persona que lo ha confeccionado de inmediato.

Nuestra mentora se alejó con Portia, inclinando ligeramente la cabeza. Era la señal. El objetivo nos había visto: a madame de Tréville y a su nueva pupila de rostro desconocido. La misteriosa joven sobre la que los contactos de madame de Tréville le habían hablado.

Dejé escapar un suspiro tembloroso. Solté la tela color escarlata.

—*Mademoiselle* —dijo alguien a mis espaldas.

Verdon, que estaba efectuando una reverencia, no era como me lo había imaginado. Era algo mayor de lo que pensaba; la insistencia de Théa había hecho que diera por sentado que tendría unos veintitantos años. Y era menos apuesto de lo que yo había supuesto, aunque no estaba bien pensar en ese tipo de cosas. Puede que se debiese a la luz o a la aglomeración. Y, al fin y al cabo, daba completamente igual. No estaba allí por eso.

—*Enchantée, monsieur.*

Hice mi reverencia despacio; con la última palabra rozando mis labios. Él se humedeció los suyos. Lo tenía justo delante, demasiado cerca para los estándares de lo que cualquiera hubiera considerado decente.

—*Ma chère,* estáis preciosa. Cual muñeca de porcelana. —Me rozó la mejilla con el dedo, y tuve que resistir las ganas de vomitar, de limpiarme con la manga allí donde había posado su mano.

—Monsieur Baldec —se oyó decir a una voz, socarrona y acerada a la vez, a unos metros de distancia.

Se trataba de un joven de sonrisa imperturbable, como si estuviese esculpida en su cara. Me vino de golpe una tromba de recuerdos de mi primer baile, de unos ojos color avellana que su fundían bajo la luz de una antorcha.

No, no era un joven cualquiera, sino que se trataba del que me había visto trastabillar. El que salió a buscarme, el que quería ayudarme y que hablaba de la gente como yo con una empatía sofocante.

El hombre de los ojos color avellana le dio una palmada en la espalda a mi congelado admirador.

—Puede que tuvieseis más suerte si no comparaseis a la *mademoiselle* con un juguete infantil, ¿no creéis?

Monsieur Baldec se puso tan rojo como su bigote.

—Monsieur Verdon. Tenía entendido que esta fiesta estaba reservada a invitados de la familia real.

Verdon clavó sus ojos en los míos. Y entonces su sonrisa se ensanchó, una sonrisa sincera. Se acordaba.

—Creo que vuestra esposa os está buscando —le dijo a Baldec—. A decir verdad, parecía bastante agitada. Creía que os habíais perdido en el camino de vuelta de presentarle vuestros respetos al rey.

—*Merci* —contestó monsieur Baldec con los dientes apretados—, *monsieur,* por alertarme de las preocupaciones de mi esposa.

Cuando no hizo ademán de moverse, la expresión de Verdon se endureció.

—Es un placer veros. Después del incidente del mes pasado, le he dicho que iría en vuestra busca de inmediato.

Trataron de intimidarse el uno al otro con la mirada hasta que, finalmente, monsieur Baldec pestañeó.

—Debo atender a mi esposa. Ha sido un placer.

Me hizo una leve reverencia y luego se alejó rápidamente, aunque no sin asegurarse de fruncir el ceño al posar la vista en el otro hombre.

La vestimenta de Verdon no estaba tan recargada como la de la mayoría de los presentes. Nada de llamativos adornos ni bordados exagerados. Hice memoria de lo que madame de Tréville me había contado sobre mi objetivo. Quería una persecución, y la iba a tener.

—Supongo que he de agradeceros que hayáis actuado como mi salvador, aunque soy perfectamente capaz de salvarme sola —afirmé. Ya no era la *mademoiselle* que había conocido, la que se achicaba. Debía asegurarme de que no me viese como a la chica que se mareaba, sino como algo más.

—¿Actuar, *mademoiselle*? Me ofendéis. Yo que pensaba que había logrado transmitir la sensación de estar seguro de mí mismo sin que se notase la angustia que en realidad sentía. Pero me habéis calado. Es un placer conocernos al fin. Monsieur Verdon, a vuestro servicio.

Un recuerdo luchó por abrirse paso en mi mente, igual que la primera vez que madame de Tréville mencionó su apellido. «Verdon». «Verdon».

Fue mientras lo miraba cuando al fin caí en la cuenta. Mi expresión serena estuvo a punto de hacerse pedazos; necesité de toda mi fuerza de voluntad para no soltar un grito ni un chillido, me limité a fruncir los labios en una sonrisa coqueta. Al menos no podía oír los latidos acelerados de mi corazón. ¿Cómo era posible?

—¿No conoceréis por un casual a un tal monsieur Verdon? Por lo que tengo entendido, reside cerca de Burdeos.

—Doy por hecho que os referís a monsieur Hubert Verdon.

—¿Os une algo a él? —pregunté.

Su respuesta fue una fuerte risa procedente de la parte posterior de su esternón. Su sonido era igual de cautivador que su sonrisa... incluso parecía sincero.

—Podría decirse que sí. —Levanté una ceja. Madame de Tréville me había aconsejado hacerlo, puesto que según ella hacía que la atención del otro se centrase en mis ojos, oscuros y luminosos en contraste con el tono de mi piel—. ¿A qué se debe vuestra pregunta?

—Mi familia procede de un pueblo cercano. —Estaba peligrosamente cerca de revelar información demasiado personal, así que cambié de tema—. Oía su apellido de cuando en cuando. Y siempre iba acompañado, por supuesto, de los mayores halagos: lo generoso que es por donar parte de su tiempo y de sus recursos a instruir a futuros miembros de las fuerzas armadas de la Maison du Roi.

Con una mirada profunda y severa, mi objetivo dijo finalmente:

—Hubert Verdon es mi padre. Ahora, preferiría hablar sobre vos.

—¿Sobre mí? —pregunté, llevándome una mano al pecho.

—Parece sorprenderos en demasía que alguien pueda consideraros interesante.

—Al contrario —repliqué—, simplemente me sorprende haber despertado vuestro interés. En especial teniendo en cuenta que me he saltado la cola.

—¿Oh?

Miré por encima de su hombro. Él siguió el camino que tracé con la mirada hacia las dos mujeres que estaban observándome. Los vestidos de ambas tenían incrustados costosos cristales, repartidos por el dobladillo y el borde del corpiño y que reflejaban la luz de las velas cercanas. Me devolvió la mirada con los ojos brillantes, pero en dicho lapso de tiempo pude ver cómo Portia se colocaba entre las dos mujeres, desviando su atención.

—Soy mi propio dueño, sin importar los protocolos de la sociedad. —Analizó mi expresión antes de ofrecerme su mano—. Pero si insistís: *mademoiselle*, ¿me concedéis el honor de bailar con vos?

—Pero ¿qué dirán? —la pregunta pareció sincera, incluso a mí misma me lo pareció, a pesar de que había practicado la forma de enunciarla un montón de veces, a pesar de que sabía perfectamente cuál sería su respuesta, cómo interferiría con su respiración—. Pensad en las habladurías. Vos, bailando con una joven desconocida en una sala llena de nobles.

—¿De veras pensáis que me preocupa que se me asocie con la mujer que ha llamado la atención de todos los presentes? Lo misterioso atrae a los cortesanos.

Posé mi mano extendida sobre la suya.

—¿Y a vos?

Cerró sus dedos alrededor de ella, tiró suavemente de mí de forma que me viese obligada a dar un paso al frente. A colocarme más cerca de él.

—¿Yo? Adoro los misterios. No hay nada que se compare a resolverlos. —Sus dedos eran cálidos, su pulgar se deslizó por mis nudillos y, a su paso, dejó una estela ardiente—. *Mademoiselle* —murmuró, de forma que solo yo pudiera oírle—, si vuestra reticencia a bailar se debe a lo que ocurrió la anterior vez, existe la posibilidad de que, si lo preferís, nos sentemos.

—Pero, *monsieur,* nos hallamos en un baile... nada más y nada menos que en el palacio. Tengo la certeza de que preferís bailar.

—Dependiendo de la compañía, sentarse puede ser preferible a bailar.

—¡Étienne! —Aparté mi mano cuando un hombre se aproximó, y ambos se saludaron—. Odio tener que interrumpiros a vos y a vuestra encantadora acompañante, pero se trata de un asunto importante —dijo el hombre.

El rostro de mi objetivo se ensombreció.

—Los negocios me reclaman. —Puso cara de fastidio. Cogió mi mano de nuevo y la meció—. Tendremos que bailar en otra ocasión.

—Delo por descontado, monsieur Verdon.

—Así es como la gente llama a mi padre —dijo.

Estuve a punto de rechazar su atrevimiento. A no participar de su inquietante y encantadora naturaleza: no se trataba de lascivia, ni tampoco era el comportamiento que se asociaría con un depredador, sino simplemente una cálida cercanía.

—Os llamaré Étienne, entonces.

Su mirada recorrió la curva de mis labios cuando pronuncié su nombre, muy bajito para que solo él pudiera oírlo. Los cortesanos no se enterarían de lo que estaba sucediendo entre nosotros, es decir, de lo que él creía que estaba sucediendo entre nosotros.

—Creo que estoy en desventaja.

Me detuve, recordé la sonrisa que las chicas me habían hecho practicar en el espejo, la que permanecería en su mente incluso tras habernos separado.

—Me llamo Tania.

—Tania —repitió él. Me besó el dorso de la mano, quieta dentro de la suya. Y durante lo que duró el momento, sus ojos permanecieron clavados en los míos. Eran más oscuros de lo que parecían a la luz de la antorcha, de ese color intermedio entre el marrón y el verde que se funde en un tono más oscuro—. Hasta la próxima, Tania.

CAPÍTULO DIECISIETE

—Conque «hasta la próxima, Tania» —se burló Portia—. ¿También te regaló un soneto para ponerle la guinda al pastel?

—¿En serio ha dicho que habías llamado la atención de todos? —la interrumpió Théa desde la cama, tumbada boca abajo con la barbilla apoyada en las manos, las piernas en alto y los tobillos cruzados—. Eso es como llamarla guapa, *non?* —Miró a Portia para que se lo confirmase—. ¿Ha conseguido ganarse un pretendiente?

Fue entonces cuando Portia, que ponía caras frente al espejo, reaccionó.

—Después de considerarlo, Tania, ciertamente espero que te escriba toda una colección de sonetos que, por supuesto, has de permitirme dramatizar para esta, nuestra pequeña familia.

—No digas bobadas —la corté con voz dulce mientras me quitaba los pendientes de rubíes y los devolvía al tocador.

Era habitual que los caballeros mostraran interés por ciertas damas, no tenía por qué conllevar una intención real de cortejarlas. Yo no le interesaba, simplemente era un ligón. No conocía ninguno de mis secretos, y, si se enterara de tan solo uno de ellos, saldría corriendo de inmediato.

Pero yo tenía el deber de descubrir los de su padre y los de su tío. Por mucho que quisiera preguntarle a madame de Tréville acerca de la conexión que había averiguado, no podía: hacerlo conllevaría revelarle que había estado a punto de desvelar información personal sobre mí misma, una clarísima transgresión respecto al personaje de *mademoiselle* misteriosa que debía interpretar.

—Por favor, Tania, ¡no rechaces mi propuesta! Estoy segura de que es un aficionado a las rimas —dijo, girándose para mirar a Théa, que asintió—. Estaba loco por ti. Y es evidente que este segundo encuentro te ha causado una honda impresión —continuó Portia mientras yo terminaba de quitarme las joyas en las que estaba envuelta—. ¡No has abierto la boca desde que llegamos!

—No es que le hayas dado oportunidad de hablar. —Aria estaba apoyada contra el marco de la puerta.

Portia chilló.

—¿Cuánto tiempo llevas ahí? ¡Ya sabes que no soporto que hagas eso!

—No es culpa mía que no estuvieras prestando atención —le contestó Aria.

Portia resopló y se desplomó sobre la cama.

—No es justo que puedas acercarte tan sigilosamente a nosotras. Según madame de Tréville, yo hago tanto ruido al caminar como un caballo trotando por el empedrado.

—Es cuestión de práctica —dijo Aria cariñosamente. Seguía observando a Portia, pero la atención de esta ya se había desviado hacia algo distinto.

—Sí, Verdon es extravagante, pero aun así preferiría encargarme de él antes que de ser la distracción otra vez —comentó Portia—. He tenido que escuchar a esa mujer parlotear y parlotear y parlotear... *Mon Dieu*, ¿durante cuánto tiempo puede una oír hablar sobre tejidos y confecciones antes de volverse loca? ¡A nadie le interesa lo que tengas que cotillear sobre el último de tus vestidos, Babette!

—Además, no estaba tan bien confeccionado como ella aseguraba —añadió Théa. Portia la miró, estupefacta—. ¿Qué? —preguntó—. ¡Es la verdad! Los bordados ni siquiera le sentaban bien al corte del vestido. ¿Para qué invertir tanto esfuerzo en algo si luego le vas a plantar esas puntadas sin preocuparte de cómo quedan?

A pesar del dolor que sentía en los pies y los mareos que me acechaban, me reí. Y a continuación me acordé de ese momento antes del baile, cuando una sombra había surcado mi rostro en el espejo.

—Tania, ¿qué ocurre?

Miré a Théa a los ojos, se la notaba preocupada.

—Pues... —Se me vino a la mente cuando había pillado a Henri observando a Théa alejarse por el pasillo... cómo ella había pronunciado su nombre—. ¿Habéis notado algo inusual en el comportamiento de Henri?

Aria y Portia estaban demasiado ocupadas discutiendo como para prestar atención a mi pregunta. Théa arrugó la nariz.

—¿A qué te refieres?

—Pues que parece estar... frustrado por algo. Y enfadado.

Théa posó su mano en mi hombro y se miró en el cristal.

—Tengo la sensación de que, justo ahora, todos lo estamos, ¿no crees? Quienes vivimos bajo este techo somos conscientes de que en cualquier momento el rey podría ser... Si ya me horroriza solo pensarlo, imagínate decirlo en voz alta. Y también creo Henri está abarcando demasiado trabajo, ayudando a Sanson en todo lo que puede y más. No quiere pasarse la vida entera como aprendiz. —Estudió mi rostro—. ¿Seguro que te encuentras bien? Puedo prepararte una taza de té si quieres, aunque tendría que ser a escondidas; madame no me ha dejado acercarme a la tetera desde el incidente con la anterior. —Negué con la cabeza. Sonreí para darle a entender que todo iba bien. Sí, negué con la cabeza... y aun así el cuello me escoció durante toda la noche, incitándome a alzar la cabeza, esperando encontrarme con un par de ojos que me devolvieran la mirada. Que estuviesen observando.

Madame de Tréville anunció que mi primera misión había sido todo un éxito. Lo siguiente era incitar al menor de los Verdon a pasar a la acción. Así pues, hice lo que se me ordenó: me puse un vestido del color del cielo crepuscular, distraje al hijo de un vizconde que hacía poco que había regresado del exilio mientras Portia coqueteaba con su padre, lo mantuve ocupado para que Aria y Théa tuviesen tiempo de colarse en las dependencias privadas del vizconde, en las bodegas o donde quiera que pudiese haber escondido las mercancías de contrabando que había traído de vuelta a París. Cada vez se me daba mejor. Todo me resultaba más fácil cuando recordaba por qué lo hacía; no era por el rey, sino por la gente que sufriría las consecuencias de su muerte. Aunque no siempre funcionaba. A veces, pensar en todo eso me desconcentraba, y empezaba a pellizcarme las cutículas y a reírme demasiado alto. La mera idea de tener que proteger al rey cuando mi padre ya no se encontraba entre nosotros, incluso sabiendo que era por el bien mayor... Y entonces alzaba la mirada y me encontraba con los ojos de Verdon; parecía estar familiarizado con mi risa, haberla escuchado previamente, y también daba la sensación de que permanecía constantemente pendiente de mí.

A la mañana siguiente, fue la voz de Portia lo que me despertó. Aunque me resultó prácticamente inaudible, ya que no lograba sobreponerme a la presión que sentía en la cabeza.

—¡Espabila! Nos toca entrenar juntas hoy, ¿o es que acaso se te ha olvidado?

Intenté incorporarme, pero me arrepentí al instante.

—¿Tania? —Oía su voz más cerca; debía de haber entrado en la habitación y haberse situado de pie cerca del borde de la cama.

—Me he forzado demasiado.

Se produjo un silencio.

—Pero creía que... —otra pausa y, cuando me giré, vi su rostro por duplicado—. Ayer estabas bien.

No lo estaba. Nunca lo estaba. Pero, aunque me hubiese encontrado bien, eso no implicaba que aquel día fuese a ocurrir lo mismo. Portia no sabía, no podía saber, lo que escondían sus palabras, lo que me hacían sentir.

—Hay días buenos y días malos. Últimamente he tenido más buenos que malos, y estoy segura de que madame de Tréville lo atribuye a haber estado entrenando sin parar hasta tener el cuerpo hecho papilla. Pero tenía que llegar un día malo antes o después.

Portia se sentó cerca del más lejano de los postes de la cama y la estructura chirrió.

—Tiene que ser duro: irse a dormir sin saber cómo te encontrarás al despertar. —«Duro» era quedarse corta. Pero se notaba que estaba poniendo de su parte para entenderlo, se le veía en la cara. Pero yo estaba demasiado cansada para apreciarlo, para explicarle lo que era que alguien intentara ponerse en tu piel—. ¿Qué quieres hacer?

—No se trata de lo que quiero hacer, sino de lo que puedo hacer —la corté. Aunque la culpa afloró de inmediato en mi pecho. Y también lo hizo el miedo; temía que su rostro se transformase en el de Marguerite—. Lo siento, no pretendía…

—No lo sientas. Esta vez me lo merecía —dijo Portia—. Practicaré unos cuantos ejercicios sola, y pronto lo haremos juntas.

Cuando se hubo marchado, traté de conciliar el sueño. Pero, cada vez que cerraba los ojos, empezaban a flotar ante mí las caras de distintas personas: *papa, maman,* madame de Tréville, las chicas… La de Verdon también aparecía de vez en cuando y, en cuanto reconocía su perfil, se me retorcía el estómago. Es verdad que era un joven apuesto y encantador, pero creía estar preparada. Así pues, ¿cómo podía haberme desarmado con sus palabras?

«Dependiendo de la compañía, sentarse puede ser preferible a bailar».

«No soy como esos engreídos que presuponen lo que una mademoiselle está sintiendo en un determinado momento. Ni tampoco soy de dar por perdida a una persona que, de la forma que sea, está pasando por un mal momento».

¿Qué importaba que no fuese el libertino que madame de Tréville creía? Solté un quejido y me quedé mirando el dosel de la cama.

Hacía cuestión de unos meses, aquel sobreesfuerzo me habría tenido días postrada en la cama. Pero esa misma tarde conseguí ir hasta el comedor para cenar algo, y a la mañana siguiente, incluso fui capaz de trabajar un poco en el juego de pies. No estaba menos mareada que en ocasiones anteriores, pero mis piernas se habían vuelto más fuertes. Mis extremidades estaban luchando por mí. Tenía exactamente los mismos síntomas, salvo por los desmayos. Al día siguiente, esperé en la sala de entrenamientos a que llegase Portia, lista para continuar donde lo habíamos dejado, con una tímida sonrisa en los labios.

Fue duro. Pero sabía que cada ápice del dolor que experimentaba me pertenecía y que era real. No me encontraba allí parar resultar atractiva; estaba allí por y para mí.

Tras haber estado ocupada con las fiestas, bailando, coqueteando con los objetivos y espiándolos, volver a esgrimir era como regresar a casa. El tañido del metal contra el metal. Las rodillas flexionadas y los ojos entrecerrados. El impacto del contraataque posterior a una parada.

Portia soltó una risa cuando contrarrestó mi ataque y estuvo a punto de conseguir que la espada se me cayera. Pero, astutamente, esperé a que me atacara de nuevo. Aguardé a que creyese que había ganado y, entonces, salté hacia atrás, fuera del alcance de su estocada.

Cerca de nosotras, Théa vitoreó. Portia arrugó la cara, concentrada.

Arremetió nuevamente. Nuestras espadas se encontraron. Y entonces ocurrió.

No se trataba de algo que pudiese controlar. Después de ver las chispas, la espada se me cayó al suelo con un fuerte estruendo. De mi garganta escapó un violento sollozo.

El recuerdo de estar en el establo junto a *papa* me tragó: la luz matutina colándose por los travesaños, las motas de polvo danzando en el aire, yo dando vueltas para conseguir detener su espada.

—*Papa!* —había gritado entonces, soltando la espada al ver las chispas que habían saltado entre nuestros filos.

Pero *Papa* no estaba enfadado, no; se había reído, de hecho.

—No tengas miedo. Mira lo poderosa que eres, *ma fille*. Mira lo que has creado con tus manos y una espada.

Turbada, eché un rápido vistazo a la espada. Padre había alargado el brazo para cogerla del suelo y, después, me la había entregado.

—He aquí vuestra arma, *Mademoiselle la Mousquetaire*.

Aquella había sido la primera vez que me había llamado así.

—*Mon Dieu*, ¿te he cortado? ¿Estás sangrando? —Portia me agarró los brazos y los inspeccionó con desesperación en busca de heridas.

—*Papa* —fue todo lo que conseguí decir, pues me ahogaba cada vez que intentaba tomar aire. Era como estar sumergida tratando de respirar, con la esperanza de que entrase aliento en mis pulmones, pero, en su lugar, solo había agua.

Derramé sobre mis manos historias al completo en forma de lágrimas.

Unos brazos me envolvieron y me apartaron de la luz, del ruido. Me guiaron hasta un asiento. Cuando finalmente abrí los ojos me encontré en el estudio de madame de Tréville.

Nuestra mentora me tendió una taza.

—Tened.

Di unos cuantos sorbitos, despacio, y esperé a que mi respiración se acompasara, a que parara de tirar de mi caja torácica y de desgarrarla.

—¿Dónde están las demás?

—Les he pedido que nos dejaran a solas —contestó mientras me examinaba con la mirada—. Habéis puesto muchísimo de vuestra parte para reprimir lo que ha acabado ocurriendo. Si soy sincera, me sorprende que hayáis aguantado tanto antes de veniros abajo.

—Es solo que... cuando las espadas...

—No es necesario que me lo expliquéis —dijo con una amabilidad inesperada.

Bebí el té y después posé la taza sobre el escritorio. El miedo se infiltró en mi pecho.

—Por favor, no me apartéis de la siguiente misión. Sé que parezco inútil, pero no lo soy. Pronto remitirá.

—Siendo como sois una persona que cree que todos ponen en duda de lo que sois capaz, vos misma dudáis más de la cuenta —madame de Tréville hizo una pausa. Había algo que la reconcomía. Respiró con fuerza y asintió—. No he sido del todo franca con vos. Inicialmente, fue para proteger a la Orden. Os negabais en rotundo a mirar a vuestro dolor a los ojos… y soy plenamente consciente de que todos hacemos las paces con este de una forma distinta, pero es que vos lo bloqueabais de tal forma… y, después, a medida que fue pasando el tiempo, no quise contároslo para no sumar una distracción más a las ya presentes. A pesar de vuestra reticencia a uniros a la Orden y las difíciles razones por las que acabasteis haciéndolo, razones que no estoy segura de conocer por completo, os habéis tomado el convertiros en una Mousquetaire de la Lune de una forma que no podía haber llegado a prever. Antes de que llegarais pensaba en vos como un favor que le hacía a vuestro padre. Sí, cabía la posibilidad de que pudierais ser de ayuda a las otras, a servir de apoyo en las misiones, pero no pensaba que llegaría a asignaros vuestros propios objetivos. Sin embargo, resulta que, por derecho propio, sois un recurso para la Orden; sois igual de esencial que Portia, Théa y Aria. Vuestra dedicación y pasión por la esgrima es un don inusual que hace que tengáis el mismo entusiasmo en el resto de los ámbitos de la vida. Y no quería poner eso en peligro. Pero, llegadas a este punto, resulta obvio que la verdad es lo que permitirá que os recompongáis… y lo que garantizará vuestra dedicación a la Orden. —Se frotó el ceño. La presión de las yemas dejó un rastro entre rojo y rosado en su frente.

—No estoy segura de entender a qué os referís —dije.

—Hay motivos para pensar que monsieur Verdon, el mayor, está más involucrado en el complot de lo que creíamos. Como no cuenta con un título, tanto Mazarino como yo creímos que era más probable que el conde de Monluc, el que fue el objetivo de Portia durante vuestro primer baile, estuviese metido en el ajo antes que él, dado que el conde tiene influencia sobre los nobles. Pero cuando nos enteramos de que el pequeño de los hermanos Verdon lo visitaba, empezamos a caer en la cuenta de que la falta de título de Verdon sénior podría ser un móvil. Cuando el rey exilió a decenas de nobles tras la Fronda, redistribuyó algunos de los títulos de dichos nobles, otorgándoselos a aquellos que, a sus ojos, le eran leales. Pero a Verdon no le dio ninguno. Cabía la posibilidad de que llevara años planeándolo. ¿Lo entiendes ahora? Como ya os he dicho en anteriores ocasiones, es inviable que nos acerquemos directamente a Verdon sénior. Por eso debemos usar a su hijo para llegar a él, por eso el joven es vuestro objetivo. —Se mantuvo firme, el fervor se reflejaba en su rostro—. Y si logramos llegar a Verdon sénior...

Dejé escapar una leve exhalación y me resistí a masajearme las sienes.

—Me hubiese gustado que me hubieseis contado vuestras sospechas desde el principio. Pero sé que soy nueva en la Orden. Y asumo que tampoco es que haya sido muy obediente que digamos. Y estáis en vuestro derecho de... —Una voz ronca resonó dentro de mi cabeza. «Dos compañeros y yo fuimos llamados para investigar una muerte *en route* de la taberna Le Rare Loup a la residencia de un tal *monsieur* Verdon...». ¡Por eso madame de Tréville había preferido ocultármelo. Mi padre...—. No. No puede ser. —Estuve a punto de ahogarme con mi propia lengua, que permaneció pegada al paladar por efecto de las lágrimas y la saliva, y las mejillas me ardieron—. Se suponía que *papa* iba a alojarse en casa de Verdon. Pero fue él quien dio el aviso de que *papa* no había llegado.

En los ojos de madame de Tréville se podía ver la pena que sentía por mí.

—No termino de entenderlo...

—Estáis pensando como su hija. Pero debéis pensar como una mosquetera —musitó.

Mi corazón latía fuerte, más y más fuerte. El *marechaussée* y monsieur Allard dijeron que el cuerpo de *papa* había sido hallado en el camino que quedaba entre la hacienda de Verdon y la taberna del pueblo... «debéis pensar como una mosquetera»... A Verdon no le hubiese resultado muy difícil fingir que estaba angustiado por la seguridad de su huésped. Cabía la posibilidad de que se hubiese encontrado *en route* con *papa* y que lo hubiese atacado en el camino, a oscuras y sin testigos. ¿Quién podría asegurar que, en vez de apresurarse a visitar la vivienda de monsieur Allard al ver que padre no llegaba, Verdon no lo había matado y borrado su rastro, y luego fue en busca de ayuda para asegurarse de que no lo acusaran de nada?

Horrorizada, alcé la vista para mirar a madame de Tréville.

—Veo que os habéis planteado la misma posibilidad que yo. No obstante, es importante no confundir las conjeturas con la verdad. Aún queda mucho por hacer.

Me agarré a la silla en la que estaba sentada; los dedos blancos, sin sangre que corriese por ellos.

—¿Estuvo Verdon involucrado en la muerte de *papa*? ¿Có... cómo podéis pensar tal cosa? Lo que le hicieron los salteadores... Le cortaron la barba, el pelo...

—Es la primera vez que oigo de algo así —dijo madame de Tréville—. No obstante —titubeó—, no es sorprendente que haya permanecido en secreto. Cualquiera hubiera hecho lo que estuviese en su mano para evitar que se supiese.

—Pero ocurrió. ¿Qué motivo podía tener para asesinar a *papa* de ese modo?

—Puede que deseara humillarlo. O utilizarlo como un aviso para todos aquellos que tuviesen pensado hacer lo mismo que hizo él —afirmó.

—¿A qué os referís?

—Tania, vuestro padre no iba de aldea en aldea para valorar la apertura de nuevas escuelas de esgrima. Bueno, sí que lo hacía, pero el verdadero motivo de sus reuniones era otro. Estaba recopilando información acerca del complot contra el rey. Para ayudar a los mosqueteros. A Francia.

CAPÍTULO DIECIOCHO

La furia se desató dentro de mí.
—No teníais derecho a ocultármelo. Se trata de mi padre. ¡Mi padre! —Mantuve los dedos sobre el anillo, atrapado dentro de mi corsé.
—Debería habéroslo contado. Siento no haberlo hecho.
—¿Es cuanto tenéis que decir? Os habéis guardado lo que sabíais sobre mi padre. Me habéis estado mintiendo durante todo este tiempo. Y monsieur Brandon me ha tratado como... como a una pobre muchacha estúpida. —El recuerdo me atravesó como un cuchillo, la condescendiente expresión de su rostro enmarcado por el sombrero y la casaca, la forma en que se había atascado cuando trató de explicarse...—. Por eso titubeó —dije, y observé a madame de Tréville en busca de cualquier señal de remordimiento—. Fingió no tener recursos suficientes para investigarlo, pero lo que ocurre en realidad es que no quieren que se sepa que *papa* estaba trabajando como espía para ellos.

Empezaron a salir a la superficie más recuerdos: de puertas abiertas en mitad de la noche y de hombres embozados huyendo por las ventanas de una casa tras entrar a robar en ella. No buscaban las joyas de *maman*, sino los secretos de *papa*.

¿Cuánto de lo que me había contado *papa* era mentira? Sabía que el propósito tras sus viajes no podía limitarse a tomarle el pelo a los nobles, pero creía que el ir de un lado a otro era una excusa para visitar a sus amigos... *mais non*. Eran más que sus amigos; seguían siendo sus hermanos de armas, aunque ya no les informase a ellos, sino a madame de Tréville y a Mazarino.

—¿Cómo...? —me fui acallando. No encontraba la forma de hacer todas las preguntas que se agolpaban en mi mente.

—Esto es lo que sé: el suegro de vuestro padre obligó a los mosqueteros a relevarlo de su cargo. Se marchó a Lupiac creyendo que los días de servir a su país habían llegado a su fin. Sin embargo, la Fronda no había tenido lugar aún. Los mosqueteros necesitaron espías por todo el país, inteligencia para los partidarios de Condé. Fue entonces cuando contactaron a vuestro padre desde la Maison du Roi para ofrecerle que volviese a los mosqueteros, solo que en secreto. Continuó desempeñando dicho rol tras la resolución de la Fronda, y pasó a incluir, además, la responsabilidad de recabar información para la misión, aún en curso, de salvar al rey. De no haber recibido la carta que me escribió pidiéndome que pusiera a vuestra disposición una de las plazas de L'Académie, no habría llegado a conocer la historia al completo. En su misiva me explicó la situación y me confesó que temía qué sería de vos en caso de que él falleciera.

—Eso no justifica que no me lo contarais —dije, y la corté cuando abrió la boca para replicar—. Sí, soy consciente de que os preocupaba que saberlo pudiera hacerme más daño. Os preocupa más la vida del rey que la de mi padre. Pero no soy tan frágil como creéis.

—Me equivoqué, Tania, y me he disculpado por ello. Pero no voy a consentir que me habléis de ese modo. —Consiguió relajar los brazos, pero siguió forcejeando con el peso invisible que se había instalado en su nuca—. Por duro que sea, vuestro deber es con Francia. ¿No recordáis acaso lo que os dije aquella noche después de que monsieur Brandon se marchase?

«Si lucháis por el rey, también estaréis luchando por vuestro padre». En aquel momento, había parecido una afirmación sencilla: el último deseo de *papa* era que sirviese al rey. Y, en consecuencia, había tratado de hacer mío el amor que él le tenía a nuestro país. Pero eso no tenía nada que ver con aquello a lo que madame de Tréville se refería.

La ira se atenuó cuando un pequeño ápice de esperanza que resplandecía en mi interior se antepuso.

—¿De verdad es así de sencillo? Si conseguimos los nombres de aquellos que conspiran contra el rey y conseguimos pruebas incriminatorias para que los arresten, ¿nos dará eso pistas para averiguar quién es el asesino de *papa*? ¿Puede que se trate de la misma persona?

Finalmente, madame de Tréville me miró a los ojos.

—Creo que es la mejor oportunidad para resolverlo. Puede incluso que la única. Y solo sabréis la verdad si tenemos éxito con la misión.

Hasta aquel momento, creía haber estado dando lo mejor de mí. Pero no era cierto: podía endurecerme y templarme más aún, estaba segura. Me convertiría en acero, en la criatura que la Orden necesitaba. La que Francia necesitaba. Porque Francia y *papa* eran uno. Y *papa* lo era todo para mí.

⚜

—¿Qué ha pasado? ¡Creía que te había herido! —dijo Portia cuando salí del estudio de madame de Tréville. Me estaban esperando. Eran mis mosqueteras.

—Todas estábamos preocupadas —aclaró Aria con voz queda.

Miré al suelo.

—Prometedme que no lo sabíais.

—¿A qué te refieres? —preguntó Théa.

—A que mi padre... espiaba para los mosqueteros. Madame de Tréville cree que es posible que Verdon asesinase a *papa* porque se enteró de demasiados detalles del complot para matar al rey.

—¡Tu objetivo! —Los ojos de Portia refulgían como el acero en medio de un duelo—. Él asesinó a vuestro padre, y ella os lo ha asignado como...

—No, Étienne no, su padre —aclaré.

Se quedó en silencio. Incluso a Aria la había pillado desprevenida.

—¿Qué piensas hacer? —dijo finalmente Théa—. ¿Qué podemos hacer nosotras para ayudarte?

Deseé que mis intestinos se volviesen de acero. Las chicas me miraban a la espera de que hablase.

—Vamos a destruirlos... y a hacer que paguen por lo que han hecho.

Portia, Théa y Aria no eran como los mosqueteros de las historias de mi infancia. No eran los mosqueteros de *papa*. Pero me transmitían una calidez con la que podía hacer frente a la oscura y fría noche parisina que me ahogaba, al miedo de que en algún lugar se encontraban los traidores que planeaban el asesinato del rey. Traidores cuyas manos ya estaban manchadas con la sangre de *papa*.

Puede que aquellas chicas no fuesen los mosqueteros que llevaba toda la vida imaginándome. Pero eran incluso mejores, puesto que eran mis mosqueteras. Y supe en aquel momento, cuando las miré y en sus ojos vi reflejada la firme determinación que se veía en los míos, que yo también lo era.

Pensaba que la siguiente vez que viese a Étienne sería durante una fiesta. Sin embargo, tras el episodio del cruce de espadas con Portia, él hizo acto de presencia en forma de sello de lacre roto: un león apoyado sobre las patas traseras.

—Tania, hay una carta para vos —anunció madame de Tréville.

Théa, medio dormida e inclinada sobre una rodaja de pan, se puso recta como un ariete; echó los hombros tan hacia atrás que me sorprendió que no se le quedasen encajados.

—¿Una carta?

Madame de Tréville dejó el sobre cerca de mi plato. Aparté la taza de té que estaba esperando a que se enfriase; la expresión de nuestra tutora no revelaba nada sobre el contenido de la carta.

—Ha llegado esta mañana. Henri se ha encargado de clasificar el correo antes de irse a casa de Sanson a pasar el resto del día: ¡si no lo conociera, pensaría que desea formar parte de la Orden!

Mademoiselle Tania:

Espero que os encontréis bien, y, sobre todo, recuperada después del primero de nuestros encuentros. Os habría dicho esto en persona, pero no quisiera que pareciese una imposición, de ahí que haya optado por esta vía. Parece que se me están pegando eso del decoro y los buenos modales. Los bailes acostumbran a ser veladas sofocantes, mucha pompa y poca enjundia, pero conoceros a vos fue un soplo de aire fresco en el más concurrido de los cruces.

Sin embargo, un baile no es lugar para conocer bien a alguien. Por esa razón, solicito respetuosamente vuestra presencia como mi invitada en la inauguración del teatro Gramonde dentro de tres tardes desde este momento. Madame de Tréville y el resto de mesdemoiselles a su cargo están también, por supuesto, invitadas.

Vuestro humilde siervo,

É. Verdon

—Debéis aceptar —se podía percibir la insistencia en la voz de madame de Tréville.
—¿La habéis leído? —El sello estaba roto; era obvio que había abierto el sobre.
—Claramente no iba a haceros entrega de una carta sin examinarla en detalle antes —dijo madame de Tréville—. En otras circunstancias, me interesaría saber a qué se refiere con

«recuperada». Sin embargo, después de lo ocurrido ayer, me lo puedo imaginar…

Cuadré los hombros.

—No sabe nada. Me encargué de que así fuera.

No hice mención alguna de lo amable que había sido. Madame de Tréville desconocía las sutilezas de su carácter. El que hubiese abierto y leído la primera de las cartas que recibía de un hombre, invadiendo así mi privacidad, dolía más de lo que quería reconocer. No se trataba de una carta de amor, puesto que las palabras que me había escrito reflejaban afecto, sí, pero no devoción. No era importante; era solo que jamás creí que llegaría a recibir una carta similar a aquella. Que un hombre se interesaría por mí hasta el punto de decidir coger pluma y papel para revelarme una pequeña parte de lo que había en su corazón. Un hombre, además, que no consideraba que mis mareos fueran un signo de inferioridad.

Madame de Tréville me explicó cómo aceptar su solicitud y qué palabras usar: le escribiría cuando quedase poco tiempo, informándole de que tenía «otros compromisos» ese día, cosa que no era verdad, pero que «sacaría tiempo» para asistir.

Con la nariz arrugada, jugueteé con el platillo de la taza de té.

—¿Pero responder así no me hará parecer indiferente? —pregunté.

—Indiferente no, solicitada. Por eso mismo esperaremos a mañana para enviarle vuestra respuesta. Recuerda, Tania, que tanto nosotras como él estamos jugando. No debéis dejar que piense que ha ganado la partida sin que antes haya jugado todas sus cartas.

La noche de la inauguración esperamos en el exterior, con el crepitar de las respiraciones en el aire. No quedaba mucho para que llegase el invierno, que en aquel preciso momento daba la sensación de estar soplándonos en la nuca… y tampoco quedaba demasiado para el Festival de Invierno, puesto que el rey se había negado a cancelarlo; madame de Tréville se lo sugirió a Mazarino, quien a su vez recibió un sonoro *«non»*, además de alguna que otra palabra no apta para oídos sensibles. Madame de Tréville afirmó que era justo lo que esperaba de él, puesto que, a fin de cuentas, era un adolescente quejica que veía peligrar su evento preferido de la temporada. Usé la capa para guarecerme. Ya no quería proteger al rey solo para demostrar mi valía: tenía que destapar a los nobles y dar con la prueba de su deslealtad para resolver el asesinato de *papa*. Si sucedía lo que tratábamos de evitar, significaría que mi búsqueda de la verdad llegaría a su fin... y que moriría gente inocente. Miré a las chicas, sintiendo una punzada en el pecho. La muerte del rey implicaría también el final de otras cosas.

Portia cambió el peso de una pierna a la otra y juró por lo bajo antes de fingir una sonrisa.

—Qué noche tan maravillosa.

—Un poco fresca, eso sí —dijo Aria—. ¿Se te han vuelto a olvidar los guantes?

—*Non,* los tengo en los bolsillos, pero tengo demasiado frío en los dedos para... Espera, ¿qué haces?

Aria había agarrado a Portia por la cadera para deshacer los lazos de sus bolsillos.

—Pues sacar tus guantes, obviamente. —Una vez lo consiguió, se quedó mirando a Portia, a quien los rizos le enmarcaban el rostro y, en especial, los ojos, muy abiertos—. Asumo que necesitas que te ayude a ponértelos. Por lo de que tienes los dedos helados.

—Portia hizo un vigoroso gesto de asentimiento y le tendió una de las manos, mientras que la otra permaneció cerrada en un puño y agarrada a la falda de su vestido. Aria puso la mano de Portia en la suya y, a continuación, le colocó cada uno de los dedos dentro del guante.

—¿Qué ha sido eso? —preguntó Aria sobresaltada—. ¿No habéis escuchado ese chirrido?

—¡Son carruajes! —dijo Portia—. ¡Las ruedas de un carruaje!

El conocido ruido de los cascos de los caballos resonó sobre la piedra, obligándonos a prestar atención.

Madame de Tréville descendió, y antes de mirarnos a nosotras, frunció el ceño en dirección al frío cielo.

—Hagamos lo acordado: vosotras tres iréis en nuestro carruaje, mientras que yo acompañaré a Tania y monsieur Verdon. Quiero que os comportéis con sumo decoro.

Los carruajes se detuvieron con un chirrido. El lacayo bajó deprisa para abrir la puerta del carruaje desconocido y colocó las escaleras. Étienne, trajeado de azul marino y plata, salió del interior. El frío ya no era tan penetrante. Aunque a Théa le castañeteaba los dientes, yo me bajé la capucha sin dudarlo.

Étienne caminó hacia nosotras, se paró frente a madame de Tréville e hizo una reverencia.

—Madame. Es un honor que hayáis aceptado mi invitación. —A medida que se incorporaba, su mirada buscó la mía. Era curioso que ya no notase el frío, aunque seguía costándome respirar, dar con el oxígeno en el helado aire.

Las chicas hicieron una genuflexión a medida que eran presentadas, y después volvieron al carruaje. Bajo el cielo estrellado, los castaños ojos de Étienne parecían más oscuros.

—Las damas primero —dijo, agarrándome la mano mientras subía los dos peldaños hasta el carruaje. Noté calor en los nudillos.

Dada la presencia de nuestra carabina, no hablamos demasiado durante el trayecto. Para no levantar sospechas, madame de Tréville preguntó una sola vez por la familia de Étienne. Él se mostró siempre educado, aunque nunca llegó al punto de adularnos. Cuando durante la conversación se mencionó nuestro primer encuentro, él inclinó ligeramente la cabeza hacia un lado y, cuando me miró, pude ver que le brillaban los ojos.

Madame de Tréville, metida en su papel, tosió. Él se tensó y apartó rápidamente la mirada, puesta en la mía, y yo traté de ocultar mi sonrisa tras mi abanico de motivos florales.

Pero cuando salimos del carruaje, una vez pudo volver a cogerme la mano, sonrió.

—Al fin tenemos oportunidad de...

—¡Monsieur Verdon! —Étienne sacudió la cabeza y profirió un gruñido—. ¡Monsieur Verdon! —Un hombre se acercó a nosotros con las mejillas sonrojadas.

Étienne hizo las presentaciones, explicándome que se trataba de uno de los principales inversores del teatro.

—Le agradecemos que nos haya conseguido unas localizaciones tan extraordinarias —añadió Étienne.

El hombre rio y se recolocó las lentes.

—Cuánta modestia, monsieur Verdon. La inauguración no sería posible de no ser por la generosidad de vuestro padre. Es una lástima que no pueda presenciar el estreno.

Étienne tensó la mandíbula, aunque solo por un instante.

La muchedumbre nos obligó a cesar la conversación, y las chicas, junto con madame de Tréville, se unieron a nosotros. El vestíbulo era más grandioso incluso que el propio amphithéâtre: contaba con tallas de madera de las musas griegas, que representaban a las hermanas riéndose mientras escribían sinfonías y sonetos y holgazaneaban en las blancas piedras de la margen del río. Portia señaló varias de las representaciones para que Théa se fijase en ellas, y le explicó la maestría con la que estaban hechas mientras ella ocultaba un bostezo tras la enguantada mano. Un aluvión de voces, de diferentes idiomas, distintos acentos...

Nos hallábamos en una de las galerías privadas del teatro, por encima de los asistentes de la platea y los espectadores situados en el propio escenario. Théa se ocupó de distraer al inversor, que intentaba pegarse a Étienne, preguntándole sobre la obra (una comedia), firmada por un dramaturgo emergente con un apellido que sonaba como «*manteau*».

—No tengo ni la menor idea de teatro, *monsieur*. Haga el favor de explicarme qué esperar de la obra. ¿Se va a representar algo excesivamente perturbador? Debo preparar mis nervios, como comprenderéis. —Miró por encima del hombro y, sin disimulo, me guiñó un ojo cuando consiguió alejarlo de nosotros.

Mi asiento no estaba tan próximo al de Étienne como para resultar indecoroso, pese a eso, cuando se sentó a mi lado, sentí un hormigueo de nervios en la nuca. Madame de Tréville tenía una gran habilidad para mantenerse impertérrita, pero, aun así, yo había aprendido a interpretar su expresión: estaba a medio camino entre la indignación, por la osadía de Étienne, y el alivio, por no verse en la necesidad de sortear las convenciones sociales para acercarnos.

Pero, cuando se alzó el telón, todo eso dejó de importar. Cuando el público chistó. Distintas compañías de artistas itinerantes solían visitar Lupiac anualmente, cerca de *la Nöel*. Pero ver a un grupo de actores con un elaborado vestuario reír, luchar y enamorarse sobre el escenario de un *amphithéâtre* era una experiencia muy distinta. A *papa* le hubiese encantado; *maman* hubiese opinado que era un espectáculo ridículo mientras intentaba ocultar la sonrisa que le provocaba la expresión de asombro de padre. El actor principal resultaba especialmente convincente, y cada vez que se lamentaba de su destino, separado de su amada porque así lo querían sus familias, mi mirada se quedaba clavada en su rostro. ¿Se asemejaba aquella situación a la que hubieron de vivir mis padres? Padre, valiente pero demasiado pobre a ojos de la *noblesse* presente en aquella sala. Madre, que tuvo que renunciar a cuanto había conocido hasta entonces.

Transcurrida una hora de la representación, noté que Étienne estaba más pendiente de mí que de la obra. «Esperad al momento oportuno», me había aconsejado madame de Tréville. «Dejad que sea él quien se acerque a vos». Hasta entonces, no había posado su mirada en mí durante más de un par de segundos. Pero en aquella ocasión, sin embargo, duró más de un minuto, hasta que me decidí a llamarle la atención.

—No estáis prestando atención al espectáculo —lo reprendí, suavizándolo con el ápice de una sonrisa.

—Puede que no. Sin embargo, estoy observando una maravilla un millón de veces más fascinante.

Noté una cierta calidez en las extremidades. Mantuve la vista fija en los actores. La situación no tenía nada que ver con la que viví con Jacques en el jardín cuando nos sentamos. Nada había arruinado esta segunda, aunque ya llevaba un rato esperando que algo malo ocurriese. Me costaba centrarme en la escena que estaba siendo representada en el escenario. Era plenamente consciente de cada uno de los movimientos de mi objetivo: la forma en que tamborileaba los dedos sobre la rodilla, el ruido que hacía la tela de su vestimenta cuando se movía en el asiento, su mirada cual hierro candente, la falta de aire...

En cuanto cerré los ojos, vi el cuerpo de *papa*, helado y tirado en el borde de un camino sin nombre. Los abrí de golpe. Las manchas de sangre fueron remplazadas por cojines de terciopelo, un escenario repleto de intérpretes y el grupo de espectadores que habían tenido que quedarse de pie.

—¿Va todo bien? —Su expresión mostraba verdadera preocupación, igual que sus palabras; daba la sensación de estar siendo completamente honesto. Pero nada importaba lo más mínimo, porque padre estaba muerto.

—Estoy un poco acalorada y... mareada. —No había nada mejor que una mentira con algo de verdad, ya que eso no solo me hacía sonar sincera, sino que me salía con total fluidez.

¿Fruncirá los labios? ¿Me catalogaría de chica debilucha, frágil? ¿O, por el contrario, sería correcta mi teoría de que era mejor hombre de lo que la gente creía?

—Permitidme acompañaros a tomar el aire.

—Estar a solas sin supervisión resultaría inapropiado —mi voz era suave, provocadora.

—No os estoy invitando a callejear por París. Será un paseo rápido. O, si lo preferís, también podríamos sentarnos. Ni siquiera nos alejaremos del teatro.

Me tendió la mano incluso antes de que me diese tiempo a preocuparme por tener que ponerme en pie. Antes de que pudiese contestar. En cualquier otra situación, no habría aceptado aquello que necesitaba; habría optado por arrepentirme más tarde, cuando ya estuviera postrada en cama. Sin embargo, cuando mis dedos presionaron su mano, su rostro no varió ni un ápice. Antes de marcharnos, sin que mi objetivo fuese consciente de ello, madame de Tréville le hizo una señal a Aria.

Étienne me llevó de vuelta al vestíbulo (que se encontraba desierto, salvo por unos pocos rezagados) y después me dirigió hasta una puerta tras la que aguardaba un patio. A un paso de donde nos encontrábamos había verdes estructuras florales acabadas en punta. Aria nos siguió de manera silenciosa, sutil, prácticamente imperceptible. Pero no tenía forma de atravesar aquel umbral sin ser vista. Me di unos golpecitos en la falda con dos dedos; a ojos de un observador cualquiera, solo me estaba colocando el vestido. Sin embargo, era la señal para hacer ver que, aunque no diese esa sensación, no corríamos peligro y tampoco necesitábamos ayuda.

No sería como durante el primer baile. Ahora, no solo era más fuerte, sino también más inteligente.

—¿Veis? No era necesario que saliésemos del recinto —dijo Étienne, cerrando la puerta—. Pero sí he descuidado nuestro propósito. Mientras planeaba este, nuestro próximo encuentro, pensé que sería mejor tener a mano un lugar fresco de fácil acceso. Y eso fue lo que hice, puesto que el calor es un problema para vos. ¿Os encontráis algo mejor?

Volví a posar mi mano en su brazo, ignorando el escalofrío de la brisa al sentir el calor de su piel a través del tupido tejido bordado. También traté de ocultar la impresión que me causó lo considerado que había sido conmigo.

—Mucho mejor —contesté—. Teníais razón: el aire me está viniendo bien.

Una mueca de satisfacción apareció en su boca. Étienne era atento, pero no dejaba de ser un hombre; como ocurría en el caso de los demás objetivos, el orgullo era parte de él.

—¿Estáis disfrutando del espectáculo? —me preguntó mientras paseábamos por el borde del patio. La brisa nos suspiraba en la cara.

—Mucho. Gracias de nuevo por extender vuestra invitación a las demás. Estaban muy emocionadas.

—Creo que sabréis que lo hice por vos. Es cierto que vuestras compañeras son encantadoras, pero era a vos a quien ansiaba ver. —Malinterpretando mi expresión, se detuvo de pronto—. He sido demasiado atrevido.

—Sí.

Frunció el ceño.

—Perdonadme, por favor.

Fruncí un poco los labios. Después de llevar practicando el gesto durante meses, ya no me sentía incómoda haciéndolo, a diferencia de cuando llegué a París. Su brusca inhalación se fundió con la noche.

—No estoy segura, monsieur Verdon. Al fin y al cabo, el honor y la virtud son las dos posesiones más preciadas de una dama.

—¿He regresado al estatus de *monsieur?* ¿Quién hubiese pensado que mi nombre y apellido podían llegar a herirme de tal modo? *Mademoiselle,* os lo suplico: aceptad mis disculpas.

—Bueno, si me lo suplicáis... —hice una pausa; él esperó—. De acuerdo, las acepto.

—Qué retorcida. —Se rio, y la tensión se disipó.

—Casi se me escapa la risa. Se os veía tan alicaído...

—¿Alicaído? —inquirió Étienne—. Os equivocáis. —La cara me ardía—. Estaba desolado. —El fuego se propagó por todo mi cuerpo—. Por bello que sea el rubor en vuestras mejillas, no pretendía avergonzaros. Hablemos de algo distinto. ¿Cómo lleváis vivir con madame de Tréville? Lleváis en L'Académie unos cuantos meses ya, ¿no es así?

¿Cómo describir lo que aquel lugar significaba para mí? Las lecciones de esgrima, las noches dedicadas a prepararnos para la siguiente fiesta dentro de un desfile interminable de ellas, la espada y la daga pegadas a mis caderas bajo capas y capas de delicada seda. Las chicas que tenía a mi lado y que jamás iban a permitir que me derrumbase.

—Estoy muy contenta —dije finalmente.

—Me alegro de oírlo. He pasado por delante de la casa con el carruaje en varias ocasiones, y me había parecido que quizás se os hiciera demasiado grande y solitaria, viviendo en ella solo vosotras cuatro y madame de Tréville.

Estuve a punto de corregirle, pero me detuve. Étienne no sabía de la existencia de Henri. Ahora bien, podía usarlo a mi favor. Madame de Tréville había dicho que le gustaba jugar al ratón y el gato. Interpreté mi papel lo mejor que pude, profiriendo un fuerte suspiro al pasar la mano libre por la corteza de un árbol sin hojas.

—Bueno, también vive con nosotras el sobrino de madame de Tréville. Pero ha estado bastante ocupado —dije con expresión ceñuda—. Las últimas veces que lo he visto ha sido en circunstancias verdaderamente extrañas. —Una mentira con parte de verdad. Ciertamente, Henry llevaba un tiempo ya bastante atareado...

Étienne me escuchó atentamente antes de responder.

—Mentiría si dijera que lamento que un posible rival haya dejado de pasar tiempo con vos, pero sí me apena, no obstante, cualquier cosa que os entristezca.

Dejé que sus palabras, tensas, permanecieran en el aire durante el mayor tiempo posible y, después, mirándolo desde abajo, a través de mis pestañas, negué con la cabeza.

—Os equivocáis; él no es más que un amigo —dije. Pareció relajarse. En vez de continuar hablando, empezó a caminar de nuevo dando grandes zancadas, lo cual hizo que necesitase avanzar tres pasos por cada uno que él daba—. ¿Puedo haceros una pregunta?

—Creo que es lo más justo, *non*? Yo os he hecho una, y ahora os toca a vos —dijo.

Al tiempo que me humedecía los labios, pensé en las instrucciones que me había dado madame de Tréville. También pensé en cómo la mandíbula de Étienne se había tensado frente al teatro.

—Antes, cuando el inversor del teatro ha mencionado a vuestro padre, me ha dado la sensación de que estabais molesto. —Se tensó—. Perdonadme. No quisiera entrometerme...

—No pidáis perdón. —Parte del oscuro pelo se le había soltado de la cinta. Si me encontrara en otro lugar y momento, si quizá fuese una muchacha que no estuviera tratando de descubrir secretos para la Orden, una cuyas temblorosas piernas no fueran pasto de oscuras olas, me pondría de puntillas para colocarle los mechones sueltos detrás de la oreja—. Quiero ser dueño de mí mismo. No quiero que se me relacione con el dinero de mi padre, sino con cambiar las cosas. Sé que resulta difícil de entender...

—Al contario. —Me observó sorprendido, y contuve las ganas de no decir más—. Queréis estar a la altura de las expectativas de los demás, pero también deseáis labraros vuestro propio camino. Deseáis no llegar a sentir jamás que sois lo suficientemente bueno de la forma en que ellos creen que habéis de serlo.

Se reflejó una nueva emoción en su rostro.

—Lo decís como si lo hubierais vivido.

—Es inevitable que empatice con tales sentimientos, siendo madame de Tréville mi mentora. —Solté una risa, una táctica para ganar tiempo—. ¿Tenéis algún familiar que pueda llegar a entender vuestra difícil situación?

—Mi tío trató de hacerse un nombre como comerciante. Es probable que él fuese capaz de entender mi posición..., pero nunca he hablado sobre el tema con él, no seriamente. No como lo estoy haciendo ahora con vos.

Tragué saliva. Intenté mantenerle la mirada, la suya era penetrante. Acababa de decir que no deseaba ruborizarme, y, aun así...

—Ha de estar muy ocupado cerrando tratos, supervisando barcos y demás.

Étienne sonrió, como si fuera consciente de que yo había entendido a lo que se refería, pero hubiese preferido interpretarlo de una forma distinta.

—Me sorprendió que dijera que acudiría a la velada de hoy para apoyar la inauguración, y, francamente, dudé que fuese cierto. Y no me equivocaba. Justo después de escribiros, recibí una carta suya en la que se disculpaba por lo tardío del aviso; finalmente le resultaba imposible venir, dado que debía prepararse para descargar el último envío del año. Debería haberle pedido a uno de sus hombres que lo sustituyese..., pero, en fin, a estas alturas, ni siquiera me sorprende. —Bajó la cabeza para mirarme y yo la levanté para mirarlo a él, y tratar de encontrar el peligro que su padre había ocultado en ella, el peligro que no conseguía hallar.

Cogí aire y traté de taparlo con una tos. Pero el ruido no cesó, y se mezcló con una serie de gritos que reverberaban desde algún punto del exterior. Estos llegaron en ondas hasta el patio estrellado, derramándose hacia el interior.

—¿Habéis oído eso?

Étienne frunció las cejas.

—No hay de qué preocuparse. Probablemente se trate de un rezagado enfadado por que no le dejan pasar.

Introduje de nuevo la mano en el pliegue de su brazo justo antes de que oyésemos un grito, alto y desolado, que flotó en el ahumado aire nocturno. Después, cesó abruptamente.

—Hemos de regresar con los demás —dijo Étienne.

Me colgué de su brazo para encontrar el equilibrio mientras el giraba con brusquedad hacia la puerta.

—¡Tania! ¡Gracias a Dios! —exclamó Théa cuando cruzamos el umbral. Resultaba diminuta en contraste con el grupo de apiñados asistentes, muchos de los cuales inundaban en aquel momento el vestíbulo—. Ese grito... me preocupaba... y no quiero decir, monsieur Verdon, que creyera que estuviera en peligro encontrándose con vos...

Él la cortó, pero no de forma desconsiderada:

—Lo comprendo. Me alegra saber que Tania cuenta con amigas tan leales. —Théa volvió su mirada hacia la mía ante la mención—. *Mademoiselle* —continuó diciendo él—, ¿se sabe qué ha causado semejante alboroto?

—Uno de los espectadores... Solo recuerda que ha salido al vestíbulo y, luego, ha notadp un intenso dolor en la nuca. Ha vuelto en sí durante un breve lapso, pero no ha tardado en desmayarse. Un transeúnte asegura haber visto a alguien salir corriendo del teatro como alma que lleva el diablo. En este preciso momento hay unos cuantos hombres, que están ahí junto a la puerta principal, organizando una especie de grupo de búsqueda, para investigar el asunto —explicó Théa.

Étienne dirigió su atención hacia mí, después hacia las puertas dobles y, luego, de nuevo a mí.

—Me quedaré si os encontráis mal.

—Madame de Tréville no permitirá que nos ocurra nada —dije con el pecho y la garganta encogidos. La forma en que Étienne me recorría con la mirada no me hacía sentir incómoda, pero aun así me aparté un poco y me acerqué a Théa.

En su rostro pude ver que no tenía clara su decisión.

—Prometedme que permaneceréis con el grupo hasta que lleguen los guardias.

—Lo prometo.

No tenía razones para sentirme culpable, pero lo hice. Él se me quedó mirando un poco más. Y, a continuación, tras darme un firme y breve beso en la palma, se alejó para unirse a la búsqueda.

—Deprisa.

Alguien tiró de mi codo. Théa. Su cara, que hacía un momento mostraba una expresión asustada, ahora era todo aristas pulidas con una piedra de afilar. Me arrastró hasta la aislada arcada bajo la que se encontraban Portia, Aria y madame de Tréville.

Seguimos a nuestra mentora, que nos condujo alrededor de un muro con forma de medialuna, atravesamos una de las salidas traseras y dimos al exterior, en la oscuridad. Del interior del teatro salían una serie de voces, pero, una vez se cerró la puerta, se hizo el silencio. Madame de Tréville comprobó los alrededores al tiempo que Aria empezó a hablar:

—Un ataque la noche inaugural de un teatro financiado casi en su totalidad por un noble inconforme. Y además resulta que, casualmente, no acude a la primera de las representaciones. ¿Qué podría ser más importante para él que alardear de su fortuna?

—¿Creéis que la noche inaugural era una tapadera? —traté de adivinar.

—Una distracción para meter algo o colar a alguien en la ciudad, o para transportar algo que ya está dentro a una localización más segura. El atacante puso pies en polvorosa para llamar la atención de los guardias. Todos sus esfuerzos estarán puestos en encontrarlo a él —señaló Aria a la vez que se paseaba de un lado a otro, girándose cada vez que daba cinco pasos en una misma dirección, que era cuando llegaba al muro del callejón.

—Pero eso no explica el estruendo. Un cuerpo que cae al suelo no hace tanto ruido —advirtió Portia.

—Bueno, algo no salió según lo planeado —dijo Aria, con su cristalina mirada puesta en la calle contigua—. ¿Puede que la víctima se encontrase en el lugar y el momento equivocados? O quizá al atacante lo interrumpió un paisano en plena faena. O quizá no tenía intención de hacer daño a la víctima.

—No tenéis ni idea de lo que le hicieron a mi padre —escupí—. No se trata de gente a la que le importe a quién hacen daño. Probablemente ese hombre no dudó al atacar. Probablemente disfrutase haciéndolo.

Me giré al oír el ruido de unas botas sobre la piedra. A unas cuantas manzanas, se oyeron unos gritos indiscernibles; los «detectives» llamando puerta por puerta. Pero todo quedó relegado a un segundo plano cuando las sombras se movieron.

—Tania, habéis...

Elevé la mano para pedir silencio; no estaba segura de quién me había hablado. Observé, esperé, me adentré poco a poco en la oscuridad... y entonces lo vi. Un hombre salió como una flecha de detrás de una montaña de barriles tumbados y se apretujó para meterse en un callejón cercano.

—¡Portia, Théa, id tras él! —ordenó madame de Tréville—. Aria, ve por detrás y aproxímate por la dirección opuesta. Yo haré guardia frente al teatro por si trata de pasar desapercibido entre los hombres del grupo de búsqueda. Tania —dijo al tiempo que las demás se alejaban corriendo—, monta guardia aquí. Si regresa, le cortarás el paso.

—Pero... —Se marchó antes de que terminase la frase.

Mi mirada se extendió por las sombrías grietas, los enturbiados charcos, los embarrados adoquines. Ojillos brillantes centelleaban en los oscuros rincones, y a estos los acompañaba el ruido de garras al escabullirse y la sensación de estar siendo observada. Pero en ese callejón no había nadie. Nos encontrábamos a solas las ratas y yo.

Oí cómo una puerta se abría emitiendo un chirrido y a continuación se cerraba. Con los hombros prácticamente pegados a la barbilla, di unos cuantos pasos hacia la montaña de barriles. Otro movimiento. El ruido de uñas en el empedrado.

De la pila de contenedores de madera vieja solo había salido un hombre. Pero ¿y si quería distraernos? Hacer que nos fijásemos en él y no en otra cosa... o en otra persona.

Para quedarme tranquila, opté por echar un vistazo rápido detrás de los barriles. Cuando me encontraba a unos metros, me apoyé en un trozo de madera para poder inclinarme a mirar.

Un puño, que pasó zumbando cerca de mi mandíbula, salió disparado en dirección a la noche. Me agaché. Cortó el aire con un silbido; todo se volvió borroso. Conseguí estabilizarme a la vez que una figura oculta por las sombras se alejaba de mí a la carrera.

Me apresuré a ir tras ella, echándome las faldas a un lado para poder correr con menos dificultad. Serpenteaba entre la claridad y las sombras, giró bruscamente hacia la izquierda, se detuvo y apoyó las palmas contra la parte trasera de un bello escaparate con los vitrales pintados.

¿Qué diablos? Si ya antes no habría sido capaz de atraparlo, mucho menos podría ahora que los puntitos negros comenzaban a extenderse por mi visión y que las piernas me empezaban a flojear. Si seguía corriendo, no sería capaz de atraparlo. Pero se había detenido. Tenía una oportunidad.

Impulsó el brazo hacia arriba, en dirección al tejado. Unos ganchos metálicos chirriaron al entrar en contacto con las tejas, y algunas salieron volando cuando el artilugio logró asirse a la chimenea. El miedo se abrió paso en mi pecho cuando el desconocido empezó a trepar por la soga que ahora caía por la fachada del edificio.

Me lancé hacia la pared de piedra y busqué a tientas el final de la cuerda. El hombre se balanceaba. La soga me cortó las palmas. Mientras me impulsaba cuerda arriba, mi pie chocó contra una ventana. Se me hizo un nudo en el estómago cuando oí el sonido que hace el cristal al romperse; era muy probable que aquella ventana valiese más que cualquiera de mis posesiones pasadas y presentes.

El hombre miró hacia abajo y, al verme, soltó un juramento. Se encaramó por el borde del tejado y trepó a la chimenea, en su mano resplandeció algo plateado: el gancho de la soga.

Noté que esta cedía antes incluso de verlo. Durante un vertiginoso y escalofriante segundo, caí. Pero mis dedos se agarraron a una teja, que se movió con la oscilación de mi cuerpo. Con la otra mano, me agarré al borde del tejado.

El hombre se había esfumado.

—¿Tania? —se oyó preguntar a Théa, pero me había quedado sin aliento; no tenía forma alguna de hacerle saber dónde me encontraba.

La teja no soportaría mi peso mucho tiempo. Conseguí asirme a otra justo antes de que la primera se soltase y fuera a parar al suelo. ¿Cinco? ¿Diez metros? La caída no se parecía en nada a las que había experimentado en la plaza del pueblo. En esta ocasión, no serían las yemas de una docena de huevos lo que mancharía los adoquines.

—¿De dónde ha venido ese...? Oh, *mon Dieu*. Portia, Aria, ¡daos prisa!

La piel se me rasgaba, me ardía. Los brazos estaban a punto de separárseme de los hombros. Los dedos me sollozaban.

—¡Aguanta! —chilló Portia—. ¡En el teatro tiene que haber una escalera!

—¡No hay tiempo! —las palabras de Aria eran una daga hecha de miedo.

—¿Qué otra opción tenemos?

Se oyó ruido de pasos. Empecé a ver cómo la pared y las pocas tejas que quedaban dentro de mi campo de visión se ondulaban.

—¡Aguanta, Tania! —a la voz de Théa, aguda y alta, le costó abrirse paso entre el ruido del palpitar enfurecido de mi corazón.

Me temblaron los dedos. Las vibraciones me sacudieron los huesos.

La teja se soltó bajo mi mano izquierda, y rasguñó las cicatrices de cuando destrocé la valla de mi casa. Estaba demasiado exhausta para tratar de agarrarme de nuevo, por lo que me quedé colgando solo del brazo derecho. La voz de *papa* entró como una tromba en mis oídos.

«Aguanta, Tania. Aguanta».

Con los dientes apretados, vi como la teja bajo mi mano derecha empezaba a soltarse muy lentamente.

Un poco más. Si resistía un poco más, a las chicas les daría tiempo a regresar con la escalera y todo volvería a estar bien, estaría a salvo, y entonces… la teja salió volando.

Era demasiado tarde. Demasiado tarde para tratar de agarrarme a algún sitio, pero aun así lo intenté, aunque lo único que aferraron mis dedos fue aire. El mundo se desmoronaba, caía en picado y…

—¡Uf!

Uno de mis codos ardió al chocar con la piedra; el otro dio contra la blanda carne del estómago de Théa. Siseó al recibir el peso de mi caída y, a continuación, me incorporó, me agarró del hombro justo cuando el mundo a mi alrededor daba vueltas. Unas esquirlas de aire me atravesaron los pulmones. Cuando finalmente fui capaz de respirar sin que mis costados chillasen, miré a mi nerviosa compañera. La falda de su vestido, llena de suciedad y polvo, estaba echada a perder, y una de las mangas, desgarrada a la altura de la muñeca. Hizo una mueca de dolor cuando sacudió los brazos y las piernas.

—¿Qué ha ocurrido? —grazné.

—Te he cogido —dijo Théa, y luego frunció el ceño—. Soy dura como la piedra: no debería tener más que un par de rasguños, algún golpe y puede que quizá alguna torcedura.

—No, no me refería a... Gracias. El hombre al que perseguía yo y el otro hombre al que Portia y tú seguíais el rastro, ¿han conseguido escapar?

—Nosotras lo hemos atrapado... Un momento, ¿estás diciendo que hay un segundo hombre?

Mi risa se convirtió en un jadeo.

—No acostumbro a escalar edificios por diversión.

A Portia y a Aria les costó salir por la puerta exterior. La escalera que cargaban sobre los hombros cayó al suelo con un fuerte ruido metálico.

—¡Tania! —exclamó Portia a la vez que corrió hacia mí—. ¿Estás herida? ¿Lesionada?

—¡Pero bueno! ¡Ha caído encima de mí! —dijo Théa sin poder creerlo—. ¿Nadie va a preocuparse por las heridas que *yo* pueda tener?

—¡Es Tania la que se ha caído desde un tejado! —dijo Portia—. Cuando hagas tal cosa, podrás esperar compasión por mi parte. —A pesar de la bravuconería, Portia tiró de Théa después de inspeccionar mis heridas y chascó la lengua a medida que examinaba los rasguños y arañazos de sus brazos.

Volvimos al teatro cojeando, Théa poniendo gesto de dolor y yo con los brazos extendidos, inservibles, con Portia y Aria cargando conmigo. Me explicaron cómo habían capturado al otro hombre (el que golpeó al asistente de la inauguración) acorralándolo al otro lado del teatro. Me mantuvieron erguida durante la racha de mareos, posando sus manos en mis codos. Fuera del teatro, intenté otear la calle en busca de Étienne, pero las chicas me hicieron subir directamente al carruaje.

Dada la insistencia de madame de Tréville, le relaté lo ocurrido como pude: el hombre, la soga, los barriles. Antes de eso: Étienne en el patio. El desdén que sentía por su padre. Que se le había escapado que su tío estaba pendiente de recibir el último de los cargamentos. Su genuina sorpresa ante el disturbio. Que había estado a punto de quedarse porque le preocupaba mi seguridad.

—Hombres. Se creen unos héroes —resopló madame de Tréville—. Siguen patrullando; los he visto cuando iba a vuestro encuentro. No os preocupéis —prosiguió—, estaban suficientemente ocupados buscando pistas en la otra calle como para tan siquiera pensar en registrar los callejones. Un gran trabajo el suyo.

—Los mosqueteros deben estar de camino —apuntó Aria—. No pueden ignorar una alteración del orden público. Y menos una con tantos testigos nobles.

Madame de Tréville asintió.

—Brandon ya ha llegado; ha venido en cuanto le he avisado. Hará lo que esté en su mano para refrenar a los reclutas más entusiastas e interrogará él mismo al agresor. Enviará un informe a casa antes de que amanezca. —A continuación, cuando procesó la imagen de mis hombros caídos, suspiró—. La culpa es una emoción inútil que no nos servirá de nada. Es posible que hayamos atrapado a un miembro de la red de contrabando. El interrogatorio quizás nos revele para quién trabaja. Sí, esperar es un fastidio, pero también es una parte inevitable de nuestra profesión. Ahora bien, en cuanto al que escapó... —Suspiró y se masajeó las sienes—. Lo único que nos queda es rezar para que, de ellos dos, no sea el más importante. Y para que no consiga huir de la ciudad antes de que la Maison du Roi dé con él.

Me recosté en el asiento. Dejé que la latente inflamación de mis brazos tomase el control de mi visión hasta que todo se volvió de un palpitante color rojo y negro.

Se me había escurrido entre los dedos con la misma facilidad que las tejas. Daba igual lo fuerte que yo hubiera llegado a ser, solo había logrado observarlo huir bajo la fría y oscura noche.

CAPÍTULO DIECINUEVE

Las chicas insistieron en que nos quedásemos despiertas para hacerle compañía a madame de Tréville hasta que recibiese información sobre la identidad del segundo hombre. Sentada en una silla tapizada en terciopelo y con toallas calientes sobre los brazos, me pasé el rato cabeceando. Aria le vendó el tobillo a Théa con trapos de lino. Henri no había llegado a salir de su habitación para ayudarnos; madame de Tréville nos explicó que Sanson le estaba haciendo ir al trabajo muy pronto, por lo que necesitaba descansar. Se hacía raro verla interpretando el papel de tía preocupada por su sobrino, teniendo en cuenta que la mayor parte de su tiempo lo dedicaba a encontrar cada uno de nuestros fallos durante las lecciones.

—El hombre al que Aria y Portia atraparon había sido contratado como matón, probablemente por algún noble que no quería mancharse las manos. —Madame de Tréville plegó la carta tres veces mientras hablaba; la luz, procedente de la chimenea, resbalaba por el papel. Las crepitantes llamas eran lo único que mantenía el comienzo del helador invierno parisino a raya—. Parece ser que lo contrataron en los muelles. Una figura envuelta en una capa le ofreció una bolsa de *livres* a cambio de vigilar a otro hombre. Concretamente al que vos perseguisteis, Tania, que es probable que fuese un mensajero. Todo el ataque estaba planeado. Eso, sumado al alboroto de la inauguración, era la distracción perfecta. Ahora bien, seguimos sin saber de qué trataban de desviar la atención. Como el segundo sospechoso se escapó, no podemos interrogarlo. Basándonos en la información que habéis conseguido recabar, me inclino a pensar que anoche se transportó una gran cantidad de armas. Debía tratarse de algo de importancia capital, algo que, de no estar distraídos la mayoría de los guardias de *le quartier*, habría llamado demasiado la atención en las calles.

Tania sintió un dolor palpitante tras los ojos al hablar.

—Pero ¿qué hay del cargamento al que hizo mención Étienne, el que estaba supervisando su tío?

Mientras yo cavilaba, Portia me interrumpió, molesta.

—¿Y no se le ocurrió al hombre preguntar por qué había tanto misterio alrededor del encargo? ¿Se limitó a aceptar el dinero así sin más?

—Le haría falta —gruñó Aria. Théa hizo un gesto de dolor cuando le apretó las vendas del tobillo—. Es razón suficiente. Los estibadores ganan una miseria. El dinero que le ofrecieron sería más del que gana en un mes. Y el invierno está a la vuelta de la esquina. La gente que vive fuera de Le Marais también pasa frío.

Portia quiso protestar, pero madame de Tréville la detuvo con una gélida mirada.

—No podemos perder el tiempo en esto. —Le dio la vuelta a la carta—. Partiendo de la observación que ha hecho Tania, existe la posibilidad de que la distracción sirviese a varios propósitos a la vez... Sin ir más lejos, durante los próximos días la Maison du Roi estará tan centrada en investigar lo acontecido en el teatro que descuidará la vigilancia los muelles. ¿Dijo vuestro objetivo algo más? ¿Algo que nos pueda ser de ayuda? —me preguntó.

La calidez del brazo de Étienne sujetándome, ayudándome a ponerme en pie...

Pestañeé.

—En realidad no. Ét... mi objetivo y su padre no tienen buena relación. Se enteró de lo del cargamento porque su tío rechazó la invitación a la inauguración del teatro. Incluso si sospechase algo sobre la corrupción de su padre y su tío, me sorprendería mucho, hablando con el odio que habla de él, que participase de algo en lo que su padre estuviese involucrado.

Aria me observó con el ceño y los ojos fruncidos, como si pensara que me estaba guardando algo. De acuerdo, no había narrado la interacción al detalle, desde las sutiles miradas hasta la visión del perfil de Étienne bañado por la luz de las estrellas, pero nada de eso le servía a la Orden, a nuestra misión. Había hecho que él me deseara, tal y como se me había encomendado. Madame de Tréville no quería que la entretuviésemos con los pormenores de nuestro proceso de seducción, no necesitaba conocer cada frase que habíamos pronunciado.

Nuestra mentora contempló el crepitante fuego, los restos de la madera envueltos en las azules llamas. A continuación, se movió para tenerme de frente. En su rostro, entre la extenuación y la frustración, podía intuirse también cierta aprobación.

—Menuda travesía la vuestra desde que llegasteis a mi puerta. Y todavía os queda mucho camino por delante..., pero sé que estáis comprometida a destapar la verdad. Si creéis que ya no puede sonsacársele más información, puedo encontraros otro objetivo, incluso varios, quizá. Los amigos de su tío o de su padre, por ejemplo. Además de Verdon hijo, claro está. Si hay una posibilidad, por mínima que sea, de que sepa más de lo que os ha dado razones para sospechar, no podemos dejar que esa información se nos escape. Ahora bien, no voy a perder tiempo exprimiendo una naranja que ya no va a darnos más zumo.

Me dolía el pecho. Las consecuencias de haber trepado aparecían al fin.

—Podéis retiraros. Aria, ahora que tenemos la certeza de que se sirven de terceras personas para llevar a cabo su plan, la misión de la que ya os he hablado será de gran importancia. Théa y Portia se encargarán de la distracción, y que Tania os acompañe, puesto que es la que tiene mejores reflejos.

Cuando madame de Tréville se marchó, rodeamos a Aria.

—¿De qué...? ¿De qué misión hablaba? —pregunté.

Ella sonrió de una forma bastante peculiar.

—Espero que te guste el pescado.

✤

—¡No pensaba que te refirieras a esto! —susurré con la boca tapada con el brazo para tratar de evitar las arcadas por el acre olor de la salmuera y las vísceras, mientras, Aria y yo nos colábamos sigilosamente en el puerto de París.

Las sombras nos ocultaban de la mirada de los trabajadores que descargaban grandes cajas que crujían y traqueteaban cuando las dejaban en el suelo. Cada poco tiempo, pisaba un tablón de madera que chirriaba bajo mi peso. Cuando eso pasaba, me quedaba petrificada. Contenía la respiración y contaba hasta diez, a la espera de oír una risa estridente o a un empleado cantar una saloma que me asegurara que no había peligro y que podía seguir adelante.

Aunque no hubiese crecido en una suntuosa mansión, como sí era el caso de mis hermanas de armas, y hubiese tenido oportunidad de oler cosas pestilentes, como por ejemplo el lago cercano a Lupiac hasta el que viajé una vez, nada se acercaba tan siquiera a aquel olor. Puede que fuese cosa de la ciudad. La mera idea me hizo reír; era justo lo que habría pensado *papa:* que París y, en especial, la *noblesse*, con su suciedad y su engaño, habían llegado a corromper hasta el agua.

Aria me lanzó una rápida mirada con gesto divertido.

—No quería arruinarte la sorpresa. De todas formas, ¿a qué pensabas que me refería?

Al inicio de la misión, cuando había visto los *vêtements,* creía que estaba de broma. Pero se trataba de Aria, no de Portia ni de Théa, así que agarré las prendas y me transformé en un muchacho parisino. Creía que iríamos a un *cabaret* o a un mercado o algún otro sitio en el que sirvieran o vendieran pescado.

En aquel momento, moviéndonos a hurtadillas por los muelles, no cabía duda de que aquel nuevo atuendo era mucho más conveniente que un vestido, difícil de manejar incluso sin su correspondiente corsé. La chaqueta hasta tenía bolsillos, llevaba mi daga en uno de ellos. Y, al no cargar con la cantidad de capas de tela a las que estábamos acostumbradas, me era mucho más fácil acceder a la espada; la tenía escondida dentro de una funda sin ornamentación que colgaba sobre mi cadera. Hasta pasamos por delante de bares como L'Auberge de la Félicité y El Grifo, en los que los hombres entraban y salían sin parar, y ninguno nos gritó para tratar de llamar nuestra atención ni nos miró con lascivia.

A *maman* le habría dado algo.

Era maravilloso.

Con la información que había obtenido gracias a Étienne, sumada a la que me aportaron varios estibadores y comerciantes, no resultó muy complicado determinar el día en el que el barco de su tío llegaría a puerto. Pero lo que no habíamos previsto era la espera. La tripulación atracó al atardecer; sin embargo, a continuación, transcurrieron horas prácticamente sin ningún movimiento. Aria insistió en que permaneciéramos en silencio y nos comportamos como aguerridas profesionales durante la primera hora, pero, después, cuando vio que iba para largo, cedió. Nos agotamos la una a la otra hablándonos sobre nuestras familias (bueno, fui yo la que se quedó exhausta de hablar de la mía; Aria contestó a unas pocas preguntas con monosílabos entrecortados y cambió de tema una vez tras otra con suma destreza) y, más tarde, me inventé un juego que consistía en señalar un barco y adivinar cuál era su procedencia, con Aria al cargo de explicarme por qué me equivocaba en mis distintas suposiciones. En el transcurso de la conversación, el cielo pasó de estar despejado a tomar un color azul blancuzco y después uno oscuro como la tinta.

—¡España! —Extendí el brazo de forma dramática para señalar a la más reciente incorporación al puerto.

Aria se mofó.

—Siempre crees que vienen de España.

—Condé está allí. ¿Y si está planeando cómo volver a jugársela a la Corona?

Aria negó con la cabeza.

—¿Crees que no nos lo hemos planteado ya? No te preocupes. Está demasiado ocupado lamiéndose las heridas.

Dejé escapar un «mmmm» con los brazos cruzados sobre el pecho, sentada en una caja de transporte olvidada.

—Bueno, yo opino que…

—Calla un segundo.

—¡No me mandes callar! Tengo…

Aria señaló en dirección al barco del que habíamos estado pendientes hasta hacía un segundo; dos caballeros embarcaron y bajaron a la bodega. Minutos después, los miembros de la tripulación empezaron a subir cajas; se estaban preparando para descargar la mercancía.

—¡Ay, Dios! ¿Hay algún caballero que pueda ayudarme? —la voz de Portia llegó hasta nosotras—. ¡Se me ha caído una de las pantuflas! Oh, ¡agradecería de mil maneras al amable y valiente hombre que consiguiera recuperar mi pantufla preferida! Creo que sería… no, ¡sería sin duda alguna la *mademoiselle* más agradecida de todo París!

Aria y yo corrimos hacia el barco mirando a un lado y a otro. Portia hacía enérgicos gestos a los miembros de la tripulación que desembarcaban por la pasarela. Tanto ella como Théa iban ataviadas con los vestidos, pelucas y sombreros con velo más estrafalarios que habíamos encontrado en nuestros armarios. Una pequeña pantufla con un ornamento similar a una rosa flotaba en el agua a unos seis metros del muelle. ¡Qué lanzamiento!

Levanté el ala de mi sombrero, que no paraba de caérseme sobre la cara, y paré cuando Aria alzó su mano. La señal. Los caballeros estaban en la cubierta.

—Mi hermana insistió en que diéramos un paseo, pero me parece que nos hemos perdido —dijo Théa llamando su atención—. ¿Quizá podáis ayudarnos mientras vuestros empleados recuperan su pantufla? —Les sonrió poniendo ojitos y dio un paso en su dirección para acortar la distancia que los separaba.

Ellos se murmuraron algo el uno al otro y, después, bajaron al muelle por la pasarela. Estaban demasiado cerca como para que nos resultara fácil embarcar sin ser vistas, pero era nuestra única oportunidad. Con los dos hombres de espaldas al barco, Aria y yo nos asomamos desde detrás, nos tumbamos sobre pasarela y rodamos hasta situarnos en la cara inferior, agarradas a los tablones con manos y pies, y, en precario equilibrio, fuimos aupándonos plancha arriba. No veía más que madera infestada de percebes.

Una vez arriba, Aria giró sobre sí misma con un fuerte impulso y aterrizó en la cubierta sin producir un solo crujido. Mi descenso fue menos grácil, pero el choque de las olas y el cacareo de Portia ocultaron el ruido.

Corrimos a escondernos detrás de las cajas de carga justo a tiempo: uno de los miembros de la tripulación cruzó silbando la cubierta a menos de un metro de nosotras, apenas a un par de palés de distancia. Eché un vistazo por el costado del barco. Las redes, de cuerdas gruesas como mis muñecas, colgaban de la madera, mugrientas por la sal y las algas, como ristras de gigantescas perlas bajo las sombras.

Aria se llevó un dedo a los labios cuando los trabajadores izaron una de las cajas a unos cuatro o cinco metros del suelo. Se acuclilló pegándose más a mí. Llegaba a entender algunas de las palabras que intercambiaban los distintos miembros de la tripulación, aunque se confundían con las dirigidas a Portia y Théa. Historias de largos viajes, articulaciones que daban guerra, el salado aire del mar y el temblor del agua. Saqué papel y carbón del bolsillo de la chaqueta y me centré en las manos de Aria. Hizo un gesto en dirección a su ropa y, luego, hacia un objeto alojado en uno de los listones de madera. Me costó un poco saber a qué se refería. Un rollo de tela. Conque lo que transportaban eran tejidos. Pero ¿cuántos rollos? Levantó dos dedos, y después los dobló hacia el pulgar parar formar un cero. Empecé a escribir la cifra antes de que a Aria le diese tiempo a formar otro cero con los dedos de la mano que tenía libre. ¿Doscientos rollos de tela?

¿Planeaban acaso tejer una manta con la que asfixiar a todos los parisinos?

Con la oreja puesta en las voces de Portia y Théa, atenta para no pasar por alto una posible advertencia, contemplé a Aria utilizar un trozo de metal afilado y plano y una daga para forzar una de las cajas. Hice un gesto de dolor cuando esta se astilló. Portia se encargó de cubrir el ruido con un chillido. Un miembro de la tripulación chapoteaba en dirección a su pantufla. Su compañero tenía la cuerda que él llevaba atada alrededor del cuerpo sujeta por uno de los extremos, se suponía que para poder tirar de él de ser necesario.

Aria me hizo una seña para que me acercara.

—Sostén la tapa mientras yo muevo la tela.

La caja no iba llena, y tratándose del navío de un comerciante, resultaba cuanto menos extraño. Quizá lo que pretendía era que los miembros de su tripulación no sospechasen por tener que transportar cajas excesivamente pesadas... Aria rebuscó entre capas de brocado y seda. De pronto se detuvo. Seguí la línea que dibujaba su brazo. En aquel punto, incluso en la oscuridad, podía verse el peligroso destello del acero. Se trataba de armas, justo como pensábamos en base a las abreviaturas que aparecían en las notas de los libros de contabilidad. Entorné los ojos y reconocí los pronunciados ángulos de lo que, indudablemente, eran mosquetes. O al menos lo que yo tenía entendido que era un mosquete; nunca había visto uno de cerca. *Papá* había regalado todo su arsenal (exceptuando las espadas, obviamente) a sus camaradas cuando partió junto a madre hacia Lupiac. Una vez le pregunté por qué lo había hecho, a lo que él contestó que era porque aborrecía esas armas. En su opinión, hacían que resultase fácil acabar con alguien sin remordimientos. Prefería la espada: el arma de un caballero. A lo que, dándome un suave golpecito en la nariz, añadió: «Y de una caballero».

La tapa de la caja se cerró sobre mis nudillos cuando alguien tiró de ella desde el lado opuesto. Aria se lanzó sobre mí para meternos a las dos detrás de otro contenedor.

Con los nudillos ardiendo de dolor y las manos posadas sobre la garganta, permanecí a la espera del destello de un cuchillo apretado contra mi cuello o de un mosquete contra la sien. Aria se agazapó pegada a la caja.

—Tenemos que salir de aquí inmediatamente —susurró—. Pronto no quedarán cajas detrás de las que escondernos.

Yo fui la primera en arrastrarse de nuevo bajo la pasarela. Cuando unos pasos retumbaron por encima de mí, me agarré desesperadamente al tablón para no caer a las turbias aguas. Me dolían el cuello y las manos. Los tobillos me palpitaban cada vez que las olas rompían contra la madera.

Sin saber bien cómo, logré llegar a la dársena. Una vez fue seguro, es decir, cuando los dos caballeros y el resto de miembros de la tripulación estaban lo suficientemente distraídos mirando a Portia y Théa, me escabullí de nuevo hasta la protección de las sombras proyectadas por el casco del barco.

Un fuerte estruendo. Un escalofriante golpe sordo de madera que se hace añicos. Los fragmentos diluviaron por el muelle. Portia y Théa chillaron y se apresuraron a apartarse. Uno de los caballeros gritó en dirección a los trabajadores que descargaban las cajas:

—¿Puedes hacer el favor de controlar a tus hombres?

Inspeccioné los restos de la caja. Era probable que se tratase de la que Aria había manipulado; eso explicaría por qué se había hecho pedazos. Los caballeros metieron prisa a los trabajadores para que recogiesen las telas. Parte de los rollos había caído al agua, algunos eran lo suficientemente ligeros para flotar, mientras que otros se hundían cual ninfas acuáticas ahogadas. Seguramente se trataba de los que estaban enrollados alrededor de los mosquetes. Un rollo de seda púrpura, teñido de un tono más oscuro por la salada agua, estaba lo bastante cerca para tocarlo. Pero entre los metros de tela desdoblados había un objeto distinto: un fajo de papeles. Algunas hojas se dirigían ya camino de su tumba submarina, destellando a medida que se hundían en la oscuridad. Me coloqué el sombrero y eché un vistazo a los trabajadores. Devolví la vista a la hoja de papel. La tinta terminaría disolviéndose. Y Aria, que aún estaba a medio desembarcar, se encontraba en una posición poco ventajosa para tatar de alcanzarla.

Me arrastré hacia delante. Hice una mueca de dolor cuando una tabla crujió, pero continué avanzando; extendí la mano, los dedos pálidos en contraste con las heladas profundidades...

—¡Eh, tú! ¿Qué estás haciendo?

Cogí el papel del agua, y, cuando alguien me agarró, me defendí: mordiendo, pataleando, arañando. Cada golpe que di, cada sacudida de los puños iba por *papa;* no permitiría que se me llevasen, no dejaría que me desfigurasen hasta dejar mi rostro irreconocible.

—¡Que soy yo! —escuchar la voz de Aria hizo que mis pulsaciones se redujesen lo suficiente para que dejase de tener la sensación de que el corazón se me iba a salir por la boca.

El estibador que nos había localizado estaba gritando, señalando con una mano y sujetando un farol con la otra.

—¡Alto ahí!

Corrí a través del muelle con Aria a mi lado. El salado viento me azotaba la cara, la lengua, los ojos. El martilleo de mis oídos no tapaba el fuerte ruido de los pasos de nuestros perseguidores. Además, ellos corrían mucho más rápido.

Giramos a la altura de un almacén. Jadeante, me apoyé en un muro. Todo se fundió ante mis ojos; la madera bajo mis pies se volvió agua.

Poniendo todo mi empeño en no tambalearme, miré fijamente a Aria hasta que enfoqué su rostro.

—Tenemos que separarnos. Portia y Théa deberían de haberse marchado ya —dije.

—No voy a dejarte sola. No así —dijo. Posó la mirada en mis piernas y después en mis ojos, que la observaban sin verla.

—Tendremos más posibilidades de escapar si vamos a casa solas. Puedo hacerlo —añadí para calmar su incertidumbre, obligándome a mí misma a echar los hombros hacia atrás y a elevar la barbilla.

Aria echó un vistazo por encima del hombro antes de hablar:

—A casa no. Es demasiado arriesgado. No podemos poner en riesgo a la Orden. Nos encontraremos en El Grifo. —El bar frente al que habíamos pasado de camino a los muelles.

Se oyó otro grito enfurecido, una avalancha de pasos.

—Márchate. ¡Ya! —susurré.

Me miró una última vez antes de separarnos: ella se dirigió a la izquierda, yo a la derecha. Corrí por el embarcadero tragando bocanadas aire helado. Mis botas chapoteaban sobre la madera mojada.

—¡Atrapadlo!

Giré en un almacén de remos y piezas de barcos. Esqueletos en la oscuridad. No importaba cuanto pudiera respirar, mi pecho seguía subiendo y bajando aceleradamente; mi pulso era una tempestad que se cernía sobre mí.

—¡Por ahí!

Cuando oí como los pasos se alejaban, suspiré aliviada y dejé caer la cabeza contra la pared. Aquella zona del muelle estaba en calma. Los faroles se balanceaban lentamente, barcos grandes como edificios se bamboleaban sobre las turbias aguas.

—¿Qué tenemos aquí?

Busqué a tientas mi espada y la desenvainé mientras me giraba. El frío acero se templó al contacto con mis dedos.

Era uno de los caballeros. Debía de haberse quedado atrás, haberse separado del resto de hombres que iban tras Aria o tras alguna sombra que hubieran confundido con ella. Su rostro de angulosos rasgos me resultó totalmente desconocido.

—¿Qué clase de rata callejera podría poseer una espada como esa? La has robado, ¿no es así? ¿Qué hacías husmeando alrededor del barco? —Dio un paso al frente, y yo coloqué el arma a la altura de su corazón. Veía la hoja borrosa.

—Deja que me vaya y no te haré daño —dije con voz grave. Saqué pecho, dado que eso era lo que había visto hacer a los hombres, y luego me encogí: ¿se habría percatado de la curvatura de mis pechos bajo el blusón?

—Gracioso eres, no lo niego… Pero no vas a ir a ningún lado. ¿No te ha enseñado tu madre que husmear es de mala educación? —Dio otro paso. ¿Pretendía lanzarse contra mí?

—Es mi última advertencia —lo amenacé, aunque no pude evitar que mis palabras sonaran temblorosas. Aun así, cuando trató de aproximarse más, flexioné las rodillas y adopté la posición *en garde*.

—Menudo valiente —escupió al tiempo que echó mano de su espada—. Pero la bravura no te salvará de desangrarte en los muelles. Las gaviotas habrán picoteado ya gran parte de tu cadáver antes de que nadie te eche en falta…, aunque dudo que tengas a alguien en este mundo, *fils de pute*.

Arremetí. Acero contra acero. La sorpresa fue tal que el hombre estuvo a punto de no recuperarse a tiempo, y solo bloqueó la estocada en el último segundo. Me devolvió el ataque con tal velocidad que tuve que apartarme con un gran salto. La hoja de su espada pasó zumbando por el espacio en el que hacía menos de un segundo se encontraba mi vientre.

Las hojas chocaron una y otra vez.

Mi oponente lanzó un tajo hacia mi brazo, que estaba al descubierto. La tela se rasgó y la sangre que corría sobre mi piel la empapó. No miré la herida; la falta de concentración ya me había costado una. Lo que sí hice fue una complicada parada, canalizando en ella toda mi fuerza.

Él trató de recuperarse, pero ya era demasiado tarde. Era tal y como *papa* me había asegurado. Sí, estaba mareada; sí, su cuerpo se bamboleaba frente a mí como un barco; sí, notaba como si mis piernas fueran a ceder en cualquier momento. Pero estaba familiarizada con el ritmo de aquel combate. Lo tenía grabado en los huesos, en la palpitante herida del brazo, en el latido del corazón.

Lancé una estocada profiriendo un fuerte grito. La espada se hundió en el costado de mi atacante. Él se llevó las manos a la creciente mancha de sangre que se extendía por su camisa. Se tambaleó hacia atrás mientras yo extraía la espada, atrapada en un asqueroso tira y afloja contra los músculos de su abdomen. Cayó contra la pared resollando.

Escuché el frufrú de una tela. Me giré, me temblaba el cuerpo entero; la sangre que goteaba de la espada dibujaba un patrón carmesí en las tablas en penumbra.

Era Aria. Tenía las mejillas coloradas y su mirada iba de la espada, que la apuntaba a la cara puesto que yo no era capaz de bajarla, al hombre tirado en el rincón y vuelta.

—Ya está —dijo esquivando la espada y presionando mi brazo alzado hasta que mis músculos empezaron a relajarse.

La hoja cayó al suelo con un repiqueteo. Hacía frío, pero iba abrigada y acababa de batirme en duelo; gotas de sudor me rodaban por las mejillas. Entonces, ¿por qué no dejaba de temblar?

Después de limpiar mi espada contra la pernera de su pantalón, Aria me la tendió de nuevo. Tardé unos cuantos intentos en envainarla. Mis dientes rechinaban.

—Tenemos que irnos. —Observó la escena mientras yo vacilaba, los ojos fijos en el cuerpo del hombre pegado a la pared y el charco que se formaba a su alrededor—. No es una herida mortal. Me he deshecho de los estibadores en una calle paralela y he vuelto sobre mis pasos. Pero no tardarán en venir a buscarlo. No ha descubierto tu identidad, ¿verdad?

Negué despacio con la cabeza.

Me agarró del brazo. Por un instante, mi cuerpo se resistió, pero después la seguí. Eché la vista atrás. Desde el punto en el que nos encontrábamos, lo único que se veía del hombre eran sombras y sangre.

Corrimos hasta que me doblé del dolor, hasta que me ardieron las entrañas. Aria se paró y echó un vistazo a los alrededores. El brazo me quemaba.

—¿Está muy mal? —pregunté.

Ella examinó la herida con cuidado de tocar únicamente la manga de la camisa.

—Puede que no haga falta sutura, solo un vendaje. No muevas mucho el brazo, de todas formas.

La calle vacía se encontraba en silencio, a oscuras.

—¿No habíamos dicho de encontrarnos en El Grifo?

—Me ha parecido oír un duelo. He creído que sería mejor echar un vistazo, y me alegro de haberlo hecho.

—Aria, cuando has entrado, yo…

Ella sacudió la cabeza.

—El primer duelo, el de verdad, siempre es… duro. —No me quedaban fuerzas para protestar—. Ven. Volveremos a casa por el camino largo. Por precaución.

Tardamos más o menos una hora en llegar. Aunque también es cierto que me resultaba complicado determinar el tiempo con aquel torrencial ruido en los oídos y la oleada de mareos que amenazaba con tragarme. Cuando Henri abrió la puerta, estuve a punto de caerme en sus brazos; él casi me soltó por la sorpresa.

—¿Qué haces despierto tan tarde? ¿Dónde están las demás? —lo interrogó Aria.

Yo pensaba lo mismo, pero no me encontraba en condiciones de hacer preguntas; las dudas se escapaban volando de mi cabeza en una nube de humo borroso.

—Estaba ayudando a mi tía —contestó él a la defensiva—. Que mi formación me obligue a pasar tiempo lejos de aquí no implica que no crea en su… en vuestra causa. Tengo derecho a querer hacer otras cosas, a ser algo más que… —Di un traspié y él se apresuró a agarrarme por el brazo. Se apartó cuando gimoteé de dolor—. ¡Está herida!

—No es grave —replicó Aria.

A Henri pareció ofenderle su despreocupación; ahora bien, yo veía todo tan borroso que no era capaz de saber a qué rostro pertenecía cada expresión.

—Tiene razón. Pero estaré bien… —le aseguré cuando mi visión se volvió algo más nítida. Arrastré las palabras de forma que parecieron oscuras olas; las que se ondulaban y golpeaban contra el casco del barco rompían ahora contra mí, arrastrando mi cuerpo al interior de un mar negro como el carbón.

⚜

Alguien me obligó a beber de una taza. Di un par de sorbos del frío té.

Unos minutos después, abrí los ojos... y allí estaba el resto de la Orden. Tenía una sábana remetida por debajo del cuerpo para que la sangre no manchara los cojines del sofá. Mi bíceps izquierdo estaba vendado.

—He oído que habéis vivido toda una aventura —dijo madame de Tréville desde la otra punta de la habitación. Me preparé para recibir su ira. O lo que sería peor: su decepción—. Aria me ha contado que habéis verificado que el barco transportaba armas, y que incluso habéis ganado un duelo. No es razón suficiente para que los arresten, pero cada vez estamos más cerca. Lo que necesitamos ahora son pruebas que conecten a los nobles con esas armas y con los comerciantes... y también debemos confirmar quiénes son los principales nobles que están al cargo. Verdon, si nuestras sospechas son ciertas. ¡Con eso, daremos la misión por terminada incluso antes de lo previsto!

Tenía los dedos fuertemente apretados contra los párpados en un intento por aplacar el dolor de cabeza que se avecinaba. Solo podía ver a aquel hombre desplomado contra la pared. Aria me había dicho que no lo había matado, pero... ¿sería verdad? ¿O, por el contrario, sí que lo había... asesinado? Una vida por otra... ¿Se habría desplomado *papa* de la misma forma, con el pecho desplomado sobre las caderas?

Existía una diferencia fundamental entre el entrenamiento de esgrima diario y el batirse en duelo: en el segundo caso, debías saber que, si querías conservar tu propia vida y proteger las de otros, tenías que hacer peligrar la de tu oponente, e incluso, llegado el caso, arrebatársela.

Aria había recuperado las notas del bolsillo de mi chaqueta y estaba revisándolas junto con madame de Tréville. Sobresaltada, me percaté de que notaba el otro trozo de papel contra el pecho. Tragué saliva mientras tiraba de él con cuidado. Era quebradizo, como si el propio papel pudiera llegar a desintegrarse entre mis dedos.

—Lo que entiendo es cómo han podido vernos —comentó Aria.

—Ha sido culpa mía. —Todos se giraron para mirarme cuando hablé, con los ojos pegados aún al contenido del papel; notaba el peso de sus miradas.

—¿Cómo dices? —dijo madame de Tréville.

Extendí el brazo con el papel en la mano, los hombros me temblaban.

—He visto unos papeles flotando entre las telas y he cogido lo que he podido. Me ha parecido que podría ser importante. ¿Por qué iban a estar junto a los mosquetes si no? Pero no es nada —afirmé, sin poder contener las lágrimas—. ¡He arriesgado nuestras vidas por un dichoso registro de inventario!

Madame de Tréville me arrancó el papel de la mano y lo leyó con fervor.

—No, Tania. —No estaba molesta. Se le había iluminado el rostro—. Brillante e insensata chiquilla, esto no es un inventario. Es un código.

CAPÍTULO VEINTE

Madame de Tréville nos prohibió entrar a su estudio después de que nos apiñáramos alrededor de su escritorio. Bueno, habían sido las otras, en realidad; yo me quedé pegada a la puerta, asiéndome al marco para mantener el equilibrio.

—*Allez!* —chilló—. ¡Fuera de aquí! He de hacer copias antes de que el agua salada emborrone la tinta por completo. ¡No puedo trabajar si os tengo a todas respirándome en la nuca!

Portia apoyó la cabeza en la pared que estaba pegada a la puerta cerrada del estudio.

—*Nom de Dieu*... primero me pierdo el duelo de Tania, ¡y ahora esto! —se quejó—. ¿Y si al haber entrado en contacto con el agua, aparece un mensaje secreto? O puede que salga a la luz por la grasa de las yemas de los dedos...

—Eso último es imposible —dijo Aria—. Y lo primero es muy improbable. Así que no te preocupes.

El ruido sordo de una puerta. Moví la cabeza, pero no fue el pasillo lo que vi. Tampoco vi mi espada clavada en una piedra, en un lago, en una colina; estaba ensartada entre unas costillas.

La imagen de Henri se fue volviendo nítida: estaba hecho polvo y tenía la chaqueta arrugada. Zigzagueó por el pasillo, y le resultó inevitable no golpearse con la única de las sillas que estaba vacía.

—*Mesdemoiselles* —entonó, inclinando la cabeza.

—Como tu tía no está aquí presente para obligarnos a cumplir las normas de cortesía, sino en su estudio, si esperas que me levante para hacerte una reverencia, siento decirte que la llevas clara —dijo Portia, examinando su manga, a la que se le estaba deshilachando uno de los bordados con forma de flor.

A Théa se le escapó un chillido al ver el rubor de Henri.

—No esperaba encontraros... No era mi intención...

Por alguna razón desconocida, me miró a mí con ojos escrutadores. ¿Le avergonzaba que pareciera que quería obligarme a levantarme para hacerle una reverencia a pesar de mis mareos? Sacudí la cabeza y sonreí. Pero mi gesto no surtió el efecto esperado; para cuando llamó a la puerta del estudio, su enrojecimiento era aún más pronunciado.

—¿Por qué estás aquí todavía? —le preguntó Aria a Henri, con los ojos entrecerrados.

—Mi tía me ha pedido que ayudara. —La confusión por la insistencia de Aria hizo que frunciese el ceño—. Y quiero... quiero ayudar. —Recobró la compostura rápidamente, lanzándome una rápida mirada antes de entrar.

Madame de Tréville lo recibió con desgana, y la puerta se cerró tras de él. Todo estaba en silencio.

—¿Te pasa algo? —preguntó Portia a Aria después de una breve pausa.

—Si queréis esperar aquí de brazos cruzados, pues fenomenal. Pero yo me voy a la cama —dijo Aria.

Y se marchó.

—¿Se encuentra bien? —le preguntó Théa a Portia, titubeante.

Ella bufó, jugueteando con su manga. Arrancó un hilo suelto.

—¿Cómo voy a saberlo? Pregúntaselo a Tania; es la que ha estado con ella toda la noche, no yo —el tono de Portia era igual de gélido que el principio del invierno, cuando el aire empieza a soplar frío. Al cabo de un momento, se calmó y me dijo—: Intenta descansar un poco; ya nos contarás lo de tu duelo mañana. Y no te dejes ni un solo detalle.

Mi mente regresó a los muelles. Al mareo, las saladas olas de tinta negra que amenazaban con arrastrarme a las profundidades.

A la oscura sangre que brotaba de la chaqueta del hombre y al agua que lamía el casco del barco, más oscura aún. Una ola, que nada tenía que ver con los mareos, me engulló. No pude tragármela; permaneció al borde de mi visión, resonando dentro de mis oídos.

—Sí —dije sin sentimiento—. Sí. Ya os lo contaré mañana.

—¿Le falta mucho? —pregunté.

Aria tamborileó en el suelo con el pie.

—Hay que intentar pasar desapercibidas. No hables tan alto.

—Somos dos jovencitas sin acompañantes deambulando por l'Université du Paris. ¿De verdad crees que vamos a pasar desapercibidas?

Los estudiantes se arremolinaban alrededor de la plaza de la universidad, estudiaban filosofía y practicaban griego en las cafeterías mientras flirteaban con las admiradoras que habían ido a visitarlos.

—No podemos pasearnos vestidas de hombres a plena luz del día. No en un lugar como este, donde alguien podría llegar a reconocernos. Hay que esperar a Théa y ya está. Conseguirá los textos de criptografía que necesitamos, y, en cuanto lo haga, nos pondremos en camino.

Nos habíamos convertido en descodificadoras aficionadas, pero para eso necesitábamos una cierta base. No podíamos permitirnos el lujo de que alguien supiera qué libros de la biblioteca universitaria necesitábamos, y ahí era donde entraba Théa, con su trato amable y sus nada más y nada menos que tres admiradores en la facultad. Devolveríamos los libros tan pronto como nos fuese posible, simplemente, a veces no quedaba más remedio que robar. Pensé en Henri, en el mapa de Lupiac, y noté como se me cerraba la garganta.

Arqueando la espalda, con mi caja torácica peleándose contra el corpiño, gruñí.

—¿Se acaba una acostumbrando a esto?

—Después de lo que llevamos anoche, volver a ponerse un vestido es un suplicio... Tardas años en acostumbrarte.

Procedí a estirarme y me detuve a la mitad. Aria se acercó y se quedó de pie a mi lado.

—¿Has visto a Théa? Busca el penacho rojo que lleva hoy en la cabeza.

—Dices que una tarda años en acostumbrarse al corsé..., pero tú no llevas tanto tiempo con madame de Tréville —dije.

—*Mesdemoiselles*.

Aria y yo nos giramos tras escuchar un carraspeo, yo, inquieta y Aria, calmada como de costumbre.

Étienne. Noté un nudo en la garganta.

—Monsieur Verdon —murmuré.

Aria y yo hicimos una reverencia a la vez. Nuestras faldas barrieron el suelo; su mano se mantuvo posada en mi codo mientras ambas nos enderezábamos. Fingió que se trataba de un gesto para hacerme saber que debía irse.

—*Monsieur*, qué grata sorpresa. He de marcharme para ver a mi primo. Ha venido a la ciudad hace poco y tiene que entregarme una carta de mi tía. Pero vos, Tania, habéis de quedaros —insistió—. Habéis sido amabilísima acompañándome. Lo menos que puedo hacer es permitir que disfrutéis de un rato de conversación sin interrupciones.

Abrí la boca para protestar, pero Aria me lanzó una mirada que no solo me hizo desistir en el intento, sino que me obligó a permanecer quieta en el sitio. El último momento que había compartido con Étienne había sido en el teatro, cuando me besó el dorso de la mano y me miró con preocupación antes de alejarse. Madame de Tréville no me había preparado para esta nueva interacción; debía hacerle frente yo sola.

—Es una lástima. —Étienne no parecía realmente decepcionado—. ¿Habéis acordado veros aquí? —El asentimiento de Aria fue recibido con una sonrisa por parte de él—. Nos aseguraremos de permanecer en la plaza. No quisiera que pensarais que trato de darme a la fuga con Tania.

Aria arqueó levemente el ceño. Ese fue el único signo de que aceptaba la familiaridad con la que Étienne se comportaba.

—Sois todo un caballero.

Cuando Aria se alejó, traté de no buscar en el rostro de Étienne indicios de su entusiasmo ante la situación. ¿Qué más me daba que quisiera que estuviéramos a solas? Eso solo demostraba que estaba haciendo mi trabajo correctamente, nada más. Además, no estábamos a solas, solo lo suficientemente alejados de los alumnos como para que si decidía susurrarme algo, nadie más pudiera oírlo. Pensarlo hizo que mis brazos se tiñeran de un rubor escarlata.

—Cuánto me gustaría saber en qué estás pensando ahora mismo...

—*Monsieur,* estoy bastante segura de que mis sencillas cavilaciones carecerían de interés para un caballero como vos, con vuestra educación y posición social —las palabras de mi burlona respuesta se me enredaron en la lengua cuando sus ojos castaños se hundieron en los míos.

—Tania —dijo con delicadeza—, ya hemos hablado de esto: llámame Étienne.

No tenía una réplica ingeniosa, ni tampoco un gesto coqueto preparado. Tenía razón: para mí, él era Étienne. A diferencia del resto de hombres que habíamos de manipular y seducir, puesto que para eso nos entrenaba madame de Tréville, él había dejado claro que le importaba lo que yo pensaba. Cómo me sentía. Me había ayudado cuando estaba indispuesta. No se parecía en nada a la idea que mi madre me había metido en la cabeza de los jóvenes como él. ¿Cómo podía Étienne ser así, con un padre como el suyo?

—¿Estáis disfrutando de vuestra excursión a la universidad? —prosiguió.

—Supongo que sí —objeté—. Aunque ahora que vos estáis aquí, estoy disfrutando mucho más.

Ahí estaba, justo ahí. Se notaba en su forma de estirar los dedos y en cómo colocaba la mandíbula, y no importaba en absoluto que fuese la reacción a una versión impostada de mí misma, porque, por su forma de mirarme, sentía que era capaz de ver más allá de cualquier artificio, y que le gustaba lo que veía.

La mano de Étienne rozó mi antebrazo. Las puntas de sus dedos hicieron una levísima presión sobre la tela. Pero no me aparté, no hasta que su mano pasó por encima de mi herida, escondida, desencadenando un repentino dolor que me arrancó un jadeo.

—¿Va todo bien? —Se me pasaron un centenar de cosas por la cabeza, un revoltijo de preguntas y emociones; el pánico me invadió de pronto. Mis músculos se relajaron cuando Étienne se apartó—. Disculpadme. He sido demasiado atrevido. —Frunció ligeramente los labios, frustrado—. Últimamente, no dejo de deciros eso.

—Acepto vuestras disculpas —dije, incluso a pesar de las punzadas que sentía. De irritación, sí, pero también de anhelo de que todo fuese distinto, de dar un paso al frente, de poder experimentar esa ligera caricia. Incluso aunque, en este caso, conllevase cierto dolor.

La seria expresión de su rostro se suavizó al tiempo que echaba un vistazo a la torre del reloj más próxima.

—Me gustaría seguir hablando con vos, pero me temo que he de marcharme.

—¿Tan pronto?

—Mi madre requiere mi presencia. —Étienne soltó una risa al verme alzar las cejas—. Opina que he pasado más tiempo de la cuenta lejos de casa. Que he descuidado mis deberes para con mi familia, por así decirlo.

—¿Y qué deberes son esos? —Deseaba preguntarle cómo era su madre; sabía que estaba enferma, puesto que madame de Tréville me lo había contado. Pero él no sabía que conocía aquella información. No era consciente de que, a pesar de que él estaba hablando con tono casual, yo sabía que se preocupaba por su madre.

Me observó con curiosidad.

—Ocuparme de cuestiones del patrimonio. Soy el primogénito, como bien sabréis —dijo esto último sin pensarlo bien, posando su atención en los estudiantes.

—¿Y eso qué significa?

—Simplemente que todo el mundo es plenamente consciente de que no solo soy hijo de mi padre, sino de que soy hijo único y, por ello, seré quien herede sus títulos y responsabilidades. Es curioso, mis padres me pagaron una buena educación para asegurarse de que me convertía en «un caballero», y sin embargo...

—No comprendo qué insinuáis, pero... —empecé a decir.

—No era mi intención haceros un desaire. Solo me estaba desahogando; sé que me estoy comportando como un crío...

—Vuestras palabras no me parecen infantiles en absoluto —lo interrumpí. Aquella era mi oportunidad—. Es como aquello que me dijisteis: queréis forjaros un nombre, hacer lo correcto bajo vuestras propias condiciones. Eso es muy respetable. El problema es que sigo sin saber casi nada respecto a vos, salvo aquello que *no* queréis ser. No existo para entreteneros. No soy un juguete. Si no queréis que los demás piensen que sois infantil, demostradlo. Decidme quién sois, Étienne. Quién sois y qué deseáis.

El ambiente se volvió gélido. La respuesta no sonaba mal en mi mente; era una forma de obligarlo a mostrar sus cartas. Pero, una vez puesta la carne sobre el asador, me di cuenta de que lo había dicho con una inesperada pasión. *Oh, Dieu*, ¿qué acababa de hacer?

Pero entonces el rostro de Étienne se despejó, dando paso a la expresión más cálida que le había visto esbozar. Quería extender el brazo para tocar su mano, pero me detuve al recordar las instrucciones de madame de Tréville. Tenía que ser él quien me persiguiera, y no al revés.

—Tania —susurró mi nombre como si hubiera nacido para acariciar sus labios. Cerré los ojos un instante, para evitar los suyos, para evitar la intensa luz y los fuertes sonidos de la plaza de la universidad. El intenso dolor de la traición se arremolinaba en mi estómago.

Una sombra se cernió sobre nosotros. Se acercaba la hora de que Aria regresara de su falso encuentro. Ahora bien, ni siquiera ella era tan alta como para bañarnos en un manto de oscuridad. Por primera vez desde que Étienne se me había acercado, sentí una fría ráfaga de viento, el aire en la antesala del invierno.

—¿Padre?

Ahora no, por favor. Ahora no. Tenía que ser un truco, un chiste, una broma. Era imposible invocar a una persona simplemente por pensar ella, puesto que, si así fuera, *papa* estaría a mi lado también.

—Le dije a madre que regresaría hoy mismo... ¿No es un tanto excesivo que os mande para escoltarme? —dijo.

Armándome de valor, me giré para mirar al hombre que quizás había asesinado a mi padre.

Durante las últimas semanas, había imaginado su rostro frecuentemente; se aparecía en mis pesadillas, esas que me hacían despertar empapada en lágrimas y con la garganta en carne viva de tanto gritar. Se parecía mucho a Étienne: la barbilla afilada, el pelo oscuro... por fortuna, sus ojos eran de un verde glacial que nada tenía que ver con el tono castaño de los de Étienne.

—No es que sea de tu incumbencia, pero estoy en París por negocios... He supuesto que regresarías a tus antiguos lugares favoritos. Además, ¿necesito una razón para querer ver a mi único hijo? —hablaba con frialdad—. Bueno, ¿no vas a presentarme a tu encantadora amiga?

Me hubieran bastado cinco segundos para agarrar la espada y la daga de debajo de mis faldas y despellejarlo de arriba abajo. Los dedos me picaban por lo mucho que deseaba echar mano de mi sable. En su lugar, aferré un volante de mi vestido. Esa no era yo; yo no ansiaba herir a otras personas. El ardor de aquel nuevo tipo de deseo, tan desconocido para mí, me asustaba. Ahora bien, era posible que aquel hombre fuese el asesino de *papa*. No era un civil inocente, ni siquiera era un hombre apuntándome con su espada en un almacén del muelle.

—Padre, os presento a mademoiselle Tania.

Me escrutó con ojo clínico.

—¿Tania a secas?

¿Sabía quién era? ¿Veía en mí la cara de mi padre, igual que yo había visto la de Étienne en la suya?

—*Mademoiselle* Tania —enfaticé con más ímpetu del que tal respuesta requería.

Me contempló durante lo que me pareció una eternidad. En los oídos me pitaba la palabra «asesino», y también la notaba en el latido del corazón. Finalmente, volvió a mirar a su hijo.

—Interesante. Étienne, despídete de tu acompañante. Está visto y comprobado que eres proclive a las distracciones, y no voy a arriesgarme a que olvides la promesa que le has hecho a tu madre.

La oración resonó en mi cabeza; *maman* me había dicho algo inquietantemente similar en su día. Que tenía por costumbre prometerle cosas que sabía que no iba a ser capaz de cumplir.

—Padre, yo… —balbuceó Étienne.

Verdon se envaró.

—No tendría que ser necesario que te recordara cuál es tu deber, Étienne. Para con tu familia. Para conmigo. Te doy un momento para despedirte, porque hoy me siento generoso, pero en cinco minutos quiero que estés en el carruaje. ¿Lo has entendido?

Unas llamas lamieron los extremos de mi campo de visión cuando Verdon se retiró a la esquina de la calle, a unos treinta metros. Sus zancadas eran rápidas, meticulosas. No podía ser mayor que *papa,* pero, mientras que los movimientos de *papa* evidenciaban los dolores de un cuerpo que se había matado a trabajar, los movimientos de Verdon no delataban achaque alguno. No le hubiese costado acercarse sigilosamente a *papa* durante el pálido crepúsculo, aprovechar el ruido de las herraduras de Beau para ocultar sus pisadas, acabar con él sin armar barullo. Eso si es que se había dignado a mancharse las manos.

Después de conversar con un lacayo, desapareció dentro de un carruaje que tenía un león blasonado que recordaba al del sello de la carta de Étienne.

—Lo siento —me susurró al oído. Temblé y me apreté la capucha de la capa que mi madre me había bordado—. Sé lo que piensa la gente de mi padre, y estoy seguro de que él también es consciente, pero le da igual. No mentía cuando dije que no nos llevamos bien. Aunque estoy trabajando en ello. Haré lo que sea necesario para hacerle ver que las demás personas importan. Que nosotros importamos. —Mi rostro se caldeó al ver su preocupación—. Seguiremos hablando sobre lo que habéis dicho cuando regrese. Os lo prometo, no habrá interrupciones.

Una vez se hubo alejado, pude volver a respirar. Cuando lo tenía cerca, se adueñaba de todo el oxígeno y yo debía buscarlo a bocanadas, con la esperanza de tomar una pizca de aire con la que poder disipar la neblina de mis mareos.

Noté la presencia de mis hermanas de armas incluso antes de alzar la vista: Aria y Théa aproximándose a mi espalda.

—¿Habéis conseguido lo que necesitábamos? —pregunté.

Théa asintió, alegre, y señaló a su vaporosa falda.

—Me he atado los libros a las piernas, Tania, ¡a las piernas! ¿Alguna vez habías oído algo así de escandaloso?

Aria tiró de mi brazo antes de ponernos en marcha.

—No pretendía dejarte tirada, pero no se me ha ocurrido otra cosa. ¿Has conseguido algo de información?

El calor de la mano de Étienne permanecía en mi brazo incluso después de que nos separásemos. El recuerdo de la gélida mirada de su padre quemaba.

—Sí. Creo que sí.

—¿«Deberes familiares»? ¿De verdad? —dijo Portia ya en casa. Nos encontrábamos en el salón para las visitas, habíamos apiñado las sillas frente a la chimenea para entrar en calor—. A ver, ¿por qué iba su padre a aparecer en París así, de repente? No cabe duda de que se lo lleva a casa para reanudar su complot para asesinar al rey.

—Tú no has oído cómo hablaba de él: lo odia —la interrumpí—. Y su padre también lo odia a él. Si por lo que sea

Étienne está involucrado, cosa que dudo muchísimo, será porque lo han obligado.

—¿Y eso qué más da? Mientras tenga la información que necesitamos... —opinó Portia—. ¿Y por qué estás tan empeñada en defenderlo?

—Porque lo conozco. ¡Es considerado y generoso, Portia! Su padre, sin embargo...

—Señoritas —nos advirtió madame de Tréville. Dejamos de reñir. Aria me sostuvo la mirada antes de ponerse a hojear de nuevo uno de los libros que Théa había conseguido—. No podemos perder el tiempo con esto —continuó madame de Tréville. Su consabida frase. Con diciembre a la vuelta de la esquina, cualquier interacción con ella estaba teñida de tirantez y urgencia—. Tania, lograd que Verdon se os abra cuando regrese. Sacarle información sobre el cargamento fue un movimiento brillante; ¿quién sabe qué más tiene que ofrecer? Quizá incluso logréis que os confíe los planes de su padre.

—Puedo intentarlo, pero...

—Hicisteis bien mostrando vuestras cartas y dejándole claro que no sois alguien con quien se pueda jugar. Ahora es el momento de presionarlo. En cuanto él haya regresado a París, os asignaré un nuevo objetivo.

El pecho se me llenó de emociones desconocidas.

—¿Y qué conseguiremos con eso? —pregunté.

—¿No es evidente? Se volverá loco de celos. Te verá flirteando y no le quedará otra que confesarte sus sentimientos —respondió Portia antes de que madame de Tréville pudiese hacerlo.

Aria se puso en pie en cuanto oyó la palabra «flirteando», antes incluso de que Portia hubiese acabado de hablar.

—Me voy a dormir —dijo.

—Todas deberíais hacerlo —declaró nuestra mentora—. Dormid un poco. Ya casi hemos llegado al final, señoritas. Lo presiento. Vamos a conseguir aquello que ni tan siquiera les Mousquetaires du Roi pudieron lograr, aquello de lo que ninguno de esos hombres fue capaz. Seremos nosotras quienes salven al rey.

CAPÍTULO VEINTIUNO

Tardé horas en quedarme medio dormida, en lograr llegar a las puertas de esa entumecedora neblina. Y entonces, lo oí: el sonido que produce un pie al posarse con cuidado, pero no con el suficiente. El crujido del suelo de madera.

El ruido despertó una serie de imágenes en mi mente: padre muerto y solo en la oscuridad. El hombre del puerto desangrándose. Los hombres que habían destrozado la oficina de *papa* y nos habían dejado con la tarea de recoger los platos rotos. Los hombres que planeaban matarme si se les presentaba la oportunidad.

Me levanté de la cama. Intenté no apresurarme, esperar a estar adecuadamente aclimatada. Probablemente se tratase de Théa buscando su orinal. O de Portia dando vueltas por la habitación, como solía hacer cuando trataba de resolver un problema especialmente difícil.

Ninguna de las posibilidades logró reconfortarme lo bastante para que, antes de poner un pie en el pasillo, no cogiera la daga.

Estaba completamente vacío. Me lo había imaginado todo. Los ronquidos de Théa, que la moqueta apenas lograba amortiguar, retumbaban al otro lado de su puerta.

Pero, de pronto, se me hizo un nudo inmenso en el estómago y la piel de los brazos se me puso de gallina: algo se movía en la oscuridad. No, algo no: alguien.

—¡Alto ahí! —exclamé—. *Arrêtez-vous!* —quería gritarlo, pero me encontraba demasiado sobrecogida y, temblándome como me temblaban las piernas, demasiado inestable para alzar la voz por encima del tono que solía usar en el salón.

Una figura enmascarada, vestida de negro de los pies a la cabeza, se detuvo; sus botas no produjeron ruido alguno cuando se giró para mirarme a la cara.

—*Bonsoir, Mademoiselle la Mousquetaire* —soltó y, a continuación, hizo una burlona reverencia con la mano.

Se me heló la sangre mientras me llevaba la mano a la daga.

—¿Cómo me habéis llamado?

—¿Acaso creéis que nadie ha descubierto vuestro secreto? —la forma en que hablaba, como fingiendo cierta aspereza, hacía evidente que estaba alterando su verdadera voz.

Me esforcé para mantener bien sujeta la empuñadura de la daga, que estaba cubierta por una fina capa de sudor.

—De acuerdo, sabéis quién soy. ¿Por qué no me decís quién sois vos para estar en igualdad de condiciones?

—No sería un movimiento inteligente por mi parte, pero aplaudo que lo hayáis intentado.

Vislumbré un puñado de papeles.

—Si devolvéis eso que lleváis ahí, no daré aviso a los guardias.

—Ah, pero mentís. Fijaos cómo tembláis de miedo.

—Incluso aunque estuviera asustada, soy más valiente de lo que llegaréis a ser vos —gruñí.

—Seguid diciéndoos eso, *ma chère*. Yo debo deciros *adieu*.

—¡Esperad!

Avancé, pero él, con el brazo extendido, sostuvo un objeto por debajo de mi nariz. Tosiendo, moví mi brazo a un lado y al otro en un intento por deshacerme de los acres vapores que habían surgido de repente. Me tambaleé. Logré asirme a un aparador mientras el suelo se oscurecía, desaparecía y se transformaba en un embravecido y agitado mar. Aquellos no eran mis mareos habituales; se trataba de algo distinto, algo desconocido y monstruoso. Algo que se extendió por mi campo de visión en extensas franjas de color ónice.

Tras un rato dolosamente largo, la vista al final se me despejó. El pasillo se hallaba vacío. Todo estaba como siempre, salvo por aquel fuerte olor que permanecía en mis fosas nasales. El ladrón se había esfumado.

Con el corazón acelerado, me arrodillé haciendo caso omiso a los puntitos negros que me enturbiaban la visión. Me limité a apretar los dedos de los pies mientras palpaba la moqueta en busca de cualquier cosa capaz de producir dichos síntomas, cualquier cosa que el hombre se hubiese podido olvidar. Pero solo encontré polvo.

—¿Tania? —Aria se encontraba de pie en el umbral de su puerta con un candil; su luz se expandía por el pasillo. Tosió y se aclaró la garganta, y su voz sonó áspera al principio—. Me ha parecido oír... —Posó el candil en el suelo y, a continuación, caminó sin hacer ruido por la moqueta, descalza—. ¿Te has desmayado?

Me ayudó a ponerme en pie; el suelo se tambaleaba bajo mis pies.

—Ha entrado un ladrón. Sabía lo que soy... lo que somos —dije.

Echó un vistazo al pasillo.

—¿Dónde está?

—Llevaba unos papeles. He intentado detenerlo, pero entonces él... No sé qué ha pasado, me ha puesto algo en la cara... ¿Quizá un vial? Desprendía un olor... —dicho en voz alta sonaba ridículo—. No crees que estoy loca, ¿verdad?

Aria elevó de nuevo el candil, que iluminó la mitad de su rostro con un resplandor amarillento.

—¿Mentirías respecto a algo así?

—Por supuesto que no —dije.

Dejó escapar un fuerte suspiro, su mirada se deslizó por los rincones y grietas del pasillo.

—Hemos de investigarlo. ¿Llevaba alguna soga? *Un rossignol?* —Me la quedé mirando sin comprender—. Una ganzúa, Tania. Para entrar en la casa. Aunque... las cerraduras están reforzadas. Puede que trepase. Pero, en ese caso, hubiese entrado por una ventana. —Caminó de un lado a otro, sin percatarse de mi creciente conmoción—. Es posible. Pero el riesgo de romper un cristal es bastante elevado. Cualquier ladrón que se precie sabría que hay opciones mejores.

—Aria —dije finalmente—, ¿cómo…?

—¿Cómo qué?

—¿Cómo sabes todas esas cosas? ¿Tiene algo que ver con lo que me mencionaste aquel día en el carruaje? Sobre La Cour des Miracles, ¿recuerdas? —Titubeó, pero no me pidió que dejase de hablar ni me cortó, así que proseguí—: Quiero entenderlo. Quiero saber cómo gestionar esto, aprender a pensar como el intruso. Si consigo entenderlo, podré ayudarte a averiguar cómo ha entrado aquí… o quizá incluso de quién se trata. Por favor, Aria —le dije a la estatua en la que se había convertido.

Finalmente, apareció una fisura: sus pétreos hombros se relajaron un poco y la afilada mandíbula se destensó.

—¿Te acuerdas de esa conversación? —preguntó.

—Por supuesto. —Recordaba a Madame de Tréville sermoneando a Portia, el sombrío callejón, a Aria susurrando desde el otro lado del carruaje…—. Dijiste que creciste en La Cour. Pero no entiendo cómo puede ser.

Me llevó hasta su habitación y cerró la puerta; la resignación inundaba su rostro.

—Siéntate. —Hizo un gesto hacia un sillón y me observó antes de devolver el candil a la mesita de noche—. Lo que voy a contarte tiene que quedar entre nosotras. Théa no puede enterarse, nunca. Y tampoco madame de Tréville.

—¿Y Portia?

El rostro de Aria se suavizó, su expresión se enterneció.

—Ella está enterada.

—¿Te asusta que Théa o madame de Tréville te traten de forma distinta si se enteran? Tu pasado te pertenece a ti; nuestro pasado es parte de nosotras…, pero eso no implica que no seamos nosotras mismas. Sigues siendo Aria a pesar de todo.

Su fría mirada no experimentó cambio alguno, pero su cuerpo se tensó.

—Théa se empeñaría en conocer todos los detalles. No diferencia qué preguntas son apropiadas y cuáles no. No me veo capaz de enfrentarme a eso. Lo que cuento y lo que no es cosa mía. Y madame de Tréville nunca me perdonaría. Piensa que es como nosotras porque ha tenido que luchar. Que el que los mosqueteros la rechazaran le otorga una capacidad de entendimiento superior. Pero no sabe lo que se siente cuando se te rechaza y aparta por algo que no sea el ser mujer. Tienes que prometérmelo, Tania. Prométeme que no les dirás nada.

—¿Qué podía hacer además de asentir? Aria respiró profundamente—. Empezaré por el principio; supongo que es lo propio.

»Durante los diez primeros años de mi vida, mi madre y yo estábamos solas en el mundo. Compartíamos un pequeño *appartement* con otra familia de La Cour des Miracles. Eran una familia grande, numerosa. Mi cerebro ha borrado casi todo, excepto la voz de mi madre. Su sonrisa… —La añoranza se reflejaba en su mirada—. Hizo lo que pudo. Se aseguró de que tuviese ropa y comida, por poca que fuera.

Noté una punzada en el pecho. *Maman*, con el rostro surcado por la furia, dejando que le clavase los dedos en el brazo cuando necesitaba levantarme. Quería que yo estuviese a salvo, pero no entendía (no era capaz de entender) que quizás yo podría salvarme a mí misma.

—Parecía una mujer fuerte.

—Y lo era. Pero a veces ser fuerte no basta. Ni siquiera el más feroz de los guerreros puede luchar contra unos depredadores invisibles.

—¿Enfermó?

—Tuberculosis. Murió unas semanas antes de que yo cumpliese diez años.

La oscuridad de su semblante me mantuvo en silencio. Mis condolencias no le servirían de nada. Intenté imaginarme en su situación: ¿qué habría sido de mí si hubiera perdido a *papa* antes de tener diez años? Antes de que empezasen los mareos. Antes de que él pudiera haberme demostrado que, a pesar de mi enfermedad, yo seguía siendo fuerte. Que seguía siendo Tania.

—No tenía a nadie más. Nadie con algo de dinero o con un techo bajo el que acogerme. En La Cour des Miracles no hay muchas cosas que una cría de diez años pueda hacer para ganarse la vida. Mendigar no se me daba bien, así que me dediqué a aquello para lo que tenía verdadero talento. Empecé con robos pequeños. —Me vino a la mente el recuerdo de Portia soltando un grito, sobresaltada, frustrada por el talento de Aria para colarse en una habitación sin que nadie la oyese ni la viese—. Pero se me subió a la cabeza. Aprendí a abrir cerraduras, y también qué puertas conducían a alacenas y cuáles a vestíbulos vacíos. Y cuando me aburrí de eso, decidí ir aún más lejos: me propuse robar en una casa de Le Marais. Si lo lograba, nunca tendría que volver a robar.

»Escogí con cuidado. Pasaba a diario por delante de la casa cuando iba por el centro de París, en aquella época en la que pretendía ser «mejor» que el resto de La Cour. No era tan grande como cabría imaginar, pero era preciosa. Paredes de color blanco con ventanas acristaladas. Una puerta tan enorme que ni siquiera llegaba a la aldaba. Me colé por la entrada de servicio. La cerradura era fácil de forzar. Reuní todo lo que cupo en mi funda de almohada: un joyero, monederos, miel de importación para intercambiar en algún trueque. Pero, a la salida, un hombre me detuvo. Llevaba una vela. Y dijo: «Tendrías que haber ido a por el cuadro del estudio. Cualquier comerciante reputado lograría venderlo por una buena cantidad».

Aria hizo una pausa; pude ver un amago de sonrisa en sus labios.

—No eché a correr. Me senté en la silla que estaba frente a la suya. Hablamos hasta que la vela estuvo casi consumida del todo. —Alzó la vista para mirarme a los ojos—. Nunca tuve un padre, y había perdido a mi madre hacía menos de un año.

»Ya empezaba a salir el sol cuando me explicó lo que tenía en mente. En lugar de entregarme a los guardias, que me meterían en prisión o algo peor, me ofreció acogerme como si fuese hija suya. Yo era una chica inteligente y habilidosa, y él apreciaba ambas cualidades, pues las encontraba poco habituales entre la *noblesse* parisina. Me enseñaría a aprovecharlas. Me proporcionaría cuantas clases pudiera llegar a desear. En fin, básicamente, era una oportunidad con la que jamás me había atrevido a soñar. Sé cómo suena: un hombre que le ofrece a una muchacha casa y comida, su protección... —la voz de Aria se fue apagando, con su mirada de acero posada en la mía.

—Ni se me había ocurrido —aseguré.

—Se había desentendido de la vida palaciega tras el nacimiento de su hija. La madre había muerto durante el parto; no se casaron por amor, pero se respetaban. Él bebé solo lo tenía a él. Y a él nunca le había gustado la corte —añadió Aria—. No soportaba las fiestas y sus interminables exquisiteces. Permaneció junto a su hija, sin asistir a ningún evento. La educó para que se convirtiera en una joven decidida e independiente. Ella adoraba a partes iguales la esgrima y la poesía.

—¿Adoraba?

—Murió a los ocho años. Se cayó de un árbol y se golpeó la nuca. A padre se le partió el corazón. Se culpó a sí mismo de lo ocurrido, por no haberle impedido que se subiera al árbol, por no haber corrido lo suficiente para frenar el golpe a tiempo... Se recluyó en su casa durante años. Y de pronto, una noche, aparecí yo. Me dijo que le recordaba a ella. —Aria entrelazó las manos sobre el regazo con un suspiro—. Puesto que dejó de acudir a la corte, ninguno de los nobles conocía el aspecto de su hija. Tampoco sabían que había muerto, y menos aún que su esposa también había fallecido años atrás. Ninguno de los dos tenía una relación estrecha con su familia. A sus amigos les dijo que iban a hacer un largo viaje por todo el continente y que no sabía cuándo regresarían. Que era posible incluso que se asentaran en alguna otra parte del mundo.

»Resulta extraño vivir tu vida como una persona, irte a dormir un día y levantarte al siguiente siendo otra. Dejé de ser

Danielle, una huérfana de La Cour des Miracles, para pasar a ser Aria d'Herblay. Nunca podré recompensar a mi padre por lo que hizo —dijo de pronto, y luego se rio—. Odia que diga eso. Soy su hija. Un padre no espera que su hija recompense su amabilidad. Eso es lo que suele decirme.

Me senté, paralizada incluso después de que hubiese acabado de hablar.

—Creo que a *papa* le hubiera caído muy bien tu padre. Los habría unido su odio mutuo hacia la corte. —Aria resopló, y después se cubrió la boca y la nariz, como si el sonido que había proferido la sorprendiera. Sin saber cuál era la forma más apropiada de hacerle la pregunta que necesitaba hacerle, titubé—: ¿Preferirías... preferirías que te llamase Danielle?

—No, porque me llamo Aria. Es el nombre que elegí, y él me eligió a mí.

Hizo una pausa, y fue entonces cuando se me escaparon las palabras que estaba conteniendo.

—¿Allí hay gente como yo?

—¿Qué?

Respiraba entrecortadamente, las manos me temblaban. Aun así, pensaba con total claridad.

—En La Cour des Miracles. La vez anterior me contaste que los nobles se burlan de la gente que vive allí. Que a las personas que fingen padecer alguna enfermedad las llaman *les francs mitoux*. Pero no es posible que todos mientan. ¿Aria, en La Cour hay gente que... gente como yo?

—Han pasado muchos años... —vaciló—. Pero sí, supongo que los habría.

Otras chicas como yo. Chicas que sabían lo que era que tus piernas y el mismísimo suelo bajo tus pies fueran inestables. Ya había pensado antes en la posibilidad de que existieran más personas como yo, pero había tratado de no hacerme demasiadas esperanzas. Intentaba recordarme que ya era afortunada de tener a la Orden, que debería conformarme con eso. Y, además, ¿era justo que deseara que hubiese más personas que sufriesen los mismos mareos que yo? ¿Era justo desearle a alguien esa carga solo para sentir el triste consuelo de saber que había quien entendía lo que era ser yo, lo que era vivir en un cuerpo como el mío?

—Necesito pedirte algo—dijo Aria.

—Adelante, lo que necesites.

—No se lo digas a nadie.

—Por descontado. Pero, Aria, ya te he prometido que…

Negó con la cabeza.

—No hablo de eso.

Caí en la cuenta de a qué se refería y se me escapó un jadeo.

—¿Quieres que mantenga en secreto lo del ladrón?

—No quiero ser la razón de que Théa tenga aún más pesadillas. Y Portia nunca ha dormido bien. Su habitación está pegada a la mía. La oigo moverse por las noches, y ha empeorado con el cambio de estación. No lleva bien la falta de sol.

—¿Y qué hay de madame de Tréville? —pregunté—. El ladrón llevaba unos papeles…, ¿y si ha robado algo importante?

Aria se mantuvo impasible.

—Madame de Tréville, por mucho que se le llene la boca hablando de la lucha de las mujeres y de la fuerza, no deja de ser una esnob. ¿No recuerdas cómo apartó la mirada cuando pasamos cerca de La Cour? Si yo estoy aquí con vosotras es porque ella piensa que me entrenó mi padre y que tuve una infancia similar a la suya. Ella aprendió a luchar por pasión. Yo lo hice para sobrevivir.

—¿Y eso qué tiene que ver con el ladrón?

—Alguien estaba en el pasillo, Tania. Se ha colado sin llamar la atención, y se ha ido sin dejar rastro. Y luego está lo que pasó en los muelles. Aquellos hombres estaban sobre aviso; si no, no tenían por qué haberse dado cuenta de que no éramos estibadores. Pero sabían que no lo éramos.

Comprendí a qué se refería. Una tela desgarrada por un trozo de madera, un clavo fuera de la madera, la hoja de una espada que alguien había dejado caer, olvidada.

Oh Dieu. Jadeé de nuevo.

—No. Ella no.

—Yo no he dicho que sea ella —señaló Aria—. Pero este ladrón debe de ser alguien cercano a nosotras. Tú y yo estamos descartadas. Théa también; la mera idea es ridícula. —La afirmación de Aria fue interrumpida por un ronquido que no se oyó muy alto, puesto que ya no nos encontrábamos en el pasillo—. Menos mal que la moqueta amortigua el ruido —dijo Aria—. Si no, no habría quien durmiese. Y Portia... Portia no es.

—Y los que quedan son...

Aria levanto la mano y fue contando con los dedos mientras enumeraba los nombres.

—Henri, madame de Tréville y Jeanne, aunque en su caso es mucho suponer, porque no tiene la llave de la segunda planta.

Sus rostros danzaron en mi mente; cerré los ojos con fuerza, me arañé las sienes.

—Te equivocas. ¿Cómo puedes pensar que madame de Tréville... o Henri...?

—A madame de Tréville le negaron aquello que más deseaba. Es motivo más que suficiente para querer vengarse. Quizá los nobles hayan hecho un trato con ella. Los provee de información acerca de los planes de Mazarino para proteger al rey, de las pistas que la Orden va consiguiendo, y ellos, a cambio, la dejan entrar en los mosqueteros. En el grupo oficial, el que conoce la gente. Tal vez esos son los papeles que le viste al ladrón enmascarado.

—¿Crees que ella nos ha mentido? ¿Sobre Verdon?

Aria frunció los labios.

—Madame de Tréville es inteligente. Yo creo que, de tener oportunidad, le gustaría jugar en ambos bandos, para asegurarse así que, cuando ocurra lo que tenga que ocurrir, ella saldrá ganando.

—¿Y... Henri? —la voz se me quebró.

—¿Le has oído hablar de su trabajo como aprendiz? Él desearía ser algo más, mucho más. Y... —Su cuerpo se tensó mientras hablaba—. ¿No te has dado cuenta de lo raro que está últimamente?

Se escapa para no hablar con nosotras, y no cuando Portia está presente. Vive aquí, y, sin embargo, me sobran los dedos de una mano para contar el número de veces que lo he visto este mes.

Abrí la boca, la cerré, me recorrió un escalofrío. ¿No me había percatado yo justo de eso mismo? Tragué saliva.

—Bueno, sí, puede que haya estado un poco raro, pero si quiere convertirse en ingeniero es para mejorar la vida de los demás. No es como si quisiera trepar laboralmente por mera avaricia...

Dejé de hablar, consciente de cómo Aria me observaba, diseccionándome y asomándose a mi interior, como si intentase llegar a lo más hondo de mí.

—Creo que ya sabrás, Tania, que los chicos siempre están dispuestos a decirnos cualquier cosa con tal de conseguir lo que quieren. —Retrocedí—. ¿Recuerdas algún detalle más? ¿Algo que el ladrón haya dicho o hecho...? —preguntó Aria.

Pensé en cómo se había girado, apoyado sobre el talón. La horripilante sonrisa de satisfacción en sus labios. En cómo me había llamado *Mademoiselle la Mousquetaire*. Me aterrorizaba la posibilidad de que su voz sustituyera a la de *papa* en mis recuerdos, la posibilidad de olvidar el amor con el que pronunciaba mi apodo.

Volví a mirar a Aria y vi algo que me sorprendió: miedo.

—No —mi voz delató lo tensa que me sentía—. No, nada más. —Rehuí su escudriñadora mirada—. Debería irme a dormir... Estoy muy cansada. Buenas noches.

«No quiero ser la razón de que Théa tenga aún más pesadillas». Eso había dicho Aria. Pero ¿quién se encargaba de cuidarla a ella, de evitar que se preocupase más de la cuenta de un amable muchacho que simplemente estaba más ocupado de lo habitual, un muchacho al que yo quería proteger tanto como a la propia Aria?

Cerré la puerta después de entrar. En mi imaginación vi al ladrón enmascarado hacer su reverencia burlándose de mí. El mechón de cabello que se le había escapado del interior de su sombrero de ala ancha.

Un único rizo, de un castaño dorado.

CAPÍTULO VEINTIDÓS

—¿Tania?
Di un tirón y, después, me retorcí de dolor cuando me cayó un poco de té en la mano.
—Perdón —dije, secándolo apresuradamente.
—Llevas así toda la semana. No habrás visto *un fantôme, non?* —preguntó Portia mirando a Aria con curiosidad, pero esta inclinó la cabeza hacia un lado.
—Estamos cada vez más cerca de capturar a los nobles que han estado introduciendo armas de contrabando en la ciudad. Lo que me sorprende es que no estemos todas más preocupadas —dijo Aria y me dirigió una severa mirada.
Madame de Tréville entró en la estancia y se detuvo en el umbral de la puerta.
—Señoritas, ¿habéis visto mis papeles? Me faltan algunos que tenía en el estudio. Cartas, sobre todo, nada de especial importancia, puesto que la información más comprometida la llevo siempre conmigo. Pero he pensado que no estaba de más preguntar. Y también le he preguntado a Jeanne, por si acaso.
¿Podía ver la preocupación en mi rostro? ¿La posible traición? Si los había robado ella, ¿por qué nos estaba preguntando? ¿Era para despistarnos? Sacudí la cabeza. Después de hablar con Aria, la semilla de sus dudas se había esparcido dentro de mi cabeza, y había enraizado y florecido durante las noches que había permanecido despierta en la cama sin poder conciliar el sueño. Cada vez que me quedaba dormida, mis sueños se llenaban de diferentes versiones de una pesadilla en la que madame de Tréville, Henri y las chicas apuñalaban por turnos a *papa;* su pecho

se convertía en un mosaico de heridas de daga. Y, a continuación, uno por uno me clavaban esa misma hoja por la espalda cuando yo me arrodillaba junto a *papa* para tratar de limpiarle la cara y procurar que resultase reconocible para *maman*.

—¿Qué clase de cartas? —le preguntó Portia a madame de Tréville.

—Mi correspondencia personal no es en absoluto de vuestra incumbencia.

—¡Yo no he visto ninguna carta, *madame!* —barboté.

Aria me dio un golpe por debajo de la mesa.

—Gracias, Tania, por ser la única de mis mosqueteras capaz de responder a una pregunta tan simple —dijo madame de Tréville.

—Como hoy es vuestra reunión semanal con el cardenal, quizá convenga que se lo preguntéis a él, ¿no? —dijo Aria.

Madame de Tréville se giró hacia ella, un poco sorprendida al principio, aunque después cambió su expresión.

—No debería sorprenderme que me hayáis observado lo suficiente como para aprenderos mi agenda. Para que conste, las reuniones son cada dos días. Solo quedan dos semanas hasta el solsticio.

—¿Ha hecho el cardenal algún tipo de progreso en lo que respecta a convencer al rey para que salga de la ciudad o al menos para que no asista a ninguno de los próximos bailes y celebraciones? —preguntó Portia.

—Negociar con el rey es como negociar con un niño. En fin, es lo que es. —Madame de Tréville suspiró mientras se tapaba la cara con la mano.

La mirada de Aria y la mía se cruzaron. «No se lo digas a nadie».

El lapsus del inventario codificado, la posible venganza. *Papa* ensangrentado a un lado del camino. *Maman* haciéndose pequeña en la distancia a medida que el carruaje se alejaba. Mis mosqueteras, que se suponía que iban a cambiarlo todo. A las que debía proteger.

Posé la cabeza en las manos. Me cubrí la cara con ellas y grité con la boca abierta y sin proferir sonido alguno.

La cocina era la única estancia en la que me sentía un poco como en casa. Por supuesto, era más fastuosa que cualquier habitación de cualquier casa de Lupiac, pero, a pesar de todo, con la luz del sol que entraba en ella y el humo del fuego que había en el interior, el color y la pesadez del aire me resultaban familiares.

Llevaba todo el día evitando a las chicas. No aguantaba mirar esas caras a las que tanto cariño les había cogido y preguntarme si no serían en realidad las máscaras de unas traidoras. Di una nueva bocanada de aire y apoyé la barbilla en las palmas; las cicatrices se extendían por la fina piel.

Y de pronto, Henri entró por la puerta de la cocina. De algún modo, eso me hizo dudar aún más. El rayar y raspar de la puerta sobre el suelo, las botas desgastadas posadas sobre este. Se detuvo al verme, y las mejillas se le pusieron coloradas.

—He venido para entregar otro libro de criptografía que he encontrado en la biblioteca de Sanson; pensé que podría seros de ayuda con la descodificación. —No era capaz de mirarme a los ojos.

Me aclaré la garganta.

—Podéis dármelo a mí. —Iba a hablar con él aunque tuviese que obligarlo a devolverme la palabra. Incluso aunque, bajo sus rizos, diese con una verdad lo demasiado horripilante para decirla en voz alta.

—Oh, debería dárselo a mi tía; ella…

—Está en una reunión —la mentira hizo que me castañetearan los dientes. Me puse firme—. Yo lo cogeré.

Henri se quedó quieto; parecía estar debatiendo consigo mismo si hacerme caso o no. Y aun así, no se atrevió a mirarme: mantuvo la vista posada en el ramillete de margaritas violetas que había sobre la mesa, que habían empezado a marchitarse.

—Vale... de acuerdo. —Rebuscó dentro de su bolsa. Intenté echar un vistazo al interior, pero él se movió demasiado rápido—. Aquí tenéis —dijo. Lo dejó caer sobre mis palmas.

El patoso, torpe y amable Henri. Henri, que se ponía tan colorado que no podía ocultar ni un solo error. El que robó un mapa para regalármelo. El que quizás había robado también el libro que acababa de entregarme.

Henri, que ansiaba conseguir mucho más de lo que ya tenía. Posé el libro sobre la mesa.

—¿Hay algo más que queráis...?

—Disculpadme, pero debo marcharme... Tengo mucho trabajo pendiente...

—Henri, espera...

Pero la puerta se cerró de golpe, y, sobre la mesa, las flores continuaron marchitándose.

Unos minutos después, se produjo otro ruido; pero esta vez procedía de la parte opuesta de la estancia. Y aun sabiendo que no se trataba de Henri (que no podía ser él), me permití imaginar que sí que lo era y que volvía para explicarse.

—Tania, ¿puedo hablar con vos? —preguntó madame de Tréville.

Muerta de miedo, la seguí hasta su estudio. Se debía de haber enterado. Cuando alcé la vista, esperaba encontrarme un rostro surcado por la furia y unos ojos fríos como el hielo. Pero no fue así.

—¿Cómo estáis?

Me la quedé mirando. Parpadeé.

—Supongo que..., ¿bien?

—¿Supones o lo estás?

—Me encuentro bien —era una mentira fácil; la había repetido muchas veces.

—No he querido decirlo con las demás delante, pero las cartas robadas... eran de vuestro padre. —Se me encogió el estómago, y, aun así, seguía notando el corpiño demasiado prieto, me faltaba el aire—. Tenéis la oportunidad de decirme si fuisteis vos quien las cogió, Tania. No os culparía por querer saber más acerca de él y de su labor.

—¿Ya no… ya no tenéis sus cartas? —la voz me temblaba.

—Entonces, no fuisteis vos. —Me apreté las muñecas; las lágrimas empezaban a acumulárseme en los ojos—. No habéis de temer que se sepa vuestra verdadera identidad. Vuestro padre nunca se refirió a vos en ellas por vuestro nombre; sabía lo que se hacía. Un espía sabe proteger a su familia. Pero —añadió haciendo un mohín— me temo que sus cartas más extensas, aquellas en las que hablaba sobre el talento y destreza de su anónima hija… han desaparecido. Supongo que puede que las haya extraviado; siempre hay una primera vez para todo —por su tono, no parecía creer en dicha posibilidad.

—No es eso… es solo que… —opté por algo sencillo, algo que fuera verdad— me hubiese gustado leerlas.

—Sé que no es igual que leerlo de su puño y letra, pero os aseguro que os tenía en un pedestal. —Vislumbré un indicio de estremecimiento. ¿Estaba rememorando cómo entrenaba con ella, cómo creía en ella cuando nadie más lo había hecho? ¿O acaso estaba arrepintiéndose de su actual traición?—. Para que quede claro, no has presenciado nada fuera de lo común o… algo sospechoso, ¿verdad?

¿Podía estar al cien por cien segura de saber de qué color era el pelo del intruso habiéndole visto solo un rizo? Además, cuando ocurrió, era tarde y en el pasillo había una luz muy tenue. Las sombras, la tonalidad y el color se mezclaban en la oscuridad.

Y, aun así, veía la imagen de Henri, dejando el libro en mis manos, con sus ojos de un castaño dorado bajo el cabello del mismo color; el recuerdo me produjo un fuerte pinchazo en el estómago que hizo que me entraran ganas de vomitar.

—Muy bien —dijo.

Moví la cabeza, pero madame de Tréville ya había pasado a otro asunto, con expresión atormentada.

—Si os percatáis de algo, contádmelo de inmediato. —Removió unos papeles del escritorio y, luego, se detuvo—. Id a ver a Théa. No ha sido capaz de arreglar vuestros calzones, así que necesitaréis unos nuevos. ¿En qué estabais pensando? Intentar esquivar antes de ejecutar la parada... Y en los entrenamientos también...

Lo que estaba pensando entonces era que necesitaba tener mi espada en la mano, sentir el acero contra el acero. Que necesitaba dejar de ver traidores por todas partes, de darle vueltas a la idea de que nuestra mentora o Henri pudieran estar conspirando para traicionarnos. Dejar de oír a Étienne jugar con mi nombre en su boca y la voz de *papa* diciéndome con reproche que si no me centraba, nunca mejoraría; que cuando esgrimía la espada tenía que entregarme por completo a la pelea.

Era cuanto menos irónico que, durante mi primer día en París, madame de Tréville me dijese que no podíamos permitirnos el lujo de escondernos cosas las unas a las otras. En aquel preciso momento, sentía que no tenía nada más que secretos.

⚜

—¿Cómo crees que es?

—¿El qué?

Théa reordenó las madejas de hilo de su equipo de costura: una caja de madera posada sobre varios bloques grabados, pintados de un intenso color marrón.

—Besar a alguien. —Me giré para mirarla, y ella protestó—: ¡Me vas a deshacer la labor!

—Ay, Théa, cariño, ¿has estado leyendo novelas otra vez? —Portia chasqueó la lengua.

Cerca, Aria y ella practicaban una secuencia de paradas. Últimamente, madame de Tréville había insistido en que debíamos trabajar nuestras flaquezas después de las sesiones de entrenamiento. Según ella, no existía el tiempo libre: solo el tiempo malgastado. A Aria le brillaban los ojos, y, cuando la hoja de la espada pasaba silbando de un lado a otro, le resplandecían.

—Dime que te has dado por vencida con *La Astrea;* te habrás convertido en una solterona antes de acabarlo. No entiendo cómo alguien puede tener la voluntad suficiente para leerse quinientas páginas... Lo pillamos, D'Urfé, ¡te obsesionan los romances entre campesinos! ¿Os imagináis que ese fuese vuestro legado? Quinientas páginas de gente suspirando. —Aria pilló a Portia con la guardia baja y le cortó la manga—. Eso ha estado fuera de lugar.

—No estás prestando atención. Es tontería practicar si no vas a tomártelo en serio.

—Bueno, pues a mí me parece muy romántico dedicarle quinientas páginas al amor —declaró Théa con un mohín—. Los personajes se quieren de verdad, y son amables y dulces. —Frunció el ceño cuando me miró a las piernas al tiempo que pasaba una aguja por un enorme agujero en la tela de los calzones. El hilo se rompió como un carámbano—. Creo que no hay nada que hacer. Tendremos que mandar a Jeanne a comprar tela y decir que es para Henri... Porque intentar encargarle unos calzones al sastre con tus medidas sería demasiado sospechoso, ¿no crees? *N'est-ce pas?* Pruébate estos para comprobar el tallaje —me dijo pasándome un par distinto.

Colocándome detrás del biombo, me quité el par echado a perder con unos cuantos contoneos.

—Quinientas unidades de lo que sea demuestran que estás obsesionado —dijo Portia—. ¿Qué diríais si yo comprase quinientos pares de guantes? O de vestidos de noche.

—Nunca harías tal cosa. Antes te gastarías ese dinero en cuadros. Paisajes, retratos... pero no ropa —intervino Aria—. Abrirías tu propia galería de arte y harías visitas guiadas para reeducar a los nobles cuyos tutores no les hubieran enseñado correctamente la teoría del color.

Me puse los calzones que Théa me había dado; la tela estaba tensa sobre mi piel. Notaba una mayor fortaleza en las piernas y veía mejor, e incluso los mareos disminuyeron un poco. Salí de detrás del biombo tambaleándome un poco por lo prietos que me iban, con las piernas abiertas *comme un canard*. Portia me miró aturdida, pero a pesar de ello, se rio por la nariz.

—¡Pero si pareces un patito! Théa, ¿intentas torturarla o qué? —Ladeó la cabeza—. Qué curioso. A estas alturas se te suele nublar la vista.

—Es raro, sí... Creo que es por los calzones. Quizás porque son ligeros... Los anteriores eran más pesados.

Théa frunció el ceño y apareció en él la habitual línea que reflejaba su concentración absoluta. Murmuró algo, agarró la tela que estaba al lado de mi tobillo y se puso a bocetar.

Aria y Portia se dirigieron un saludo con la espada, marcando el final del entrenamiento. Portia se limpió las gotas de sudor de la frente.

—Casi te alcanzo. —Los ojos le resplandecieron mientras observaba la cara de Aria, expectante.

Ella reprimió una inusual risita.

—Dítelo a ti misma las veces que quieras.

Portia soltó una fuerte carcajada.

—*Comme tu veux.* Como desees.

Aria titubeó, sin apartar la mirada de Portia. Pero entonces dirigió sus ojos hacia mí y hacia Théa y asintió con la cabeza.

—Como tiene que ser.

La luz que Portia desprendía disminuyó. Hizo un gesto hacia el punto frente a ella y, después, me miró con insistencia.

—Quedan apenas unos días para el siguiente baile. Si madame de Tréville te asigna otro objetivo, quién sabe lo que maquinará el joven Verdon.

Me recorrió una oleada de nervios.

—Insisto en que no creo que él se...

—¡No estoy hablando de los traidores! No, si Verdon inicia un duelo, será por vuestro honor. —Puso una sonrisita; la espada destellaba amenazadora—. Asegúrate de que te vea tocando al nuevo objetivo. A ver, no como estás pensando. —Se rio cuando casi se me cayó la espada al suelo, pero conseguí recuperarla milésimas de segundo después—. Mientras bailáis. O rózale la mano. Ya sabes, un coqueteo casual… Ahora, si quieres conseguir un mayor impacto, lo que puedes hacer es recorrerle el pecho con los dedos. Poco a poco. Eso sí, asegúrate de que los demás nobles no te ven hacerlo. —Guiñó un ojo.

—Tania, ¿estás bien? —preguntó Théa, uniéndosenos de nuevo—. Estás roja.

—Sí —grazné más alto de lo debido—. ¡Todo va bien!

Portia soltó una carcajada mientras yo me preparaba para recibir su ataque. No pensé en cómo serían los ojos de Étienne cuando me viese bailando con otro hombre; en la forma en que acostumbraba a decir mi nombre; en cómo, cuando Théa me había preguntado cómo creía que sería besar a alguien, me había imaginado al instante sus labios acercándose despacio a los míos.

No, desde luego. No pensé en nada de eso.

Los días siguientes, cada vez que veíamos a madame de Tréville estaba encorvada sobre el mensaje codificado. Era una copia en la que había hecho marcas con tinta y carboncillo: había ideas descartadas por todas partes, enormes tachones de tinta negra y azul a juego con el color de sus ojeras.

Madame de Tréville nos había dejado que hiciésemos una copia cada una. Había estudiado la mía durante tanto tiempo que las letras habían empezado a mezclarse las unas con las otras. Era inútil. Portia, a la hora de las comidas, se encorvaba sobre la suya. Théa ya iba por su tercera copia, tras haber derramado té encima de las dos anteriores. Y Aria llevaba la suya a mano siempre que dábamos algún paseo en carruaje.

Ocho días antes del Festival de Invierno, me desperté en mitad de la noche con un miedo paralizante. Por mucho que intenté retener el sueño, la cara de *papa* acabo desvaneciéndose. La tinta lo teñía todo: mis dedos, la base de la vela de mi mesita de noche, lo que quedaba de otro borrador de la carta que había vuelto a intentar escribirle a *maman*. ¿Me creería, escucharía lo que tenía que decirle si le contaba que la nación, su Francia, corría peligro? Para entonces ya estábamos en diciembre. Fuera refrescaba, y las letras del mensaje se arremolinaban en mi mente cada vez que cerraba los ojos.

—Estoy harta —dijo Portia cuando salí con prisas de mi habitación; llegaba tarde a la reunión matinal del desayuno. Casi me morí del susto—. *Merde*. ¿He hecho que te marees? ¿Voy a por una silla?

El corazón me iba a mil; permanecí quieta a la espera de que la intensidad de los latidos disminuyera. Finalmente, sacudí la cabeza y le dije, suspirando, que me encontraba bien.

—¿De qué estás harta? —añadí.

—De que madame de Tréville actúe como si todo fuera bien cuando no quedan más que ocho días para que nuestra única oportunidad de conseguir la igualdad se desvanezca, a no ser que consigamos impedirlo. No me mires con esa cara —dijo enfadada—. Vale, bueno, que nosotras nos convirtamos en mosqueteras quizás no sea una revolución, pero imagina lo que podría llegar a significar. ¡Un antes y un después para todas las mujeres!

Portia hacía que pareciese muy sencillo. Sí, sería (o más bien podría ser) un antes y un después. Pero lo primordial para mí era asegurarme de que mis hermanas de armas estuviesen a salvo. ¿De qué servía un legado si debía perder a la gente que más me importaba para conseguirlo?

Prosiguió con su apasionado discurso mientras me bajaba con la polea, y también después, en el pasillo, de camino al desayuno.

—… Y sí, supongo que me sentiría mal si el rey muriese, ¡pero eso no es lo importante! Él es nuestra vía para conseguir un lugar para todas las mujeres que vengan detrás. Protegería a una paloma, *ces monstres dégoûtants*, si así pudiera cambiar la forma en que nos ven los hombres. —Se estremeció—. *Dieu*, ahora no voy a poder sacarme de la cabeza la imagen de una de esas ratas voladoras sentada en el trono.

—*Bonjour* —dijo Henri. Ni siquiera lo había oído aproximarse.

Se me tensaron los hombros, cubiertos por la capa. Había adquirido la costumbre de llevarla puesta a todos lados, como si pudiese servirme de escudo contra cualquier cosa que se colase en la casa. O contra lo que ya estaba dentro. Era una estupidez por mi parte, y, aun así…,. rodeada por *papa* y *maman*, el terror que me recorría por dentro solo murmuraba, en lugar de rugir.

—*Bonjour* —logré decir.

Mis ojos fueron de los libros de criptografía que tenía en las manos a los rizos de ese color marrón dorado que le enmarcaban la cara. Tragué saliva. Portia me dio un golpe en el hombro y me puse en marcha de nuevo.

—Te has quedado petrificada…, ¿te preocupa acaso que le cuente a madame lo de mi discurso? —Portia resolló cuando giramos en la esquina—. Ese pobre no sabe ni cotillear. Puedo contar con los dedos de una mano las veces que ha hablado con Aria o conmigo. ¡Y llevo aquí medio año ya!

Madame de Tréville alzó la cabeza cuando entramos. Théa y Aria estaban ya sentadas.

—Gracias por uniros a nosotras. —Me retorcí; Portia había llegado tarde por mi culpa, porque había tenido que encargarse de la polea—. Tal y como ya les he contado a Théa y Aria, he descartado diez de los sistemas de cifrado que manejan los mosqueteros. Usándolos sobre nuestro mensaje, no se obtienen más que galimatías.

Théa miró intensamente la taza de té.

—Nos hemos quedado sin tiempo… Así que, veamos, ¿a quién podemos arrestar ahora, con la información que tenemos? Nos consta que el conde de Monluc ha mantenido sospechosas reuniones con el hermano de Verdon. También está el aumento de capital del socio de este segundo, las iniciales del inventario que hacen referencia a armas, los mosquetes que el hermano menor de Verdon envió junto al mensaje codificado… Y que Verdon sénior invirtió en la inauguración del teatro, que resultó una tapadera para introducir algo en la ciudad, seguramente más armas. Todo apunta hacia Verdon sénior, ¿no?

—No tenemos pruebas suficientes para vincularlo todo, aún no. Por eso la tarea de Tania es tan importante. Necesitamos sacarle más información al hijo de Verdon. No podemos hacer que arresten a los conspiradores sin cazar a Verdon sénior primero. Si realmente es él quien está detrás de esta odisea, si está proporcionando el dinero, los suministros y las armas a la *noblesse* por medio de su hermano y sus socios, tendrá que presentarse para el número final y llenar el vacío de poder... —Madame de Tréville apretó la mandíbula—. *Non.* Hemos de esperar. Así lo quiere el rey.

—El rey es un crío —afirmó Portia.

—Tiene tu edad —murmuró Aria, dando un mordisco a una rebanada de pan.

—Un crío —continuó Portia— que no sabe cómo es el mundo real: no es inmortal. ¿Qué más da si no cazamos a Verdon? Si conseguimos que arresten a los nobles, él no tendrá el apoyo que necesita. Y también está la ventaja añadida de que, cuando llegue el Festival de Invierno, el rey no estará muerto.

—No a la larga —replicó madame de Tréville, exenta de su habitual compostura—. Pero debemos identificar a todos los nobles involucrados antes de efectuar las detenciones: cortarle las cabezas a la bestia para garantizar la derrota. De lo contrario, nos arriesgamos a que regrese aún más poderosa. No podemos permitirnos que un aspirante a asesino del rey pasee por las calles inadvertido.

—¿Y si esta noche nos dedicamos cada una a una misión distinta? —preguntó Portia—. Tania se encargará del hijo de Verdon, como es obvio, y del objetivo que usará para ponerlo celoso. Théa se ocupará de Monluc; porque si su hijo aparece, ni siquiera yo podré justificar que me pille coqueteando con su padre. Y luego, Aria y yo podemos elegir un nombre cada una de la lista de los posibles nobles involucrados en el complot. Ninguna interferirá en la misión de las demás, y no habrá turno de distracción. —Théa, que había estado asintiendo durante todo el discurso de Portia, siguió haciéndolo cuando acabó de hablar.

Pero el rostro de madame de Tréville se endureció.

—Es demasiado arriesgado.

—Somos mosqueteras —señaló Aria—. Nuestra vida es arriesgada.

Madame de Tréville golpeó la mesa con el puño. Las tazas traquetearon sobre los platillos.

—Lo que le ocurrió a Théa no volverá a suceder. No lo permitiré.

—Madame —dijo ella vacilante.

Pero madame de Tréville continuó.

—Mandé a tres de vosotras a la oficina y dejé a Théa sola.

—Conocíamos los riesgos cuando nos unimos a la Orden —dijo Portia—. No somos ignorantes animales de granja que trotan despreocupadamente camino del matadero. Incluso Tania, que cuando llegó era un auténtico e ingenuo corderito, un bebé que se ruborizaba con la más leve de las insinuaciones, ha madurado. Ya tiene como… medio año. —Bufé desde mi asiento—. Vos lo queréis tanto como nosotras, no lo neguéis —insistió—. Deseáis que los demás mosqueteros, los oficiales de mayor edad, os respeten. Que sepan todo lo que habéis hecho por la Corona.

—Madame —probó Théa de nuevo. Extendió el brazo por la mesa para, cautelosamente, posar su mano sobre la de nuestra mentora. Igual que había hecho yo al intentar acercarme a *maman* aquella noche, salvo que los nudillos de madame de Tréville no estaban manchados de sangre—. Madame, no es necesario que os preocupéis de protegernos; nos habéis enseñado a hacerlo por nosotras mismas —dijo Théa.

—*Oh Dieu,* creo que va a llorar. ¿Crees que es capaz de llorar? —me susurró Portia.

Madame de Tréville pestañeó, contemplando la sincera expresión del rostro de Théa. Se aclaró la garganta. Y, por último, después de contener el aliento durante un tenso instante, asintió.

Aria me lanzó una mirada; mis pensamientos se reflejaron en su rostro: madame de Tréville quería vengarse y conseguir el prestigio que merecía. Pero también quería que estuviésemos a salvo. No podía ser el topo.

❧

Portia me tendió un colgante en forma de lágrima; yo me lo pasé por la cabeza. Cayó justo entre mis pechos. El anillo de *papa* colgaba de su larga y escueta cadena, así que no me resultaba complicado esconderlo dentro del corpiño.

—¿No es un poco… atrevido? —pregunté.

—¿Acaso crees que porque se celebre la Inmaculada Concepción tienes que parecer igual de virginal que la madre de Dios? —No me dejó responder, sino que se dio la vuelta para mirar a Aria con los brazos en jarras—. ¿Y bien?

Aria, que parecía estar rodeada de espuma por la cantidad de encajes que vestía, se enderezó y pegó la espalda a la silla.

—¿Valdrá para atraer a Verdon y al otro objetivo?

Portia se encogió de hombros.

—Si la otra opción es que se pavonee por ahí *toute nue, oui*, creo que valdrá.

—¡No voy a ir desnuda a ningún sitio! —bufé mientras Portia, pensativa, se daba golpecitos con el dedo en la barbilla.

Las tres nos sobresaltamos cuando alguien llamó a la puerta.

—¡Adelante! —gritó Portia.

—*Ma tante* desea informaros de que el carruaje ya está listo —las palabras de Henri se colaron por debajo de la puerta.

—Estaremos abajo en un minuto —contestó Portia, y a continuación se rio por lo bajo mientras se oían los pasos de Henri al alejarse—. Por la forma en que actúa ese muchacho, cualquiera diría que teme mirarnos a los ojos. Está claro que nunca se le va a olvidar esa vez en que lo confundí con un intruso… Ya le pedí disculpas; ¿qué más quiere? No es que me apeteciese encajonarlo contra el suelo, precisamente, y te aseguro que no tengo intención alguna de que la experiencia se repita. —Se acercó a Théa para ayudarla con el colorete, pero Aria observaba la puerta con una mirada que tenía reservada para los más complicados de sus objetivos. Fría y calculadora.

Portia y Théa estaban liadas con las preparaciones, pero Aria llamó mi atención.

—He cambiado de idea respecto a estos pendientes. ¿Me dejas probarme algunos de los tuyos?

Aparté todas las preguntas que me estaban asaltando.

—Por supuesto. Déjame que...

—Te acompaño. No merece la pena traerlos si van a ir mal con el amarillo del satén —dijo Aria.

Ella pensaba que Henri era el intruso, el espía..., pero no podía ser verdad. Henri no. Daba igual que yo misma creyera haber visto su pelo; en aquel momento no pensaba con claridad. Me encontraba aturdida, mareada. El hombre enmascarado era frío y tranquilo. Y Henri no poseía ninguna de esas cualidades.

Me senté sobre mi cama mientras Aria se dejaba caer en una butaca.

—Estoy cansada —dijo—. Cansada de ver maldad y traición hasta en las sombras. Además, no dejo de dudar de mis propias teorías. ¿Y si las cosas no pasaron como las recuerdo? Y, aunque realmente sintiera lo que recuerdo, ¿cómo puedo saber si era un reflejo de lo que estaba pasando en realidad? Le he dado mil vueltas. Ya sabes que no acostumbro a dejarme influenciar, pero la cara que puso madame de Tréville cuando habló de lo que le había pasado a Théa...

—Estamos hablando de Henri. Es dulce y amable y...

—No puedes dejar que los sentimientos nublen tu juicio —atacó—. Los demás te importan, Tania. Te preocupas mucho por cualquiera que te dé la mínima razón para encariñarte, y ansías que sea recíproco. Eso te va bien para trabajar con tus objetivos. Eres auténtica, y ellos lo notan. Pero si no consigues controlarlo, se convertirá en tu ruina.

Mi lengua se había vuelto de plomo, y tenía la garganta cerrada del todo. Agarré el cabecero con los dedos en busca de equilibrio, a pesar de que estaba sentada. Aunque estaba a salvo.

Las lágrimas que ansiaba derramar, cálidas en mis ojos, no se debían al mareo.

—No puedo apagar mis sentimientos sin más. E incluso aunque pudiera, ¡no querría hacerlo! —No me permití pensar en la pérdida que llevaba tiempo tratando de apartar de mi mente, de expulsarla y que, sin que yo supiera bien cómo, había logrado regresar igual o más feroz y abrasadora cada vez que dos espadas colisionaban. No me permití pensar en Marguerite atormentándome, en el rostro de la muchacha que había sido y de la que ya no quedaba ni rastro; en mi madre haciéndose más y más pequeña a través de la ventana del carruaje hasta que no fue más grande que una mota de polvo; en Étienne y la gratitud que sentía ante su comprensión, ante el hecho de que nunca se espantara.

No me permití a mí misma pensar en Henri, el amable chico que quizás no lo fuese en absoluto.

—Tania —dijo Aria en voz baja—. Sé que te han dejado de lado antes, y te han hecho daño. Tienes que meterte en la cabeza que nosotras nunca te abandonaremos. Somos mosqueteras. Nunca abandonamos a las nuestras. Pero no puedes contar con que nadie más te sea igual de leal. Ninguna de nosotras podemos.

Las palabras se las llevaba el viento. Valían lo mismo que los médicos que evitaban a mi madre por los pasillos. Lo mismo que las promesas de amistad eterna de dos niñas. Aria no podía prometerme nada. Estar enferma implicaba que, en cualquier momento, las personas que más me importaban podían decidir que yo no merecía la pena, porque les suponía demasiado esfuerzo estar a mi lado.

Sin embargo, no pude evitar recordar la reacción de las chicas ante mi primer desmayo, ni todos mis mareos posteriores, que no habían sido ni uno ni dos. Aun así, ellas habían permanecido a mi lado. Y seguían haciéndolo. Henri me había visto herida, sí. Pero nunca había llegado a verme indispuesta, no de verdad. Él no había estado presente durante las madrugadas en las que me había resultado imposible salir de la cama. Diseñó la polea para mí, pero nunca había estado en lo alto de la escalera ayudándome a subir.

—Tania —repitió Aria—. Por mucho que... aprecies... a Henri, él no es una de nosotras.

Ahogué una risa ante su mirada de complicidad.

—No digas tonterías; solo somos amigos. Además, a él le gusta Théa.

—¿Qué?

—Lo sé por cómo se dirige a ella...

—Así que no te gusta Henri. —Tragué saliva y sacudí la cabeza. Aria permaneció callada, con el rostro ensombrecido—. Bueno, en ese caso... jamás me imaginé que me aliviaría que te sintieras atraída por el hijo de Verdon. Parece ser la opción menos peligrosa. Siempre que mantengas las distancias, tantas como se pueden poner entre una y su objetivo, claro. —Me quedé quieta, boquiabierta—. Si madame de Tréville estuviese aquí, te diría que cerraras la boca. Tenerla abierta es de mala educación.

Respiré profundamente.

—¿Primero crees que siento algo por Henri y ahora por Étienne? Estás perdiendo facultades.

Aria sonrió cansada.

—Te podrás engañar a ti misma, pero no a mí. Es como lo que te he explicado antes: ansías que te devuelvan la atención y el cariño que das a los demás. No puedo hacer nada para demostrarte que nosotras somos suficiente ni para borrar el daño que te han infligido. Soy plenamente consciente de que te llevará tiempo entender y aceptar que nos preocupamos por ti. Pero, mientras tanto..., promete que no te dejarás llevar por esos malos pensamientos. Podemos evitar que te caigas si te mareas. Podemos ayudarte a recuperar el equilibrio. Incluso podemos darte la mano para sacarte del agua. Pero si no la coges, si no haces algo para no hundirte..., entonces, no podremos evitar que te hundas.

Acurrucada en una esquina del carruaje, con el ruido de los cascos de los caballos y de las estables ruedas bajo nuestros asientos, contemplé cómo la oscura profundidad de la noche parisina se transformaba en formas extrañas y fantásticas sobre el estampado de la cortina. Un fénix se inmolaba en llamas de oro líquido. Un grifo que, con las garras clavadas en el suelo, galopaba hacia mí hasta desvanecerse entre unas nubes de humo. Cuando la figura cambió y la boca del león se abrió, cerré los ojos con fuerza.

—¿En qué estás pensando? —la voz de Théa me devolvió bruscamente a la realidad.

Tenía cuatro pares de ojos sobre mí.

El anillo de *papa,* cálido y sólido, brillaba, y me llevé la mano al pecho para colocar la sortija sobre mi corazón. «Tania, Tania, Tania», cada uno acompañado de un latido; el palpitar de mi corazón era una llamada a las armas.

—En cómo atrapar a un asesino.

Théa me apretó la mano. Visualicé mis sentimientos entumeciéndose, la luz desvaneciéndose, las llamas de unas velas extinguiéndose.

Todo había quedado atrás: el malestar, la vergüenza, la añoranza. Solo quedaba la imagen de *papa* a un lado del camino y el latido de mi corazón, furioso y feroz.

El carruaje pasó por debajo de un puente. A continuación, nos sumimos en la oscuridad.

CAPÍTULO VEINTITRÉS

La segunda vez que entré al palacio real debería haber sido igual que la primera, pero fue distinta, puesto que ya había presenciado su esplendor. Las monstruosas puertas, las colosales columnas, los setos podados en forma de aterradoras criaturas mitológicas, los candelabros de techo hechos de cristal y el empapelado, adornados ambos con pan de oro igual que el interior del joyero de la reina viuda; todo eso seguía igual. En las paredes, repletas de espejos, se reflejaban todas las versiones posibles de mí, incluso aquellas que quería mantener ocultas. Pero para entonces, yo ya sabía que la función de aquel lujo era distraer la atención que pudieras poner sobre los secretos susurrados al aire y movidos por los abanicos de las *mesdemoiselles*.

Madame de Tréville se dispuso a anunciar nuestra llegada. Théa avistó al conde y se separó de nosotras discretamente, aunque echó un vistazo por encima del hombro antes de alejarse; la mirada le brillaba. Ella también lo notaba: cada vez estábamos más cerca de lograr nuestro propósito.

Cuando nuestra mentora regresó, insistió en buscar al hombre que Étienne nos había presentado la noche del teatro; él era el objetivo de Aria para aquella noche. Las dos desaparecieron entre nubes de damasco bordado y plumoso encaje. Portia enlazó su brazo con el mío, y, a continuación, hizo que nos alejásemos unos cuantos pasos antes de señalar a alguien:

—Ah, ahí está mi objetivo. Monsieur Janvier.

Asentí.

—Lo reconozco por las tarjetas de estudio de madame de Tréville.

El rizado bigote rubio, sus gestos para enfatizar las palabras, los puños aterciopelados de su chaqueta que atrapaban la luz de los candelabros.

La sonrisa de Portia era sincera.

—Buen trabajo, Tania. ¿Recuerdas al resto?

Me quedé quieta, dándole vueltas a la información que había aprendido. El aire olía a sudor y especias.

—Su grandiosa residencia parisina fue víctima de la Fronda. Él nunca recuperó ni su fortuna ni su estatus.

Portia volvió a asentir, su voz era un susurro entre los acordes de la música y las risas.

—Sin embargo, su aspecto ha experimentado un drástico cambio, como si de repente hubiese obtenido *beaucoup d'argent, n'est-ce pas?* O puede que quizá la tela que encontraste en el barco sirviera para algo más que para envolver mosquetes.

Nos separamos: Portia se congració con el grupo de monsieur Janvier, mientras que yo me dediqué a observar la multitud de parejas. Esperaba encontrar a mi objetivo, lord DuVerlac: el hombre al que utilizaría para poner celoso a Étienne.

—Hoy día dejan pasar a cualquiera a estas fiestas.

Tanto mis ojos como mi cuerpo, que se inclinó levemente, se desviaron hacia la zona principal del salón de baile. Un hombre y una mujer, pegados codo con codo, observaban a Portia con un rechazo que no se molestaron en ocultar mientras ella sonreía tontamente y aleteaba las pestañas como respuesta a algo que estaban diciendo los *messieurs*. No era posible... La última vez que había visto a aquel hombre fue mientras les ladraba órdenes a los estibadores. ¿Habría venido también su compañero, aquel al que yo había dejado desangrándose desplomado contra una pared?

El impacto del agua salada, el espesor de la noche...

Fingiendo estar absorta por el espectáculo de las parejas que bailaban en la pista, retrocedí y me moví hacia un lado; luego, afiné el oído para enterarme de lo que mascullaban.

—Es lamentable ver el palacio así de contaminado —dijo el hombre. Después de cerrar los ojos para contener la oleada de furia que me recorrió, me topé con el dorado y brillante vaivén de las luces y un ambiente tan cargado de perfume y alcohol que era prácticamente incapaz de diferenciar los olores—. Pronto se corregirán las cosas; el rey entenderá al fin que *ces bricons* no merecen su generosidad. Necios, eso es lo que son casi todos.

Puede que el rey llegara a entenderlo… especialmente si hacerlo implicaba ser enterrado en la Basilique Cathédrale de Saint-Denis.

—Ojalá tengas razón —dijo la mujer con desdén—. Me percaté de que vuestra esposa no acudió al encuentro que celebré esta semana —su tono era casual, pero el peligro resplandecía en su mirada.

—Lamentó sobremanera perdérselo.

—¿De veras? Los encargos de abanicos personalizados salen muy caros. Tenía el suyo preparado, esperándola. Creí que seguramente valorase la factura; sé que el resto de las damas la apreciaron. De todos modos, si ha cambiado de opinión, no tengo problema en devolverlo al *éventailliste* si considera que la artesanía ya no es de su agrado.

—N-o, no —tartamudeó el hombre—. Es simplemente que se… se encontraba mal, y también…

—Ocupada. Interesante.

—Mañana pasará a por él. Os doy mi palabra.

—No será necesario. —La mujer abrió uno de sus bolsillos y extrajo un abanico dorado—. Asumo que puedo transmitirle vuestra apreciación respecto al detalle puesto en él a la persona apropiada.

El hombre se llevó la mano al cuello de la camisa.

—Nada me complacería más.

La mujer giró su abanico, que sostenía con la mano izquierda, una cosa extravagante con papel de filigrana y encaje. Sentí un escalofrío. Madame de Tréville nos había enseñado el lenguaje de los abanicos. Habíamos repasado cada posición posible, cada tímida sonrisa, puesto que podían significar muchísimas cosas. Un abanico en la mano izquierda de una dama, puesto del revés…: «Nos están observando».

Los ojos de la mujer no revelaron nada. Sin embargo, los de él se dirigieron hacia Portia.

—Estoy bastante sedienta —declaró la mujer—. ¿Me traeríais una copa antes de volver con vuestra esposa? No cabe duda de que añora el consuelo que le proporcionáis durante su convalecencia.

El hombre se mostró reacio y empezó a dirigirse hacia las bebidas. Traté de captar la atención de Portia, pero estaba demasiado ocupada cautivando a monsieur Janvier. Cuadré los hombros y respiré profundamente. Justo cuando él se cruzaba en mi camino, yo, con un calculado movimiento, avancé.

Nos chocamos. Después, me caí. Fue como volver a la plaza del pueblo, a tener las palmas peladas y las faldas manchadas de cáscaras y yemas de huevo; la risa de Marguerite grabada a fuego en el cerebro. Pero de pronto, una mano me agarró por el codo. Portia.

—Oh, *pardonnez-moi!* —exclamé.

El hombre me miró desde lo alto, miró a Portia, a nuestras caras, en las que se podía entrever la falsa disculpa. Con el rostro arrugado, pestañeó y, a continuación, hizo una mueca de desprecio. No nos había reconocido; para él, no éramos más que un par de chiquillas estúpidas ataviadas con bonitos vestidos. Cuando se inclinó, alcancé a ver el abanico extendido. Era una obra de arte. Unas letras escritas con una bella caligrafía, doradas, sutiles y metidas entre los ribetes y el encaje floral… un segundo. No eran solo letras, sino… palabras.

—*Racaille* —masculló.

Me desplacé en un intento de echar un vistazo por debajo de su sombrero. Su voz era diferente a la del intruso enmascarado; ahora bien, ¿no me había dado la impresión de que había estado engolando la voz?

—*Qu'est-ce que vous avez dit?* —inquirió Portia muy dulcemente—. ¿Qué habéis dicho? Debo de haberos escuchado mal.

Hizo una reverencia mientras guardaba el ornamentado abanico dentro de su chaqueta.

—*C'est de ma faute. Excusez-moi* —acompañó la disculpa con una mueca.

Me antepuse a las grises olas que rompían contra mí y al barullo de mi corazón. Su compañera pasó a nuestro lado y nos dedicó una expresión fría antes de que ambos desaparecieran entre la multitud.

—¿Estaba con la condesa de Gramont? —preguntó Portia.

—¿Esa mujer era la condesa?

—*Bien sûr*. Y él es uno de los hombres de los muelles. ¿Por eso te has chocado con él? —Sus oscuros iris brillaban—. Al principio me ha parecido que estabas mareada...

—Ella le ha dado un abanico, Portia. Un... abanico. Para su esposa.

Dejó escapar un leve soplido.

—¿Qué crees que significa?

Pensé en aquel primer día en el salón para las visitas, la forma en que madame de Tréville había regañado a Portia por haberle pisado sin querer el pie a un objetivo, lo maliciosa que había sido la condesa de Gramont..., «pero compartir lecho con el *éventailliste* para hacerse con uno es un procedimiento innecesariamente extremo...».

—Quizá lo del escarceo con el *éventailliste* no tuviese que ver con la moda, después de todo —bajé la voz, dispuesta a contarle lo de las palabras del abanico.

—*Excusez-moi.* —Un hombre nos interrumpió y se postró ante mí, con la manga de su chaqueta a punto de cepillar el suelo. Se incorporó de un salto, balanceándose sobre las puntas de los pies—. Quería preguntaros si estaríais dispuesta a bailar conmigo. La próxima pieza. —Asintió hacia las parejas que se paseaban a la espera de que regresara la música; la orquesta se estaba tomando justo en ese momento un pequeño descanso—. Sé de buena tinta que sois una bailarina excepcional. Madame de Tréville me comentó que hoy teníais muchas ganas de bailar la gavota.

Posé mi mano sobre la suya.

—Sería un honor, esto…

Se palmeó la frente con la mano libre, dejándose una marca roja.

—¡Habéis de pensar que soy un maleducado! Lord DuVerlac, a vuestro servicio.

Esbocé la mejor de mis sonrisas y pestañeé. Ahí estaba: ese rápido jadeo que se le escapó cuando nuestras miradas se cruzaron. Ojalá *maman* pudiese verme.

—Me llamo Tania, y os aseguro que el gusto es todo mío.

CAPÍTULO VEINTICUATRO

Lord DuVerlac era más caballeroso que la gran mayoría. Sus manos nunca fueron más allá de lo que dictaba el decoro. Incluso escuchó lo que yo tenía que decir las pocas veces que me preguntó algo. Su único defecto era ser un pelín aburrido; pero bueno, probablemente por eso mismo lo hubiera elegido madame de Tréville: tenía la suficiente presencia para hacer que Étienne se sintiera amenazado, pero no tanta como para suponerme un incordio.

—¿Y estáis disfrutando de la temporada? —Según lo dijo, mis ojos viraron hacia Étienne. Había llegado casi una hora después de que se abrieran las puertas, y se había dirigido a hablar con el inversor del teatro de inmediato, pero Aria enseguida se había encargado de alejarlo arrastrándolo hacia la multitud de bailarines. Así pues, él se había quedado allí plantado, observando. ¿Me buscaba a mí?

Se encontraba con un grupo de jóvenes nobles. También había entre ellos una mujer que, tapándose la boca con la mano, le susurraba algo al oído. Me acaloré. Y, como si él hubiera podido sentirlo, alzó la vista; sus ojos castaños estaban decididos a encontrarme. La mujer le tocaba el brazo, le sonreía y él le devolvía el gesto. Me imaginé estando en su lugar. Sin intrigas ni engaños, los dos solos, bajo las centelleantes luces que se refractaban a través del cristal...

—*Mademoiselle?* —preguntó lord DuVerlac.

Devolví la atención a mi compañero de baile y me obligué a adoptar una expresión serena.

—Sigo, por lo que parece, un poco abrumada por... tanta majestuosidad, ¿sabéis?

DuVerlac asintió, comprensivo.

—A mí me llevó muchas temporadas acostumbrarme. Causa una gran impresión al principio.

—¿Me cederíais el baile que viene a continuación? —Étienne había aparecido, pegado al hombro de lord DuVerlac, como una llama que succionara todo el aire de la sala. DuVerlac no era solo un noble, sino también un caballero; a pesar de la interrupción, no rechazaría la demanda, incluso aunque viniera de un noble de menor rango.

—Monsieur Verdon —me trabé al pronunciar su nombre. Étienne tomó mi mano. Me quedé inmóvil al sentir el contacto repentino, al notar su piel, la chispa de calor que pasó de las puntas de sus dedos a las de los míos—. ¿Qué estáis haciendo? —pregunté.

—Me debéis un baile. Una parodia de proporciones épicas, a decir verdad. —A medida que hablamos, me fue dirigiendo hacia delante, hasta ir a dar a las filas de las parejas dispuestas para bailar—. Parece que os encontráis mejor.

La irritación me atravesó, puesto que no me había preguntado; lo había dado por hecho en base a mi aspecto. Tenía que recordarme que él, aunque hubiese sido amable cuando estuve a punto de desmayarme, no sabía que podía aparentar estar bien y encontrarme terriblemente.

—He imaginado que estaríais bailando con aquella *mademoiselle* —dije con dulzura. La susodicha puso cara de desprecio; la irritación se mantenía pegada a ella como un perfume.

La risa de él reverberó en su mano. También en la mía.

—¿Y eso? ¿Acaso estáis celosa? —Sus ojos, curiosos, permanecieron posados en los míos. Le devolví la mirada y noté como mi cuerpo se inclinaba hacia delante; un hilo invisible tiraba de él, pero en el último segundo pestañeé y me enderecé.

—No —repliqué—, solo sorprendida. Me encontraba en medio de una conversación.

—¿Con DuVerlac? Una pared os daría mejor conversación. Uno llega a preguntarse cómo es humanamente posible que sea tan aburrido.

Ya no me engañaba. Su descarada arrogancia era una fachada para la *noblesse*. Yo conocía al Étienne que se aseguraba de que una joven enferma estuviese a salvo.

—Al contrario, la conversación me estaba resultando muy estimulante. Quizá simplemente necesita una buena compañía, alguien que sepa hacer aflorar su carisma. —Presionó su mano contra la mía. Al cambiar la luz de las velas, el color castaño se oscureció y dio paso a un marrón oscuro con una pizca de verde—. ¿Celoso? —lo imité.

—¿Celoso? ¿De DuVerlac? —Bajó la mano hacia mi cadera, y yo le di un tirón—. Es para el baile que toca a continuación —explicó—. Uno nuevo traído de Italia. Mirad a vuestro alrededor. —Muy a mi pesar, vi cómo los hombres posaban la mano en la espalda de sus parejas de baile. No obstante, seguía habiendo más de un palmo entre ellos...

—En... en ese caso... —balbuceé cuando su palma aterrizó en el punto adecuado de mi espalda. Habíamos paseado el uno al lado del otro, nos habíamos sentado juntos en el teatro, pero aquello era diferente. Podía ver cómo su pecho se expandía con cada respiración y sentir sus brazos a mi alrededor. Podía notar su barbilla cerca de mi cabeza, el calor que irradiaba sobre mi cabello.

Estaba inmóvil como una estatua. Seguí igual incluso cuando empezó a sonar la música. No era capaz de hacer aquello. Con él no. Era consciente de que se trataba de un ardid, pero mi corazón iba a mil por hora. El mundo daba vueltas más y más rápido, y yo no podía hacer nada por reducir su velocidad.

—Tania —dijo mi nombre con ternura, alentador. Como si me estuviera persuadiendo para que saliera de entre las sombras. Estábamos más cerca el uno del otro de lo que requería el baile. Los preceptos y enseñanzas de madame de Tréville resonaban en mi cabeza. Pero, de pronto, flexionó su mano sobre mi corpiño; unas cuantas capas de seda, combinaciones y las varillas de mi corsé eran cuanto separaba su piel de la mía—. No os soltaré.

Y, de repente, estábamos bailando. Durante mucho tiempo, había creído que mi cuerpo jamás podría experimentar la sensación de volar, que nunca podría... no, que mi cuerpo nunca me permitiría ejecutar ni la finta más simple. Que tendría que conformarme con observar a las otras realizando sus veloces estocadas como diosas surcando el viento.

Pero estaba volando. El mareo seguía ahí, pero también seguía la mano de Étienne en mi cadera. Su prominente nariz, la raya al medio con los lados desiguales. Sus dedos agarraban los míos. Conocía los pasos, pero su forma de llevarme por la pista era nueva para mí. Cuando me hizo girar, se me escapó una risita, y seguí riéndome a pesar de las grises olas que rompían en los límites de mi campo visual.

—¿Tania?

Paré en seco, mi mejilla pegada a su hombro. No. No, justo ahora no... Las lágrimas se me acumularon en los ojos; todo me daba vueltas y no era capaz de diferenciar a los asistentes que danzaban del propio salón de baile, ni a Étienne de todos los demás.

—Aquí —murmuró.

Mis pies ya no aguantaban el peso de mi cuerpo. Movimiento, una fresca corriente de aire, unos brazos sólidos rodeándome.

El tiempo se ralentizó, y luego, por fin, el mundo se enderezó. Un mirador, un banco de piedra bajo mi cuerpo, el dulce olor de unos pensamientos invernales que habían brotado alrededor de unas columnas de piedra. Mi piel agradeció el viento. Étienne se arrodilló y me agarró las manos.

—Por favor, Étienne, ¿qué pensará la gente?

Cualquiera que pasara junto a nosotros podría ver lo pegados que estábamos. No como en ocasiones anteriores, como la primera vez que estuvimos a solas. Entonces, bajo la tenue luz que se colaba a través de las ventanas del salón de baile, él había mantenido las distancias. Ahora, las callosidades de mis pulgares conocían el tacto de su piel, que me resultaba ya dolorosamente familiar.

—Estamos solos.

Tenía razón; en el mirador no había nadie, salvo nosotros, y el mármol y el cristal amortiguaban las risas de los asistentes.

Aparte de eso, lo único que se oía era alguna ráfaga de viento ocasional ululando entre las ramas. Se movió para sentarse a mi lado en el banco. Aquella era una posición menos comprometedora, pero su brazo aún rozaba el mío. Me frustró que no me hiciera caso, me frustró no ser más fuerte; recordé la advertencia de Aria: que me protegiera a mí misma, a mi corazón. Pero ¿no estaba pasando justo lo que madame de Tréville deseaba? Que Étienne se abriera a mí y que, así, pudiéramos averiguar la implicación de su padre en el complot.

—Has dicho mi nombre —apuntó, mirándome a la vez que sus rodillas rozaban mis faldas.

—¿Qué? —Los últimos rastros del mareo aún me nublaban la mente. Era eso. No era él quien hacía que no me salieran las palabras, ni su cercanía la que me hacía pensar más despacio. Era por el mareo, sin duda. Todo era culpa del mareo.

—Vos... No importa. ¿Os encontráis bien? —Su rostro mostró preocupación—. Parecíais encontraros mal, como os ocurre en ocasiones. Y por eso os he traído aquí fuera. —Observó con atención el mirador vacío con vistas a los jardines; las verdes colinas se veían negras a la luz de la luna. La previsión de nieve se sentía en el aire, más pesado que de costumbre—. Pero hace demasiado frío.

—Yo no tengo frío —dije.

—¿Estáis segura, *ma tourterelle?* —La sangre se me agolpó en los oídos. Noté un escalofrío cuando su pulgar dibujó un círculo en mi palma—. Estáis temblando —murmuró, teníamos la punta de la nariz pegada. Me acarició la mejilla con la otra mano.

—No tengo frío.

Pretendía decir otra cosa. Es lo que debería haber hecho, pero me faltaban las palabras antes incluso de buscarlas. Se me debieron de escapar con el suspiro que exhalé cuando pegó sus labios a los míos, con suavidad al principio; su pulgar recorrió mi mandíbula con la ligereza de una pluma. Uno de nosotros suspiró. Al momento, sus manos viajaron de mi cara a mi pelo para hacer de él un revoltijo; su otro brazo me sujetó por la cadera. Me pegó a él y me besó con pasión; en contraste con el aire gélido, sus labios ardían. Poco después, se le escapó un ruidito grave.

Antes me había equivocado: aquello sí que era volar.

En cuanto su pecho chocó con el mío, en cuanto nuestros corazones empezaron a latir al unísono, me zafé, respirando entrecortadamente. Él se inclinó para esparcir más besos por mi mandíbula.

—No deberíamos haber hecho eso —dije preocupada, deshaciéndome de su abrazo. Me pasé los dedos por los labios.

Si alguien nos viese, toda la élite parisina se enteraría de lo sucedido antes de que yo pudiera volver al carruaje. ¿Cómo podría afectar eso a mi reputación? No cabía duda de que una muchacha que estuviera en boca de todos, una chica a la que se había visto besando a un hombre, no le serviría de nada a la Orden. Ningún objetivo se acercaría a mí, o peor, sí que lo harían, pero con un propósito que iba mucho más allá de cualquier cosa que yo estuviera dispuesta a hacer.

Levanté la cabeza para mirar a Étienne a la cara. Vi su afilada mandíbula, su nariz ligeramente torcida. Sus labios entreabiertos que acababan de besar los míos.

—Siento si os he decepcionado —dijo—. Por lo que a mí respecta, he de decir que lo he disfrutado inmensamente.

—Étienne, yo...

—Tania. —Me pasó el pulgar por la mejilla—. Os estoy tomando el pelo. Me pedisteis que os dejara claras mis intenciones, y eso es lo que estoy haciendo.

Recordaba los meses de entrenamiento preparado para seducir a mis objetivos, para descubrir secretos y batirme en duelo hasta que mis enemigos estuvieran en el suelo y yo, triunfante, en pie ante ellos. Pero ninguna lección podría haberme preparado para aquello: alguien que me deseaba, alguien a quien yo deseaba también.

Por mucho que me dijera que Étienne no significaba nada para mí, que era imposible, no por eso era verdad. Aria llevaba razón. Sí, era un hombre amable, y también sabía que yo era diferente y, aun así, quería besarme a la luz de las estrellas.

Sentía algo por él, pero daba igual. Porque elegía a las mosqueteras; me elegía a mí misma. Las chicas se preocupaban por mí, y yo confiaba en ellas. Confiaba en mí. Ellas creían que yo era válida, suficiente. Y yo también.

Pestañeé para deshacerme de las lágrimas y cuadré los hombros. Era una mosquetera. Y una mosquetera no huía de nada ni de nadie.

—En realidad, besar a alguien no demuestra vuestras intenciones para con esa persona. —Ahí estaba. Había logrado dar con ella de nuevo, con Tania, *Mademoiselle la Mousquetaire*; o al menos con una parte de ella, suficiente para salir de ahí con el corazón intacto.

—¿En serio creéis eso? —preguntó Étienne—. Al principio, me intrigó vuestra abrupta llegada a París, la joven vestida de rojo escarlata que dejó a todos sin aliento. Pero sois mucho más que eso, Tania, muchísimo más. No tengo ningún tipo de intención secreta. ¿Cómo podría, cuando sois quien sois?

—¿De verdad?

—Dejadme que os lo demuestre. Preguntadme lo que deseéis.

Me miró sin malicia alguna a los ojos mientras tomaba mis manos, contemplándome como si fuese la única persona a la que llegaría a desear, a la única que podría desear.

«¿Vuestro padre está conspirando para matar al rey? ¿Tuvo algo que ver con el asesinato de *papa*? ¿Os ha obligado a formar parte del complot? ¿Qué es lo que sabéis? ¿Qué es lo que sabéis? ¿Qué? ¿¡Qué!?».

—Nunca habéis querido hablarme de vuestra familia. Hacedlo ahora.

Pareció perplejo, pero mantuvo la calma.

—Es una petición extraña, pero haré lo que deseéis. ¿Qué deseáis saber?

Tenía que andarme con cuidado. Darle forma a mi pregunta con la precisión de una daga afilada. Tenía que conseguir pruebas que relacionasen a su padre directamente con el complot o, si no, al menos una pista que me condujese hasta ellas.

—¿Cómo son vuestros padres?

—Nunca hemos tenido una relación muy estrecha, la verdad.

—Pero la otra tarde os marchasteis de París por petición de vuestra madre, ¿no?

—Lleva queriendo que pase más tiempo en la hacienda familiar desde que acabé los estudios. Pero se debe más a su miedo a que no esté a la altura de lo que se espera de mí que a un verdadero deseo de verme.

Se me vino a la mente *maman*, una explosión de furia, y sus palabras: «¡Por una vez harás lo que yo digo!». Mi fracaso grabado en su rostro.

Oh, Étienne. Quería decirle que no estaba solo, que conocía la carga que suponía ser una decepción y el intenso y doloroso deseo de demostrarle tu valía a la persona que te había traído al mundo. Pero no era su madre la que me interesaba.

—Debe de ser duro —respondí con cautela—. ¿Y vuestro padre?

—Como ya os comenté, nunca nos hemos entendido. —A pesar de sus palabras meticulosamente elegidas, su rostro delataba el rencor que sentía.

Lo observé con fingida sorpresa.

—¿De veras?

—Él tiene sus propias ideas acerca de cuál es la mejor forma de servir al país. Ideas muy pero que muy ridículas. ¿Seguro que no tenéis frío? —añadió cuando me recorrió un escalofrío.

Me acerqué a él en busca de calor.

—¿Entonces, sois diferente a vuestro padre?

Étienne soltó un resoplido.

—Muy diferente.

—¿En qué sentido?

—Estáis haciendo muchas preguntas sobre él.

Se me heló la sonrisa.

—Simplemente, me interesa saber de dónde venís, sobre vuestra familia.

—Mencionasteis a mi padre el día que nos conocimos —dijo.

—Mi casa no está lejos de Burdeos, por lo que ya había oído hablar de vuestra familia. Es sorprendente que no nos hayamos cruzado nunca.

—Mis padres me mandaron a estudiar fuera de Burdeos a los diez años. Mi madre me visitaba los fines de semana, pero mi padre nunca lo hizo. No quería que estuviese en casa; creía que tenía que hacerme más fuerte y que viajar a casa frustraría el propósito de haberme enviado a un internado, que me volvería débil.

La madeja de hilo empezaba a desenredarse: su padre había insistido mucho en que lo dejara solo, lo cual le había garantizado tiempo más que suficiente para trabajar sin interrupciones, por ejemplo, estudiando libros de contabilidad... o planeando el asesinato de un rey. Quizá todo aquello llevara tramándose desde antes de la Fronda. Puede que Verdon se hubiese mantenido neutral durante el levantamiento, puede que mintiese, esperando un momento más adecuado para actuar. Necesitaba que Étienne continuara hablando. Que se le escapara más información. ¿Podía preguntarle dónde estaba ahora su padre, o resultaría demasiado sospechoso?

Su mano encontró la mía.

—Es una pena que no pasara más tiempo en casa... quizá nos hubiésemos conocido antes. En el campo. Bajo los rayos del sol. —Jugueteó con uno de mis rizos—. El otro día estaba nublado. —Parpadeé, confusa—. En la universidad. El cielo estaba nublado. Nunca he visto vuestro pelo a la luz del día; a la luz de las velas, sí, pero no es lo mismo.

Volvió a acercarse. A lo largo del mirador, se oyó el ruido amortiguado de algo estrellándose contra el suelo, y me giré para descubrir qué había sido.

—A alguien debe de habérsele caído una copa. —Los dedos de Étienne encontraron mi barbilla, y la apretó con delicadeza hasta que giré la cabeza—. Deberíamos regresar a la fiesta antes de que nos echen en falta. Os visitaré el lunes por la tarde; sé que os prometí que no habría interrupciones, pero aquello que tengáis que decirme, decídmelo entonces... así no tendremos que seguir escondiéndonos.

Le había pedido que me revelara sus intenciones; pero no me había permitido creer que estas serían honorables. Solo con imaginármelo entrando en el cuartel general de la Orden se me helaba la sangre más de lo que pudiera hacerlo el invierno parisino. Nada de esto podía volver a pasar: ni el cortejo ni los besos. Nada.

¿Pero y si era el camino para salvarle la vida al rey?

Me dio un largo beso en la frente. Sonrió al ver mi rubor, ajeno a que no era él quien lo había provocado, sino la culpa que se aferraba a mi garganta. La cara de *papa* se me vino a la mente, cubierta de sangre. Estuve a punto de vomitar.

Después de volver sobre nuestros pasos a través de las columnas, Étienne me besó la mano. A continuación, dobló la esquina y desapareció. Temblé, consciente al fin del intenso frío que se filtraba por el vestido.

—No puedo permitirme cogeros más cariño —murmuré, ensayando las palabras contra el gélido viento invernal. Salieron como anillos de vaho, se disolvieron en la noche y se convirtieron en parte del infinito cielo parisino. Cuando me sacudió la siguiente ráfaga de viento, negué con la cabeza. No, una mosquetera no se quedaría parada muriéndose de frío. Así pues, regresé hacia el salón en busca de calor.

Según pasé por el umbral, podría haber jurado ver un trozo de tela de un amarillo claro que desaparecía en la esquina, al lado del mirador. Pestañeé y se esfumó. Una ilusión óptica, supuse.

CAPÍTULO VEINTICINCO

Las chicas me lo verían en la cara, en los labios: el eco de la traición que había cometido contra *papa,* contra ellas, contra nuestra mentora.

Sin embargo, el mundo siguió su curso. Los asistentes a la fiesta bailaban, bebían y reían hasta ponerse rojos, del mismo tono que llevaban en los labios y las mejillas.

—¿Dónde estabais? —Madame de Tréville me sorprendió en uno de los extremos del salón de baile. ¿Estaba despeinada? ¿Se me había corrido el maquillaje?—. Bueno, ahora mismo es lo de menos. Portia me lo ha contado todo.

—¿Ah, sí? —grazné.

—Sí... —dijo bajando la voz—, que habéis visto cierto accesorio con algo escrito, ¿me equivoco? —La miré boquiabierta—. ¿Habéis hablado con Verdon? ¿Ha funcionado nuestro plan?

—Sí —exhalé.

Sin darme ni un segundo para explicarme, madame de Tréville me guio de inmediato hacia el carruaje. Esperó a que el lacayo cerrase la puerta y a que comenzase a oírse el ruido de los cascos antes hablar.

—Portia ya me ha informado de que habéis visto a la condesa de Gramont con el hombre de los muelles.

Rememoré su conversación: la extraña insistencia de la condesa en que la esposa del hombre no había asistido a su *soirée,* su forma de hablar, y el hecho de que había traído el regalo consigo a aquel baile, precisamente.

—Había algo escrito en el abanico, entre los ribetes. Y resplandecía un poco, como si fuese un grabado metalizado.

—Seguramente, para asegurarse de que lo escrito no se borre. ¿Podría tratarse de una carta? Debía de ser como el que le habían hecho de encargo, *non?* —se preguntó Portia en voz alta.

—Quizá... —hice una pausa y después proseguí—: O quizá tenga relación con el mensaje cifrado que encontré.

Era la primera vez en semanas que no parecía que madame de Tréville cargase el peso de todo París sobre sus hombros. La presión se seguía reflejando en su cuello y en su ceño fruncido, pero aligerada por una cierta esperanza.

—Creo que va siendo hora de que le hagamos una visita al *éventailliste*. Buen trabajo, Tania —su voz destilaba tanto orgullo que podría haberme deshecho sobre los cojines del interior del carruaje. No me lo merecía, no cuando hacía menos de una hora me había besado con mi objetivo.

Ella no podía llegar a enterarse. No si yo quería descubrir qué le había pasado a *papa*. Y no tendría por qué descubrirlo, ya que no volvería a ocurrir. No podía volver a ocurrir.

—Mañana, Portia y vos interrogaréis al *éventailliste*.

Los ojos de Portia resplandecían; su sonrisa prácticamente brillaba a la tenue luz del interior del carruaje.

—No os decepcionaremos, *madame*.

Por el rabillo del ojo, vi a Aria inclinarse levemente hacia ella sin darse cuenta. Y, a continuación, se oyó un golpe sordo.

—Perdón —masculló, y se dispuso a recoger su abanico del suelo, con la mitad del cuerpo fuera del asiento y con las mejillas de un inusual color rosado—. He perdido el equilibrio.

—Ahora, el otro asunto que teníamos pendiente: ¿qué os ha dicho Verdon? —me preguntó madame de Tréville.

Si el carruaje ya era pequeño, en aquel momento pareció volverse minúsculo.

—Su padre pasa mucho tiempo a solas en la vivienda familiar. Si hubiese querido planear y discutir el complot con otros nobles de la localidad o incluso con huéspedes exiliados, hubiese tenido oportunidades de sobra... Eso sí, todo esto viene de mucho antes de la Fronda.

—¿Os ha revelado algo más?

—No, solo ha insistido en que él y su padre son muy distintos.

—¿Y? —dijo madame de Tréville—. ¿En qué punto os encontráis después del encuentro de hoy?

—Quiere visitarme el lunes.

A Théa se le escapó un pequeño jadeo. Portia esbozó una sonrisa. Aria permaneció inmóvil.

Madame de Tréville frunció el ceño.

—Eso nos plantea un dilema interesante.

—¿En qué sentido? —preguntó Théa con un bostezo, intentando no quedarse dormida—. Tania debía hacer que se enamorara de ella, ¡y lo ha logrado! ¡Fijaos en toda la información que ha conseguido!

—Información que no significa nada sin una confirmación real. Si nos estamos equivocando, si Verdon no es el líder, pondríamos en riesgo todo nuestro trabajo —cada palabra de madame de Tréville era la soga de un verdugo alrededor de mi cuello.

«Traidora». «Traidora». «Traidora».

Cerré los puños sobre las faldas de mi vestido para ocultar mis temblorosos dedos.

—Es un asunto complicado… Étienne es complicado.

Madame de Tréville esbozó una sonrisa.

—Es escurridizo como una anguila. Si no afectase a vuestra reputación que fueseis vos quien lo visitaseis a él, os enviaría a verlo en un abrir y cerrar de ojos. Ah, el decoro: el mayor enemigo de las investigaciones de asesinato…

»Tenemos mucho trabajo por delante. Mañana, Portia y Tania interrogarán al fabricante de abanicos. Aria y Théa, vosotras me acompañaréis. Hay una *madame* que lleva tiempo queriendo conocer a mis pupilas, y siendo como es amiga de la condesa, creo que es el momento adecuado. Si el lunes Tania consigue la información que necesitamos, puede que incluso nos sobren un par de días. Sobre todo, si el libro de criptografía de Henri resulta ser tan útil como parece.

Aria se tensó en la esquina en la que se había arrinconado, bueno, tanto como una podía arrinconarse llevando semejante vestido.

Notaba el arrullo del balanceo del carruaje en los huesos. Las extremidades me dolían como si nos hubiésemos pasado otra noche corriendo por los muelles.

—Se acabará pronto —le dije a Aria, que me observaba.

Se acabaría su desconfianza respecto a la lealtad de Henri y el miedo a que si no descubríamos al cabecilla del complot, el rey sufriría un destino horrible del que se culparía a personas inocentes, cuya sangre se derramaría mientras los nobles recogían los frutos de un trono vacío. Cuando salvásemos al rey, conseguiríamos apoyos e influencia. Estaría en deuda con una joven de La Cour. Eso cambiaría las cosas: Mazarino y el resto de los miembros de la realeza pagarían por ocultar que nosotras habíamos conseguido lo que los demás mosqueteros no habían sido capaces, ¿no? Podríamos aprovecharlo para lograr un futuro mejor para las posibles mosqueteras que nos siguieran, como quería Portia; pero también ayudar a La Cour. Quizás incluso estuviera en nuestra mano ayudar a otras chicas como yo.

Pronto, el hombre que había matado a *papa* estaría encerrado en la Bastilla.

La voz de Aria me devolvió a la realidad.

—Sí —dijo—. Todo acabará pronto.

Portia me empujó hacia ella cuando una carretilla pasó frente a nosotras en la concurrida calle.

—No entiendo por qué el carruaje no podía dejarnos delante de la tienda.

Suspiró de forma dramática mientras evitaba un montón de estiércol de caballo, dando un amplio rodeo para poder pisar sobre piedra y no sobre los excrementos.

—¿Y si hubiera clientes dentro? Incluso el más despistado de los parisinos se percataría de que hay un carruaje merodeando frente a la tienda con dos muchachas espiando entre las cortinas. Recuerda, Tania: ¡somos espías! —susurró, agitando los dedos como una lluvia de estrellas fugaces.

Cuando llegamos al escaparate y nos aseguramos de que la tienda estaba vacía, seguí el bamboleo de las faldas de Portia más allá de la puerta, en cuyo umbral tintinearon unas campanillas.

—*Un moment, s'il vous plaît!* —dijo una voz desde detrás de la caja registradora.

Mis ojos vagaron por la tienda y se detuvieron cuando Portia se recolocó la parte frontal de su vestido; su corpiño dejaba a la vista parte del escote. Puse los ojos en blanco, pero ella se limitó a colgarse de mi brazo y a pellizcarme la parte interior del codo.

Aunque era pequeña, era la tienda más elegante en la que había entrado jamás: tenía el suelo revestido de madera y en las paredes había abanicos enmarcados. No se veía la lista de precios por ningún lado, pero era algo habitual en lo relativo a la *noblesse*. No le concedían al dinero el valor que tenía, y que algo hiciera referencia a ello se consideraba una vulgaridad. Daba qué pensar: el dinero que se gastaba en objetos tan frágiles, ligeros como el papel y de una delicadeza similar a la de una pluma, que se podían desgarrar y estropear casi con solo mirarlos, serviría para alimentar a una familia entera durante varias semanas o incluso meses.

Un hombre emergió de lo que parecía un almacén.

—*Bonjour, mesdemoiselles...* —dejó de hablar cuando recorrió nuestros cuerpos de arriba abajo con la mirada. Se apresuró a colocar en el mostrador el material que llevaba en los brazos—. ¿En qué puedo ayudaros? Os garantizo que en mi tienda podéis encontrar los abanicos más elegantes de todo París. Busquéis lo que busquéis, aquí lo encontraréis.

—Oh, tenemos constancia de vuestra reputación —objetó Portia, pasando sus dedos por el borde del mostrador que nos separaba de él.

—Milady, qué amable sois. ¿Deseáis algo en concreto? —le dijo, pero su mirada no estaba puesta en Portia, sino en mí. Y lo estuvo incluso más cuando mi compañera me empujó hacia delante.

—¡Deme un segundo, por favor! Tengo que hablar un segundo con mi hermana, para... concretar nuestros deseos —dije tontamente, y alejé a Portia del mostrador—. ¿Y eso a qué ha venido? Creía que ibas a llevar tú las riendas —susurré. El hombre, confuso, nos miraba mientras ordenaba los retazos de tela sobre el mostrador.

—Parece que no le van los pechos. Una verdadera pena. —Se miró al escote y suspiró—: Hoy estáis preciosas; no es culpa vuestra, es cosa de ese hombre tan malo. Incluso tú, Péronelle estás fantástica. —Se dio un golpecito en el pecho izquierdo, suspirando.

—¿Les has puesto nombre?

—¿Tú no? Te diré que, aquí donde ves, Péronelle, siendo la piedrita que es, se lo ganó. ¿Sabes lo difícil que es encorsetarse y que un vestido quede recto cuando un pecho es claramente más pequeño que el otro? Y además, Péronelle enseguida se irrita, así que la opción de usar relleno está descartada.

—Yo... yo solo...

Portia aprovechó la oportunidad para empujarme de vuelta al mostrador.

—¡Adelante, Tania! ¡Es hora de volar!

Me golpeé con el mueble. El hombre alzó la vista y se le iluminó la cara.

—*Mademoiselle*. ¡Ya habéis vuelto!

Le mostré la más encantadora de mis sonrisas. Él se agarró al mostrador y la nuez se le movió al tragar saliva.

—Una condesa para la que creasteis unos bellísimos diseños me habló de vos.

—Aquella fue una circunstancia especial. Mantuvimos largas conversaciones sobre ese encargo; quería asegurarme de que el producto fuese exactamente como ella deseaba.

Oh, pour l'amour du ciel. Por el amor de Dios. A pesar de todo, no salí corriendo por la puerta, sino que dejé que mi mano reposara sobre el mostrador a unos centímetros de la suya.

—Quizá usted y yo también podamos llegar a un acuerdo. Aunque me gustaría ver primero aquello por lo que voy a pagar.

El hombre sacó uno de los abanicos expuestos.

—Ese es muy simple —dije, mirándolo con el ceño fruncido—. No tiene nada que ver con el de la condesa. No quiero que la gente piense que visto pasada de moda.

—¡Faltaría más, *mademoiselle!* Los abanicos de la condesa eran alta costura; se hicieron específicamente para ella. Pero este es el diseño base que usé.

—¿Y qué era lo que tenían que los hiciera tan especiales? —susurré.

—Pu-pues... —tartamudeó, y se dio unos golpecitos en la frente con un pañuelo, deteniendo por un instante el repaso que le estaba dando a mi cuello y mi clavícula—, me encargó grabar un poema entre los ribetes. Yo mismo me encargué de la caligrafía. Nada demasiado ostentoso, pero quedó muy bonito, si se me permite decirlo.

—¿Y de qué tipo de poema se trataba? ¿Uno de amor, quizá?

—Una nana que su madre le cantaba cuando era una niña. La copié tal y como me lo pidió, pero, aun así, lo leyó tres veces hasta que me dio su aprobación... a mi trabajo, quiero decir.

Me tragué la bilis. Cambié mi inocente sonrisa por la expresión coqueta que llevaba meses practicando.

—¿Recordáis la letra? Hay quien dice que canto como los ángeles.

❦

—¡Lo hemos conseguido! Bueno, ¡Tania lo ha conseguido! —celebró Portia, agitando su abanico mientras cruzaba el umbral de la puerta de entrada.

Théa, que se encontraba arreglando un vestido, gritó:

—*Tu m'as fait sursauter!*

—*Oh, je suis très désolée.* Siento haberte asustado —canturreó Portia moviendo los brazos en el aire bailando al son de una música imaginaria—. Supongo, entonces, que no querrás que te hablemos de la nana que la condesa ha grabado en sus abanicos.

—¿Portia? ¿Tania? ¿Sois vosotras? —Madame de Tréville asomó la cabeza por el pasillo—. ¿Una nana? —dijo después de que le resumiésemos nuestros descubrimientos—. Escuchémosla.

—¿En serio tengo que cantarla? —De niña me gustaba cantar, nada del otro mundo, melodías infantiles y tal; pero eso fue antes de que empezaran los mareos. Antes de que las notas largas tuviesen el potencial de convocar un desmayo como por arte de magia.

—Podría haber una pista escondida en las notas —dijo madame de Tréville.

Con los hombros tensos y los dedos entrelazados, respiré profundamente.

—*Dors bien, mon trésor, / fais de beaux rêves.* —Hice una mueca de disgusto cuando no conseguí llegar a la nota, que sonó aguda e irregular—. *Et, si tu as peur, / rappelle-toi ces paroles: / tu iras loin / si les petits cochons ne te mangent pas.* —Exhalé tras el último verso, falta de aire y aliviada a la vez.

Théa empezó a aplaudir. Hice un movimiento brusco; el ruido llegaba desde dos ángulos opuestos de la estancia. En el otro, donde se oían unos aplausos más suaves provenientes de detrás de un montículo de papeles, apareció una cara con la nariz manchada de tinta: Henri. En cuanto se percató de que lo había visto, dejó de aplaudir.

—Buscaré las conexiones entre las notas y el mensaje codificado para ver si existe alguna clave —dijo madame de Tréville, canturreando mientras transcribía la partitura—. Es un patrón musical bastante común. Es lo suficientemente habitual como para que, aunque hayas desafinado en algunas notas, podamos predecirlas por el contexto.

—La letra parece bastante inocente. ¿Seguro que tiene algo que ver con el complot? —la voz de Aria sonaba tensa, reflexiva.

—Está claro que les interesa que parezca inocente, ¿no? Quizá también esté codificada —propuso Portia.

Théa repitió la letra sin cantar, pero con cierta cadencia alegre que, sin duda, sonaba mucho mejor que mi pobre intento.

—*Duerme bien, mi tesoro / ten dulces sueños. / Y si tienes miedo, / recuerda esto: / llegarás lejos / si los cerditos no te comen.*

Madame de Tréville se tensó.

—Repetid la última parte.

—*Si les petits cochons ne te mangent pas.*

Portia se irguió, alerta.

—Es un dicho; significa algo así como «llegarás lejos mientras nada se interponga en tu camino». ¿A quién se le ocurriría cantar eso en una nana? Es básicamente lo menos tranquilizador que le puedes cantar a un niño antes de que se duerma... y, ya que estamos, eso de llegar lejos si no te topas con piedras en el camino no es que tenga mucho que ver con soñar. ¿Por qué no decir, en vez de eso, que la *cauchemar*, la pesadilla, no es real? O que su madre los protegerá...

—Ya sé que es un dicho, pero ¿y si tiene un significado más literal? —preguntó Théa—. ¿Quizá parte de las mercancías eran cerdos? *Les petits cochons?*

Aria frunció el ceño.

—Demasiado arriesgado. Salvo por las armas, creemos que las mercancías son para hacer trueques. Se han limitado a productos que pueden mantener bajo control. Telas, objetos de lujo...

—¿Y qué hay de ese baile en el que el anfitrión sirvió naranjas y chocolate? —preguntó Théa.

—Aun así, es más probable que haber estado transportando cerdos, que podrían transmitir enfermedades. O montar un espectáculo cuando los descargasen.

Nos callamos, dejando que el silencio nos envolviera. Madame de Tréville volvió a sentarse en su silla y estudió el revoltijo de papeles.

—Cotejaré la letra de la nana con los libros de mi biblioteca... quizá encuentre alguna pista —su voz no sonaba demasiado esperanzada. Se le escapó el aire entre los dientes e hizo una mueca—. Pediré que me hagan llegar textos específicos sobre música de la biblioteca de Mazarino. Y quizás también podría mandar llamar a los compositores favoritos del rey y a otros músicos que sepan del tema...

—¿Qué tal os ha ido con la *madame* a la que ibais a visitar? ¿Ha resultado útil? —le preguntó Portia.

—No tuvimos oportunidad de hablar con ella; al parecer, había salido. Pero a su ayudante se le escapó que la señora había acudido a una reunión con la condesa a principios de la semana. Y, después, cuando estábamos subiendo al carruaje, juraría haberla visto mirando desde una de las ventanas de la planta superior. —La mofa del hombre enmascarado resonó en mis oídos. *Mademoiselle la Mousquetaire*. Quizá no fuese el único que conocía nuestros secretos—. Bueno —dijo madame de Tréville—. Mientras me pongo en contacto con Mazarino, quiero que cada una de vosotras coja una enciclopedia. Buscad expresiones y frases hechas, cualquier cosa que pueda estar relacionada con la nana. Definiciones, los términos... todo puede sernos de ayuda. —Su media sonrisa soportaba el peso de incontables noches en vela estudiando los mapas que había en las paredes durante horas y horas. Portia se quejó cuando le pasó una pila de libros—. Empezad con estos. Pero id a la biblioteca principal a leerlos, así no me molestaréis.

Caminamos trabajosamente hasta la biblioteca. En cuanto abrí la copia que me había sido asignada, me apreté la frente con los dedos: todo letras apretujadas, las palabras estaban separadas por una coma detrás de otra, no se veía un solo punto por ningún lado.

—Así que esto que estamos haciendo ahora es lo que piensa la gente que hacemos durante las lecciones —comentó Portia tras unos minutos, con tono de broma. Soltó un grito de horror cuando pasó la página—. Qué cosa tan asquerosa. ¿Cómo puede alguien pensar que nuestro interior tiene esa pinta? —Le enseñó una ilustración a Théa, que apartó el libro con un gritito.

Teníamos toda la noche por delante, y también el día siguiente, y el siguiente... era lunes. El día que Étienne había prometido visitarme.

Cuando sentí los ojos de alguien posados en mí, alcé la cabeza. Aria miró hacia otro lado, pero no antes de que yo viera la intensa preocupación de su mirada.

CAPÍTULO VEINTISÉIS

Nos pasamos dos días enteros leyendo atentamente todas las enciclopedias de madame de Tréville. Las entradas eran un aburrimiento. Descripciones de teorías médicas, de los cuatro humores, de la *hypochóndria* y un montón de palabras y entradas sobre mujeres con dolores a los que nadie daba crédito. Ojeé las que hablaban sobre las sangrías y el aceite de vitriolo dulce, tratamientos medicinales que, según el texto, solían, en vez de mejorar la salud, causar mareos. Estaba leyendo sobre eso cuando Portia, tras percatarse de la expresión de mi cara, cambió su libro por el mío y siguió estudiando como si nada. Las entradas de su enciclopedia eran tediosas, pero lo prefería a los casos excepcionales de la mía. Los casos dolorosos.

—¡Tania! —Théa entró en la biblioteca y se dirigió hacia mí corriendo, casi sin aire y con los rizos volándole en todas las direcciones—. ¡He acabado! —Me puso un bulto en las manos.

—¿El qué?

—Ah, ¿no llegué a decírtelo? Será que me lie a coser y se me fue el santo al cielo, lo siento; me suele pasar cuando trabajo... el resto del mundo deja de importar, porque tengo que plasmar mi idea antes de que se me vaya volando de la cabeza... ¡ya sabes!

Sus palabras me trajeron un recuerdo a la mente: yo probándome unos pantalones rotos, ella sacudida por un arrebato de concentración y Aria insistiendo en que no la molestara.

—¿Unos calzones nuevos? *Merci!*

Sonrió con expresión entusiasta.

—Bueno, yo no usaría ese término.

—¿A qué te re...?

—Pruébatelos.

Con una risita, me instó a salir de la biblioteca y a entrar en la habitación en la que me había probado la falda que me había hecho meses atrás. Me reí; la sensación era maravillosa. Incluso cuando me temblaron las piernas y tuve que apoyarme contra la puerta cerrada. Había pasado mucho tiempo desde la última vez que me había parado a respirar sin tener que preocuparme por el embrollo en el que nos encontrábamos. *Papa* contaba con su hermandad de mosqueteros, pero no me imaginaba a ninguno confeccionándole unos calzones nuevos, habiendo buscado para ello los mejores materiales y, después, dando cada puntada con sumo cuidado.

Tras ayudarme a desatar el vestido, Théa se dio la vuelta para que yo procediera a quitarme las calzas y ponerme el blusón del conjunto que había llevado en los muelles, para no tener que estar de pie en paños menores.

—¿Qué son? —dije con un grito ahogado cuando desdoblé los calzones. Recorrí la fina tela con las manos. No tenían ni hebilla ni un solo broche.

—Pruébatelos —repitió Théa, aún de frente a la puerta.

Se adherían a mi piel como una sanguijuela, comprimiéndome las piernas. Me los subí con esfuerzo hasta conseguir que me llegasen por encima de la cadera.

—Son casi tan ceñidos como los calzones del otro día —dije con un jadeo.

—*Exactement!* —Théa se movió de un lado a otro dando palmas de alegría—. Pero con estos sí que puedes andar, *non?* —Escéptica, di un paso al frente. Mientras que el otro par de calzones era rígido e inflexible, los nuevos cedieron sin problema—. ¿Qué tal te sientes con ellos?

No me atreví a responder. Me limité a pasearme por la habitación, en un intento de reprimir el rescoldo de esperanza que, en aquel momento, me calcinaba el alma. Pero una vez completé el circuito, la chispa se había avivado hasta convertirse en una llama. Seguía mareada; eso no iba a cambiar. Pero mi equilibrio había mejorado. Las pozas grises que persistían en los bordes de mi campo de visión se alejaron. Y las piernas, madre mía, las piernas: las notaba más estables.

—Oh, Théa, ¡son mejores que cualquier vestido de alta costura! Ella se ruborizó.

—No exageres. Simplemente, tuve una corazonada después de que te probaras el otro par, así que busqué telas más elásticas.

Cuando hizo un gesto para que me mirara en el espejo, solté un grito y traté inútilmente de taparme las piernas con las manos.

—¡No puedo dejar que se me vea con ellos! Son tan, tan... —Probé a echar otro vistazo al negro tejido. No escondía nada. Lo dejaba todo completamente al descubierto.

—¡Por eso los llevarás debajo del vestido, tontita!

—Pero si llegado el momento me da tiempo, me arremangaré las faldas para batirme —dije, incapaz de apartar la vista de mis piernas. Si *maman* me viera, se desmayaría.

—Como mucho te verán las piernas por delante... y, además —dijo Théa—, si te las miran, es que no están mirando tu espada, ¡todo ventajas!

—Théa —Me acerqué corriendo a ella al ver su expresión abatida—, no creas que no estoy agradecida. Son muchas cosas que procesar. Pero tienes razón, claro que sí.

—¡Perfecto! Puedes llevarlos puestos por debajo del vestido cuando monsieur Verdon venga de visita esta tarde, voy a buscarte un collar para que no tengas que andar liada con la polea. Ay, es genial, ¡verdaderamente genial! —Se le iluminó la cara, ya sin rastro alguno de disgusto, y salió por la puerta, cerrándola tras de sí.

Acababa de... Había fingido ponerse triste para convencerme de...

Henri entró apresuradamente por la puerta, fue hasta la única estantería de la estancia. Cruzó toda la sala antes de darse cuenta de que yo estaba ahí, horrorizada. Y un segundo después, vio lo que llevaba puesto. Si es que podía decirse que llevaba algo...

—¡Lo-lo siento! —tartamudeó. Se tapó los ojos con las manos, retrocediendo... y chocándose de lleno con la estantería—. ¡Lo siento muchísimo! —Parte de los libros se tambalearon y cayeron al suelo, y él se apresuró a intentar recogerlos lo mejor que pudo, teniendo en cuenta que aún estaba evitando mirarme a toda costa—. *Ma tante* no encontraba un libro, y como aquí hay una estantería, yo...

—¡Henri! —Él cejó en su empeño, y yo cerré los puños para obligarme a no agarrar a toda prisa mi vestido y taparme con él. Era una mosquetera. Y los mosqueteros no se asustaban porque alguien los viera con ropa... ajustada—. Ya me habíais visto con los calzones. ¿No te acuerdas del día que Aria y yo regresamos del puerto y...?

—Eso fue diferente. —Levantó la barbilla. Sus dedos recorrieron mi cuerpo, la forma de mis piernas, la curva de mis pantorrillas. Tosí. Él parpadeó y, a continuación, se enderezó.

—¿Diferente por qué?

—No lo sé —contestó—. Pero lo fue.

Me aclaré la garganta. ¿Cómo era posible que estuviera pasando más vergüenza entonces que en la tienda del *éventailliste*?

—¿Decías que necesitabas un libro?

—Sí... —titubeó, y después se lanzó a hablar—. ¿Tenéis pensado salir a la calle así? Porque... hace mucho frío, y no parece que eso abrigue demasiado.

—Los llevaré por debajo del vestido. Théa quería que me los probara. Para ver si me iban bien.

—Oh —se le quebró la voz—. ¿Entonces, los ha hecho Théa?

—Los ha diseñado y confeccionado. —Recorrí las costuras con los dedos, deleitándome en lo nítida que se había vuelto mi visión—. Para que me ayuden con los mareos. —Lo oí emitir un extraño sonido, como si se atragantase, y alcé la vista preocupada—. ¿Ocurre algo?

—No —contestó Henri—. Es una buena noticia. Que os ayuden con el mareo.

—Cierto —dije.

—Cierto —repitió él.

Permanecimos de pie, algo incómodos, con Henri mirando fijamente un punto aleatorio de la pared. Pero, al cabo de unos segundos, soltó una bocanada de aire y cerró la brecha que había entre nosotros.

—Hay... hay algo que necesito... bueno, es decir...

—¿Sí?

De pronto, su cara se encontraba a un palmo de la mía. ¿Por qué estaba tan nervioso? ¿Y si Aria tenía razón?

Miré su boca. Esperé a que hablase. Intenté ignorar el hecho de que aquella era la primera vez en semanas que había intentado de verdad dirigirme la palabra o mirarme, y también lo mucho que me dolía eso. Porque, a fin de cuentas, seguía siendo el chico que me había llevado el mapa de Lupiac, el que me había hecho reír la primera mañana que pasé en París, antes de que la ciudad me resultase igual de familiar que mi espada.

—Tengo el collar... —Théa entró mirando la cadena que llevaba en las manos—. Creo que irá muy bien con el vestido, pero deberías probártelo para asegurarnos. ¡No vaya a ser que los colores no peguen, por ejemplo! —Levantó la vista justo cuando Henri se disponía a alejarse—. Oh, ¡no me había dado cuenta de que estabas aquí!

Al verla mirándolo, Henri se sonrojó. ¿Cómo sería aquello? Ruborizarte cuando veías a alguien, sentirte atraído por alguien... que alguien te gustase, y sin que eso supusiera una traición...

—He venido a por esto —dijo con la voz temblorosa—. Debería marcharme; llego tarde.

—Asegúrate de salir por la puerta trasera, para que monsieur Verdon no te vea —dijo Théa.

—¿Monsieur Verdon? —Su mirada se desplazó hacía mí al tiempo que Théa contestaba a la pregunta, orgullosa.

—*Oui!* Va a venir a visitar a Tania esta tarde, y tendrías que ver cómo la mira; Tania ha hecho un trabajo excepcional.

Los ojos de Henri no se llegaron a apartar de mi cara. Por alguna razón desconocida, noté que me faltaba el aire.

—En ese caso, enhorabuena por vuestro excelente trabajo. —Tenía el rostro impasible. Esperé a que dijera algo más, pero él tan solo giró sobre sus talones y salió por la puerta, que seguía abierta.

Théa se quedó mirando al lugar por el que se había marchado, confusa.

—¿Lo he ofendido? ¿Qué ha pasado mientras yo estaba arriba?

Pestañeé para contener las lágrimas, que luchaban por salir; seguramente, sería por el estrés..., porque cada vez quedaba menos para la visita de Étienne, porque tenía una misión y porque necesitábamos encontrar la vinculación entre las pruebas y los sospechosos...

—Le ha dado vergüenza haberme encontrado aquí... medio... sin vestido.

Théa arrugó su naricilla respingona, movilizando todas las pecas de su rostro.

—Oh, lo siento, lo siento muchísimo, Tania. No tendría que haberte dejado...

—No es culpa tuya. No te preocupes. No es culpa de nadie. —Incluso según hablaba, podía sentir cómo la vergüenza afloraba en mi pecho, un girasol lánguido y medio marchito oculto tras mi esternón, algo desconocido y de lo que no debía hablarse en voz alta.

—Por favor, espero que no creas que estoy siendo desconsiderada..., pero se está haciendo tarde y, bueno, ¿vas a empezar a prepararte?

—Sí —dije—. ¿Me ayudas, por favor?

Y eso hizo: me ayudó a ponerme el vestido de nuevo y me colocó el collar, que estaba compuesto de gemas cristalinas engarzadas en un diseño de celosía de plata. En el último instante, saqué mi anillo del corpiño. La cadena no brillaba como las lujosas joyas que solíamos llevar, pero era mucho más valiosa, a su manera. Aquel día, el anillo de *papa* y la cadena serían mi ancla.

—¿Madame de Tréville? ¿Qué es lo que ocurre? —dije en cuanto puse un pie en el salón para las visitas.

Ella estaba de pie cerca de la ventana, frotándose las manos.

—Puede esperar a después de la visita. —Portia y Aria estaban sentadas en un diván y conversaban en voz baja. Pero cuando oyeron el tono de madame de Tréville, levantaron la vista, sobresaltadas. El pavor me cubrió la piel.

—Por favor, decídnoslo.

—¿Qué tal vuestros nuevos calzones? ¿Os encontráis mejor?

—Son muy útiles, sí... Aunque una prenda no va a curar mis mareos. ¿Qué es lo que nos estáis ocultando?

Madame de Tréville se quedó muy quieta. Me estudió antes de dejar escapar una respiración entrecortada.

—El *éventailliste*. Mazarino me ha enviado un mensaje para ponerme al corriente.

Agarré el anillo de *papa*.

—¿Qué ha ocurrido?

—La noche del sábado no volvió a casa. Su esposa se puso en contacto con los guardias ayer; dio por hecho que se había pasado la noche acabando un pedido de última hora..., pero esa posibilidad ha quedado descartada esta mañana cuando un pescador ha encontrado un cadáver en sus redes. Su cuerpo, su rostro... Teniendo en cuenta lo que me contasteis, Tania, parece que le hicieron lo mismo que a vuestro padre. Tras investigar la tienda, los oficiales han encontrado esto —dijo.

Se sacó de uno de los bolsillos algo envuelto en un pañuelo. Cuando lo destapó, Théa se quedó boquiabierta. Aria miró con preocupación a Portia, que aún contenía el aire que había aspirado.

—Mazarino ha pedido que me lo entregaran hace menos de una hora. A él... no le gustan los últimos acontecimientos. Ha vuelto a intentar persuadir al rey del asunto del festival, pero ha sido tan fútil como cabría esperar.

El objeto misterioso era un abanico, uno igual de intricado que los que había encargado la condesa. Pero, en lugar de una nana, aquel tenía inscrito un mensaje diferente. Algunas letras resultaban complicadas de leer; la tinta roja (tinta, tinta, no podía permitirme pensar que pudiera ser otra cosa) había empezado a descascarillarse.

Arrêtez-vous maintenant, et nous vous épargnerons.

«Parad ahora y os perdonaremos».

Habíamos visitado a aquel artesano hacía dos días. Puede que Portia y yo fuésemos las últimas personas, sin contar a su asesino, que lo vieran con vida.

—Es cosa de los nobles —continuó madame de Tréville—. Saben que vamos tras ellos.

Me froté los ojos para sacarme de la cabeza la imagen de *papa* ensangrentado y molido a palos. Su cara se transformó en la de Aria, en la de Portia, Théa, Henri. Étienne. Madame de Tréville. *Maman.*

Proveniente del recibidor, oímos el golpeteo de la puerta principal.

—¡Llega pronto! —madame de Tréville ahogó un grito y empezó a moverse afanosamente, colocándonos a las cuatro por la sala cual frutas de un bodegón. Théa y Portia bordaban en una esquina. Aria estaba dispuesta donde siempre: en la diminuta mesa junto a su juego de sillas. Y yo me hallaba en el centro; mis verdes faldas caían por los cojines y, en la mano, un abanico de exuberantes hojas.

Jeanne atravesó el umbral; no era habitual que una criada recibiera a los invitados, pero madame de Tréville no estaba dispuesta a contratar a más personal y a arriesgarse a que nuestros secretos salieran a la luz, así que le había ofrecido unas *livres* adicionales para recompensar su participación en aquella velada.

—Un tal monsieur Verdon ha venido a visitarla, *madame*.

—Hacedlo pasar.

Nos levantamos cuando Étienne entró en la sala, yo más lentamente que las demás, para mantener el mareo a raya.

Aunque fuera sutil, seguía. Siempre estaba ahí. Étienne se me quedó mirando con atención. Madame de Tréville tosió. Él se apresuró a girarse hacia ella.

—*Madame,* os agradezco que me hayáis permitido visitaros.

—El placer es nuestro. —Su mirada se posó sobre mí, y los ojos de Étienne la siguieron—. Señoritas —les dijo a Portia y Théa, dado que Jeanne ya se había marchado, previa orden de madame de Tréville—, ¿podéis ir a la cocina a supervisar la preparación del té? Claude no infusiona las hojas el tiempo suficiente. —Claude, deduje, era nuestro cocinero imaginario.

Después de eso, solo quedábamos cuatro. El fuego y su crepitar hacían que el ambiente fuese acogedor, espeso y caldeado. Debería haberme puesto un vestido más pomposo; me resultaba más fácil enfrentarme a Étienne con una armadura.

—Por favor, tomad asiento. —Madame de Tréville se movió hacia una silla.

—Espero que lo que llevamos de temporada os esté resultando agradable —dijo Étienne al tiempo que se colocaba la parte trasera de la chaqueta.

—Sumamente agradable. Y, gracias a la más reciente de las incorporaciones a L'Ácadémie, aún más.

Los ojos de Étienne disimularon la calidez que yo sabía que escondían bajo su protocolaria fachada.

—No sois la única que agradece su presencia.

Madame de Tréville se aclaró la garganta y se levantó.

—No sé qué es lo que estarán haciendo con el té. Disculpadme, monsieur Verdon, por esta falta de hospitalidad.

En otras circunstancias, una carabina jamás se separaría de la señorita que tenía a su cargo, incluso habiendo una segunda joven presente. Pero madame de Tréville no era una carabina cualquiera. Y yo no era una señorita normal.

Madame de Tréville cerró la puerta tras de sí. Étienne lanzó una mirada de preocupación hacia Aria, pero ella estaba parapetada tras su libro, probablemente una de las enciclopedias de la biblioteca. Típico de Aria, siempre tan eficiente…

—No pasa nada —le aseguré. Señalé el asiento del sofá de dos plazas que había libre junto a mí, haciendo oídos sordos a los latidos de mi corazón.

—Qué collar tan interesante —dijo una vez se hubo sentado.

Toqueteé el entramado de plata.

—*Merci...* —empecé a decir, pero él ya había extendido la mano para enredar su dedo alrededor de la sencilla cadena de *maman*. Su pulgar rozó mi esternón. Se me paró el corazón, y luego dio un brinco, tembloroso—. Es una reliquia familiar —dije, complacida por lo firme que sonó mi voz—. Os aseguro que no hay problema —insistí cuando Étienne volvió a echar un vistazo hacia Aria.

Entonces, su cuerpo por fin se relajó.

—Es todo un milagro que haya sido capaz de esperar tanto para volver a veros.

—Apenas han pasado un par de días desde el baile —objeté.

—Aun así. —Recorrió mi mejilla con los dedos. Cuando me aparté, él, confuso, devolvió la mano a su regazo.

—Étienne, lo que ocurrió la otra noche... —Aria estaba enfrascada en el libro, o, por lo menos, lo aparentaba a la perfección.

Étienne me agarró una de las manos, sosteniéndola como si se tratara de una delicada y rara flor. Yo quería soltarme, para proteger mi corazón, pero no podía: tenía que cumplir con mi deber, por la Orden. Por mis hermanas. Por mucho que me doliera.

—Tania, disculpadme. No os he tratado adecuadamente, no os he cortejado adecuadamente. Lo he hecho todo mal... —afirmó con fervor.

—Por favor, no penséis eso. —Me enorgullecí de lo comedido de mi respuesta, de no haber cedido a la pequeña ola de ira, desconocida y sorprendente, que había roto dentro de mí. ¿Por qué siempre acababa disculpándose cuando estábamos juntos?

—Me he dejado llevar por mis emociones. Pero os prometo que no permitiré que vuelva a ocurrir —dijo.

Se oyó un libro cerrarse.

—Pero yo creía que vos...

—¿Que os deseo? Así es. Os deseo, y por eso tengo la intención de escribir a vuestro padre para pedirle su bendición. —Me quedé mirándolo, con las lágrimas contenidas cerca de mis pestañas—. ¿He malinterpretado la situación? ¿No es esto lo que deseáis?

—No —me trabé al hablar—. No, sí que lo deseo. Simplemente, no sé cómo deciros... Bueno, no puedo... es decir, no sin antes preguntaros... Necesito saber si...

La puerta se abrió de pronto, precedida solo por el breve golpeteo de unos nudillos. Al otro lado apareció un preocupado mensajero, seguido por una Jeanne con aspecto de haberse dado por vencida.

—Monsieur Verdon, una carta para vos —dijo el mensajero casi sin aliento.

—Sea lo que sea, ahora no...

—Es urgente.

Étienne cogió el sobre y lo abrió con el pulgar. Su expresión fue cambiando a medida que ojeaba el contenido de la carta.

—Étienne, ¿ocurre algo? —pregunté.

—Se trata de mi madre. Está grave.

—¿Grave?

Se guardó la carta en la chaqueta y volvió a prestarme toda su atención.

—Mi padre le dijo que tenía que quedarse en París por negocios. O al menos eso es lo que nos ha hecho creer; lo más probable es que esté bebiendo en alguna taberna para tratar de hacerse creer a sí mismo que no es un vulgar plebeyo, porque él va a tabernas y no a *cabarets*... En fin, el caso es que... Tania, mi madre rara vez se queja, aunque se encuentre muy mal. Si se ha visto obligada a escribirme...

—¿Estáis seguro de que debéis partir? —Me había abierto su corazón, lo había posado sobre mis palmas. En cuestión de un par de días, había respondido a todas las preguntas que le había hecho sobre su padre, sobre sus negocios en París, sobre el Festival de Invierno…

La vergüenza me ardió en las venas. Si yo hubiera tenido oportunidad de hablar con *papa*… Incluso aunque Étienne no tuviese una relación estrecha con su madre, la quería. Ella había ido a visitarlo al internado, lo mandaba llamar cuando creía que podría estar alejándose demasiado, era la única de sus progenitores que se preocupaba por él.

—Étienne —volví a empezar. Me visualicé como una chica hecha de metal. Una chica a la que solo le importaba su deber—. Necesito que os quedéis, por favor, necesito saber…

Él me besó el dorso de la mano. Susurró mi nombre con la boca pegada a mi piel. Y cuando salió de la habitación, cerrando la puerta tras de sí, me llevé esa misma mano, la que había besado, al pecho.

Aria devolvió el libro a la estantería con tal virulencia que me sobresalté. Me miró como si no me reconociese.

—Aria —comencé a decir, pero no pude continuar. En su rostro no había sorpresa ni conmoción: solo reflejaba la verdad.

—No se lo dije a nadie. Creí que se trataba de un hecho aislado. Que tu desesperación por encontrar pruebas era tal que decidiste probar con algo atroz, pero me equivocaba. Ahora lo veo bien claro. Ibas a contárselo. Le ibas a contar quién eres. Quiénes somos. Él… él… os importa. Mucho, además. Ya te dije que nosotras no podríamos salvarte si estabas decidida a ahogarte.

—Lo del baile fue un error, pero lo que acaba de ocurrir ha sido distinto. No lo entiendes, no iba a hablarle de… —intenté explicárselo de otra forma, ahora ya sin poder aguantarme las lágrimas.

Pero ella no me respondió. Se limitó a marcharse de la habitación como si el lugar estuviera contaminado.

El ruido del cristal al romperse. El destello de un trozo de tela de un amarillo. Fue ella.

Aria lo sabía todo.

CAPÍTULO VEINTISIETE

—Étienne Verdon ya no es vuestro objetivo. —Madame de Tréville no se molestó en apartar la vista de los papeles cuando entré a su estudio.

Después de que Aria se hubiese marchado del salón el día anterior, yo esperaba que ocurriese algo así. Me había pasado la noche sumida en un estado de duermevela, anticipándolo, lo mismo que por la mañana, la tarde y parte de la noche siguiente. Las imágenes me bombardeaban: *papa* solo; *maman* sola también, y Étienne junto al lecho de su madre, sin nadie más... Pero nada de eso impidió que sintiera la ira de madame de Tréville.

—Solo nos quedan dos días para...

—Le hemos dedicado demasiado tiempo. Eso está más que claro.

Mis errores se multiplicaban con cada respiración. La Orden. Mis hermanas de armas. *Papa.*

—Sé lo que Aria cree que vio —dije respirando agitadamente—, pero...

—Decidme entonces qué ocurrió: ¿qué estabais haciendo?

El recuerdo se abrió paso en mi mente con la velocidad de un trueno: el rugido del viento y de los latidos de mi corazón.

—Aria nos vio besarnos, eso es cierto. Pero ayer malinterpretó lo sucedido; yo jamás me permitiría sentir nada por él ni hablarle de la Orden. Si me dais un poco más de tiempo, puedo descubrir la verdad; sé que puedo. Ahora está muy angustiado, su madre está enferma y yo no tuve oportunidad de seguir interrogándolo, pero se encuentra en las afueras de París, ¿no podría ir a verlo?

Madame de Tréville posó la pluma; la decepción surcaba su rostro. Aquello era peor que ser el objetivo de su ira. Peor que sus críticas por ejecutar mal una parada o que la mirada que te echaba cuando dabas un traspié bailando la gavota. La vergüenza reptó por mi interior.

—A pesar de que insistáis en que no revelaréis nuestros secretos, sigue existiendo otra preocupante cuestión: habéis desarrollado sentimientos por un objetivo. Por mucho que no vayáis a dejaros llevar por ellos de nuevo, ¿cómo podría yo volver a confiar en vuestro buen juicio?

—Eso no es lo que... Mi intención nunca fue...

—Entonces, ¿cuál era vuestra intención? Siempre habéis dejado que vuestras emociones os dominen, pero nunca hasta este punto. Nunca os habíais comportado de una forma tan estúpidamente peligrosa. Hasta ahora. —Ni siquiera intenté limpiarme las lágrimas que se me habían empezado a acumular en los pómulos—. No habéis sido capaz ni de cumplir la más simple de vuestras tareas. Debido a dicha incapacidad de mantener a raya vuestros sentimientos, fue Aria quien tuvo que distraer a vuestro objetivo durante el baile. Pasasteis tanto tiempo junto a Verdon que DuVerlac creyó que os estaba forzando. ¿Entendéis acaso el daño irreparable para vuestra reputación, y por ende para la mía, que hubiese supuesto que os encontrara?

Me resultó imposible no encogerme; las palabras de madame de Tréville me quemaban como brasas sobre la piel.

—No digo que fuese una buena idea. Pero solo fue un beso...

—No es así como los nobles, hambrientos de chismorreos, lo hubieran contado. Para cuando los rumores hubieran extendido su versión de los hechos, el relato lo protagonizaríais vos con las faldas subidas hasta la cintura, montada a horcajadas sobre él en medio del jardín del palacio. Decidme, ¿quién os tomaría en serio entonces? ¿Quién nos tomaría en serio a ninguna? ¿Pensáis que Mazarino confiaría en nosotras después de que hubieseis arruinado la Orden? —las palabras de madame de Tréville alcanzaron un tono terrible, sus nudillos estaban blancos de tanto apretar los puños—. ¿Tan desesperada estabais por un poco de afecto que en cuanto alguien mostró el menor interés por vos, os derretisteis? Porque permitidme que os aclare las cosas: no le importáis, Tania. Ni siquiera os conoce.

Me abracé para dejar de temblar. Para evitar resquebrajarme y que los trocitos de la frágil Tania se desperdigasen por el suelo del estudio junto con todo aquello que ya había perdido o que estaba a punto de perder. No... no. Había dedicado muchos meses a hacerme fuerte, meses de trabajo para que las piernas resistieran, de risas con las chicas, de bailar la gavota. Habían sido demasiados meses dedicados a convertirme en la verdadera versión de mí misma como para perderla ahora.

Un músculo se tensó cerca de la mandíbula de madame de Tréville.

—Me he excedido —afirmó. Hizo una pausa, como si las palabras le doliesen—. Ha sido cruel insinuar que sois patética... Sé que vuestra historia es distinta a la de las demás, pero eso no excusa que hayáis puesto en riesgo nuestra misión.

Las leyendas de los mapas de la estancia se torcieron y empezaron a girar. Las estanterías se volcaron, se enderezaron y volvieron a volcarse. Las náuseas y el miedo irrumpieron a la vez, me consumieron, me rodearon el pecho, el estómago y el corazón.

—A veces olvido lo jóvenes que sois todas. —Posé los ojos cerca de mis pies e hice por seguir con ellos las grietas de las tablas del suelo. Permanecí inmóvil, como si temiera que un leve soplido pudiera destruirme por completo—. Ser una mujer joven puede llegar a ser igual de complicado que ser mosquetera. Conocéis ciertas partes de mi propia historia, aunque no las suficientes para saber lo muchísimo que luché para conseguir la posición que hoy ostento. La de años y años que pasaron mientras observaba, esperaba y no dejaba de desearla. Nunca quise casarme. Nunca deseé vivir una vida con otra persona. Lo que ansiaba era convertirme en mosquetera.

Mi caja torácica encogía más y más, intentando reducirme a polvo. Pensé en el día que llegué a París. El día que vi la casa por primera vez, cuando entré en la que creí que iba a ser la peor de mis pesadillas. En aquel momento, lo único que me arriesgaba a perder era la ropa que llevaba puesta y la espada que tenía escondida en el baúl de viaje. Pero lo que ahora estaba en riesgo abarcaba mundos y océanos enteros: el amor por mi nueva familia; la felicidad de saber que no tendría que renunciar a la esgrima y que tenía la oportunidad de hacer que *papa*, allá donde estuviese, se sintiera orgulloso, que había logrado dar con mi propósito vital y encontrado a mi gente en un mismo lugar, que *maman* se equivocaba, puesto que sí que había personas capaces de amarme, que había descubierto la mayor de mis fortalezas.

Transcurrió un largo rato antes de que pudiese hablar.

—El primer día, me dijisteis que no estabais dispuesta a malgastar el tiempo con una chica que dudase sobre su lugar en el mundo ni sobre su deber. Que no ibais a perder el tiempo con una joven que no sabía qué quería. Puede que en aquel momento fuese esa chica, pero ya no lo soy. Me debo a mis hermanas. A la Orden —dije.

Madame de Tréville agarró la pluma. Luego la posó. Soltó un largo suspiro.

—Si... si queréis seguir en la Orden, no puede volver a ocurrir nada remotamente similar. —Mi cabeza salió disparada hacia arriba, se me encogió el estómago de la sorpresa y también por la esperanza. Ella soltó otro suspiro, largo y grave, más parecido a una exhalación—. No puedo permitirme el lujo de perder a una mosquetera. No ahora. No a dos días de que se cumpla el plazo de una amenaza de asesinato. Pero estáis en período de prueba. Haréis exactamente lo que os ordene. No discutiréis. Y permaneceréis pegada a los libros de consulta hasta que consigamos descodificar el mensaje. No saldréis de la vivienda. Una vez este asunto haya llegado a su fin, si para entonces sigue existiendo una Orden, decidiré qué hacer con vos. ¿He sido lo suficientemente clara?

Con el corazón henchido, asentí. No estaba perdonada; no iba a ser tan fácil. Nada lo era nunca.

Pero era un comienzo.

✦

No conseguí librarme del agotamiento ni durante el tiempo que pasé en mi asiento de la polea, bajo la atenta mirada de madame de Tréville, ni tampoco mientras caminaba por el pasillo, repleto de sombras oscuras como palomas atrapadas en una tormenta de nieve. La aguda risa de Théa llegó a mis oídos a través de una puerta abierta. Era probable que estuviera riéndose de algo que había dicho Portia mientras Aria las observaba sentada en un rincón sin decir palabra.

Había estado a punto de perder todo eso. De hecho, aún podría perderlo si no tenía cuidado.

Camino de mi habitación, oí mi nombre. Me detuve. Se trataba de Aria, con los brazos extendidos y andando por la moqueta sin hacer ruido; cualquier vestigio del alivio que acababa de sentir me abandonó.

—¿Qué quieres, Aria?

Su inalterable fachada se desquebrajó ligeramente.

—Espero que entiendas por qué tuve que informarla —dijo. No me bloqueó el paso, pero caminó conmigo, siguiéndome.

—Ni siquiera me preguntaste si era consciente de que era un error, si iba a permitir que volviera a ocurrir. No confiaste en mí. —Reprimí la ira, el descontento y la culpa—. Todo eso que dijiste de que podía fiarme de ti, de que no me dejarías caer, ¿era mentira?

Mientras yo hablaba, sus labios formaron una línea recta. Las risas de la habitación habían cesado.

—Daba igual que hubieses decidido poner fin al asunto. Sé que aún no puedes entenderlo, pero lo hice para protegerte —dijo—. Ibas a contárselo. La misión y lo que somos.

—¿Protegerme? ¿Como cuando insististe para que no le contara ni a Théa ni a Portia lo del ladrón enmascarado? Te gusta saber nuestros secretos, te hace sentir superior a nosotras. Solo te proteges a ti misma.

Aria me arrastró al interior de su habitación.

—¿Qué haces? ¿Pretendías vengarte de mí o algo así? —Sacudió la cabeza—. Podrían haberte oído. Además —arguyó—, tú has estado haciendo exactamente lo mismo. Solo pensabas en ti misma. Lo besaste, Tania. Te has enamorado de él. Lo has escogido a él en vez de a nosotras.

—Jamás haría eso. Has sido tú la que casi hace que madame de Tréville me eche de la Orden y, entonces, ya no podría haber descubierto qué le ocurrió a mi padre, y hubiera perdido a mi nueva familia…

—Contarles lo que pasó no va a deshacer lo que hiciste —replicó Aria—. No soportas que nadie se enfade contigo. Solo quieres confesárselo para quedarte tranquila y que se nos pase el enfado lo antes posible. ¡Las cosas no funcionan así! No tenemos por qué perdonarte solo porque tú te arrepientas.

—Podría decirte lo mismo. ¡Excepto que tú ni siquiera te has disculpado! —Los ojos le brillaban mientras yo hablaba. Algo se rompió dentro de mí, se desgarró desde mi garganta hasta el esternón—. No he contado ninguno de tus secretos, y te he guardado incluso los que no me has llegado a decir.

A Aria se le cayó la máscara. Por primera vez, pareció tan pequeña como madame de Tréville me había hecho sentir a mí.

—No sé a qué te refieres.

—Tengo ojos en la cara, Aria. Lo que me sorprende es que no se haya dado cuenta ella.

—Y ahora, supongo que me dirás que a las dos nos ha pasado lo mismo. Pero no es verdad. Ella no es mi objetivo. Puede que madame de Tréville… No sé qué opinaría al respecto. No sé si me permitiría quedarme o si me echaría. Pero la realidad es que nuestra misión no peligraría por ello…

—Sé que no es lo mismo.

Nos quedamos mirándonos la una a la otra, derrotadas.

—No se lo vas a contar, ¿verdad? —susurró.

—Por supuesto que no. —Fui hacia la puerta, pero cambié de opinión. No podía marcharme, todavía no—. Pero deberías decírselo... o, por lo menos, planteártelo.

—¿Qué? —preguntó Aria.

—Me he fijado en cómo te mira. Al menos... —paré de hablar y comencé de nuevo—: Al menos inténtalo. Sé lo que piensas de mí, de lo que he hecho. Sé que he fracasado. Pero ¿de verdad crees que quería que ocurriese esto? Quería que estuvieseis orgullosas de mí, ser la mejor mosquetera que pudiera llegar a ser. Y da igual que Étienne no conociese la relación entre su padre y el mío, porque iba a rechazarlo de todas formas. ¿De verdad creías que iba a dejar que la cosa fuese a más? Cuando lo toco, siento que estoy traicionado a todas las personas que me importan en el mundo. —El teatro, la pierna de Étienne pegada a la mía, el terciopelo aplastado, rojo como la sangre de *papa*... Tragué saliva—. A todos menos a él. Y eso no merece la pena. Da igual lo que haya entre nosotros, no merece la pena, no para mí. Pero, aunque yo te haya fallado, tú también me has fallado a mí, Aria.

Las lágrimas se acumularon en sus ojos, y el mero hecho de saber que era por mi culpa me quitó las ganas de seguir hablando. Pero no podía, ya no. Ella necesitaba saberlo, tenía que ayudarla a comprender que...

—Ya no soy la chica que llegó a París llorando la muerte de su padre y lamentándose por un cuerpo que pensaba que jamás la dejaría ser feliz. He cambiado. Y, sinceramente, de no haber sido por todas vosotras, ni siquiera hubiera sido capaz de enamorarme de él. Y tampoco habría podido darme cuenta de que lo que pasó en el baile no puede volver a ocurrir.

—Me estás culpando a mí de...

—Es difícil de explicar —la interrumpí—. Escúchame, por favor. Cuando por fin acepté que sentía algo por él, nunca me preocupó que pudiera rechazarme por mis mareos. A él le importo y, si bien es cierto que me ha ayudado y me ha visto indispuesta varias veces, la falta de miedo al rechazo se debía a algo distinto. Es por vosotras, mis hermanas de armas. Vosotras tres habéis hecho que entienda que mis mareos... nunca han sido el verdadero problema. Es algo horrible que duele y que hace que me sienta indefensa de una forma que no le desearía a nadie, pero eso no es lo que me destroza por dentro. Lo peor, lo peor de verdad, es la gente que piensa que mi enfermedad me hace indigna.

De pronto, me tambaleé. Me así al marco de la puerta para no caerme. Los calzones de Théa me ponían las cosas algo más fáciles, pero no podían curarme. Aria habló, pero en mi mente había demasiado barullo como para poder oírla; en mis oídos rugían las olas. Mi cabeza estaba repleta del inalterable latido de un enérgico sol.

CAPÍTULO VEINTIOCHO

Una mancha de distintos colores. Varios pares de manos sobre mí que me levantaban, me llevaban y me ayudaban. Y, a continuación, todo se quedó inmóvil.

La habitación de Portia. Théa inclinada frente a mi silla. Aria estaba apoyada en el marco de la ventana. Portia, con los brazos en jarras y su familiar determinación de hierro reflejada en la cara, pasó los ojos de Aria a mí y, luego, de vuelta a Aria.

—Bueno —dijo al fin—, ¿qué es eso que he oído sobre un ladrón enmascarado?

—Debería habéroslo contado...

—Deberíamos habéroslo contado las dos —dijo Aria interrumpiéndome—. Las dos tenemos la culpa.

—Oh, ¿entonces, tú también has besado a monsieur Verdon? —se burló Portia. A Aria se le escapó un titubeo, muy poco habitual en ella, antes de que Portia negara con la cabeza y se girase hacia mí—. ¿Y bien?

Una vez empecé a hablar, ya no pude callarme. Y, aunque hubiese sido capaz, no hubiese querido hacerlo... no después de todo lo que había sucedido, de lo mucho que ellas me habían ayudado; merecían saber la verdad. Éramos hermanas de armas. Las cuatro mosqueteras. Sin secretos.

Portia y Théa permanecieron en silencio la mayor parte del tiempo, interrumpiéndonos para preguntar de vez en cuando. Théa acompañaba sus preguntas con gestos de estupefacción o terror en los momentos apropiados, y también defendió a Henri con valentía cuando Aria expresó sus sospechas.

—¿Cómo puedes decir eso? Con todo lo que ha hecho por la Orden. Te equivocas; ¡sé que te equivocas! —Se le crispó la carita, enmarcada por los tirabuzones y repleta de pecas.

—No me fío de él —respondió simplemente Aria.

—Seguimos sin noticias de Verdon —dijo Portia a la vez que Théa respiraba hondo. Aria miró a Portia con una sonrisa tímida. Los ojos de Portia se agrandaron, y se giró—. Por lo que más quieras, discute más tarde con Aria. Quiero ponerme al día antes de que pase alguna otra cosa interesante de la que tampoco nos hayamos enterado.

Théa resopló, pero no se quejó cuando el tema cambió a Verdon. Conté la historia lo mejor que pude. Cuando llegué al punto del destripamiento en el estudio de madame de Tréville, Théa frunció el ceño.

—Pero ¿cómo se ha enterado?

Tenía la respuesta en la punta de la lengua. Pero Aria cuadró los hombros.

—Se lo conté yo.

—No me lo creo —dijo Portia—. No, espera, sí me lo creo; es típico de ti sacar conclusiones precipitadas.

—No me quedaba otra opción. Debo sacar conclusiones precipitadas.

—Menuda chorrada —replicó Portia.

—Como mosquetera, salgo perdiendo haga lo que haga —dijo Aria—. Si protejo al rey, dejo que la monarquía se fortalezca y que las personas de La Cour sigan pasando penurias. Si no lo protejo, seré responsable de que los nobles culpen a la gente de La Cour y la cuelguen acusándola de traición. Eso sin contar todas las muertes que causará el vacío de poder. Puede que esté en desacuerdo con madame de Tréville en casi todo, pero en esto lleva la razón. Ellos serán los primeros en morir cuando los nobles decidan que quieren más poder del que tienen. El fabricante de los abanicos, el padre de Tania, la sangre en el espejo del rey... Haga lo que haga, traiciono a las personas a las que realmente quiero proteger. —Empezó a respirar más fuerte, casi parecía a punto de echarse a llorar—.

Pero no puedo dejar de pensar en la cara de mi padre cuando madame de Tréville apareció para hacerle la oferta... estaba tan tan orgulloso. Una hija dentro de los mosqueteros... —Se limpió las lágrimas y se aclaró la garganta; durante la parte final de su discurso, Théa había parecido confusa, pero aquella reacción tan sentimental, tan rara en Aria, pareció distraerla—. Así que escogí la opción con menos víctimas directas —acabó Aria.

—Pero no se trata solo de eso —dijo Portia con énfasis—. La de Tania no sería una pérdida cualquiera. Te has olvidado de que hay una tercera cosa por la que luchar. La más importante de todas.

—¿Cuál?

—Nosotras —respondió Portia—. Luchamos por nosotras.

El silencio se alargó. Théa, incómoda, me lanzó una mirada. Aria miró a Portia como si le hubiese pisoteado el corazón.

—Puede... puede que tengas razón —dijo finalmente.

—¿Cómo has dicho? —Las cejas de Portia le rozaron el nacimiento del pelo.

—Debería haber dejado que Tania se explicase antes de decir nada.

—Tu incapacidad para confiar en nadie casi hace que la expulsen de la Orden —replicó Portia—. ¿Qué clase de mosquetera le hace eso a una de sus hermanas de armas? Nosotras no nos dejamos caer.

—¿Ni siquiera a los pies de uno de nuestros objetivos? —susurré.

Portia resopló, aunque su mirada era indulgente.

—Especialmente entonces. Ojalá nos lo hubieras dicho..., te habríamos ayudado.

—¿Habríais podido hacer algo?

—No lo sé —contestó Portia con sinceridad—. Nunca me he planteado qué haría yo en una situación parecida... Nunca me he sentido atraída por ninguno de mis objetivos, ni siquiera por los que son relativamente educados y apuestos. Con solo pensar en un hombre de esa forma... —Se estremeció.

—Aunque Portia no pudiera imaginarse estando en tu lugar —dijo Théa tomando las riendas de la conversación—, te habría ayudado. Y yo también... Es decir, no sé bien cómo, pero ¡hubiese hecho cuanto estuviera en mi mano!

—Tania ya me ha entendido —gruñó Portia—. Conque Verdon —dijo—. ¿Lo quieres?

La pregunta me pilló por sorpresa, como la punta de una espada, y parpadeé pensando qué decir.

—No lo sé... No estoy segura de lo que se siente cuando quieres a alguien... así. Siento algo por él, eso seguro, pero no sabría definirlo...

—¿Puedo preguntarte algo? —Después de que yo asintiese, Théa continuó—: ¿Qué sentiste? Durante... el beso. ¿Fue como dicen en las historias?

—Creo que sí —contesté—. Al menos eso me pareció cuando ocurrió. —Me mordí el labio—. Él ya me había visto mareada, y no era la primera vez que me ayudaba. Por eso estábamos fuera. Sabía qué hacer para ayudarme. Es considerado y atento. Era consciente de que no me encontraba bien, y, aun así, decidió besarme... Y cuando lo hizo, me vi en una encrucijada, puesto que no podía empujarlo y correr el riesgo de que no volviera a hablarme nunca, porque entonces perderíamos acceso a la información importante que pudiera tener y que aún nos hacía falta... Y no sé cómo me siento respecto a eso. Porque él me importa, sí...

—¿Intentó algo inapropiado? Si te obligó a hacer algo que no quisieras, le voy a... —empezó Portia.

—No, Portia —dijo Théa con firmeza mientras me miraba—. Tania —dijo más dulcemente—, no pasa nada por no saber qué sientes.

—¿Por qué no cambiamos de...?

—No pasa nada; estoy bien. De verdad —dijo Théa, cortando la preocupada interrupción de Portia—. Bueno, quizá *bien* no sea la palabra adecuada —hizo una pausa. Respiró; su expresión se fue templando—. Pero no hace falta que me protejas de esto, Portia, no voy a romperme por hablar de estas cosas. Quiero ser capaz de ayudar a Tania como tú me ayudaste a mí.

Portia se levantó y se alisó las faldas, pero no sin antes agarrar a Théa de la mano, apretársela y ayudarla a ponerse en pie.

—En ese caso, de acuerdo. De ahora en adelante, confiamos las unas en las otras, en todo. ¿Nada de secretos?

—Nada de secretos —repetimos todas. Portia estaba demasiado preocupada por su pelo para darse cuenta de la afección que había en el susurro de Aria. De cómo sus ojos la seguían mientras se dejaba caer en el asiento frente a su tocador y se retiraba un mechón de la frente.

Théa se alejó hacia al espejo de cuerpo entero para comprobarse el dobladillo, recientemente remendado. Aria se inclinó sobre uno de los postes de la cama con los brazos cruzados mientras Portia se colocaba unos pasadores entre los rizos, suspirando ostentosamente con cada uno.

—¿Ocurre algo? —acabó preguntando Aria.

Los ojos de Portia se cruzaron con los suyos y se ruborizó.

—Llevo semanas sin dormir del tirón. Y empiezan a verse los efectos. *Dieu*, odio el invierno. —Hizo un gesto hacia su cara.

—¿Qué señalas? —preguntó Aria.

—Bueno, ya sabes... es bueno contar con estas —se llevó las manos al corpiño para colocarse los pechos— para distraer a los objetivos, pero mis labios son palidísimos incluso pintados. Y creo que esta hinchazón podría ser permanente. —Se tocó la piel que quedaba por debajo de su párpado y pestañeó—. Ay..., quizás mi radiante piel no vuelva a ser como era, pero al menos la habré sacrificado por una buena causa.

—No seas ridícula —dijo Aria.

Portia farfulló cuando se giró para ver a Aria, indignada.

—Claro, para ti es fácil decirlo —soltó—. ¡Mírate!

—¿Puedes escucharme un momento, para variar? —gritó Aria—. Eres preciosa. Siempre lo has sido y siempre lo serás.

Portia se sonrojó.

—No creo que...

—Bueno, ¡pues yo sí lo creo!

En un abrir y cerrar de ojos, Aria avanzó hasta la silla del tocador e hizo que Portia se levantara. Hubo un largo silencio, y luego los brazos de Portia rodearon la cintura de Aria, las manos de Aria se posaron en el pelo de Portia, recién arreglado, y se besaron como si llevaran meses esperándolo.

—¿No me querías enseñar un nuevo diseño que tenías en la otra habitación? —le pregunté a Théa.

—¿Un diseño? —graznó Théa—. ¿De qué estás…? ¡Ah!, el diseño, sí…

Salimos aprisa de la habitación; Théa mirando por encima del hombro boquiabierta y ofreciéndome su brazo para que me apoyase al levantarme. Finalmente, una vez en el pasillo, barbotó:

—¡No tenía ni idea! ¿Tú lo sabías? Siempre están peleándose y, de hecho, creía que ni siquiera se caían bien, ¡pero las personas que no se llevan bien no hacen eso!

Tenía los ojos como platos.

—No —dije con una carcajada—, supongo que no.

Théa se movió inquieta.

—Oh. Acabo de meter la pata, ¿no? No era mi intención sacar el tema… es decir, ya hemos hablado sobre ello y no tendrías por qué estar todo el rato explicando lo que tú…

—No pasa nada.

—Tania —dijo de repente muy seria—. Te aseguro que nunca permitiremos que madame de Tréville te prohíba formar parte de nosotras. Da igual lo que hagas. Somos mosqueteras, y, aunque a veces podamos dudar, siempre encontraremos el camino de vuelta a las demás.

Un fuerte estruendo reverberó en la habitación, como el estallido atronador de mil puertas abriéndose y cerrándose de golpe. El ruido me resonó en la garganta y las costillas.

—¡Venid todas! ¡Deprisa! —exclamó Henri.

Miré a Théa horrorizada. Nos habíamos pasado la tarde hablando; debía de ser casi la medianoche ya. ¿Por qué nos estaría llamando a aquellas horas? A no ser que…

Théa corrió hasta el estante de la pared más alejada. Me apresuré a ir tras ella, y de sus manos extendidas cogí dos espadas, una era la mía.

Nos reunimos con los demás en el recibidor.

—¿Qué demonios ha sido eso? —preguntó Portia.

—Henri nos ha llamado —expliqué.

—No hemos oído nada, excepto el golpe —dijo Aria al tiempo que aceptó con gratitud la espada que Théa le cedió.

—Es que es imposible no distraerse contigo —replicó Portia mientras agarraba la última de las espadas.

—¡Por favor! ¡Daos prisa! —Henri de nuevo.

Aria se dirigió hacia la puerta más cercana.

—Yo ayudo a Tania con la polea.

—Pero si nos están atacando, si la red de contrabando ha mandado soldados o espías o asesinos o algo peor, tú eres mejor duelista que yo —insistió Théa.

—¿Existe algo peor que un soldado, un espía o un ladrón? —dijo Portia—. Espero que no. ¿Qué más podría ser? ¿Un dragón?

Théa, que portaba mi arma, soltó un grito de frustración a Portia mientras corríamos hacia la puerta. Me coloqué en la franja de tela, con Théa ayudándome a bajar.

—¡Más rápido! —le grité.

Al instante siguiente, me encontraba cayendo en picado. Cerré los ojos con fuerza; tenía el corazón en la garganta. No era una muerte precisamente honorable, pero por lo menos sería rápida. En el último segundo, la polea tiró fuertemente de mi cintura. Mi cuerpo se detuvo a medio metro del suelo. Me invadieron las palpitaciones.

—¡Perdón! —gritó.

—Ya van dos veces, Théa. ¡Dos!

En cuanto me solté, salí disparada hacia la puerta. Estaba preparada para hacer frente a lo que fuera. Con las directrices de *papa* en mi corazón y las voces de mis hermanas a mi alrededor, desenvainé la espada y me lancé a lo desconocido.

—¡Creía que iba a tener que ir a buscaros! —anunció madame de Tréville cuando me apresuré a salir por la puerta—. *Mon Dieu*, criatura, aparta esa espada. Le vais a sacar un ojo a alguien. Ya sabes que, si no estás esgrimiendo, la punta ha de permanecer hacia abajo.

—Pero he... hemos oído un golpe —titubeé.

Théa entró por la puerta con un rugido, se golpeó con la mesita e hizo que el jarrón de porcelana saliera volando; los lirios formaron un amplio arco antes de estamparse contra el suelo, que se llenó de esquirlas de cerámica y flores decapitadas.

Madame de Tréville nos agarró del hombro y nos llevó hacia la biblioteca.

—Théa, dejaos de numeritos antes de que destrocéis todo el vestíbulo.

—¿Entonces, no nos están atacando? —preguntó ella sin aliento.

—¿Qué os ha hecho pensar tal cosa?

—El golpe —dije—. Pensamos que podía tratarse de un duelo o...

—Henri se ha chocado con una de las estanterías y se las ha apañado, Dios sabe cómo, para tirar otras tres al suelo. Ha sido bastante melodramático con los gritos y todo el escándalo que ha armado, pero supongo que es comprensible, dada la emoción del momento.

—¿Emoción del momento? —pregunté.

Llegamos a la biblioteca. Las estanterías estaban en el suelo con todo su contenido desperdigado. A Henri parecía haberlo atropellado un carruaje: tenía tinta por la frente, la barbilla, las manos... e incluso un par de rizos estaban manchados de aquel negro casi azul. Nos hizo un gesto con las manos, con el que los papeles que llevaba salieron volando.

Madame de Tréville resopló con desaprobación, acercándose para recoger los documentos antes de girarse hacia nosotras.

—Henri cree que ha descifrado el código.

CAPÍTULO VEINTINUEVE

—¿Que has hecho qué? —preguntó Portia después de que le hubiéramos asegurado que no nos encontrábamos en peligro.

Los ojos de Aria seguían saltando de una persona a otra, como si no se fiara ni de lo que veía ni de lo que le estábamos diciendo.

—Adelante, cuéntanoslo —dijo madame de Tréville a su sobrino, que se movía por la habitación tratando de organizar los papeles desperdigados—. Ni que estuviéramos en la medianoche previa a un posible intento de asesinato...

La corona manchada de sangre. La ensangrentada cara de *papa*.

Se me encogió el pecho. ¿Habíamos dado por fin con la respuesta?

Henri agarró el último de los papeles del suelo, se enderezó y trató de hacer una pila con ellos.

—El primer paso fue revisar los textos de la biblioteca de la universidad que consiguió Théa; ¡son magníficos! Todas estabais buscando una relación directa entre la letra de la nana grabada en el abanico y las demás fuentes, por lo que pensé que lo más útil era que yo me centrara en la historia de la nana en sí: de dónde viene y esas cosas. No descubrí a quién se atribuye, pero sí encontré una compilación de proverbios y vi un nombre: Bacon. Y entonces me acordé de algo. —Henri extendió el brazo para coger uno de los libros que había en la mesa y le dio la vuelta con reverencia. Con un sobresalto, me percaté de que ya lo había visto antes: el día que Henri me dio el mapa de Lupiac.

Era una de las obras de filosofía que usaba para practicar inglés. *El avance del saber,* de Francis Bacon.

—¿Qué se supone que tenemos que mirar? —dijo Portia.

Henri se mostró confuso.

—¿No lo veis? —dijo—. ¡La nana! Cerdos. Bacon. El verso sobre los cerditos es una indicación de que hay que usar el código de Bacon. Eso sí, el libro es bastante denso. No entendí casi nada cuando lo leí en su momento. Pero sí que me sonaba que hablada sobre códigos de cifrado...

—¿Y? —le cortó Aria—. ¿De qué nos sirven? ¡Ve al grano!

Henri pestañeó.

—La teoría de los puzles es fascinante, ¿no?

—Henri —previno madame de Tréville—, por favor, proseguid con vuestra explicación.

—Uy, claro. A ver, una vez establecí dicha conexión, fui a por mi ejemplar y busqué la página que recordaba. Tuve que leerla unas cien veces para entenderla bien...

—¿Tan complicado es el código de Bacon? —pregunté y me moví para mirar el libro por encima de su hombro. Sentí que Henri se tensó cuando me acerqué. Se me formó un nudo en la garganta.

Henri despejó la mesa, echando a un lado libros sueltos y pergaminos, antes de abrir en un amplio abanico los papeles. Nos apretujamos, chafándonos las faldas las unas a las otras.

—Con el código de Bacon, cada letra del alfabeto se representa con una secuencia de cinco caracteres formada por ceros y unos; en el caso de la hoja del inventario, los ceros representan las mayúsculas y los unos, las minúsculas. Así pues, la «T», por ejemplo —dijo—, es cualquier secuencia que pueda traducirse como 10011. Bacon creó toda una lista de secuencias para todo el alfabeto.

—Entonces, ¿por eso la condesa entregó aquellos abanicos? —dije. Sonó como una pregunta, pero en realidad, conforme hablaba, lo fui viendo todo claro. Me senté en una de las sillas que rodeaban la mesa.

—Correcto. —Henri pasó la página; su entusiasmo aumentaba a medida que explicaba el proceso—. Dado que la información estaba escondida dentro de una hoja del inventario y no organizada en frases completas, los ceros y los unos son más difíciles de distinguir. E incluso aunque alguien se percatase de que todas las letras mayúsculas en apariencia están fuera de lugar, el texto resultante sería un galimatías.

—Iba dirigido a los nobles que forman parte del complot —exhalé—. Todos aquellos que recibieron productos de contrabando pudieron haber recibido también esa hoja; en esa caja había un montón de ellas. Pero es probable que los nobles más involucrados en el complot quisieran asegurarse bien de quién podía descifrar el mensaje, y por eso no le dijeron a nadie qué código usar hasta que tuvo lugar la reunión de la condesa. La nana en los abanicos. ¡Era una señal! —Era horrible alegrarse por algo así, pero, aun así, me ilusionó muchísimo haber sido capaz de descifrarlo.

—O sea, yo tenía razón —dijo Théa—. Sobre lo de que los cerdos era algo literal.

Portia puso los ojos en blanco. A su lado, Aria agarraba y soltaba la empuñadura de su sable. Sus hombros se tensaron.

—Mentís.

Henri se quedó perplejo, y se le cayó un pedazo de carboncillo que madame de Tréville atrapó antes de que manchara la moqueta.

—¿Cómo? —preguntó él.

—Aria, ha descifrado el código —intervino Théa.

Pero Aria no había acabado. Su mirada era igual de afilada que su lengua.

—Eso es lo que quiere que creamos. Malgastaremos el tiempo que nos queda usando el código incorrecto, nos quedaremos sin mensaje, sin información y, para entonces, el Festival de Invierno se nos habrá echado encima y no podremos hacer nada más que esperar a que el rey exhale su último aliento.

—Aria, ¿de qué demonios estáis hablando? —dijo madame de Tréville.

Aria titubeó. Y, a continuación, me miró. Me necesitaba. Si madame de Tréville se enteraba de que no le habíamos contado lo del ladrón, de que había sido Aria quien había insistido en mantenerlo en secreto porque sospechaba de ella..., entonces, sería mi compañera la que pasaría a estar en su despacho esperando a oír si podía continuar o no en la Orden. Mi hermana de armas.

—Aria y yo hemos estado considerando que podría haber un espía entre nosotros. Dijisteis que habíais perdido unos papeles, ¿no, madame? —No hice mención alguna al ladrón.

«Gracias», articuló Aria.

Madame de Tréville nos miró boquiabierta.

—Oh, *mon Dieu*. ¿Y las dos pensasteis que se trataba de Henri?

Un jadeo, como si a alguien lo hubieran golpeado en el estómago. Alcé la vista y me encontré con que Henri tenía la mirada fija en mí con las cejas arqueadas, y se le escapó un papel de las manos.

Madame de Tréville frunció el ceño.

—Aria, nosotros no...

—*Non, tante.* —No terminaba de creérmelo, pero allí estaba Henri: de pie, con los hombros rectos y sus ojos, de un marrón dorado, fijos en Aria. Los dedos le temblaban—. Sé que no sé esgrimir y que no soy un mosquetero como vosotras..., pero tengo mis propias capacidades. Quiero ayudar; lo último que querría es haceros daño. O enfurecer a mi tía —añadió, mirando con temor a madame de Tréville—. Considero que ayudar a organizar una toma de poder sería motivo para que me expulsasen de esta casa. Y entonces mi tía escribiría a mi madre.

—Por supuesto que lo haría —masculló madame de Tréville.

—Lo sabemos, Henri —dijo Théa, echando un vistazo a Aria y dándole un codazo en el costado a Portia—. ¿O no, Portia? Quiere ayudarnos, no herirnos. Eso lo sabemos, ¿verdad?

Portia se dio por aludida.

—Oh, por el amor de... ¡esto no es justo! —Théa le pisó el pie—. De acuerdo —gruñó Portia—. Puede que haya sido algo injusta con vos, Henri.

—Portia —dijo Théa con el ceño fruncido.

—¡No pienso decir nada más! Si quieres un discurso sensiblero, pídeselo a Tania.

Sin apartar los ojos de los de Henri, tragué saliva.

—Os creemos. Yo os creo.

Henri me miró, y la temperatura de la habitación aumentó. Madame de Tréville dio un paso al frente. Pareció que fuera a tocarle la mejilla, pero, al final, no llegó a levantar la mano. Solo se aclaró la garganta.

—Henri, ¿estáis seguro de esto? ¿Al cien por cien?

Asintió.

—Puedo explicar todo mi proceso, ¡paso a paso! Todo empezó hace doscientos años en Esparta; un pueblo que inventó un instrumento maravilloso al que pusieron el nombre de escítala...

—¿Debo recordaros que mientras estamos aquí debatiendo, hay unos nobles hambrientos de poder que traman la desaparición del país? —proclamó Portia—. Si seguimos parloteando como pretende Théa, a este paso descifraremos el mensaje para el funeral del rey.

El rubor desapareció del rostro de Henri.

—¡No hará falta! Ya he empezado a descifrarlo, ¿veis? Eso sí, hay que verificarlo comparándolo con el documento original..., ¡pero he avanzado mucho!

Me incliné para examinar el papel. «M».

—¿Y ya está? —preguntó horrorizada madame de Tréville—. ¿Eso es todo? ¿Una mísera letra? —Se desplomó sobre una silla—. Théa, prepara el té. Va a ser una noche larga.

Todas las superficies de la biblioteca estaban cubiertas de tazas de té medio vacías. La oscuridad estaba a punto de cambiar en el cielo, una grieta en la noche; la bruma matinal se asomaba por el horizonte. *Papa* adoraba ese momento del día. Lo había escuchado a través de las paredes, bostezando, poniéndose los zapatos para ir a primerísima hora al granero para alimentar a Beau y, una vez hecho eso, practicar los juegos de pasos que yo no podía hacer. De esa forma, yo no tendría que sentarme y observar cómo practicaba movimientos que los mareos no me permitirían ni siquiera intentar. Al menos, eso creía yo entonces. Puede que nunca llegase a realizar una finta, pero ahora sabía que era capaz de más de lo que había pensado.

Soñolienta, extendí el brazo para coger otra hoja, pero mi mano chocó con un platillo. Théa roncaba, hasta que Portia chascó los dedos cerca de su oído y soltó una carcajada cuando nuestra amiga se despertó con cara de querer matar a alguien.

Henri se había ofrecido a traerme más de aquel oscuro brebaje que nos había dado a probar hacía un mes, pero madame de Tréville insistió en que no se ausentara. Eso nos serviría, y no solo porque la posibilidad de ver a Théa tropezándose con las paredes era más aterradora que enfrentarse a un centenar de nobles armados. Toda ayuda era buena: las horas pasaban como una rueda mientras trabajábamos y trabajábamos, con la luz de las velas proyectando sombras en las paredes y el fuego de la chimenea menguando hasta que alguien se levantaba a avivar las brasas.

Todos teníamos una copia del mensaje y nos había sido asignada una sección. De haber tenido experiencia en descodificación, puede que ya hubiésemos terminado la tarea. Pero nos veíamos obligados a revisar cada sección una y otra vez, o bien porque faltaba alguna letra, o porque obteníamos palabras sin sentido.

Puse frente a mis cansados ojos lo que habíamos logrado descifrar hasta el momento. Había dormido unas cuantas horas (porque estar mareada durante el festival ya sería más que suficiente, y sería mucho peor si, además, también estaba exhausta), pero fue un sueño inquieto. Mis sueños con *papa* no me dejaban descansar.

Messieurs,
Rendez-vous du quartier général. Demandez au patron.

Pedir que se reuniesen en un cuartel no era suficiente para enjuiciar a alguien. Y no quedaba claro si lo de «patrón» quería decir «jefe» u «hombre de la casa». El contexto nos daría la clave..., pero para eso teníamos que descifrarlo primero.

No había tiempo para dejarse llevar por la frustración. Aun así, no podía evitar distraerme pensando que, al día siguiente a esa misma hora, podría conocer la identidad del asesino de padre. Continué, alimentada por la furia y la ira. Por fin podría hacerle frente.

—*Zut alors!* —chilló Henri. Le dio un codazo a un tintero, y el negro azulado inundó un jirón de papel en blanco. Madame de Tréville y Aria se apresuraron a ir a por toallas. Henri, rojo como un tomate, se tensó—. Disculpad mi inadmisible lenguaje...

—Creo —dijo Portia— que hemos llegado al punto en el que tenéis permitido jurar delante de nosotras sin temer por nuestras frágiles sensibilidades femeninas.

—Veamos —dijo madame de Tréville cuando, tras haber limpiado el desastre, todos nos encontrábamos sentados de nuevo—. Théa, ¿qué es lo que tenéis?

Intenté interceptar la mirada de Henri, pero estaba perdido entre sus notas. Cuando finalmente levantó la cabeza, vio que lo estaba observando con fijeza y apareció en su boca el atisbo de una sonrisa. Me sentí aliviada. Después de los meses de desconfianza y preocupación, de su reciente declaración y la forma en que me había mirado cuando dije que lo creía, las cosas entre nosotros parecían haber mejorado. Estábamos más cerca de la relación que teníamos cuando nos conocimos, aunque la nueva era ligeramente distinta, como una nota variada dentro de una pieza musical.

—No sé si tiene sentido —dijo Théa—. «*Vous trouverez notre camara de régimend?*».

—Déjame ver. —Portia agarró el papel, lo ojeó, su mirada titubeó alguna que otra vez en una letra subrayada, en una coma errónea. Empezó a tachar en el papel con un trozo de carboncillo.

—¡Quieta! ¿Qué estáis hacien...?

—Te has comido varias letras. No es *«camara»*, sino *«camarades»*. —A modo de colofón, Portia se enderezó—. *«Vous trouverez nos camarades de régiment».*

—¿Cómo has podido hacerlo tan rápido? —preguntó asombrada Théa, mirando sus propias notas.

—No lo he hecho de cero. Como te faltaban varias letras, he buscado las palabras que pudieran cuadrar, y he escogido solo las que tenían sentido. «Encontraréis a los camaradas de vuestro regimiento».

—Sabes que eres brillante, ¿verdad? —el cumplido murmurado de Aria hizo que Portia se ruborizase.

Miré al cielo a través de la ventana, brillaban los últimos restos púrpuras y el naranja sol naciente ascendía. En el palacio, el rey seguía dormido. Una oleada de rabia vibró en mi interior. Si hubiera aceptado cancelar el festival... Si tan sólo actuase como un rey y no como un crío...

—«Yo me reuniré allí con vosotros».

Guardamos silencio cuando Henri pronunció aquello.

—¿Cómo habéis dicho? —pregunté.

Agarró torpemente los papeles.

—Es la siguiente frase, la que acabo de terminar. *Je serai là pour vous rencontrer.* ¿Pero quién es ese «yo»?

—Seguramente esté al final del mensaje —dijo Aria—. Es una forma de hacer saber al lector que viene de una fuente fidedigna. Dado que hay un código, la persona no esperaría que nadie, excepto aquellos a quienes va dirigido, sea capaz de descifrar su nombre.

—Bueno, sea quien sea *«je»*, seguro que es el líder, *non?* —intervino Théa—. Nadie, excepto esa persona, tendría autoridad suficiente para hacer esta clase de planes. —Bostezó y estiró los brazos hacia el techo con los dedos de las manos extendidos.

Me giré a Henri, expectante.

—¿Tenemos más? Del mensaje.

—Me parece que no. —Entrecerró los ojos por la intensa luz y pestañeó—. Oh, ¿ya es por la mañana?

Madame de Tréville miró hacia la ventana; la luz le iluminó toda la cara.

—Deprisa, poneos los vestidos que he bajado al salón para las visitas. Y, aunque quisiera pensar que no harán falta, no olvidéis vuestras espadas.

—Pero, madame... —comenzó Théa.

—El rey no se personará durante la procesión, pero hay mucho caos en esa parte del festival, lo que la convierte en el momento ideal para distribuir armas a los nobles sin que los espectadores se percaten.

Con la mente nublada por el té y el código de Bacon, no quedaba espacio para admirar nuestros impresionantes vestidos para el festival, ni las joyas ni el calzado. Nos ayudamos entre todas: Portia me arregló el pelo mientras yo elegía las gemas que, a continuación, Théa nos colocó en las orejas. Aria se encargó de dar con el calzado perfecto y nos colocó cada par a los pies.

—*Venez, mesdemoiselles!* —la voz de madame de Tréville reverberó desde el vestíbulo, por debajo de la puerta—. *Venez!* Vamos. Necesitáis tiempo para explorar el perímetro antes del mediodía. —Aria entró por la puerta a toda prisa, yo le pisaba los talones, y Portia y Théa a mí. Madame de Tréville se abrochó el cierre de su capa plateada y se puso los guantes de cuero—. Ya os daremos los últimos retoques por el camino. Henri, id a por vuestras cosas.

Desde la puerta de la biblioteca, la expresión del rostro de Henri, que iba cargado de papeles, se ensanchó y se llenó de esperanza.

—¿Vo-voy a ir con vosotras?

—¿No queríais ser parte de la Orden? No nos retraséis —replicó su tía abriendo ya la puerta principal, lo que hizo que entrase una ráfaga de aire que nos dio de lleno—. No nos vendrá mal otro par de ojos.

Hubo una pausa, y luego llegó un frenesí de vestidos, espadas y plegarias murmuradas. Alguien me agarró la mano y entrelazó sus dedos con los míos con la misma firmeza que las cintas de un corsé. Le di un apretón sin saber de quién se trataba, porque eso era lo de menos. Estábamos juntas; éramos una. Y, pronto, yo sabría la verdad.

Di un respingo con cada bache del camino, cada vez que los caballos se detuvieron.

Le Marais era el hogar de la *noblesse*, muchos de los cuales no asistirían a un evento tan mundanal como lo era una procesión. Pero sí había unos cuantos criados, que tenían el día libre e iban de un lado para otro con cintas en el pelo y paso animado. Cuando salimos del barrio, nos dirigimos al centro de la celebración; las calles estaban abarrotadas. Los apretados puestos albergaban a comerciantes que vendían frutas de invierno y que servían con un cucharón un humeante y espeso líquido marrón *(chocolat chaud)* a los clientes, que iban cubiertos con capas. Y también estaban los escandalosos niños, que daban vueltas alrededor de las ruedas de los carruajes y portaban espumillón falso, hecho a partir de hilos sueltos, y máscaras que simulaban animales y criaturas mitológicas. Algunas eran de madera y estaban pintadas, mientras que otras estaban hechas con plumas. Sus padres los vigilaban, otros bebían de las jarras de vino caliente; las risas se helaban en el aire. En los rincones oscuros, se asomaban algunos ojos y unas cuantas manos manchadas. Niños hambrientos. Esperanzados.

Esa era la gente a la que debíamos proteger. Eran los que sufrirían las consecuencias si los nobles optaban por un derramamiento de sangre para remplazar el gobierno de un rey por otro distinto.

—Los otros conspiradores. Los que no estaban en París al inicio de la temporada... si todos están hospedándose en un mismo sitio, ¿cómo están siendo capaces de pasar desapercibidos? —preguntó Aria.

—El mensaje en el espejo del rey mencionaba el solsticio. En teoría, podrían haber ido llegando escalonadamente, bastaría con que todos estuvieran aquí en la fecha acordada. No les resultaría difícil hacerse pasar por viajeros o mercaderes que llegan a la ciudad para examinar sus mercancías. O para participar en el festival —añadió Portia.

—Henri, ¿cuánto os falta? —le preguntó madame de Tréville con los dientes apretados—. Ya estamos cerca. Nos toparemos con la procesión.

Él extendió el brazo hacia su cartera, presumiblemente para coger otro trozo de carboncillo; sus manos se mancharon de un gris negruzco, pero no consiguió encontrarlo. Portia la agarró y rebuscó entre las cosas del interior.

Rescató un carboncillo y, con él, una pequeña pila de papeles sueltos.

—¿Qué es esto?

—Son mis bocetos; ¡no, esperad! —gritó Henri mientras Portia los hojeaba animadamente.

—Tania, ¡sales tú! Qué tierno; mira, ¡llevas puesto el vestido de tu primer baile! ¿No te dije que estabas sublime?

Había visto a Henri sonrojarse muchas veces, pero nunca había parecido tan avergonzado. No era más que un boceto... como la puesta del sol sobre el Sena o las palomas alzando el vuelo. Quería mirar ese papel con el que gesticulaba Portia, quería saber cómo me veía Henri. Pero era incapaz de apartar los ojos de su sonrojado rostro.

Madame de Tréville le quitó los papeles de las manos a Portia.

—¡Centraos! Lo importante es el código, no las capacidades artísticas de Henri. —Le dedicó una inclinación de cabeza a su sobrino, que se puso a garabatear de nuevo sobre su copia del mensaje, con las puntas de las orejas rosadas y rodeadas por sus rizos.

—Estamos a punto de llegar —avisé desde mi posición junto a la ventana.

Madame de Tréville dio unos golpecitos en el techo del carruaje; el resto del viaje lo haríamos a pie. Portia me agarró del brazo para evitar que me cayera de cabeza a la calle por la abertura de la ventana cuando el cochero detuvo el vehículo con un chirrido. Fue la primera en salir del carruaje, y torció la nariz cuando eludió una pila de estiércol. Aria la siguió y, después, bajó Théa. Me estaban esperando, pero no podía moverme. La voz de *papa* me mantenía clavada al asiento.

«Tania. Tania. Tania».

Regresé a aquella noche. A las ventanas que parecían ojos; la voz de *papa,* que me seguía; el sonido de la valla y de mi corazón, aplastados.

—Tania. —Noté una mano en el hombro. Madame de Tréville me miró, miró a Henri, que seguía ensimismado en sus notas, y después a mí de nuevo—. Pase lo que pase, no acaba aquí. Encontraremos a quienquiera que asesinase a...

—Lo tengo —anunció Henri.

Me acerqué a él con las manos temblando. Me aproximé el papel a la cara.

Dos líneas. La primera, una despedida. *Sincèrement.* Como si se tratase de una carta cualquiera. Como si yo le escribiera a *maman.*

Y a continuación la segunda. Un apellido.

Verdon.

CAPÍTULO TREINTA

—Es él. —Le mostré el papel a madame de Tréville—. Tiene que serlo. El hombre que mató a mi padre. «Tania. Tania. Tania».

Lo notaba en lo más hondo. Aunque ya lo sabía, ¿no? Pero el apellido escrito en el papel era algo real, tangible. Era la confirmación que la Orden necesitaba: Verdon era el cerebro de la operación. Por fin podíamos ordenar su arresto. Salvar al rey. Y yo... yo al fin descubriría la verdad. Sabría si él era realmente quien me había arrebatado a *papa*. Estando tan cerca de aquel momento decisivo, la ira que creía que había logrado contener se ensanchó dentro de mi pecho; se había transformado en algo práctico, de lo que, cual espada, se podía hacer uso. Verdon. Verdon había asesinado a *papa*. Era culpa suya que él ya no estuviera conmigo.

Los ojos de madame de Tréville se dirigieron hacia el papel, hacia mi rostro, hacia el trío que estaba fuera del carruaje.

—Pediremos que manden mosqueteros a la residencia de Verdon en París y también a las residencias del conde de Monluc, de los Gramont y de todos los implicados. Simultáneamente, para que no puedan alertarse entre sí. Trataré de contactar con Brandon para que tanto él como sus hombres tengan tiempo de llevar a cabo los arrestos antes de que la procesión avance demasiado. Las calles estarán a reventar.

—¿Y si Verdon sénior no se encuentra allí? ¿Y si en el último minuto ha decidido a irse a casa para estar con su esposa y su hijo? —preguntó Portia.

Yo también me lo había preguntado..., pero, en aquel momento, mi mente estaba a rebosar de *papa*, de *maman* y su cara descompuesta por la pena, de la forma en que monsieur Allard y el *marechaussée* me habían mirado, como si fuese una cría, una niña con una ira que no correspondía a un cuerpo tan frágil.

—Como ya os he dicho, estará merodeando por la ciudad, al acecho, para sacar el máximo partido a este caos. Pero haré que Mazarino mande a los dos jinetes más rápidos de los mosqueteros hacia su hacienda. Y me aseguraré también de que vayan bien armados. Y vosotras tened cuidado —nos recordó—. No sé si tienen alguna otra artimaña planeada.

Hizo ademán de cerrar la puerta del carruaje, pero se detuvo cuando me aferré a su brazo. Necesitaba ir con ella. Para ser quien marcara el destino de Verdon. Ver la expresión de sus ojos cuando reconociese la cara de padre en la mía. Pero, aun así, tenía la sensación de que no sería suficiente. No le había perdonado la vida a padre. Me lo imagine de pie, impasible ante el cuerpo de *papa* mientras él se desangraba. Quería... no. Daba igual lo que quisiera. Era una mosquetera, no un verdugo. Y me necesitaban allí. Di un paso atrás. Retrocedí hasta unirme a mis hermanas de armas, que irradiaban ardor y fuerza.

Por primera vez desde que se enteró de lo del beso, madame de Tréville me dedicó una sonrisa. O, por lo menos, su versión de una sonrisa.

—Vuestro padre estaría orgulloso.

—Alégrate, Tania. Prueba un poco de..., bueno, lo que sea esto. —Portia me apuntó con un pegajoso hojaldre con forma de bollo—. Para haber salvado Francia, no dejas de fruncir el ceño.

—No hemos salvado Francia. Hemos evitado que asesinen al rey —puntualizó Aria—. Y, técnicamente, ni siquiera hemos hecho eso. Al menos no aún.

Mantuvimos la vigilancia del perímetro de la zona principal del festival cuando madame de Tréville y Henri se marcharon. Escuchamos a los artistas itinerantes cantar sobre la gloria de

Francia y observamos cómo las hordas de gente se apiñaban, dispersaban y volvían a apiñarse. Los niños rogaban a sus padres que les diesen *livres* para comprar dulces.

—Puede, pero ni se te ocurra decir eso delante de Mazarino ni de nadie relacionado con el rey. Tenemos que ser mejores que ellos simplemente para que nos den la oportunidad de ser consideradas mosqueteras en pleno derecho. Y si no empiezo a practicar desde ya, quién sabe que saldrá por mi boca cuando conozcamos a Mazarino. No me extrañaría que se me escapase algo como que debería ser él quien se postrara ante nosotras —refunfuñó Portia cuando la volvieron a empujar—. Puede que tu idea no sea mala, Tania. Aquí no se puede estar...

Aria trató de localizar un lugar en el que refugiarnos e, incluso ella, que era la más alta de todas, tuvo que ponerse de puntillas.

—Toda la orilla del río está llena de gente. —Suspiró, posando los talones en el suelo de nuevo.

Se me revolvió el estómago. Le devolví el mordisqueado hojaldre a Portia, que hizo una mueca.

—Venga, movámonos —dijo—. Aquí no hay nada más que ver. Ahora mismo los mosqueteros deben de estar llegando en masa a casa de Verdon ¡y sacándolo encadenado! La única parte negativa es que nosotras no estemos allí para abuchearlo y tirarle verduras podridas.

Tragué saliva. ¿Cuándo se enteraría Étienne? ¿Le sorprendería la noticia del arresto de su padre estando junto al lecho de su madre? ¿Podría ella soportar la conmoción?

Me golpeé el pie con una piedra. Un líquido rojo rezumó alrededor. Me dispuse a soltar un grito, pero Portia me tapó la boca.

—Solo es un tomate aplastado, Tania. Respira.

Intentó abrirse paso para que pudiésemos llegar a la orilla del Sena, pero la gente apretujada nos empujaba hacia los lados. De hecho, estuve a punto de caerme encima de Théa, que se echó hacia atrás y me sujetó para que recuperase el equilibrio. Apreté los dedos de los pies, y también las pantorrillas.

La música flotaba por encima de nuestras cabezas: la procesión. El eco de los tambores, de los laúdes y de otros instrumentos de cuerda se sobrepuso al barullo. Al momento siguiente, se formó un hueco; la gente luchaba por echarse a un lado en un intento de apartarse del camino de la procesión. Los acróbatas, con cascabeles atados a sus muñecas, brincaban y daban volteretas sobre el empedrado helado. Los enmascarados actores se burlaban de los asistentes. Me aparté sobresaltada cuando un lascivo rostro de madera se me acercó. Tenía las mejillas heladas, por lo que me eché la capucha de la capa por encima. Ver el bordado me enterneció. Era una mosquetera, con mi propia casaca.

La multitud se desplazó, y me di de bruces con el camino en el que estaban aparcados los carruajes con las puertas abiertas. Unas figuras enmascaradas hicieron gestos y me señalaron mientras me apoyaba en el helado suelo. Alguien le dio un tirón a la capucha de mi capa y me puso de pie; las ruedas del carruaje no me pillaron los dedos de puro milagro.

Boqueando, agarré con torpeza el cierre de mi capa; unas manos fueron directas hacia mi cuello y lo abrieron.

—¿Madame de Tréville? —pregunté. Ella también jadeaba. Su antes perfecto moño estaba ahora torcido y despeinado—. Madame, ¿dónde está Henri?

La muchedumbre nos volvió a alcanzar. Extendí el brazo, pero ni siquiera conseguí tocar la punta de sus dedos enguantados. La ola humana rodeó a los artistas. Se oyeron «vivas» y «hurras» que culminaron en un fuerte clamor. Ruido. No había más que ruido, ruido y los latidos de mi corazón.

De pronto, apareció Portia. Y Aria. Nos apiñamos. Cuando la multitud se redujo, avanzamos. Madame de Tréville y Théa habían logrado dar con un callejón, y nos apresuramos a ir hacia ellas.

—¿Qué ha ocurrido? —preguntó Aria fríamente mientras se aseguraba de que no hubiera mirones ni nadie poniendo la oreja.

—No ha venido —jadeó finalmente madame de Tréville—. Nadie lo encuentra. La única información que he conseguido viene de un criado que dice que salió a beber antes de una «reunión de negocios» que tenía programada. He mandado a Henri con un mensaje sellado para pedir a monsieur Brandon que solicite refuerzos a Mazarino. Y luego he informado a todos los mosqueteros que he encontrado que debían ir a buscarlo por los *cabarets* de la ciudad.

—No está en ningún *cabaret* —exhalé.

—¿Qué? —dijo madame de Tréville.

—No lo encontrarán en ningún *cabaret* —dije hablando muy rápido—, sino en una taberna. Étienne me mencionó antes de su partida que su padre acostumbraba a pasar el tiempo en las tabernas en vez de haciendo negocios…, ¿y si estuviera haciendo ambas cosas? ¿Y si el cuartel no está en un lugar fastuoso, sino…?

—¿Y cómo averiguaremos qué taberna ha elegido? Apenas hay tiempo de informar a los mosqueteros de las nuevas órdenes, y no nos va a resultar fácil ir tras ellos con este percal. —Portia hizo un gesto hacia la demoledora masa de personas, que bebían vino y cerveza y cuyo sudor invadía el empedrado en dirección al Sena.

Madame de Tréville me cogió por los hombros.

—Vamos, Tania, pensad. ¡Pensad!

Pero no quedaba tiempo; nunca lo había. No pude pasar el suficiente con *papa*. Tampoco había tenido el suficiente para vengarlo, para demostrarle a *maman* lo que mi cuerpo era capaz de hacer. Lo que yo era capaz de hacer.

Cuando nuestra mentora se giró, alcancé a ver el destello de un papel que llevaba dentro de la capa. Lo agarré.

—¿Este es el original? ¿El del mensaje cifrado?

—*Oui*, pero ¿qué importa eso? Todas tenéis vuestra copia.

Recorrí el borde con el dedo. Hoja de inventario—Cargamento de diciembre. Volví a revisar los últimos artículos de la lista. Las descripciones de las telas, los diagramas de cada artículo, catalogados y dibujados. Ojeé las ilustraciones, me paré en la representación del patrón de la tela. Pájaros, pájaros con garras. En mi copia no estaban. Solo entrecerrando los ojos se podían discernir los contornos apenas visibles de lo que parecían águilas. Clavé los ojos en una de ellas, muy concentrada. Se me estaban hinchando las piernas. La antesala de los mareos. Las alas del águila se volvieron borrosas.

—Eso es —murmuré.

—¿El qué? —Madame de Tréville extendió el brazo para recuperar la hoja.

—Un águila. Y el león de los Verdon; lo vi en el carruaje el día que conocí a Verdon sénior. Es parte de su blasón familiar. Cuando los unes, forman...

—Un grifo —acabó Aria—. El Grifo. La taberna por la que pasamos. El patrón de la tela era parte de la clave.

Hubo una pausa, y, a continuación, echamos a correr. Apartamos la basura del camino pateándola al salir corriendo del callejón. Los pulmones nos palpitaban con cada zancada; nuestra respiración abrasaba como lo haría el corte de una espada.

Cuando llegamos al otro extremo, vimos que daba a una calle vacía. Madame de Tréville nos detuvo.

—Esperad —resolló—. Iré al puesto de guardias del rey más cercano para ordenar que se envíe un destacamento a El Grifo y que los demás se extiendan a lo largo del extremo de La Cour. Si algún traidor escapa, su única opción será ir hacia allí; no son suficientes como para manejar un navío grande y cualquier embarcación más pequeña que un buque mercante no resistiría las aguas invernales. Seguidlos. Mantenedlos ocupados para que pueda llegar al puesto y los mosqueteros tengan tiempo de rodearlos.

—¿No deberíamos acompañaros, al menos una de nosotras? —preguntó Théa entre jadeos.

Madame de Tréville negó con la cabeza.

—No pienso dividiros de nuevo. He aprendido la lección. Protegeos las unas a las otras. Todas sabemos cuál es nuestro deber para con la Corona y la nación, pero os prometo que, si me entero de que habéis corrido riesgos innecesarios, os asesinaré yo misma.

—Es una forma curiosa de decir que os importamos, pero supongo que tendremos que conformarnos —bromeó Portia.

A madame de Tréville se le escapó una risa. O quizá se tratase de un sollozo. Un suspiro similar a un graznido. Cuando nos dispusimos a marchar, me agarró por el brazo. Igual que lo había hecho yo antes, antes de haber asumido que no sería yo quien capturaría al asesino de *papa*. Los rasgos de su rostro se endurecieron.

—Da igual lo que diga o haga, no podéis matarlo. El rey lo querrá con vida para que lo interroguen. Si Verdon cuenta con influencias más allá de nuestras fronteras, poderes extranjeros que lo ayuden..., es una información que no podemos permitirnos perder. Y si hay otros grupos escindidos y asesinos que pudieran tomar el relevo cuando él sea descubierto, necesitamos saberlo. —Titubeé. La rabia se había encabritado de nuevo dentro de mi pecho, la ira contra aquel horripilante hombre que había apartado a *papa* de mi lado para siempre, antes de que tuviese la oportunidad de ver en lo que me había convertido—. Prometédmelo, Tania. —Enfoqué la vista. Frente a mí tenía su ceño fruncido de preocupación, las líneas que cubrían de rayos de sol sus sienes.

—Os lo prometo, madame. Os lo juro.

CAPÍTULO TREINTA Y UNO

Los adoquines del desierto callejón estaban cubiertos de barriles desechados y excrementos. Las moscas revoloteaban perezosamente alrededor, aunque lo único que las hacía distinguibles de la oscuridad era su constante zumbido. Las nubes oscurecían el cielo. La primera nevada del año acechaba. Si bien los apretados calzones que llevaba por debajo del vestido ayudaban con los mareos, no me abrigaban demasiado.

—Encantador —dijo Portia—. Nada hace pensar en *la guerre finale* como el olor del alcantarillado.

Los diez minutos que tardamos en llegar a la parte posterior de El Grifo fueron suficientes para que el fervor de la adrenalina se disipase, diluido por la atenazadora ansiedad ante la amenaza de lo que estaba por acontecer. Formamos un círculo para frenar el frío aire salado. Tres rostros conocidos me devolvieron la mirada, temblando un poco ante mis ojos mientras apretaba los dedos de los pies para mantener el mareo a raya.

Théa habló primero:

—No me puedo creer que por fin esté pasando. —Los compactos rizos se le salían de la capucha. Se la caló un poco más, pero el viento volvió a echársela hacia atrás.

Portia se apretó los lazos de la capa con fuerza. Trató de esbozar una sonrisa, pero sus labios no se lo permitieron.

—Al menos nos tenemos las unas a las otras.

—*Un pour tous, tous pour un* —susurré. Igual que *papa* durante las historias que me contaba para dormir, justo como había deseado hacer meses atrás en el granero, bañada por el sol y rodeada del olor a heno caliente, anhelando formar parte de algo más grande que yo misma. En aquel momento me parecía imposible, pero ahora, meses después, tenía mi grupo de hermanas, igual que *papa* había tenido el suyo.

Portia lo repitió. Me tomó la mano y la apretó.

—Una para todas y todas para una —murmuramos las cuatro juntas, aunque ni mucho menos al unísono.

—Habrá que practicarlo. —La temblorosa risa de Théa se evaporó en aquel aire previo a la helada—. Porque mira que os quiero, ¡pero ha sonado fatal!

—Te tomo la palabra —dijo Aria—. A todas.

—Viviremos para ver otro amanecer. Para cuestionar la monarquía un día más —añadió Portia con una risa, los dedos enlazados con los de Aria.

—Ay, se me ha ocurrido una idea genial: ¡quizá podamos ser mosqueteras a sueldo! —exclamó Théa—. ¡Y podríamos dar el dinero que ganemos a los parisinos que lo necesiten! Seremos como Robin Hood, solo que sin robar, aunque… supongo que robé los libros que hemos utilizado… así que sí, ¡seremos igualitas que Robin Hood!

Aria se ablandó y le sonrió.

—Tendremos con qué negociar. Vamos a ser las chicas que salvaron al rey.

Hablamos como si la posibilidad de una derrota no existiera, ni la posibilidad de que, en lugar de cuatro, pasáramos a ser tres, dos, una… No quería imaginarme un mundo sin ellas. Ahora bien, tampoco había sido capaz de concebir un mundo sin *papa*. Y él ya no estaba. Aun así, en cierto modo, seguía presente por todas partes. En mi forma de embestir. En la expectación que me corría por las venas. En esa certeza que sentía ahora de que había personas que confiaban en mí y de que, quizá por primera vez, su confianza no me parecía un error por su parte, sino un derecho que yo me había ganado.

Me giré para quedar de cara a El Grifo. Las chicas se colocaron a mi lado.

—Todo eso tendrá que esperar. Tenemos trabajo por delante.

El Grifo no era lo que se dice un local elegante. Sí era, no obstante, un lugar apropiado para hablar sobre asesinar a un rey, aunque no tanto para los nobles, obsesionados con los títulos, que tramaban llevar a cabo dicho crimen. Costaba imaginarse a Verdon en aquel lugar, incluso aunque hubiera entrado allí motivado por el poder, los títulos y la riqueza. No pegaba con su porte, ni con la forma en que me había mirado por encima del hombro con sus gélidos ojos verdes cuando nos conocimos, casi como si mi mera presencia fuese razón suficiente para incinerar su ropa.

Cuando entramos, las estridentes risas que nos habían dado la bienvenida cesaron. El suelo de madera estaba pegajoso a causa del alcohol derramado y los escupitajos. En los listones, se podía apreciar, además, que alguien se había dedicado a grabar con un cuchillo el contorno de la base de las jarras de metal. No había muchos clientes, solo dos o tres bancos ocupados por hombres encorvados sobre sus bebidas, con papadas prominentes y barbas desatendidas bajo las que les asomaban las arrugas. Portia se quitó la capa con un gesto melodramático, la colgó de un gancho tan herrumbroso que era posible que llevase allí desde la batalla de los Campos Cataláunicos, se acercó a la barra y le puso una sonrisa radiante al hombre que se encontraba sacando jarras de un estante inferior.

—*Bonsoir*. ¿Estoy en lo cierto suponiendo que sois el dueño de este espléndido negocio?

—*Non, mademoiselle. Puis-je vous aider?* ¿En qué puedo ayudaros?

Mientras hablaban, nosotras nos quitamos las capas y las dejamos donde pudimos. Hice fuerza para abrir el cierre de la mía, librándome de su familiar calor. Se me escapó una mueca de dolor cuando la tela azul tocó el pegajoso banco. Aun así, no me costó tanto como esperaba separarme de ella. No necesitaba la capa para ser fuerte: lo era por mí misma.

—Por más que aprecie vuestra ayuda, se trata de un asunto privado. *Un sujet délicat*. ¿Qué tipo de dama sería si traicionase la confianza de un cliente?

Portia miró fijamente al hombre a través de sus largas pestañas. Aria se quedó observando, con la mandíbula apretada y buscando a tientas la espada; la agarré del brazo. El hombre se fijó en su pétreo semblante, pero devolvió su atención a Portia cuando esta le recorrió una de las sudadas mejillas con el dedo.

—Es-está en la trastienda con los li-libros de cuentas... —tartamudeó el hombre—, puedo pedirle que salga si eso es lo que deseáis.

—¿Lo haríais? Os estaría tremendamente agradecida.

Nos unimos a ella cuando el hombre se retiró en dirección a un estrecho y oscuro pasillo adyacente a la barra.

—¿Qué crees que estás haciendo? —dijo Portia con los dientes apretados—. Casi desvelas nuestra tapadera.

—La forma en que te ha mirado... —masculló Aria—. Ha sido...

—Muchos hombres me han desnudado con la mirada antes, y nunca he necesitado que Tania te agarrara para evitar que los ensartases.

—No me gusta —dijo Aria secamente—. Que sepa que va a ocurrir no implica que tenga que gustarme. Es repugnante.

Portia arqueó una ceja.

—No te lo tomes tan a pecho, *ma crevette*. No hay razón para que te pongas celosa.

Aria frunció el entrecejo.

—No lo estoy. Y, además, ¡soy la más alta de las cuatro!

—Bah, bah, es un apodo cariñoso y muy común. Mi gambita... Mi gambita de ojos grises y mejillas rosadas.

Eché un vistazo al pasillo. Había escaleras justo a mano derecha, eran fáciles de pasar por alto en la penumbra.

—¿Deberíamos esperar?

—Tiene que haber como mínimo seis o siete estancias. Llevaría demasiado tiempo investigarlas todas. Alguien nos oiría —dijo Aria, sin dejar de echarle vistacitos a Portia.

El tabernero regresó con un hombre rebosante de alegría. Dimos un paso atrás.

—*Mesdemoiselles!* Qué inesperado placer. Unas damas tan bellas como vosotras no suelen verse por mi negocio.

—Nos han enviado desde la casa de madame Roubille. A petición de un tal... ¿monsieur V? —dijo Portia en voz baja. Por lo que parecía había acertado con el nombre de un burdel, puesto que ambos hombres parecieron reconocerlo—. El mensajero ha solicitado a cuatro de las mejores *mesdemoiselles* que la casa pudiera ofrecer. ¿Puede que mencionase algo sobre una fiesta con muchos caballeros? Algo sobre relajarse un poco antes de no sé qué reunión.

El dueño nos estudió con la mirada.

—Nadie me ha dicho que fueran a traerse *des femmes de mauvaise vie.*

Di un paso al frente cuando Portia titubeó a la parpadeante luz de las velas.

—No debía de querer compartirnos; algo injusto, en mi opinión. Aunque, si nos damos prisa ahora, me aseguraré de reservaros algo de tiempo cuando hayamos acabado arriba —dije. Para enfatizar, posé la mano sobre su pecho, ligera como una pluma. Él se encogió al sentir el tacto.

—De acuerdo, pues —dijo con la voz más ronca que antes—, no seré yo quien haga esperar a monsieur V. Seguidme.

Cuando el tabernero avanzó, retiré la mano de su esternón, con los labios fruncidos en una dulce mueca, y lo seguí. Solo me detuve cuando Portia me apretó el hombro, resoplando.

—Ha sido precioso. Creo que nunca he estado más orgullosa.

Me quedé paralizada al principio de la escalera: los escalones se alzaban como una montaña. Portia me rodeó y ocupó mi lugar detrás del dueño. Un instante después, alguien me alzó en volandas. El esfuerzo se reflejaba en la cara de Aria.

—El techo y las escaleras son demasiado estrechos, así que no puede ver nada más que a Portia —dijo Aria.

—¿Pero vas a poder...?

—Soy bastante fuerte, por si no te has dado cuenta. —A la mitad del ascenso, hizo una mueca; Portia no dejaba de parlotear para cubrir nuestras voces.

En el descansillo, utilizó todo su cuerpo para impedir que nos vieran. Aria me bajó lo más discretamente posible en el penúltimo escalón mientras Théa me colocaba el vestido desde detrás.

—Debería contener mis alabanzas, pero soy incapaz de resistirme: tenéis una de las tabernas más elegantes de todo París —murmuraba Portia con admiración, y esperó a que yo llegara a lo más alto de las escaleras para apartarse.

—Mandaré más vino de inmediato. —El hombre manipuló con torpeza el llavero que llevaba en el cinturón—. Soy el único que la tiene. Sabrán que soy yo —anunció orgulloso. Encontró la llave correcta y la introdujo en la cerradura.

El clic del seguro se detuvo cuando Théa, que se había ocultado en las sombras de la pared más lejana, hundió la guarda de la espada en la cabeza del hombre.

—¡Lo siento! —le dijo a su víctima cuando la guarda chocó con su nuca—. ¡No me quedaba otra opción! —Él cayó redondo, y ella retrocedió con un salto cuando el cráneo del hombre retumbó en las polvorientas tablas del suelo—. ¿Qué? —le susurró a Portia con indignación cuando la vio echar la vista al cielo—. ¡Ni que hubiera intentado matarnos! ¡Podría ser inocente! Igual solo se gana el pan sin meterse en los asuntos de los demás y no tiene ni idea de que le está alquilando una estancia a un asesino.

—Que nosotras sepamos, forma parte de todo este asunto tanto como los hombres que están tras esa puerta —masculló Portia. Yo la ayudé a tirar del hombre desmayado por los tobillos, para arrastrarlo hasta un rincón oscuro.

—Daos prisa —dijo Aria—. No tenemos toda la noche.

Me limpié las manos en el vestido y regresé junto a las demás, cerca de la puerta. A Théa le temblaba la mano. Respiró. Giró la llave.

—François, ¿eres tú? ¡Necesitamos más vino! —dijo alguien en voz alta.

—Silencio —le reprochó otro de los allí presentes—. No estamos aquí para beber.

Portia entró en la habitación, y nosotras fuimos detrás: despacio, en silencio, sonriendo con timidez a todo aquel que posaba los ojos sobre nosotras.

Un hombre se puso en pie con rapidez, provocando que su silla chirriase; tiró uno de los sucios platos que había sobre la mesa. El resto de los ocupantes de la estancia estaban apretujados en sus asientos.

—Pero bueno…, ¿quién se supone que sois vosotras?

—Un regalo de El Grifo para vuestro patrón, *monsieur*. Somos las mejores *mesdemoiselles* de madame Roubille…

Se relajó notablemente, y cuando Portia acabó de hablar, la miró como un niño pegando la nariz al cristal de una *pâtisserie*.

—Tú, *mon chou,* puedes llamarme Guillaume.

Junto a la hoguera había dos hombres claramente a la vista. Uno de ellos organizaba una serie de papeles sobre una gastada alfombra. En cuanto notó mi mirada posada en él, mezcló los papeles y los volvió a meter dentro de una carpeta de cuero. Lo único que podía ver de los demás hombres, sentados en altos sillones, eran sus sombreros negros y la curva de sus hombros.

—Tranquilo, Antonie —le dijo Guillaume al hombre con la carpeta—. *C'est seulement des putes.* —Debió de creer que el brillo de los ojos de Portia era deseo. No era capaz de ver lo que se escondía detrás: una furia radiante e incandescente. Pero, a aquellas alturas, yo conocía su rostro mejor el mío. Y lo que era más importante: sabía que un hombre que utilizaba la palabra *pute* delante de ella tenía los días contados—. ¿A cuántas señoritas vamos a dar cobijo en esta dulce velada?

Los ojos de Portia chisporrotearon.

—A otras tres más. La última es un poco tímida. —Théa dio un paso hacia adelante, con las manos entrelazadas sobre la espalda, preparada para remangarse las faldas.

—Sé buena y cierra la puerta, anda. Estoy seguro de que estos apuestos caballeros no querrán que los molesten.

Tres hombres, que se encontraban en el lado opuesto de la habitación y entre los que se hallaba el propio Antoine, se aproximaron con impaciencia. Me quedé observando al que permaneció sentado en su sillón, poniendo todo mi empeño en tratar de atisbar los ojos verdes que llevaban atormentándome en mis pesadillas desde aquel día en la universidad.

—Verdon, ¿no vienes? —preguntó Guillaume.

No le dio tiempo de responder. Uno de los hombres se abalanzó sobre Portia. Le agarró las faldas, camino de su pierna enfundada en las calzas.

—Apartad vuestras manos de ella antes de que os las corte. —La expresión de Aria era fría como la hoja que apretaba contra la garganta del hombre.

De pronto se oyó el chirrido del metal, y después el del desgarro de la tela arrancada y echada a un lado.

Nuestros adversarios se apresuraron a armarse. Confusos y furiosos a la vez, echaron mano de sus espadas a toda prisa, derribando los taburetes que había a su alrededor. Aria atravesó el chaleco de su oponente; no era un corte lo suficientemente profundo para herirlo, pero, aun así, el hombre se estampó contra la mesa e hizo que una jarra saliera volando y le llenó la cara a Guillaume de posos del vino.

Las manos de uno de los hombres temblaron. Me sonaba de haberlo visto en una fiesta, era algún lord o algo del estilo; solo lo había visto de pasada. Se quedó mirando a Théa como si fuera una criatura salida de las profundidades de sus pesadillas. A ella se le tensó el cuerpo entero, y por un instante pensé que se había quedado paralizada, como aquel día en el laberinto. Pero un segundo después soltó un grito gutural y lanzó una secuencia de feroces estocadas, cada una más salvaje que la anterior.

Una oleada de color llegó desde el sillón. Unas manos abrieron los postigos de una ventana y, a continuación, esas mismas manos le sirvieron a su dueño para alzarse y salir por el alféizar. Avisté un destello de pelo negro, y también de algo verde. Con un grito, me abrí paso a golpes entre los duelistas hasta el sitio por el que él había desaparecido. Verdon.

A mi espalda, les Mousquetaires de la Lune giraban como peonzas. La habitación se había caldeado con el chocar de sus espadas y con sus coloridas faldas, que se fundían y se separaban violentamente. Portia y Aria luchaban espalda contra espalda, sus hojas eran un frenesí de movimiento. Portia incluso se rio cuando logró arrancarle el arma a uno de los oponentes con un certero golpe.

—¡No dejes que se escape! —chilló Théa al verme titubear. Se movió hacia un lado para bloquear una estocada potencialmente mortal.

—¡Pero os superan en número! —respondí, echando a un lado a un hombre herido, que gruñía y trataba de levantarse del suelo apoyándose en una silla.

Portia bufó tan alto que se la oyó por encima del estruendo del metal contra metal. La sangre le manchaba la manga y se le deslizaba hacia la mano, pero cuando me quedé mirándola, exclamó:

—*Je jure si tu n'y vas pas, je te botterai le cul!*

Portia no amenazaba en vano. Si juraba que, si no me marchaba, me patearía el... bueno... solté una maldición. Me asomé por fuera de la ventana, aferrándome al alféizar, y conté: uno, dos...

Mis lecciones de esgrima me habían enseñado a caer bien. Y sin duda tenía experiencia de sobra en que mis piernas no se sostuvieran, sabía perfectamente lo que se sentía cuando mi cuerpo era presa de la gravedad.

Pasó en un abrir y cerrar de ojos. Los dientes me castañearon. Las llamas me chamuscaron los pies. Los huesos gruñeron bajo mi piel. El mareo me tragó mientras yo esperaba a que el mundo a mi alrededor se estabilizase.

Allí estaba: el destello de unos faldones aleteando detrás del edificio contiguo, diluyéndose en un aire espeso como el hielo. Corrí a toda velocidad tras la borrosa figura, sin apenas notar el frío que, en aquel momento, ya formaba parte de mi sangre y mis huesos.

Las demás estarían bien. Retendrían a los conspiradores hasta que llegasen los mosqueteros. Pero todo sería en valde si yo no lograba alcanzar a Verdon. Si no retrasaba su huida hasta tenerlo rodeado. Y, además, quería ver su expresión cuando le dijese quién era. Quería ver su miedo cuando sostuviese mi espada en su garganta.

Volamos por una calle, y después por la siguiente. Me estrellé contra una pared cuando el mareo empezó a nublarme la visión y trastabillé antes de avanzar por un callejón en penumbra; los desechos de la *boulangerie* próxima estaban desperdigados por el oscuro empedrado. El pasaje susurraba mi nombre. No, lo canturreaba. «Tania. Tania. Tania».

La Cour des Miracles.

Los edificios inclinados de forma precaria, las vigas podridas y los trapos que taponaban marcos de puertas y agujeros en las paredes, todo se sacudía a mi alrededor. Mis mareos los nivelaban.

Corrí por debajo de un arco derruido y salté por encima de una peligrosa placa de hielo, evitando por los pelos a una joven de mi edad. Le pedí perdón con voz entrecortada. Tenía una de las manos apoyada en un muro; ¿lo estaba usando para mantener el equilibrio?

Aria había comentado que creía que era posible que hubiera más personas como yo, chicas como yo, en París. Aria, la chica de La Cour; yo, la joven enferma..., a ninguna de las dos nos habrían aceptado de no ser por nuestros padres. Era curioso que la forma que teníamos de ayudar a nuestras semejantes fuese fingir que no éramos como ellas. Ponernos vestidos y actuar como los nobles para crear algo mejor para todos.

Sacudí la cabeza para centrarme en la misión y continué avanzando.

Unas estrellas de color dorado y ónice emergieron en los límites de mi campo de visión cuando, una vez alcanzamos la parte exterior de La Cour, giré a propósito a la derecha. Tal y como había planeado, él se lanzó hacia la izquierda, hacia el puente que había sobre el Sena. Creía que me había ganado. Pero lo que no sabía era que, por orden de madame de Tréville, habría mosqueteros esperándolo al otro lado, escondidos en la oscura plaza.

Frenó en seco en el puente. *Merde*. Debía de haber caído en la cuenta de que, si corría por las calles de París, lejos del intrincado refugio que eran La Court y los muelles, llamaría demasiado la atención.

Hice acopio de mis últimos vestigios de energía. Imaginé que mi cuerpo estaba hecho de acero. Para cuando él se giró a estudiar sus alrededores, preparado para volver sobre sus pasos y buscar otras vías de escape, yo había acortado distancias y me encontraba a un par de metros. Con el fuego corriéndome por las venas, me dispuse a echar mano de mi espada, atravesando a su vez las grises olas de mi campo de visión. Mis dedos se posaron sobre la empuñadura. Triunfante, desenvainé la espada y la empuñé en dirección al hombre que planeaba asesinar al rey. El hombre que había matado a mi padre.

—Monsieur Verdon, sois un traidor a vuestro país. No solo habéis conspirado contra vuestro rey en pos de vuestros propios intereses, sino que habéis arrebatado vidas impunemente y a placer.

Se quedó helado. Su silueta, rígida contra el puente, era un poco más baja de lo que recordaba.

—Me llamo Tania de Batz. Vos matasteis a mi padre. Preparaos para un duelo. No emboscaré a un hombre que se halla de espaldas. Tengo honor…, a diferencia de vos.

Finalmente, se dio la vuelta, con los brazos extendidos en una reverencia. Se enderezó y esbozó una sonrisa afable.

—Oh, Tania. Tú y tus formalismos. Creía que habíamos quedado en que me llamarías Étienne.

CAPÍTULO TREINTA Y DOS

Mis mareos estaban gastándome una cruel broma, puesto que, una vez más, me hacían ver y oír cosas que no estaban ahí.

Sin embargo, cuando se me acercó, aquella fantasía se desmoronó. Un rayo seguido por un trueno. Étienne, con su sonrisa de siempre, con sus ojos castaños que derretían hasta el aire más gélido. ¿No había visto un destello verde tras la ventana de El Grifo? ¿O solo era lo que había querido ver? Con un gemido, me fijé en el sombrero de Étienne, adornado con un lazo verde. No me lo había imaginado, pues.

Mis labios congelados pelearon contra el frío cuando me obligué a abrirlos.

—Pero... No lo entiendo. ¿Dónde está vuestro padre? ¿Por qué no estáis con vuestra madre? ¿No debería haber alguien haciéndole compañía? No debería estar sola, no estando tan enferma.

—Tania —dijo él. Me había esforzado por olvidar su manera de pronunciar mi nombre, como una caricia. Como si llevara años y años diciéndolo. Le echó un vistazo a mi arma—. ¿Por qué no apartas eso antes de que alguien se haga daño?

—No lo entiendo —repetí—. No lo entiendo. ¿Qué hacéis aquí? No os acerquéis —añadí cuando intentó acortar la distancia entre nosotros. Mi espada estaba firme.

—Los dos sabemos que no vas a usarla. —Dio otro paso. Su voz era suave, tranquilizadora. Como cuando me convenció de que bailara con él. La noche que me tomó entre sus brazos. La noche que aprendí que los latidos del corazón de otra persona podían ser tan musicales como las notas de un minueto.

Sacudí la cabeza.

—Vos, siempre tan seguro...

—No pudiste hacerme frente en nuestro último encuentro. ¿Por qué iba a ser diferente ahora?

Confusa, vi como sus palabras giraban y giraban, convertidas en señales de humo en el gélido aire. Y entonces recordé aquella otra noche. La oscuridad, el mareo...

—El ladrón enmascarado..., ¿eras tú? Pero yo creía...

—¿... que era Henri? —La curva de sus labios me resultaba horriblemente familiar—. Solo te hacía falta un empujoncito. Bastó con llamarte *Mademoiselle la Mousquetaire* para sembrar la duda, dado que creías que solo tú y tus amigas conocíais el apodo. Oí a una de ellas llamarte así en la fiesta del marqués, la rubia con cara de antipática. Ya solo faltaba el toque final: la peluca. Había visto a Henri unas horas antes de recogerte para ir al teatro, cuando estaba estudiando la casa en busca de posibles entradas. Ninguna de vosotras consideró que podría haberme colado justo después de que regresaseis del teatro, antes de que se cerraran todas las puertas para la noche. Solo tuve que esperar a que todo el mundo se durmiese. Sabía que no me costaría incriminar a Henri, especialmente después de lo que me contaste en el teatro. Un par de sus rizos asomando por debajo de mi sombrero bastarían para convenceros de su culpabilidad. Por un momento me preocupó que tu amiga me hubiera descubierto, pero mordió el anzuelo sin problema.

Tragué saliva.

—Eso es horrible —dije, aguantando las ganas de abrazarme a mí misma al recordar la expresión de Henri.

—¿Ah, sí? Bueno, el caso es que te lo creíste, ¿no?

Negué enérgicamente con la cabeza a pesar de los recuerdos que se agolpaban en mi memoria.

—Por supuesto que no.

Étienne continuó hablando como si yo no hubiera dicho nada.

—El intruso enmascarado os mantuvo ocupadas, recorriendo un callejón sin salida. Esperaba que les contases a las demás lo que viste, pero, bueno, yo había ido a por las cartas, principalmente. No para crear discordia. Aquello fue un útil e inesperado efecto colateral. Tenía mis dudas sobre el *oleum dulce vitrioli*, pero mi alquimista llevaba razón: causaría el efecto deseado sin producir ningún tipo de daño.

»Lo cierto es que esperaba que las cartas de tu padre contuviesen algo de información de la que había recolectado mientras trabajaba de incógnito. Si no, nunca me hubiera arriesgado. Pero supongo que no fue todo en vano. —Su rostro se suavizó, y por un momento se pareció al hombre que yo creía conocer—. Disfruté leyendo sobre tu infancia, y las secciones en las que detallaba cómo ayudarte con tus mareos me resultaron muy útiles. Ya había ido deduciendo casi todo lo que necesitaba saber gracias a las conversaciones con tus amigas que había podido oír, pero fue agradable ver confirmadas mis sospechas.

Aceite dulce de vitriolo..., ¿dónde había oído eso antes? Entonces, me acordé: las enciclopedias de madame de Tréville. Era una sustancia que se suministraba a algunos pacientes que, al inhalarla o ingerirla, les mareaba e incluso les hacía perder la consciencia. Todo bajo el pretexto de la salud, supuestamente. Portia me había quitado ese libro para intentar evitar que leyese algo que hiriese mi sensibilidad. Pero no me lo había arrebatado lo suficientemente rápido.

Él sabía lo de la Orden, lo había sabido desde el principio. Sabía lo de mi enfermedad. Un hombre amable, libre de prejuicios... Eso es lo que había creído que era, pero, en realidad, había usado mi condición para aprovecharse de mí.

Aprovechó ese momento de silencio para acercárseme. Como si pretendiera acogerme entre sus brazos como a un delicado pajarillo de frágiles y ligeros huesos.

—Ay, Tania... Necesitaba hacer que dudases de ti misma, era mi única opción. Estabas tan obcecada en descubrir la verdad que no viste lo que tenías delante.

—A ti, supongo —repliqué.

Él se acercó aún más, tomándome de la mano libre antes de que yo pudiera apartarme. Mantuve mis dedos firmes alrededor de la empuñadura de mi espada. ¿Lograría sacar fuerzas para usarla? La advertencia de madame de Tréville, su orden de no matarlo resonaba en mi cabeza. Pero la fervorosa mirada castaña de Étienne me devolvió al presente.

—Sí, a mí. A uno de los futuros redentores de Francia. El hombre que te ama.

Con el estómago encogido y el cuerpo ardiendo, solté mi mano de un tirón. Hubo un tiempo en el que pensé que jamás escucharía a alguien pronunciar esas palabras, no mientras supieran lo que padecía. Pero ahora lo único que quería era que las retirase.

—Tú no sabes lo que es el amor.

—Desde luego que sí. Es lo que siento cuando entras en una habitación: todo mengua a mi alrededor, porque solo puedo verte a ti. Es la expresión de tu rostro cuando te pillo por sorpresa, cómo se separan tus labios, es la arruga entre tus cejas cuando no estás de acuerdo conmigo. Es tu manera de ir por el mundo, sin darte cuenta de tu verdadero esplendor. —Tomó la mano que yo había apartado y la posó sobre su pecho—. ¿Lo ves, Tania? ¿Cómo puedo ser un monstruo sin corazón si mi corazón se acelera cada vez que te veo?

La mano, posada sobre su esternón, me ardía. Me sonrió como si acabara de ganar un premio. Como si acabara de ganarme a mí.

—Tania, ya no tienes por qué fingir. Me quieres, y eso es lo único que importa.

—Nunca he dicho que te quiera. —Aparté mi mano de su pecho y bajé la espada para apoyarme sobre el muro de piedra. Mi mundo se tambaleó—. El mirador... —murmuré horrorizada.

—¿De verdad crees que me marché de inmediato? Esperé detrás de una columna —sonrió—, e incluso si no lo hubiera hecho, tu respuesta de ahora hubiera sido más que suficiente. No has negado quererme... solo has negado habérmelo dicho.

Mis dedos se apretaron contra la piedra. Por debajo, agua y hielo entrechocaban, azul y negro envueltos en cristalinas sombras.

Sí que lo había querido. Pero aquello no era amor.

El amor no debería hacerme sentir culpable por cumplir con mi deber. El amor no jugaba con tus sentimientos, no te manipulaba. Alguien que te amaba no esperaba a besarte hasta que no te quedaba otra opción que devolverle el beso.

—Tú no me amas —declaré, observando con placer cómo su fachada de seguridad se agrietaba—. Sabías quién era desde el principio, y solo te acercaste a mí para favorecer tus propios intereses.

Étienne frunció los labios al oírlo.

—La monarquía necesita sangre nueva —dijo—. Aquel a quien elijan para llevar la corona se convertirá en un símbolo de esperanza; no hace falta que se sepa que no va a ser más que una marioneta. Le daremos a la gente lo que quiere: alguien que pueda protegerlos y la oportunidad de empezar de cero. Tú sabes lo que es, Tania, sabes lo que se siente al creer que, para tu familia, nunca serás suficiente. Mi padre quedó destrozado tras la Fronda. Su lealtad para con el rey no le sirvió absolutamente de nada, ni a él ni a mi familia. Mero míranos ahora: hemos demostrado que se equivocaban. Hemos escrito nuestro destino, tú y yo. El nuevo rey me concederá cualquier título que desee. Nunca volverán a mirarme por encima del hombro, y gozaré de una posición que me he ganado yo mismo, con mi esfuerzo y mi ingenio, no holgazaneando en bailes y bebiendo vino.

—¿Pero te estás oyendo? Reemplazar la corrupción con más corrupción no ayuda en nada a Francia. No se puede sustituir una monarquía por otra así como así. ¿Sabes cuántos inocentes morirán por culpa de tu ambición?

—Las muertes siempre son una desgracia…, pero, en este caso, es por el bien mayor. ¿Realmente crees que las vidas de un puñado de bastardos y mendigos suponen un precio tan alto?

La bilis me ascendió por la garganta. Lo que Aria me había dicho en nuestro primer baile era verdad: proteger al rey y proteger a nuestro país no eran lo mismo. Pero Étienne no deseaba una revolución por el bien del pueblo; la quería para favorecerse a sí mismo.

—Pero volvamos —se aclaró la garganta— a nuestro primer tema de discusión: mi amor por ti. —El gélido Sena se agitaba bajo nuestros pies. Las lágrimas que no había llegado a derramar se congelaban como diminutos carámbanos entre mis pestañas—. No había planeado enamorarme de ti, pero eso no significa que mis sentimientos no sean sinceros. ¿Necesito recordarte que cuando tú te enamoraste de mí también formabas parte de una conspiración similar a la mía?

—¡No tiene nada que ver! Mis intenciones no eran egoístas y mezquinas. Estaba manteniendo el legado de mi padre, y... —se me cortó el aliento, y el resto de mis palabras se quedaron atrapadas en la garganta. «Y protegiendo a mi país», debería haber dicho. Pero era una frase vacía de significado. Porque, en el fondo, mi deber era para con las Mousquetaires de la Lune, con madame de Tréville, con Henri: para con mi familia.

—No tienes que justificarte —dijo Étienne con su voz de terciopelo—. Es una de las cosas que más me gustan de ti: tu férrea determinación sobre lo que crees que es correcto. Incluso si no eres capaz de ver otras opciones. Las que yo propongo.

»Estoy en deuda con tu padre. Si no hubiera insistido en que te unieses a madame de Tréville, nunca nos habríamos conocido. —Se acercó un poco más, pero luego se detuvo, pensativo—. Hasta este mismo invierno, lo odiaba. En cierto modo, aún lo hago: era demasiado listo para su propio bien. Estuvo a punto de sacar a la luz todo nuestro trabajo. Se acercó mucho a la verdad, incluso interceptó un mensaje que envié a París, a mi tío.

»Pero cometió el error de pensar que había cubierto sus huellas. No podía saber que tenemos nuestras formas de averiguar si alguien ha jugueteado con nuestros mensajes: nuestra propia manera de disponer las cartas, de doblar los sobres y colocar los sellos... Ni siquiera se planteó que aquella invitación a la casa de mi padre era una trampa. Se creyó que podría colarse en su despacho, robar algunos secretos y cerrar el caso él solito, ¡como si aún fuera un mosquetero de verdad! Qué engreído. ¿Sabías que había planeado llevaros a ti y a tu madre a París? Encontrarte unos médicos mejores, y una forma de restituir el título de tu madre. Eso también lo leí en sus cartas. Pero no quería regresar hasta que no tuviera la certeza de que no volverían a dejar de lado a su familia. Creo que pensaba que si demostraba su valía, si resolvía todo este asunto él solo, el rey y Mazarino no tendrían más remedio que acogeros.

Se rio, y ya no pude aguantarlo más.

—¡Mi padre era un gran hombre! —exclamé.

—¡Y ahora es un hombre muerto! —escupió él. Un instante después cogió mi rostro suavemente entre sus manos, a pesar de mi resistencia. Su expresión culpable me resultaba tan conocida que era como si me hubiera zambullido en un recuerdo—. No debería haber dicho eso. Lo lamento, *ma tourterelle*, por favor, perdóname.

La imagen de *papa* destelló en mi mente, y algo (no sabía si un llanto o un gruñido) luchó por escapar entre mis dientes.

—Por eso tu padre lo asesinó. Madame de Tréville tenía razón desde el principio. Tu padre asesinó a *papa* para que no sacase el complot a la luz.

En aquel momento, con esa mirada cálida y atenta, bajo las sombras de la ciudad, cualquier testigo accidental podría haber pensado que éramos dos jóvenes mirándose con cariño. Completa y absolutamente enamorados.

Pero nunca lo había odiado tanto como en aquel momento.

—¿Qué tiene que ver mi padre con esto? —Étienne parecía genuinamente confuso.

—Todo —dije—. Él es el líder. Eres así por su culpa.

—¿Crees que me limito a cumplir sus órdenes como un hijito obediente? ¿Crees que me rebajaría a ser el lacayo de otro?

El terror se me extendió por todo el cuerpo.

—¿Qué quieres decir?

—Te lo he dicho mil veces: mi padre y yo no nos entendemos. Siempre ha sido más débil que yo. Está obsesionado con nuestro deber para con nuestra familia, en lugar de aspirar a un futuro mejor. Me resultó fácil reclutar al conde de Monluc y a otros nobles; tenían razones de sobra para odiar a ese inepto rey nuestro. Mi padre no hizo nada más que sentarse y ver cómo su hijo orquestaba el mayor complot de la historia de nuestra nación. Trató de disuadirme, incluso vino a la Sorbona para tratar de hacerme cambiar de opinión..., pero nunca se arriesgaría a acabar con nuestro legado familiar entregándome a los mosqueteros. Soy su heredero, al fin y al cabo. Aunque, de haber sido por él, cuando muera yo no tendría más que tierras y dinero. ¿Y qué valor tiene eso sin un título?

—No sé por qué me estás mintiendo, pero todo eso es mentira, ¡tiene que ser mentira! —mi voz se volvió tan aguda como afilada era mi espada—. Mientes. No haces más que mentir.

—Nunca te he dicho nada más que la verdad. —Su boca siguió moviéndose, pero lo único que yo lograba oír era un terrible rugido, tan alto que no me quedó otro remedio que leerle los labios, con las palabras de *papa* resonando en mis oídos—: Hice lo que debía.

CAPÍTULO TREINTA Y TRES

—Desenvaina tu espada.
—No esperarás en serio que…
—Desenvaina. Tu. Espada —mis palabras eran punzantes como los colmillos de una serpiente.

Pese a hacer lo que le había ordenado, bajó la espada y la dejó pegada a su costado. No tomó posición de ataque.

—Hablemos —dijo—. Demos un paso a atrás, actuemos con lógica…

—Esta noche, antes de marcharnos, madame de Tréville me ha dicho algo. ¿Quieres saber qué? —susurré. Mi voz era toda seda y acero.

—Yo…

—Me ha dicho —continué— que no matase a Verdon. Y he accedido. Este es mi deber, y no pensaba renunciar al puesto que me he ganado por la oportunidad de rajarle la garganta a un asesino. Decepcionar a madame de Tréville ya estuvo a punto de costarme mi lugar en la Orden. No querría arriesgarme de nuevo. —Doblé las rodillas y sostuve mi arma tal y como *papa* me había enseñado—. Pero el deber no lo es todo.

—Tania, no quiero hacerte daño.

—Le he prometido que seguiría sus órdenes —dije en un tono aún más frío que el aire que nos rodeaba—, pero haré una excepción por el hombre que se atreve a decir que me ama, incluso después de haber asesinado a mi padre.

Daba igual lo mucho que hubiera intentado aplacar mi propia ira, ni cuánto me había costado ignorarla al decirle a madame de Tréville que no mataría al asesino de mi padre: deseaba derramar su sangre.

Lancé una estocada. Por un instante, mis pies se separaron del irregular empedrado. Cuando aterricé, al conocido ardor en las suelas lo acompañó el entrechocar de las hojas. El rostro de Étienne se transformó de pura sorpresa.

Attaque composée. Redoublement. Prise de fer. Balestra. Estocada. Con cada movimiento, la voz de *papa* resonaba en mis oídos. El golpeteo de mis pies contra el suelo y el latir del corazón en los oídos fue tejiendo un ritmo constante; Étienne se limitó a ejecutar los tipos de paradas más simples. Solo me bloqueaba, no contratacaba.

—¡Lucha! —le grité—. No soy frágil y quebradiza como creías. Soy una mosquetera. —Apartando su hoja de un espadazo, retomé mi ataque. Las emociones batallaban en el rostro de Étienne, hasta que, finalmente, se decidió.

Y entonces, por fin, empezamos a batirnos de verdad. La luna se reflejaba en nuestras espadas, el aire frío nos acuchillaba la piel, el sudor salpicaba nuestras mejillas como si fueran lágrimas. Definitivamente, la hora de contenerse se había acabado.

Otra estocada. *Attaque au fer.* Mi arma le arañó la cara. Una fina línea de sangre empezó a gotear en su mejilla.

Nuestras hojas chocaron. Saltaron chispas del metal; estrellas brillantes y abrasadoras.

«Mira lo poderosa que eres, *ma fille*. Mira lo que has creado con tus manos y una espada».

Por un segundo, las chispas iluminaron el incrédulo rostro de Étienne. No se esperaba que yo fuera una espadachina tan diestra, en realidad no. Lo único que había visto en mí era a una chica con un bonito vestido.

Hice descender mi espada, pero él fue más rápido: giró sobre sí mismo y bloqueó mi ataqué. Trastabillé y se me escapó un gruñido de frustración cuando mi hoja no encontró nada más que la guarda plateada de su espada. Quería sentir el filo de mi espada hundirse en su carne. Atravesar su piel y ver cómo su sangre se derramaba sobre los adoquines.

Respiraba cada vez más agitadamente, el sudor se me acumulaba en las clavículas. El contorno de su cuerpo empezó a ensombrecerse y difuminarse. ¿Se habían desplazado las nubes? Los colores se estaban fundiendo en una conocida y terrible oscuridad.

No eran las nubes. No era la primera nevada. Eran mis mareos.

Luché con más empeño aún. Más rápido. Traté de concentrarme en el ritmo de la pelea, ignorar el mareo, que no dejaba de empeorar. No podía permitirme sucumbir a él. Esto ya no iba solo de mí; estaba en juego el destino del rey. El destino de Francia.

El legado de *papa* y sus hermanos de armas.

Mi cuerpo entero era una llama dolorida a punto de apagarse. Grité al bloquear su estocada, al intentar que mi contrataque fuese el doble de intenso. Pero me estaban fallando las fuerzas. Aunque el patrón que seguían mis pies fuese tan familiar como respirar, el suelo temblaba bajo ellos. Mis piernas eran de humo.

El dolor y la extenuación me envolvían; jadeé al intentar recomponerme, mis manos trataron de asirse al puente...

—Quizás me equivocaba. Resulta que sí eres débil. Igual que tu padre —dijo Étienne mientras avanzaba hacia mi temblorosa espada—. Pero estoy dispuesto a perdonarte. Haré como si esto no hubiera pasado, por ti. Por ti, Tania.

Ya no lo veía todo gris, sino blanco, el blanco del centro de una llama. Y marrón, el marrón del pelo de *papa* veteado por las canas, rojo y azul como las flores del jardín de *maman*. Incandescente, como el acero de mi espada unida a la de mis compañeras cuando alzábamos nuestras armas, todas a una.

Con un gemido de dolor, me impulsé con las manos para enderezarme sobre el puente. Todo mi cuerpo agonizó cuando levanté la espada. Con la mano izquierda, me sostuve contra el muro. Con el pie derecho, me coloqué en posición y embestí.

Étienne apenas había desviado mi primer ataque cuando yo lancé el siguiente, y el siguiente, y el siguiente. No le dejé ni respirar. Mis dedos se aferraban al puente con tal fuerza que empezó a manar de ellos un líquido rojo y caliente hacia mis uñas resbalando por mi palma.

—Sabía que habías recibido entrenamiento, pero nunca creí que fuera posible… una mujer espadachín.

Boqueó en busca de aire mientras yo golpeaba mi espada contra la suya con todas mis fuerzas. Cayó al suelo y repiqueteó en los adoquines, mientras, yo alcé mi arma y apunté directamente a su corazón. Él dio un paso hacia atrás, pero su espalda chocó con el muro.

—No necesito tu aprobación. Nunca la he necesitado —le dije.

Los ojos de Étienne, llenos de asombro, se desviaron hacia su arma. La punta de mi espada estaba a unos milímetros de su agitado pecho. Me miró: miedo. Furia. Amor.

—*Ma tourterelle…*

Di otro paso al frente, mi espada rozó su chaqueta. Presioné un poco más, hasta que atravesó la tela. Lo único que separaba su pecho de mi espada era su fina camisa blanca.

Sabía que los huesos separaban el corazón de la piel, que los músculos separaban el estómago de las costillas, y las costillas de las clavículas. Músculos que lo protegían, que impedirían que lo atravesase. Madame de Tréville nos había instruido bien, aunque no tanto como para que yo supiese cómo alcanzar el corazón de un objetivo. Pero me las apañaría.

—Vete al infierno. —Solo tenía que presionar más. Una última embestida y todo se habría acabado.

Él estaba desesperado.

—Lamento lo que he dicho sobre tu padre, amor mío… No lo habría matado si hubiera sentido por ti entonces lo que siento ahora. Era un hombre inteligente, si hubiera sabido lo que estaba por venir, podría haberlo convencido para que viese la verdadera naturaleza del actual líder de Francia…

—Le cortaste la barba. —Mi corazón latía desbocado mientras yo aguantaba la punta de mi espada contra su pecho—. Le cortaste el pelo. Lo dejaste irreconocible.

—Vamos, Tania… Un líder debe ensuciarse las manos. ¿De qué otra manera podía asegurarme de que la muerte de de Batz sería amenaza suficiente para disuadir a quienes pretendían sabotearnos?

—No pronuncies su nombre con tu sucia boca. Podría matarte en un abrir y cerrar de ojos. —Mi furia aumentaba a cada segundo. Sabía lo que debía hacer. Por *papa*. Por mis hermanas.

«Tania. Tania. Tania».

Esta vez, cuando vi un rápido reflejo en mi hoja, no lo confundí con el rostro de *papa*. Me vi a mí. Solo a mí.

Brazos, piernas, todo mi cuerpo temblaba cuando, finalmente, bajé la espada.

—Yo no soy como tú. No soy una asesina. —Se le escapó un suspiro de alivio—. No te confundas. No has ganado. Esto no tiene nada que ver con mis sentimientos hacia ti —escupí las palabras con toda la pena y la furia que llevaban meses avivándose en mi interior—. Nunca más tendrás poder sobre mí. No tienes ni idea de quién soy. No decides quién soy. —Apartando la mirada, eché un vistazo hacia el final del puente.

Entonces, me tocó a mí respirar aliviada.

Dos pares de brazos lo agarraron. A los mosqueteros que se habían aproximado silenciosamente desde atrás se les unieron pronto otros tantos guardias del rey. Se habían escondido entre las sombras, entre el viento invernal, tal y como madame de Tréville había dicho. Pero ahora formaban un cordón en el extremo opuesto del puente, cerrando cualquier vía de escape. Las estrellas bailaban reflejadas en sus armas, en sus gabanes y en sus brillantes botas de cuero.

—¡Espera, Tania! —gritó Étienne, resistiéndose a los brazos que lo sujetaban—. No puedo morir como un traidor. ¡No puedes permitir que me hagan esto! —Al ver que no le respondía, su rostro se relajó. Cuando habló, lo hizo con esa voz serena que yo conocía tan bien—. Si realmente has sentido algo por mí, mátame ahora. Termina con mi sufrimiento. *Ma tourterelle,* por favor... —Sus ojos me buscaron en la gélida noche.

—No soy la pichoncita de nadie.

La expresión de Étienne se ensombreció al tiempo que se arrojó contra sus captores gritando. Un mosquetero le tapó la boca con una mano enguantada antes de arrastrarlo lejos de allí. Segundos más tarde, cuando el hombre me dirigió un asentimiento de cabeza por encima del hombro, me percaté de que se trataba de monsieur Brandon.

Aquello era lo que llevaba meses esperando. Pero no me moví. No podía.

Cuando llegaron Portia, Aria y Théa, yo estaba arraigada en el puente. Las palabras, los pensamientos y las plegarias se me congelaban en la garganta mientras mantenía la vista fija a lo lejos. Las oí acercarse despacio, con suavidad. Reconocía el sonido de sus pasos como si fueran los míos.

No intentaron sacarme de allí. No intentaron moverme. No me dijeron que habíamos ganado, que todo iba a estar bien, que, por fin, gracias a Dios, se había acabado.

Se quedaron junto a mí, lo suficientemente cerca como para que pudiera notar su calor. Lo bastante cerca como para que supiera que estaban ahí. Incluso cuando las nubes se abrieron para dejar paso a la primera nevada del año, ligera y delicada como una telaraña.

Así nos encontraron madame de Tréville y Henri: las cuatro juntas con nuestros vestidos destrozados. Con la cabeza bien alta. Con los hombros echados hacia atrás y los brazos rozándose unos contra otros y el viento silbando a través del puente.

CAPÍTULO TREINTA Y CUATRO

—¿Tania? —preguntó Théa desde el pasillo, a través de la puerta del estudio. Pero no tuve fuerzas para responderle. Aún no.

Madame de Tréville me había dicho que si de verdad quería escribirle una carta a madre y dejar de volcar mi agonía en hojas y más hojas que acababa desechando y tirando sobre la cama, lo que necesitaba era un escritorio en condiciones. Así que ahí estaba, en su despacho.

Quizás tenía razón. Puede que el motivo por el que me había costado tanto escribir a *maman* era que necesitaba un cambio de espacio, de perspectiva. Pero sabía que había algo que subyacía a la oferta de madame de Tréville: se notaba en su voz, en cómo me había hablado durante las últimas dos semanas, desde aquella noche que lo había cambiado todo.

Nuestra mentora nos había embutido bajo capas y más capas de prendas cálidas y nos había pasado tantas tazas de té que era bastante probable que hubiésemos tomado una tetera entera por cabeza.

—Niñas insensatas —había repetido incesantemente—. Mira que quedaros ahí fuera, a la intemperie. Es un milagro que no os hayáis congelado. —A pesar de su tono, no había dejado de observarnos con detenimiento cuando creía que no nos dábamos cuenta, como si quisiera asegurarse de que seguíamos estando ahí.

Aria se había hecho daño en el tobillo en El Grifo, mientras se batía con dos hombres a la vez. Me dijo que no era culpa mía. Que yo tenía que ir tras Étienne, que ella se hubiera lesionado de todas formas. Lo repitió mientras una ilesa Théa se lo vendaba; lo tenía hinchado y de un color violáceo, como una fruta pasada. Fue aún peor cuando se dispuso a limpiar y cerrar la herida de Portia. Ella era quien me había gritado que siguiese a Verdon, pero en aquel momento no me había dado cuenta de cuán profundo era el corte de su brazo. Portia me había dicho entre dientes que esa había sido su intención: si yo me hubiese percatado de la gravedad de su herida, no me habría separado de ella.

Esa noche, monsieur Brandon llamó a madame de Tréville a su despacho. Cuando regresó, tenía el rostro tenso. Los otros cuatro hombres de El Grifo estaban bajo custodia. Un mero vistazo a las celdas y a los guardias que las custodiaban había bastado para que confesasen sus oscuros secretos. En cuestión de una hora, los mosqueteros ya habían barrido las cocinas de palacio. Los sacos de sal que debían haber ido a parar a la preparación de la cena del Festival de Invierno habían sido adulterados con estricnina suficiente para envenenar a toda la corte.

—Tiene sentido —había dicho Aria, conteniendo una mueca mientras apoyaba su tobillo vendado sobre un cojín—. Es un veneno que actúa lentamente. Ni siquiera el catador real lo hubiera detectado, no hasta que ya fuera demasiado tarde. Y las sobras del festín habrían ido a parar a los parisinos; un gesto de una buena voluntad típico de la época.

—No debería costar mucho confirmar la identidad del resto de conspiradores, teniendo en cuenta que se puede interrogar a… —la voz de madame de Tréville se apagó.

Todas las miradas se volvieron hacia mí. Pero entonces Portia hizo un comentario sobre lo ridículas que le parecían las botas de los mosqueteros, y, de pronto, Théa y ella empezaron a discutir. Si apretaba los ojos con fuerza y lograba mitigar el dolor que sentía en el esternón, podía hasta fingir que todo seguía como siempre.

Después, cuando les pregunté a Aria y a Portia por el hombre que se había apartado aterrorizado de Théa, se quedaron en silencio. Al día siguiente, monsieur Brandon nos informó de que un prisionero había muerto a causa de la gravedad de sus heridas; un *chevalier* de algún lugar de la Provenza. A mi lado, el cuerpo de Théa se relajó. No fue necesario preguntar de quién se trataba. No, pues yo tenía en mente aquel recuerdo que ella había me había contado, de antes de París. El recuerdo que Théa tenía adherido bajo la piel.

Lo recordaba todo. Por eso, cuando Théa me encontró esa noche frotándome la cara hasta irritarme toda la piel, no me escondí. Había empleado una jofaina entera tratando de borrar el rastro de los dedos de Étienne, de limpiar esas mejillas que él había sostenido entre sus manos. Quería arrancar su recuerdo de mi carne.

Ahora, Théa me esperaba en el umbral de la puerta, con sus rizos prietos sobre su rostro.

—Madame de Tréville me ha pedido que te buscara —dijo.

Le eché un último y largo vistazo a mi carta. «*Je t'embrasse*», no me encajaba. ¿Cuándo había abrazado a *maman* por última vez? Lo taché y lo remplacé por «*À bientot*. Hasta pronto».

—Puedo volver más tarde —sugirió Théa.

—No, ya he acabado. —Tras doblar el pergamino, me quité la cadena y saqué un segundo anillo.

—Creo que te vendrá bien —prosiguió ella.

—¿Eh?

—Hablarle a tu madre de…, bueno, de todo esto, hasta donde puedas… Incluso aunque ella no se portara demasiado bien contigo.

La segunda carta de *maman* había llegado el día anterior. Le había llevado meses escribirla: diez páginas abarrotadas de texto. Notaba los puntos en los que había seguido escribiendo a pesar del dolor de los calambres en la mano. Contaba al detalle cómo los aldeanos habían encontrado a Beau merodeando por el camino de Lupiac, comido por las moscas, esquelético y con los ojos hundidos. Mi tío se encargaría de su recuperación y se lo devolvería a madre para que cuidara de él. Para que por fin pudiera descansar.

No podía hablarle del papel que había desempeñado en la misión, de los duelos, de la verdad sobre L'Académie des Mariées.

Pero sí podía contarle que el asesino de *papa* había sido llevado ante la justicia. Que ella había tenido razón desde el principio: después del interrogatorio de Étienne, descubrí que habían hecho falta más de cinco de sus hombres para derribar a *papa*, para silenciarlo de la manera más brutal posible, tal y como dictaban las órdenes que habían recibido. No sabía exactamente cómo le habían sonsacado esa información a Étienne. No quería saberlo.

No, no le hablé a *maman* de mis pesadillas, de los cuerpos sangrientos ni de los ojos castaños. Pero sí le hablé del mapa de Lupiac. De que colgaba mi capa en la puerta del armario para poder verla mientras me quedaba dormida. De mis sueños, los buenos, que estaban llenos de girasoles y *fleurs-de-lis* y de la risa de *papa*. Que esperaba que pudiera visitarme en París para que viera, aunque fuera solo en parte, en quién se había convertido su hija. Una chica que no estaba rota, que no era frágil en absoluto. Una chica con enaguas y hombros firmes y acero escondido en la cadera y en el corazón.

Tras verter algo de cera derretida en el revés del sobre, le tocó el turno al sello que había encargado. El mismo que el del anillo de *papa*, salvo por un detalle: una luna en lugar de su *fleur-de-lis*.

—¿Qué quería madame de Tréville? —le pregunté a Théa.

—Están esperando todos en la sala de entrenamiento. Puedo decirles que aún no estás lista —añadió al verme dudar.

No había pisado la sala de entrenamiento desde el Festival de Invierno. Apenas había dado un par de pasos por el pasillo cuando el recuerdo de aquella noche me arrolló. El recuerdo de... de él.

—No —dije, irguiendo los hombros—. No, estoy lista.

Salir del despacho. Atravesar la puerta. Acomodarme en el asiento de la polea y alzarme en el aire. Me encontraba a un par de palmos del suelo cuando Théa volvió a hablar.

—¿Sabes qué? El otro día Aria dijo una cosa graciosísima.

—*Oui?*

—Sobre Henri y yo. —Estuve a punto de caerme del asiento—. Ay, Tania, casi lloro de la risa... O sea, ¡somos prácticamente primos! Y sé que eso les parece bien a algunas personas, pero a mí la mera idea me da escalofríos. Somos parientes lejanos, pero crecimos juntos; además, conozco a Henri, no es de los que andan expresando sus sentimientos a la ligera...

—¿Así que crees que le gusta otra persona?

—Pues claro —se rio cuando alcancé el descansillo.

—Ah.

Me observó con curiosidad mientras terminaba de desatarme.

—¡Le gustas tú! ¡No te puedes ni imaginar la vergüenza que me dio interrumpir vuestro *rendez-vous amoureux!*

El asiento cayó con fuerza sobre el descansillo, la cuerda se me escurrió entre los dedos y todo el artilugio golpeó el suelo. Théa frunció el ceño.

—Henri va a tener que arreglarlo —dijo mirándolo con ojo crítico, y luego se enderezó—. Espera, ¿estás mareada? Te has puesto rojísima. ¿Voy a por una silla? ¿No? Vale, pues vamos.

El murmullo de unas voces, las que había oído al entrar al pasillo, se acalló de pronto al mismo tiempo que la cabeza de Portia se asomaba por el amplio arco.

—¡Aquí está! —graznó, tomándome de las manos apresuradamente—. Cierra los ojos.

—¿Hace falta montar todo este teatrillo? —oí decir a Aria desde el interior de la sala.

—¡Sí! —replicó Portia. Cada vez que intentaba cerrar los ojos, una fuerza invisible me obligaba a mantenerlos abiertos—. No te preocupes —me dijo—. No permitiré que te caigas.

Me dejé llevar por la oscuridad. Aunque en realidad no era tal; veía un tenue brillo tras los párpados.

Portia se tomó su tiempo. Me indicó cuándo girar, cuándo el suelo iba a pasar de moqueta a yeso...

Por fin nos detuvimos.

—¡Ábrelos!

El repentino cambio de luz me obligó a entornar los ojos, y luego a parpadear rápido hasta que conseguí enfocar las formas borrosas que tenía delante: Aria y madame de Tréville estaban a apenas unos metros. Portia, a mi derecha, y Théa, a mi izquierda. Y luego Henri. Resplandecía tanto que la luz bien podría haber procedido de él. Y no de las altísimas ventanas, que estaban abiertas por primera vez.

—¿Qué os parece? —preguntó. Su voz sonaba algo áspera, y me estaba mirando.

—¿El qué?

Y entonces me quedé sin palabras.

Desde que llegué a París, aquella sala había sido un mazacote gris y blanco. Una pila de espadas en una esquina y, al lado, espejos para practicar durante los entrenamientos. Los utensilios de costura de Théa y un biombo. Bancos desde los que ver practicar a las demás, vainas de repuesto y una enorme piedra de afilar giratoria para poner las hojas a punto.

Pero el mural más grande que había visto jamás cubría la pared del fondo. En una esquina había una escalera de mano rodeada de botes de pintura vacíos. Había algo en los brochazos, de un negro intenso contra el blanco prístino de la pared, que hacía que nuestras similitudes destacaran aún más. Nosotras cuatro, formando un arco, con la punta de las espadas hacia el suelo y los brazos extendidos para que nuestras hojas se encontraran en el centro. Cuatro hojas de acero cruzadas.

Henri se apresuró a intervenir al ver que se me empañaban los ojos.

—Iré al mercado a ver si encuentro algún color que le quede bien. Es caro, pero...

—No —dije—. No lo cambies. Es perfecto.

—Bueno, ha sido fácil. Simplemente os hice un boceto... y a las demás, claro. Y a continuación lo repasé con la pintura. Y luego rellené las superficies con carboncillo. Y después pinté sobre eso. Después añadí algunas sombras con el carboncillo otra vez... ¡No me costó nada!

—Y, vos... —me giré hacia madame de Tréville—, habéis tenido que autorizarlo.

—Tampoco tenía pensado ningún uso más eficiente para esa pared —declaró, alzando la nariz mientras examinaba el trabajo de su sobrino—. Supongo que veo el parecido. —A juzgar por la alegría en el rostro de Henri, su tía bien podría haberlo llamado «el nuevo Simon Vouet».

—¿Lo sabíais todas? —pregunté a las demás.

—Lo hemos descubierto hoy. Y mejor, porque así he podido señalar un par de fallos en el sombreado. Bueno, esta de aquí vio a Henri pasar por el vestíbulo hace un par de noches, y casi le da un susto de muerte al pobre chico —dijo Portia mirando a Aria, que estaba a su lado.

—¿Y cómo iba yo a saber lo que estaba haciendo en realidad? —replicó ella—. Era mi deber interrogarle al respecto.

Madame de Tréville sacudió la cabeza ante la avergonzada expresión de Henri.

—*Mon neveu*, parece que está visto y comprobado que no tenéis futuro como espía, lo cual estoy segura de que os parte el corazón. Pero en lo concerniente a un futuro cercano a la Orden..., bueno, a la última línea de defensa de Francia siempre le vienen bien los servicios de un buen descifrador de códigos.

Portia empujó a Aria hacia Théa y hacia mí, colocándonos para que imitásemos a nuestras portentosas y altísimas dobles.

—¡Contemplad a las cuatro mosqueteras! —dijo.

Después titubeó, como temiendo que aquel título pudiera resultarme demasiado doloroso, por si me recordaba en exceso a *papa*. Pero sonreí. Verme de aquella forma, tal y como me veían los demás, como aquella criatura magnífica y poderosa; saber que a las cuatro nos veían así... Aquello fue lo que al fin me ancló al suelo. Hasta aquel momento había estado a la deriva, insegura, a merced del viento y las nubes.

Pero ya no.

Nos habíamos encontrado. Nos teníamos las unas a las otras.

—Las cuatro mosqueteras —murmuré—. *Un pour tous, tous pour un.*

Me había equivocado en infinidad de cosas. Mientras contemplaba el mural de Henri, descubrí una más: había creído que un baile y un beso eran lo más cerca que jamás llegaría a estar de volar.

Pero allí, rodeada de les Mousquetaires de la Lune, supe de verdad qué se sentía al volar.

Notaba los ojos de Henri posados en mí como si fueran los rayos del sol. Vislumbraba el orgullo en los ojos de madame de Tréville. Podía oír la voz de *papa*.

«Tania. Tania. Tania».

Respiré despacio, tranquila.

Y sonreí.